EVE D. ABERNATHY

MAGGIE

Dark Romance

Thriller

Eve D. Abernathy

Dark Romance

Thriller

Trigger-Warnung.

Gewalt – Drogen – Sex - Missbrauch.
Diese Geschichte ist dunkel und verstörend.
Wenn du zart besaitet bist, auf Schmetterlinge im Bauch und Liebesgeflüster stehst, bist du hier komplett falsch. Dies ist kein klassischer Liebesroman. Das hier geht tiefer.

In diesem Buch werden explizite Szenen von Sex und Missbrauch bis ins Detail beschrieben sowie in deutlicher Sprache formuliert.
Geschmack ist Bandbreite.
Behaupte nachher nicht, ich hätte dich nicht gewarnt!

Diese Lust ist eine Krankheit, laut, dreckig und voll von unbefriedigter Sehnsucht. Sie arbeitet wie ein Virus. Einmal infiziert, frisst sie dich auf. Wenn du weiterblätterst, hat sie auch dich in ihren Klauen. Genau wie Maggie. Und Zack. Dann gibt es kein Zurück mehr.

Maggie

Hätte ich doch nur genauer hingeschaut. Die Zeichen waren so eindeutig, und ich war so verdammt naiv.

»Reingefallen«, flüsterst du leise. Nicht nur dein teuflisches Grinsen bringt mich zum Würgen.

Auf einen Schlag ist mein Leben ein Alptraum. Es gibt kein Entrinnen, denn das Gift in meinen Adern kontrolliert mich längst. Mein Körper gehört dir, und du nutzt ihn schamlos für deine Zwecke. Du denkst, du hast mich gebrochen, doch du hast nicht mit meinem Willen gerechnet, Arschloch.

Ich heiße Maggie. Das ist meine Geschichte. Und ich habe dich gewarnt.

Zack

Diese ganze Sache macht mir eine Scheißangst. Und ich bin normalerweise ganz sicher nicht der ängstliche Typ. Aber das hier ist brutal.

Ich will Rache, und ich werde sie bekommen. Meine Schwester ist nicht umsonst gestorben, das schwöre ich bei allem, was mir heilig ist. Davon gibt es nicht viel. Aber es gibt Maggie.

Dieses abgefuckte Spiel muss ein Ende haben. *Er* muss sein Ende finden. Für Maggie. Und mich.

Die Zeit läuft, Zachary. Tick Tack …

Hush, little baby, don`t say a word
And never mind that noise you heard.
It`s just the beasts under your bed,
in your closet, in your head.

(Metallica, Enter Sandman)

Kapitel 1

Maggie

Der Bass wummert im Hintergrund und hallt dumpf durch meinen vollkommen überforderten Kopf. Vor meinen Augen schließt die junge Frau auf der Bühne gerade ihre dunkel geschminkten Augen, deren wahres Aussehen sie zusätzlich hinter einer schwarzen Maske versteckt. Während sich ihr Körper wie in Trance bewegt, legt sie nach und nach ihre prallen Brüste frei. Die leicht geöffneten Lippen sind meines Erachtens zu voll für ihr schmales Gesicht, und der Hüftschwung wirkt viel zu eingeübt. Doch wer bin ich wohl, mir ausgerechnet darüber ein Urteil erlauben zu dürfen.

Trotzdem bleibe ich fasziniert stehen, genau wie die anderen, überwiegend männlichen Besucher dieser Erotikmesse, zu der mein Chef mich allen Ernstes verdonnert hat. Nur, dass ich mich nicht wie auf einer Erotikmesse, sondern wie in einem schlechten Pornofilm fühle.

»Jetzt stell dich nicht so an«, waren seine Worte, gefolgt von einem missbilligenden Blick über den dunkelgrünen Rand seiner Brille mit diesen peinlichen, pinken Sprenkeln.

Bei seinem selbstgefälligen Blick, der nachdenklich an meinem Körper herauf und wieder runter wanderte, musste mir kurz auf die Zunge beißen, um nichts Unüberlegtes zu sagen.

Geh doch selbst auf diese scheiß Messe, hätte ich am liebsten gebrüllt, *du würdest sicher perfekt dorthin passen!*

Sicherlich finden sich dort jede Menge Schwänze, die voller Bewunderung steil zu ihm und seiner albernen Brille aufschauen würden. Kurz musste ich tatsächlich grinsen, weil ein erigierter, kahlrasierter Pimmel mit Kulleraugen und Hornbrille durch meine Gedanken hüpfte, doch ich hatte mich schnell wieder unter Kontrolle. Ich, die junge Neue, ganz unten angesiedelt auf Gehaltsliste und Nahrungskette.

»Ich stelle mich nicht an, verdammt. Da gehe ich auf keinen Fall hin!«, lautete dennoch meine klare Antwort.

»Mädchen, willst du diesen Job hier behalten oder nicht?« Mein Boss lehnte sich in seinem Ohrensessel zurück, verschränkte die Arme und musterte mich weiter. Seine nasale Stimme ging mir durch und durch und passt zu seiner Gesamterscheinung. Übergewichtig, augenscheinlich stockschwul und irgendwie … schmierig.

Doch was sollte ich ihm schon auf seine Frage erwidern. Ja, ich wollte diesen verdammten Job natürlich behalten, für den ich so hart kämpfen musste. Was leider bedeutete, dass ich den nichtvorhandenen Schwanz einzog und augenrollend den Rückzug antrat, um daheim meine Tasche zu packen. Es blieb mir ja keine Alternative und wie immer fehlten die guten Argumente. Eine Kollegin war mittlerweile schon so lange krank, dass ich sie bisher nicht kennenlernen durfte. Eine andere hochschwanger und die dritte, tja, die war ganz plötzlich streng katholisch. Ich war und bin also das perfekte Opfer, denn meine Meinung zählt in diesem Laden sowieso nicht.

Jetzt stehe ich hier also hilflos zwischen all den notgeilen Böcken und sehe mich gezwungen, dieser Frau auf der perfekt ausgeleuchteten Bühne beim Masturbieren zuzuschauen. Erotikmesse, dass ich nicht lache. Meine Eltern würden vor Scham im Erdboden versinken, wenn ich ihnen den wahren Grund meiner ungeplanten *Geschäftsreise* genannt hätte. Für sie bin ich auf einem Kongress, und bei dieser Notlüge will ich es auch besser belassen.

Der Showdown beginnt in Kürze, das höre ich an der anschwellenden Musik und dem härteren Bass im Hintergrund. Sofort geht ein aufgeregtes Raunen durch die Menge, das mich ebenfalls neugierig meinen Hals recken lässt. Immerhin bin ich im Auftrag der Zeitung hier und habe mit meinem speziellen Dark-Ticket das verfluchte Recht, an vorderster Front zu stehen und jeden Blickwinkel der Messe auszukundschaften.

Die Bedeutung dieses ominösen Dark-Tickets, um welches mein Boss so ein augenzwinkerndes Geheimnis gemacht hat, wird mir aber erst klar, als mich nun ganz langsam eine Ahnung von dem beschleicht, was gleich auf der Bühne passieren wird. Mein Mund steht ein wenig offen, denn ich habe mit allem gerechnet, aber nicht mit einer solch freizügigen Zurschaustellung pornografischen Ausmaßes. Ich bin angewidert und fasziniert zugleich.

Mein Chef sitzt bestimmt gerade wichsend in seinem Ledersessel und lacht sich kaputt bei der Vorstellung, sein kleines Mädchen, wie er mich immer nennt, mitten in diese Pornohölle geschickt zu haben.

Dem werde ich es zeigen, denke ich großspurig. Ich habe durchaus schon gevögelt und ein paar Schwänze gelutscht, das wird mich schon nicht umbringen hier, rede ich mir wie ein Mantra immer wieder ein.

Vehement verteidige ich also meinen Platz und ernte dabei einige böse Blicke, die aber immer nur kurz auf mir verweilen, weil ich zu angezogen bin und die Frau auf der Bühne nur allzu bereit für die Heerscharen der steifen Schwänze um sie herum. Nachdem alle, und ich meine wirklich *alle* Hüllen, gefallen und etliche Dildos und Vibratoren verschiedener, namhafter Hersteller vorgestellt sind, wird das Licht gedimmt und ein Sessel mit breiten Armlehnen auf die Bühne geschoben. Die Masse drängt nach vorne und ich werde unweigerlich mitgezogen.

Ich fasse nicht, was hier passiert und zücke mein Handy, um die Definition und genauen Berechtigungen meines Tickets bei Google zu erfragen, was mir aber keinerlei neue Erkenntnisse einbringt. *Dark-Ticket Erotikmesse* … ausnahmsweise scheint Google genauso ahnungslos zu sein wie ich.

Je näher ich der Bühne komme, desto genauer erkenne ich, dass die Frau, die sich nun lasziv auf dem Sessel räkelt und sich von zwei jungen, einzig mit einem Tanga bekleideten Männern die Beine spreizen lässt, nicht wesentlich älter sein kann als ich selbst.

Ihre Augen sind geschlossen, doch die Lider unter ihrer Maske flattern leicht. Sie wirkt wie eine

Puppe, extrem beweglich, zart und dabei vollkommen hemmungslos. Ich kann nicht begreifen, was sie dort mit sich und ihrem Körper in aller Öffentlichkeit machen lässt und frage mich ernsthaft, warum jemand sich freiwillig zu einem so willenlosen Lustobjekt degradieren lässt.

Außerdem kann das alles doch unmöglich Bestandteil einer hochoffiziellen Erotikmesse sein, schießt es mir erneut durch den Kopf. Hektisch krame ich in meiner Tasche, bis ich mein Firmenticket in Händen halte. Der Begriff *Dark-Ticket* leuchtet mir in goldenen Glitzerbuchstaben auf dunklem Grund entgegen. Ich lache kurz auf. Was für ein Hohn. Als ob auch nur einer dieser notgeilen Typen um mich herum das aufwendige Design der Eintrittskarte überhaupt registriert hat, denke ich kopfschüttelnd. *Berechtigt zum Einlass während der regulären Öffnungszeiten- und darüber hinaus,* lese ich weiter. Aha, da kommen wir der Sache doch schon näher.

Vielleicht hätte ich das Programmheft gestern intensiver studieren sollen, anstatt auf der Zugfahrt hierher mit Stöpseln im Ohr der Spannung meines neuen Hörbuchs zu erliegen. Vielleicht hätte ich meinem Boss besser zuhören sollen, nachdem er mich ohne Wenn und Aber zu diesem Job verpflichtet hat.

Kurzentschlossen suche ich auf meinem Handy nach den Öffnungszeiten dieser Veranstaltung und staune nicht schlecht, weil Google der Meinung ist, dass hier schon seit über einer Stunde die Schotten dicht sind. Kein Wunder, dass meine Eingabe unter dem Begriff *Dark-Ticket* in Verbindung mit diesem Event zu keinem Ergebnis führt.

Offiziell ist hier schon längst nichts mehr los, und mein Chef, der Sack, hat mich komplett blauäugig in etwas hineinlaufen lassen, auf das ich nicht vorbereitet bin. *Na warte*, denke ich. Diesem Arsch werde ich einen Strich durch die Rechnung machen. Ich werde ihn nicht heulend anrufen und zugeben, wie sehr mich das alles hier schockt. Auf gar keinen Fall werde ich diesen Job hier vermasseln, im Gegenteil! Kurz schließe ich die Augen, atme tief durch und sammele mich. Ich schaffe das!

Neugierig sehe ich mich in all die Richtungen um, die momentan niemand anderen hier interessieren, weil alle Blicke starr geradeaus auf die Bühne und zwischen die Beine der jungen Frau gerichtet sind. Tatsächlich sind die Eingangstüren, soweit ich es auf die Entfernung erkennen kann, allesamt blickdicht und mit schweren Vorhängen verschlossen worden. Das erklärt natürlich auch, warum sich fast alle verbliebenen Gäste hier vor der Hauptbühne versammelt haben. Ich bin tatsächlich mitten in einem Live-Porno gelandet. Na super.

Kurz sehe ich mich auch im Publikum um und erblicke ein kleines Meer aus sabbernden, geifernden Typen, von denen die meisten bei genauerem Hinsehen eine dicke Beule in der Hose und die Kamera mit Superzoom gezückt haben. Die eine oder andere Hand ist durch die Hosentaschen hindurch schwer in Bewegung, und ich bin mir plötzlich doch nicht mehr so sicher, wie lange ich das auf dem Ticket versprochene *darüber hinaus* tatsächlich ertragen kann.

Hin und hergerissen zwischen Scham, Ekel und erschreckend erregender Neugier zwinge ich mich jedoch, wild entschlossen, einen guten Job zu machen, die Show weiter zu verfolgen.

Der tätowierte Typ neben der Frau greift jetzt nach einem giftgrünen Dildo und spielt damit so lange vor ihrem Gesicht herum, bis sie ihren Mund öffnet und ihn genüsslich ableckt. Ein recht kurz geratener Kerl mit Halbglatze keucht neben mir auf, und ich mache angewidert einen Schritt in die andere Richtung.

Jetzt hat der Dildo ihren Mund verlassen und wird betont langsam über ihre künstlichen Brüste bis zum Bauchnabel geführt, wo er kurz verharrt und der Typ Beifall heischend in die Menge blickt.

Für den Bruchteil einer Sekunde bilde ich mir ein, dass seine schwarz geschminkten Augen an mir hängen bleiben, doch die zunehmenden Rufe und heiseren Äußerungen aus dem Publikum treiben ihn an, nicht zu pausieren. Vor unserer aller Augen verschwindet der Dildo zwischen den gespreizten Beinen der jungen Frau, die sich stöhnend windet und anscheinend nicht genug von den festen Stößen zu bekommen scheint, die die forsche Männerhand ihr nun gibt.

Wie aufs Stichwort kommt auch der andere Kerl auf der Bühne zum Einsatz, etwas größer, aber deutlich schmächtiger als der Tätowierte. Ihn scheint das alles ebenso anzutörnen wie die Typen im Publikum, denn er hat sich soeben des Tangas entledigt und sein Schwanz steht steil parat.
Mein Chef wäre hier durchaus auf seine Kosten gekommen, denke ich noch, da betritt eine weitere junge Frau die Bühne.

Sie ist ebenfalls höchstens zwanzig, trägt ihr langes, rötliches Haar offen und ist ansonsten am ganzen Körper blank rasiert, wie sie dem Publikum sofort und ohne große Umschweife vollkommen hemmungslos präsentiert. Als sie sich dann auch noch in aufreizender Geste vor den Sessel hockt und die Arbeit zwischen den Beinen ihrer Mitstreiterin übernimmt, krampft der Typ neben mir sich stöhnend zusammen und verschwindet mit hochrotem Kopf in der Menge, nachdem er meinen irritierten Blick bemerkt hat.

Währenddessen beginnt die Rothaarige, lustvoll stöhnend an ihrer Kollegin rumzufingern und schiebt sich auch gleich selber irgendetwas Vibrierendes in ihre schon triefende Spalte. Hilfesuchend blickt sie dabei den Typ mit dem Ständer an, der ihren Po gekonnt in Szene setzt und langsam auch in diesen etwas einführt, was aussieht wie eine dicke Perlenkette. Mit offenem Mund verfolge ich dieses Schauspiel.

Ich bin angeekelt von mir selber, weil ich nicht fassen kann, dass mich das alles hier tatsächlich anturnt und vor allem, warum. Aber es ist so. Auch zwischen meinen Beinen wird es warm und feucht und ich bin mir wirklich nicht sicher, was hier gerade passiert.

Das Stöhnen auf der Bühne wird lauter und trotz Faszination rebelliert mein Magen, obwohl ich den Blick kaum von den beiden Frauen abwenden kann. Ich bin geschockt, erregt und angewidert zugleich. Doch vor allem brauche ich jetzt dringend frische Luft. Mir ist es plötzlich viel zu heiß und stickig zwischen den ganzen stöhnenden, aufgegeilten und testosterongesteuerten Männern, von denen jeder zweite sich gerade wie selbstverständlich und in aller Öffentlichkeit einen runterholt.

Der Tätowierte auf der Bühne ist in den Hintergrund getreten, doch ich sehe, dass er nur das nächste Highlight der Show vorbereitet, bevor er, auf seinen Einsatz wartend, weiter im Halbschatten verweilt. Seine dunklen, halblangen Haare sind stramm nach hinten gekämmt und scheinen nur durch Massen an Haar Gel Halt zu finden. Eine widerspenstige Locke hält sich nicht an die Regeln und fällt ihm immer wieder zurück in die Stirn. Seine dunkel geschminkten Augen wirken irgendwie leer und teilnahmslos. Sie starren abgestumpft auf das, was auf der Bühne vor sich geht, während ich den Blick nicht von seinem Oberarm nehmen kann, dessen Muskeln sich immer wieder rhythmisch anspannen, weil er seinen Schwanz bearbeitet, der, zugegeben, schon ziemlich imposant in die Höhe ragt. Ein schwarzes Tattoo zieht sich über den kompletten rechten Arm und stellt, soweit ich das bei dem Licht erkennen kann, einen dunklen Drachen dar, dessen opulenter Kopf mittig auf seinem breiten Oberarm prangt.

Plötzlich fixiert der Typ mich mit einem doch nicht so leeren Blick und hält an mir fest, während er sich gekonnt weiter in Stimmung bringt. Die Situation erscheint mir so skurril, dass ich kurz auflache, was die umliegenden Spanner stirnrunzelnd und mit einem irritierten Seitenblick in meine Richtung kommentieren.

Das ist der Moment, in dem ich fluchtartig meinen Platz vor der Bühne verlasse und nach draußen stürme, was sich als gar nicht so einfach herausstellt.

Von allen Seiten sprechen mich leichtbekleidete junge Frauen an, die in mir das perfekte Opfer ihrer Verkaufskünste sehen. Kein Wunder, denn die restliche Halle wirkt, im Gegensatz zu heute Mittag, wie leergefegt, alle *Dark-Ticket*-Besitzer tummeln sich vor der großen Bühne, auf der die vier Darsteller nun ihrer Gang Bang alle Ehre machen und allesamt soeben lautstark ihren Höhepunkt erreichen, was mit tosendem Applaus quittiert wird. Für heute habe ich definitiv genug gesehen und gehört.

Die Bilder in meinem Kopf verfolgen mich noch Stunden später, daran können auch die kalte Cola und der starke Kaffee nichts ändern, bevor ich in ein Taxi steige und mich schnurstracks zum Hotel fahren lasse.

Ich bin mir absolut sicher, dass der morgige Tag keinen Deut besser wird und schmeiße frustriert die große Tasche auf mein Bett, in die mir eben noch von allen Seiten kleine Präsente zugesteckt wurden. Das wird mein Chef mir büßen. Der Idiot hat doch ganz genau gewusst, in welchen Pornofilm er mich hier schickt! Wütend wähle ich seine Nummer.

»Maggie, mein Mädchen!«, begrüßt er mich mit seiner typisch nasalen Stimme, und ich kann förmlich hören, wie er sich grinsend mit seinem Schwabbelbauch in den ledernen Ohrensessel zurücksinken lässt.

»Wie konntest du nur!«, gifte ich auch sofort los, denn nach förmlichen Floskeln steht mir heute ganz sicher nicht der Sinn. Doch das, was ich mit eigenen Augen zu sehen bekommen habe, nun vor meinem Chef in klare Sätze zu fassen, ist gar nicht so leicht, wie ich dachte. Nach passenden Worten ringend, schnauze ich weiter in den Hörer, doch in meiner Wut kommt außer zusammenhanglosem Gestotter nicht viel dabei herum.

»Mädchen, durchatmen«, tönt es nun am anderen Ende fast großväterlich zu mir herüber, was mich noch mehr auf die Palme bringt. »Ich wusste nicht, dass ich dich mit diesem Job so in Verlegenheit bringe!«

»Du bringst mich nicht in Verlegenheit«, zische ich ertappt zurück. »Bilde dir das bloß nicht ein!« Kurz ziehe ich scharf die Luft ein, bevor der nächste Satz unüberlegt meine Lippen verlässt. »Du hättest mir aber zumindest von der ganzen Fickerei erzählen können, dann hätte ich neben meinen Baumwollhöschen noch andere Unterwäsche eingepackt!«

»Wow«, flüstert er dann leise nach einem kurzen Moment des Schweigens. »Ich wusste doch, dass mehr in dir steckt als das schüchterne Mauerblümchen, dass du immer vorgibst zu sein!«

»Ich gebe überhaupt nichts vor zu sein!«, schreie ich zurück. »Und was bildest du dir überhaupt ein, zu beurteilen, ob ich ein Mauerblümchen bin oder nicht? Denkst du, nur weil du schon mehr Schwänze gelutscht hast als ich, hast du das Recht dazu?«

Bäm. Das war`s. Jetzt wird er mich augenblicklich rausschmeißen und ich kann gucken, wie ich wieder nach Hause komme. Doch nichts dergleichen geschieht. Ich höre seinen unregelmäßig keuchenden Atem am anderen Ende. Wenn ich nicht wüsste, dass er stockschwul ist, würde ich fast annehmen, unser Telefonat würde ihn tatsächlich aufgeilen…

»Maggie«, antwortet er dann schneidend. Seine Kurzatmigkeit ist noch immer nicht zu überhören. Er muss wirklich dringend abspecken, denke ich. »Es ist mir scheißegal, wie viele Schwänze du schon gelutscht oder gefickt hast. Und mit welchen Schwänzen ich es treibe, geht dich überhaupt nichts an. Mach deinen Job. Ich erwarte eine ausführliche Berichterstattung. Und nutz das Potential, das tief in dir schlummert. Von mir aus kauf dir doch neue Unterwäsche, wenn dich das geil macht und dazu bringt, so zu schreiben, wie du gerade redest. Ich wusste sofort, dass du eine kleine Raubkatze bist.« Mit diesen Worten beendet er unser Telefonat, und ich starre mit offenem Mund auf das Handy in meiner Hand, bevor ich es entrüstet aufs Bett werfe.

Ich nehme mir fest vor, morgen definitiv nur den offiziellen Teil der Messe zu besuchen und mich nicht wieder auf so eine Show wie heute Abend einzulassen. Sonderticket hin oder her, das heute hat mir gereicht. Andererseits … sowas bekommt man sicherlich nicht alle Tage zu sehen, und ein bisschen angeturnt hat es mich tatsächlich. Wenn ich Lilian davon erzähle, lacht sie sich ganz bestimmt kringelig.

Rücklings lasse ich mich auf das breite Doppelbett fallen und atme mehrmals tief ein und aus. Als kleine Entschädigung habe ich immerhin für eine knappe Woche dieses großzügige Hotelzimmer für mich alleine, in dem ich mich jetzt zum ersten Mal interessiert umsehe und den dicken Info-Ordner durchblättere, um auf andere Gedanken zu kommen. Im Untergeschoss gibt es anscheinend einen kleinen Fitnessraum, stelle ich erleichtert fest und wühle auch schon in meiner vollgestopften Reisetasche herum, bis ich die Leggins und das weite, dunkelblaue Shirt gefunden habe, welche ich gestern noch im letzten Moment mit hineingeschmissen habe. Keine sehr professionelle Sportbekleidung, aber um eine halbe Stunde meinen Frust auf dem Laufband abzulassen, sollte es reichen. Schnell schnappe ich mir ein Handtuch aus dem Bad und die Wasserflasche, die zur Begrüßung liebevoll gemeinsam mit einer kleinen Schokoladentafel auf dem runden Tisch neben dem Fenster drapiert wurde.

Der Flur zieht sich ewig in die Länge, und ich vermute schon, dass ich irgendwo hätte abbiegen müssen, als ich endlich den kleinen Raum entdecke, der seiner Beschreibung als Fitnessraum leider nicht annähernd gerecht wird.

Auf zehn Quadratmetern finden sich ein Laufband, ein Stepper und ein veralteter Crosstrainer, sodass mir die Auswahl nicht sonderlich schwer fällt. Das Foto für den Flyer wurde definitiv per Weitwinkelobjektiv aufgenommen und bearbeitet. Vorsorglich öffne ich das kleine Kellerfenster, um nicht schon nach zehn Minuten wegen Sauerstoffmangel umzukippen, dann stelle ich die Wasserflasche in die dafür vorgesehene Halterung und laufe los. Kurz ärgere ich mich darüber, dass ich meine iPods im Zimmer vergessen habe, doch daran kann ich jetzt auch nichts mehr ändern. Also starre ich stur auf die vergilbte Wand vor meiner Nase und lasse meinen Gedanken freien Lauf, während ich das Tempo langsam steigere, bis mir der Schweiß von der Stirn tropft.

Tatsächlich renne ich über eine halbe Stunde, als wäre der Teufel höchstpersönlich hinter mir her. Doch ich bekomme die sabbernden Münder und verklärten Blicke der Männer trotzdem nicht aus dem Kopf, die allesamt gierig ihre Augen auf die entblößte Mitte der jungen Frau gerichtet haben, während ihre eigenen, unwissenden Frauen daheim vermutlich die Kinder hüten und voller Hingabe die Hemden ihrer ach so gestressten Männer bügeln.

Schweißgebadet gebe ich schlussendlich auf und wische mir mit dem Handtuch über das Gesicht, bevor ich es mir achtlos über die Schulter schmeiße und die Wasserflasche ansetze. Gerade will ich das Fenster schließen, als ein Mann den Raum betritt und sein eigenes Getränk auf dem Laufband deponiert.

»Lass` das Fenster ruhig auf«, bittet er mich und legt sein Handtuch zur Seite. »Bist du fertig hier?« fragt er dann freundlich, was ich mit einem Nicken bestätige.

»Fix und fertig«, keuche ich und versuche, meine Atmung wieder in den Griff zu kriegen, was sich gar nicht so einfach gestaltet.

Der Typ dreht mir den Rücken zu und läuft ohne weitere Worte los. Seine schwarzen Haare wippen im Takt und locken sich hinter den Ohren. Ich frage mich gerade, warum man in einem langärmeligen Shirt auf das Laufband steigt, da zieht er es sich auch schon in einer fließenden Bewegung über den Kopf und entblößt einen ziemlich durchtrainierten Oberkörper, den ich von hinten kurz unverhohlen betrachte, bevor ich völlig erledigt den Raum verlasse und einer Dusche entgegenfiebere.

Das Wasser prasselt angenehm auf meinen Kopf, durchnässt meine verschwitzten Haare binnen Sekunden und läuft in dünnen Rinnsalen an mir herunter. Endlich mal eine Hoteldusche, über deren mangelnden Wasserdruck ich mich nicht ärgern muss. Meine Augen verfolgen die dicken, glänzenden Tropfen, die nur kurz an meinen Brustwarzen verweilen, um dann seitlich an ihnen vorbeizulaufen.

Meine Nippel stellen sich auf, als ich die Wassertemperatur reguliere und es plötzlich kälter wird als erwartet. Während ich mich einseife, schweifen meine Gedanken ab, und ich massiere meine kleinen Brüste, die sofort reagieren und mir einen wohligen Schauer bescheren. Keine Ahnung, was genau mich dazu antreibt, aber plötzlich überkommt es mich und die Bilder und Eindrücke des Tages reizen mich bis ins Unermessliche. Nur halbherzig in ein Handtuch gewickelt, stolpere ich aus dem Bad und schütte neugierig den Inhalt der Tasche aus, die ich eben noch achtlos auf mein Bett geschmissen habe. Zum wiederholten Mal an diesem Tag bin ich froh, dieses Zimmer mit niemandem teilen zu müssen.

Tatsächlich türmt sich ein nicht zu verachtender kleiner Berg Spielzeug auf der Bettdecke vor mir, von dem ich bei mindestens der Hälfte keinen blassen Schimmer habe, was es überhaupt darstellen soll.

Wofür so ein Presseausweis alles gut zu sein scheint, grinse ich. Andere Leute hätten für den ganzen Kram hier sicher ein Vermögen ausgeben müssen, denke ich kurz, bevor ich mich für einen kleinen, pinken Vibrator entscheide, den meine ungeduldig pochende Mitte nur allzu gerne in sich aufnimmt. Seufzend lasse ich mich nach hinten fallen und schließe die Augen. Der Hersteller wird einen Extrapunkt von mir im Hinblick auf Weitsicht bekommen, denn die Batterien sind schon inklusive und die gleichmäßige Penetration des Wunderstiftes beschert mir binnen kürzester Zeit einen unkontrollierten Höhenflug.

Dennoch kann ich nicht schlafen und wälze mich trotz Erlösung mittlerweile seit über zwei Stunden unruhig hin und her, denn das Telefonat mit meinem Boss will mir irgendwie nicht aus dem Kopf. Was für ein widerlicher Blödmann.

Auch das Fernsehprogramm kann mich nicht von meinen ratternden Gedanken ablenken, und nach einem weiteren, pinken Orgasmus habe ich das Interesse an den anderen Spielzeugen vorerst verloren. Müde gähnend schiebe ich sie auf die unbenutzte Hälfte des weiß bezogenen Doppelbetts, stehe auf und ziehe mir notdürftig etwas Gemütliches über. Ohne Schlummertrunk wird das heute nichts mit dem Einschlafen, und ich habe schon augenrollend festgestellt, dass dieses Hotel eine *Kein Alkohol auf den Zimmern* Politik vertritt. Im Zimmerkühlschrank befinden sich ausschließlich Säfte, Limonaden und alkoholfreie Biere, mit denen ich heute Abend nicht weit kommen werde. Also muss ich wohl oder übel der Bar im Erdgeschoss noch einen Besuch abstatten und die Kreditkarte meines Chefs für dieses Desaster hier ordentlich bluten lassen.

In der Hotelbar ist nicht viel los. Zwei Tische sind mit Pärchen besetzt und ein einzelner Typ sitzt mit dem Rücken zu mir direkt an der Theke und nippt an einem dunkelbraun glänzenden Getränk. Ich steuere direkt auf den freien Hocker neben ihm zu und habe mich kaum hingesetzt, als auch schon der Kellner vor mir steht.

»Was darf ich ihnen bringen?« fragt er freundlich, aber einen Tacken zu aufgesetzt.

»Einen Long Island Icetea?« frage ich und stelle erleichtert fest, dass er nickt. Dann wischt er mit einem Lappen die Theke vor mir sauber und stellt eine kleine Schale mit Erdnüssen bereit, in die der Typ neben mir und ich zeitgleich greifen.

»Sorry«, murmele ich leise und ziehe meine Hand zurück. Tatsächlich habe ich heute den ganzen Tag vollkommen vergessen, etwas zu essen, was mir beim Anblick der Erdnüsse mehr als bewusst wird und meinem Magen ein lautes Knurren entlockt. So laut, dass der Kerl neben mir mich neugierig mustert, während er sich die Nüsse in den Mund und die Schale dann auffordernd in meine Richtung schiebt.

»Ein Long Island Icetea auf nüchternen Magen?« fragt er stirnrunzelnd. »Du bist aber mutig.«

»Äh, ja«, stammele ich verwirrt. Es ist definitiv der Typ aus dem Fitnessraum, der da neben mir sitzt. Seine dunklen Haare hängen ihm wild auf dem Kopf und auch er sieht so aus, als würde er lieber schlafen, statt hier zu sitzen. »Gutes Argument. Gibt es hier um diese Uhrzeit noch etwas zu essen?« richte ich meine Frage an den Kellner, der mir ein randvolles Glas vor die Nase stellt und bedauernd den Kopf schüttelt. »Mist«, schimpfe ich mit mir selber.

»Zwei Straßen weiter ist ein McDonalds«, lässt die dunkle Stimme neben mir mich wissen, und ich schaue ihn mit großen Augen an, während ich vorsichtig an meinem Glas nippe.

»Danke für den Tipp«, antworte ich dann. Mein Cocktail schmeckt außerordentlich lecker, und ich nehme schnell einen weiteren Schluck.

»Und?« höre ich ihn erneut. Der Typ scheint echt Gesellschaft zu suchen. Seine dunklen Augen mustern mich weiter neugierig und ich versuche, unter seinem stechenden Blick nicht zu erröten.

Er gefällt mir gut. Ein bisschen zu gut vielleicht, aber das könnte auch daran liegen, dass er einfach das komplette Gegenteil von Phil, dem Idioten ist. Phil ist mein Ex, aber ich will nicht über ihn reden oder an ihn denken. Phil ist ein Riesenarsch und hat es echt versaut, basta.

»Was, und?« hake ich nach. Der Alkohol brennt ein wenig in meinem Hals, und ich nehme schnell einen weiteren Schluck, weil das Gefühl mir gefällt.

»Kommst du mit?«

»Äh, wohin jetzt?«

»Na, was essen natürlich. Ich begleite dich, eine junge Frau sollte um die Uhrzeit nicht alleine da draußen rumlaufen.«

Jetzt staune ich nicht schlecht und mustere ihn interessiert von Kopf bis Fuß. Erfolglos versucht er, sich seine Haare hinter die Ohren zu klemmen, doch sie haben diese besondere Länge, in der es zum Zopf noch nicht reicht und hinter den Ohren nicht hält. Ich kenne diese frustrierende Phase nur allzu gut und bin froh, meine eigenen, schulterlangen Haare mittlerweile problemlos zusammenbinden zu können.

Doch meinem Gegenüber steht seine Frisur überaus gut, und auch der Rest von ihm passt perfekt ins Gesamtbild. Das schwarze Shirt, unter dem sich seine muskulöse Brust mit durchtrainierten Oberarmen spannt, ist auf jeden Fall einen Blick wert und die abgewetzte Bluejeans mag ich auf Anhieb. Außerdem trägt er die gleichen dunkelblauen Chucks wie ich, was mir schon beim Betreten der Bar aufgefallen ist.

»Ich kenn dich doch gar nicht«, argumentiere ich und widme mich wieder meinem Cocktail.

»Ich heiße Zachary.« Grinst er und schiebt mir seinen Arm entgegen. »Du kannst mich Zack nennen.«

»Maggie«, nicke ich und ergreife seine warme Hand, die sich trotz ihrer Größe weich und angenehm anfühlt.

»Also, Maggie. Jetzt kennen wir uns. Hast du Hunger?« Er dreht seinen kompletten Körper in meine Richtung und leert das vor ihm stehende Glas in einem Zug, bevor er es zurück auf die Theke stellt.

Ich nicke, denn mein Magenknurren ist tatsächlich nicht zu überhören. »Und wie.«

»Na dann los«, grinst er frech, und um seine Augen bilden sich kleine Fältchen, die seinen Blick warm und ehrlich wirken lassen.

Das restliche Drittel meines Drinks kippe ich ebenfalls in einem Zug hinunter und springe hungrig auf.

»Ich hoffe, du bist weder Vegetarierin noch so eine, die ihren Burger erst seziert und von Gurkenscheiben befreit, bevor sie ihn isst«, wirft er mir entgegen, als er mir die Tür aufhält. »Dann kannst du mein Angebot nämlich direkt wieder vergessen.«

»Keine Sorge«, entkräfte ich seine Worte und marschiere schnurstracks an ihm vorbei nach draußen. Sein dunkles Lachen begleitet mich dabei, und irgendwie spüre ich, dass mir ein lustiger Abend bevorsteht.

Ich bin völlig benebelt, als wir eine gefühlte Ewigkeit später am Ende des Flurs endlich vor meiner Tür halt machen und ich in meiner Tasche nach der Zimmerkarte suche. Nachdem wir uns gestärkt und eine Gurkenschlacht bei McDonalds angezettelt haben, sind wir postwendend wieder in der Hotelbar gelandet, wo wir viel gelacht und noch mehr getrunken haben.

Immer wieder muss ich mich nun am Türrahmen abstützen, weil der letzte Cocktail erst jetzt seine ganze Wirkung zu entfalten scheint.

»Komm, ich helfe dir«, grinst Zack überheblich und greift tatsächlich zielsicher in meine Tasche. Triumphierend hält er Sekunden später besagte Karte in der Hand und öffnet mir gentlemanlike die Tür.

»Danke«, murmele ich verlegen, stolpere hinein und entledige mich als erstes meiner Chucks, die ich achtlos unter das Bett kicke.

»Du hättest mir ruhig sagen können, dass du nichts verträgst, dann hätte ich gar keine neue Runde mehr bestellt«, höre ich ihn neben mir. »Eine Schande, dass du den Cocktail nicht mehr getrunken hast, bei den Preisen!« Neugierig sieht er sich in meinem Zimmer um.

»Egal, bezahlt eh alles mein Chef, der Idiot«, lalle ich und lasse mich rücklings auf mein Bett plumpsen.

»Dein Chef?« Ich vernehme deutliche Neugier in seinem Ton und hieve in Rückenlage meinen Oberkörper etwas nach oben, um ihn ansehen zu können.

Doch sein Blick hat sich längst auf den Haufen neben mir geheftet, ein Meer aus Vibratoren, Dildos und sonstigem Zubehör. Obwohl ich vollkommen betrunken bin spüre ich, wie mir augenblicklich die Röte ins Gesicht schießt.

»Oh, verstehe«, höre ich seine warme Stimme, doch ich kann ihn nicht sehen, weil ich vor Scham meine Augen geschlossen habe. »Da fragt man sich doch, wieso dein Chef dir auch noch die Getränke bezahlt«, murmelt er gedankenverloren, lässt sich neben mich fallen und greift nach dem kleinen lilafarbenen Karton, dessen Inhalt ich bisher noch nicht weiter begutachtet habe.

Ich blinzele in seine Richtung, doch Zack ist damit beschäftigt, alles in Ruhe zu inspizieren und jedes Teil genauestens zu betrachten.

»Ist der gut?« fragt er und hält mir den pinken Vibrator unter die Nase.

»Ähm«, stottere ich und halte mir verschämt die Augen zu.

»Und der hier?« er wackelt mit dem lila Karton.

Ich schaue kurz auf und zucke dann mit den Schultern. »Keine Ahnung.«

»Wie, keine Ahnung? Komm schon! Du wohnst hier in diesem riesigen Zimmer, dein Chef bezahlt dir sogar deine Getränke und du hast noch nicht einmal das ganze Material ausprobiert?«

»Sag mal«, empöre ich mich. »Was soll das denn jetzt werden? Das geht dich doch wohl überhaupt nichts an!« Verärgert setze ich mich auf. In meinem Kopf dreht sich alles.

»Na, dein Chef hat sich das doch sicher anders vorgestellt, oder was habt ihr beide für einen Deal? Besorgst du es ihm regelmäßig, damit du es dir hier gut gehen lassen kannst?«

»Raus!«, brülle ich, aber Zack rührt sich keinen Zentimeter.

»Jetzt keif hier doch nicht direkt so rum«, brummt er zurück. »Man wird sich ja wohl noch aufregen dürfen! Ich hocke da unten in so ´ner fensterlosen Kaschemme, kann mir nur das billigste Bier leisten und du vögelst anscheinend den Chef und lebst wie ´ne Prinzessin!«

»Jetzt mach aber mal ´nen Punkt! Ich kenne dich doch überhaupt nicht, was unterstellst du mir hier eigentlich? Ich bin weder eine Prinzessin noch vögele ich meinen Chef! Der ist nämlich, auch wenn es dich überhaupt nichts angeht, stockschwul und dieses verfickte Zimmer hier und ein paar Drinks auf Firmenkosten sind wohl das Mindeste für diesen scheiß Job!«

Zack verschränkt die Arme vor der Brust, betrachtet mich schweigend und scheint auf Antworten zu warten, die ich ihm nicht geben kann.

»Was sollen die blöden Sprüche?« Meine Zunge klebt an meinem Gaumen und gehorcht mir nicht richtig, was mich wirklich aufregt.

»Na, ist das nicht offensichtlich, Maggie?«

»Ich weiß nicht, was du meinst«, entgegne ich bissig. »Wenn du mich jetzt bitte alleine lassen würdest? Bis gerade war der Abend mit dir sehr lustig, aber jetzt wird es mir doch ein wenig zu seltsam. Ich brauche dringend eine Ibu und muss morgen früh raus, damit ich noch einen guten Platz in der ersten Reihe bekomme. Als einzige weibliche Journalistin hat man es auf der Messe nämlich wirklich nicht leicht.«

»Als… WAS?« Sein Blick spricht Bände und in seinem Kopf scheint es mit einem Mal ordentlich zu rattern. Dann bricht er, aus mir vollkommen unerfindlichen Gründen, in schallendes Gelächter aus.

»Was ist plötzlich so lustig?« frage ich verwundert.

»Ach nichts«, gluckst er und erhebt sich langsam. »Ich bin wohl doch betrunkener, als ich dachte. Vergiss einfach, was ich gesagt habe.« Im Türrahmen dreht er sich noch einmal zu mir um.

»War ein schöner Abend mit dir. Tschüss, Maggie.«

»Tschüss, Zack«, murmele ich.

Kaum hat er die Tür hinter sich zugezogen, falle ich augenblicklich in wohlverdienten Tiefschlaf. Ich träume von riesigen Vibratoren, sabbernden alten Säcken und einer Bühnenshow, in der ich selber die Hauptrolle spiele. Ein Kopf mit dunklen, widerspenstigen Locken, durch die ich langsam meine Finger fahren lasse, hat es sich zwischen meinen Beinen gemütlich gemacht und ich seufze zufrieden, weil es genau das ist, was ich jetzt brauche.

Kapitel 2

Als es nur wenige Stunden später viel zu laut an meiner Tür klopft, schrecke ich hoch und falle dabei fast aus dem Bett. Ein Blick Richtung Fenster lässt mich vermuten, was mein Handy mir bestätigt. Ich habe verschlafen.

»Maggie«, tönt es durch die geschlossene Tür. »Bist du noch da?«

»Hau ab«, stöhne ich und halte zeitgleich inne, weil das da draußen auf dem Flur unmissverständlich Zacks Stimme ist.

»Schwing die Hufe und schnapp dir deinen komischen Ausweis, wir sind spät dran!«

»Wir?« Ich verstehe nur noch Bahnhof und quäle mich aus dem Bett. Meine Haare stehen bestimmt in alle Richtungen, doch es ist mir egal, wie ich aussehe, als ich die Tür öffne. Zacks Augen waren sicherlich auch schon einmal wacher, obwohl er trotz allem makellos wirkt und ich ihn kurz sprachlos anstarre.

»Oh Scheiße«, lacht er und mustert mich eingehend. »Hast du gestern doch noch das ganze Spielzeug ausprobiert?«

»Nein, du Idiot«, knurre ich ihn an. »Ich hab einfach die Ibu vergessen.« Hektisch krame ich in meiner Tasche und schmeiße mir sicherheitshalber gleich zwei Tabletten auf einmal ein, die ich mit einem großen Schluck Wasser hinunterspüle. »Du nimmst mich also mit? Wie lange habe ich?«

»Jepp«, nickt er. »Zehn Minuten. Dann muss ich los.«

»Das schaffe ich«, rufe ich ihm durch die Badezimmertür zu, hinter der ich schon längst verschwunden bin.

»Und was treibst du auf der Messe so?« versuche ich ein Gespräch in Gang zu bringen, während ich neben Zack auf dem Beifahrersitz seines alten, rostigen Renaults sitze und nervös mit den Fingern auf meiner Tasche herumtrommele.

»Bühnenarbeit«, antwortet er ausweichend, und ich hake nicht länger nach, weil mein Kopf noch immer dröhnt und ich mit der aufsteigenden Übelkeit zu kämpfen habe, die Autofahrten für mich auch schon in nicht verkatertem Zustand immer mit sich bringen.

»Vielleicht können wir ja zwischendurch mal einen Kaffee zusammen trinken«, versuche ich es erneut, als Zack sein Auto auf den großen Mitarbeiterparkplatz am Ende der Halle lenkt und uns gekonnt in eine viel zu kleine Parklücke manövriert.

Im Gegensatz zu gestern wirkt er erstaunlich still und nachdenklich. Der Duft seines herben, maskulinen Duschgels hängt in der Luft, und die noch feuchten Haare kringeln sich bis in seinen Nacken. Ich habe es lediglich geschafft, mir meine blonden Haare zu einem Zopf zu binden, in frische Klamotten zu schlüpfen und die Zähne zu putzen. Die dringend fällige Dusche heute Abend kann ich schon jetzt kaum erwarten.

»Ja«, nickt Zack neben mir. »Vielleicht.« Dann stellt er den Motor ab, schnapp sich seinen Rucksack und marschiert vor mir schnurstracks in Richtung Hintereingang.

»Äh, Zack!« rufe ich und er dreht sich im Gehen zu mir herum. »Ich muss vorne durch den Haupteingang, die Journalistenausweise werden dort gescannt!«

Er nickt und hebt zum Abschied eine Hand, dann ist er verschwunden, und ich stehe planlos mitten auf dem Parkplatz. Hoffentlich bekomme ich ihn nachher zu Gesicht. Ich würde wirklich gerne meine Mittagspause mit ihm verbringen, habe aber keine Ahnung, hinter welcher Bühne ich ihn wohl suchen soll. Der Scan am Eingang geht zügig und ich bin erleichtert, einige weitere weibliche Besucherinnen in der Halle erkennen zu können, auch, wenn die Männer natürlich klar in der Überzahl sind.

Als ich die Halle betrete, umfängt mich ein seltsamer Geruch, der nach Aufschrift der Kerzen im Regal direkt neben mir an eine Vagina erinnern soll. Ich fasse es nicht und zücke mein Handy, um mir ein paar Notizen zu machen, als die knapp bekleidete Verkäuferin auch schon auf mich zustürmt. Nur ein kurzer Blick auf meinen Presseausweis reicht ihr scheinbar, um mir mit einem freundlichen Lächeln eine große Tüte über den Arm zu hängen, deren Inhalt ich *in meiner Reportage ja vielleicht positiv einfließen lassen kann*, wie sie mir augenzwinkernd zuflüstert.

Ich bedanke mich mit einem strahlenden Lächeln und habe ein diabolisches Grinsen im Gesicht, als ich weiterschlendere und mir schon genau ausmale, wem ich diese Kerze zum Geburtstag schenken werde. Lilian wird ausflippen, dessen bin ich mir absolut sicher. Vermutlich denken hier alle, ich käme vom Hustler oder Playboy höchstpersönlich, dabei ist es noch nicht einmal die Praline, für die ich schreibe, sondern nur die ortsansässige Klatschpresse, und selbst das auch nur als blutige und vollkommen unerfahrene Anfängerin.

Die Halle ist unglaublich riesig, und an jeder Ecke finden sich neue Obszönitäten, allesamt angepriesen von künstlich aufgehübschten, langbeinigen Wunderdamen. An einem der diversen Stände für Lack und Leder kommt mir jedoch tatsächlich auch mal ein männlicher Verkäufer entgegen. Ein strahlender Typ mit Bauchnabelpiercing und goldenen Nippelringen, sein bestes Stück äußerst repräsentativ in einem glänzenden Latextanga verpackt. Grinsend verabschiedet er ein junges Pärchen, das mit hochrotem Kopf aus einer Kabine mit dunklem Vorhang hervortritt, bevor er sich mir zuwendet. In aller Ausführlichkeit erklärt er mir nach kurzem Smalltalk die absolute Notwendigkeit eines Intimpiercings und die unvorstellbaren Höhen eines nicht enden wollenden Orgasmus, die man nur mit ebendiesen ganz bestimmten Reibungen erzielt. Selbstverständlich würde er mir sofort und höchstpersönlich solch ein Piercing verpassen, zum absoluten Freundschaftspreis, versteht sich.

Doch ich lehne dankend ab, halte ihm meinen Presseausweis unter die Nase und notiere mir hochkonzentriert seine weiteren Ausführungen über die verschiedenen Arten der Piercingkunst. Fourchette, Princess-Albertina, Nefertiti, ich staune mit offenem Mund, was alles möglich ist. Als Jace, so heißt der Piercingprofi, mir dann aber sowohl seinen absolut erregenden und frisch gestochenen Frenulumring sowie sein Prinz-Albert-Piercing direkt am lebenden Objekt vorführen will, lehne ich dann doch dankend ab und verabschiede mich mit einem strahlenden Lächeln.

Der Dessous Stand ein paar Meter weiter lässt mich aber schnell wieder interessiert inne halten und ich nähere mich neugierig. Zwar lege ich Wert auf ordentliche und stets zueinander passende Unterwäsche, bin aber bisher eher der H&M Typ und habe noch nie viel Geld für so wenig Stoff ausgegeben. Das wird sich jetzt und in diesem Moment auf Firmenkosten ändern, grinse ich diabolisch.

Die Kombinationen aus Samt mit schwarzer Spitze sehen zugegeben wirklich heiß aus und ich kann einfach nicht anders, als mir von der Verkäuferin ein Set in passender Größe anreichen zu lassen. Sekunden später verschwindet mein Körper hinter dem Vorhang der Umkleidekabine und ich staune nicht schlecht, als der weiche Stoff zärtlich über meine Haut streichelt. Sofort fühle ich mich ein wenig verrucht und sexy. Chancenlos zücke ich mein Portmonee, denn dieser BH sitzt einfach zu perfekt und setzt meine kleinen Brüste so gekonnt in Szene, dass ich ihn am liebsten direkt angelassen hätte. Mein Dark-Ticket sorgt praktischer Weise noch für ein paar zusätzliche Prozente, und ich verlasse glücklich den Wäschebereich, jedoch nicht ohne eine Rechnung, mit Hilfe derer ich mir meine Ausgaben bei meinem Chef höchstpersönlich zurückholen werde, soviel ist sicher.

Auch der kleine Spielzeugladen wenige Meter entfernt weckt mein Interesse, doch er ist so überfüllt, dass ich keine Lust verspüre, mich in dieses

Gedränge zu begeben und ziehe weiter. Auf meinem Bett wartet noch ein ganzer Haufen darauf, von mir ausprobiert und bewertet zu werden, ich muss es ja nicht direkt übertreiben.

Außerdem rennt mir schon wieder die Zeit weg, denn die Besucherzahl lichtet sich zunehmend und mit einem Blick auf mein Handy registriere ich, dass die offizielle Besuchszeit schon in wenigen Minuten endet. Mist. Eigentlich wollte ich längst den Heimweg angetreten haben, aber irgendwie fasziniert mich das alles hier doch mehr, als ich mir bisher selber eingestanden habe.

Eine Nachricht meines Chefs blinkt mir entgegen, als ich das Handy gerade wieder in meiner Tasche verschwinden lassen will.

Und, Maggie, hast du Spaß ;-) ? Ich erwarte deinen ausführlichen Messebericht am Dienstag auf meinem Schreibtisch. Augenrollend starre ich auf mein Display. Dieser Idiot weiß ganz genau, was er mir hier eingebrockt hat. Dabei bin ich mir noch immer ziemlich sicher, dass er selbst liebend gerne zwischen all den Schwänzen hier spazieren gehen würde.

Sorry, keine Zeit, bekomme gerade Intimpiercing auf Firmenkosten, tippe ich deshalb zurück, grinse in mich hinein und stelle das Gerät auf Flugmodus, bevor ich es zurück in meine Tasche gleiten lasse.

Langsam schlendere ich weiter und betrete nach kurzem Zögern einen abgedunkelten Raum, in dem es penetrant nach Latex und Gleitcreme riecht. Leider stehe ich schon mittendrin, bevor ich überhaupt begreife, wo genau ich hier gelandet bin. Verschwitze Männer, überwiegend älteren Semesters in Bundfaltenhosen, penetrieren an Plastikmündern oder schieben ihren Schwanz in glänzende Öffnungen diverser Latexfiguren. Zwei spärlich bekleidete junge Frauen lassen diesen Anblick lächelnd über sich ergehen und reichen Tücher, wann immer welche benötigt werden. Ich stehe wie erstarrt in der Mitte des Raumes und beobachte alles wie in einem schlechten Film.

Keiner der Typen scheint auch nur annähernd darüber nachzudenken, was für ein ekelhaftes Bild er hier abgibt. Einzig, wenn einer der aufgegeilten Herren den zwei hilfsbereiten Frauen zu nah kommt oder mit anzüglichen Bemerkungen um sich wirft, tritt ein komplett in Latex gehüllter Riese in Erscheinung, der alleine durch sein bedrohliches Aussehen jeden gerade noch erigierten Ständer zum Erschlaffen bringt. Okay, die Lederpeitsche in seiner Hand trägt vermutlich auch ein wenig dazu bei.

Als ein Mittfünfziger mich mit glasigem Blick fragt, ob ich nicht Lust hätte, ihm zur Hand zu gehen, verlasse ich fluchtartig den Raum.

»Frigide Zicke«, ruft er mir hinterher, und ich bin kurz davor, mich herumzudrehen und ihm eine zu scheuern. Doch da ertönt Musik aus den Lautsprechern und die nächste, oder besser gesagt, die erste *richtige* Bühnenshow des Abends wird angekündigt.

Ich hadere kurz mit meinem Vorsatz, dieses Etablissement heute früher zu verlassen, doch die Neugierde siegt. Ich muss mich tatsächlich sputen, um noch einen Platz in den vordersten Reihen zu ergattern und zücke mein Handy, um Notizen zu machen. Den Flugmodus behalte ich sicherheitshalber bei.

Dieses Mal steht ein einzelner Holzstuhl auf der Bühne, dessen Besonderheit ich erst wahrnehme, als das Scheinwerferlicht sich auf ihn richtet. Mittig auf der Sitzfläche thront ein riesiger Dildo, der fest mit der Sitzfläche verankert zu sein scheint. Ich schlucke. Das kann unmöglich der volle Ernst des Veranstalters sein. Welche Frau lässt sich freiwillig auf solch einem Monstrum mitten auf einer ausgeleuchteten Bühne vor hunderten von angeturnten Typen nieder? Und was bitte sind hier um mich herum nur für Menschen versammelt, die sich an solch einem Anblick aufgeilen und denen beim bloßen Zuschauen schon einer abgeht?

Ich habe keine Zeit, noch länger darüber nachzudenken, denn die Rothaarige von gestern betritt die Bühne gemeinsam mit ihrer Gespielin, die, wie gestern auch, seltsam gelangweilt wirkt. Dieses Mal sind beide in ein schwarzes Latexkostüm gehüllt, doch sämtliche Körperöffnungen sind selbstverständlich frei zugänglich und glänzen anzüglich im Scheinwerferlicht.

Während die Gelangweilte sich auf dem Boden räkelt, schiebt die Rothaarige ein Spielzeug nach dem anderen in deren vor Gleitgel triefendes Hinterteil.

Die Gaffer direkt neben mir stöhnen bereits nach wenigen Augenblicken leise in sich hinein und wagen sich ganz unauffällig noch ein paar Zentimeter weiter nach vorne, um bloß nichts zu verpassen. Mir wird schon wieder flau im Magen, und die bis eben glücklicher Weise abebbenden Kopfschmerzen nehmen langsam wieder an Fahrt auf. Es reicht mir. Ich muss dringend etwas essen und trinken.

Gerade, als ich mich zum Gehen wende, ändert sich jedoch das Licht, und die gleichen Typen wie gestern betreten die Bühne. Sie tragen Latexmasken und ein seltsames Geschirr, das mich an den Kampfhund meiner Nachbarin erinnert. Noch baumeln ihre besten Stücke locker an ihnen hinunter, aber mir ist sofort klar, dass das nur Teil der

Show sein kann und vermutlich schnell von den beiden Damen korrigiert werden soll. Wie gebannt starre ich auf die Bühne.

Wie auf ihr Stichwort schleichen beide auf allen vieren auf die Männer zu, strecken ihren nackten Hintern in Richtung des aufstöhnenden Publikums und machen sich an den Schwänzen zu schaffen, von denen nach kurzer Zeit zumindest einer steil in die Höhe ragt.

Der Tätowierte scheint heute, ganz im Gegenteil zu gestern, deutliche Anlaufschwierigkeiten zu haben, ignoriert diese aber geflissentlich und arbeitet stoisch seine Show weiter ab.

Nachdem die Rothaarige unter viel Tamtam eine große Portion Gleitgel auf dem Riesendildo verteilt hat, heben die Männer die andere Frau breitbeinig in die Höhe, um sie kurze Zeit später unter den lauten Rufen des Publikums direkt über dem Stuhl wieder abzulassen.

Ihr gekünsteltes Schreien, die unter der Maske erschrocken aufgerissenen Augen und das tiefe Stöhnen, das aus ihrer Kehle aufsteigt, als die beiden sie immer tiefer auf den Dildo schieben, bescheren mir seltsame Gefühle und lassen völlig unerwartet mein Höschen feucht werden. Diese ganze aufgegeilte Stimmung hier scheint erneut auf mich abzufärben und ich reiße, erschrocken über mich selbst, meine Augen ebenfalls weit auf.

Völlig unterschiedliche Empfindungen machen sich in mir breit. Ich bin erregt und gleichzeitig abgestoßen von den Dingen, die um mich herum geschehen.

Der erigierte kleine Schwanz, der plötzlich genau neben mir aus einer Cordhose zu Tage befördert wird, gibt mir aber dann doch den Rest. Ich flüchte förmlich von meinem Platz und begebe mich schnurstracks auf die Toilette, wo ich mich in hohem Bogen übergebe und meine absolut wahnwitzigen Empfindungen weiterhin Achterbahn fahren. Es dauert eine ganze Weile, bis mein Magen nicht mehr rebelliert, und ich bin froh über die kleine Reisezahnbürste, die ich seit einer ungeplanten Spontanübernachtung immer bei mir trage.

Nachdem ich den ekligen Geschmack aus meinem Mund gebürstet habe, genieße ich schluckweise das kalte Wasser direkt aus dem Hahn. Dass die Hälfte davon auf meiner Bluse landet, nehme ich gar nicht wahr bis zu dem Moment, als ich nach einer gefühlten Ewigkeit wieder nach Draußen trete und ausgerechnet Zack in die Arme laufe.

Sein Blick bleibt starr an meiner hellen Bluse hängen, durch deren nassen Stoff nicht viel verborgen bleibt und meine Nippel sich unweigerlich aufrichten.

»Maggie«, raunt er und schiebt mich zurück auf die Damentoilette. Dabei legt er seine Arme beschützend um mich und ist mir plötzlich viel zu nah, als dass es gut für uns wäre.

Diese seltsame Atmosphäre hier, die ganzen Eindrücke und Bilder, die durch meinen Kopf zucken, machen mich noch verrückt. Hinzu kommt Zacks herber Duft, zu dem sich eine weitere Note geschlichen hat, eine Mischung aus Latex, Schweiß und Sex. Ich kann es nicht anders beschreiben, aber Zacks Nähe legt in mir irgendetwas lahm, und genauso plötzlich, wie ich gestern den Vibrator gebraucht habe, ziehe ich ihn nun in einer Art sexueller Kurzschlussreaktion ganz nah an mich, bevor seine Zunge mindestens genauso gierig meine Lippen teilt. Ich keuche auf, denn dieser Kuss ist so intensiv, dass mein eh schon feuchtes Höschen sofort klatschnass wird.

»Maggie, nicht«, flüstert Zack an meinen Lippen und hält inne. »Das ist überhaupt keine gute Idee«, wispert er noch hinterher, doch ich ignoriere seine Worte und sauge erregt an seiner Lippe.

Plötzlich schiebt er mich entschlossen von sich, bedenkt mich mit einem seltsamen Blick, den ich nicht deuten kann und ist so schnell verschwunden, dass ich zu keiner Reaktion fähig bin.

»Verdammt«, schimpfe ich mit mir selber. Das habe ich jetzt davon. Übellaunig, geil und mit nasser Bluse sitze ich hier und bin kein Stück besser als die ganzen Typen da draußen, über die ich mich seit zwei Tagen aufrege. Keine Ahnung, was plötzlich mit mir los ist, aber kurz entschlossen folge ich Zack, denn jetzt ist sowieso alles egal. Mir ist noch immer übel, aber ich will genauso ficken wie die anderen hier in der Halle und scheiße drauf, ob ich einen Job zu erledigen habe oder nicht.

Vorsorglich stecke ich meinen Ausweis in die Bluse, schultere meine Tasche und ignoriere meine harten Nippel, was gar nicht so einfach ist, weil der nasse Stoff sie bei jeder Bewegung zusätzlich reizt. Aber hier laufen weiß Gott andere Kaliber herum, versichere ich mir zuversichtlich. Niemand wird auf mich und meine nassen, kleinen Titten achten, denn die Flure der Halle sind aufgrund der Bühnenshow wie leergefegt.

Soviel zur Theorie. Doch schon hinter der ersten Abbiegung stehen zwei junge Männer, deren Blicke mich sofort taxieren. Als würden sie ihre Chancen ausloten, vermessen sie mich von oben bis unten, bevor beide mir nachstellen, mich einholen und der Kleinere von ihnen mir völlig ungeniert seine Hand in den Ausschnitt schiebt.

»Hey!« Erbost funkele ich ihn an. Nur mit Glück kann ich mich aus seinem festen Griff befreien, der mir unweigerlich klar macht, dass hier keiner zu Scherzen aufgelegt ist.

Ganz im Gegenteil, vom Sound der Bühne angespornt, greifen nun beide beherzt zu und drängen mich schnell und unauffällig in eine dunkle Ecke. Mir wird schon wieder schlecht. Die anschwellende Musik erstickt jeden Hilferuf im Keim und ich muss hilflos miterleben, wie die beiden Typen sich an mir aufgeilen und ihre pralle Manneskraft an meinen Oberschenkeln reiben.

»Halt bloß die Klappe«, raunzt der Kleinere drohend und öffnet bereits seine Hose. Mittlerweile liegen auch meine Brüste blank und werden von kleinen Wurstfingern so schmerzhaft durchgeknetet, dass die Übelkeit unaufhaltsam weiter in mir aufsteigt.

Diesmal erwarte ich sie fast erleichtert und übergebe mich gerne in hohem Bogen auf die Köpfe der Männer, die laut schreiend und mit geöffneten Hosenställen vor mir zurückweichen.

»Du Sau«, brüllt der eine mich an und will schon mit wutverzerrtem Gesicht zu einem Schlag ausholen, als sein Kumpel ihn festhält und unauffällig in eine Richtung nickt, aus der tatsächlich genau in diesem Moment ein Dreiergespann in unsere Richtung marschiert, weshalb die beiden vollgekotzten Typen aufgeschreckt flüchten.

»Hey, alles klar bei dir?« spricht mich ein junger Kerl an und mustert mich besorgt. Er trägt ein Latexkostüm und sieht so aus, als hätte er gleich einen Termin auf der Bühne. Die beiden halbnackten Frauen, die ihn begleiten, scheinen zu seinem Team zu gehören und kommen nun ebenfalls neugierig näher.

»Ja, danke«, nicke ich. »Mir war nur gerade ein bisschen schlecht. Geht gleich wieder.«

»Bist du sicher?«, hakt er nach. »Du siehst ehrlich gesagt nicht so aus, als würde es dir gleich besser gehen.«

»Die Typen da grade«, fragt mich eine zierliche Japanerin in Tigertanga mit leichtem Akzent, »was wollten die von dir?«

Ich zucke betroffen mit den Schultern, weil ich selber noch nicht so ganz begriffen habe, in welcher Situation ich mich noch vor wenigen Minuten befunden habe. »Ich glaube, die haben mich für jemanden gehalten, der ich nicht bin«, antworte ich ihr.

»Das passiert den geilen Böcken hier gerne«, bestätigt sie meine Vermutung. »Wie bist du sie losgeworden?«

»Ich hab sie vollgekotzt«, grinse ich. Langsam macht sich Erleichterung in mir breit.

»Wie cool bist du denn? Kannst du etwa auf Kommando kotzen?« Die Dritte im Bunde, eine hochgewachsene Blondine mit falschen Brüsten, klatscht begeistert in die Hände.

»Nein«, schüttele ich den Kopf. »Nur, wenn ich am Abend zuvor zu tief ins Glas geguckt habe.«

»Du bist ja echt 'ne Nummer«, grinst der Latex-Boy. »Komm mit, hinter der Bühne findet sich sicher eine kalte Cola und ein trockenes Shirt für dich.«

Dankbar nicke ich. »Und ein Glas Wasser zum Zähneputzen wäre toll.«

»Kein Problem.« Mit diesen Worten haken die Mädels mich unter, während Cole, so stellt er sich mir vor, uns einen Weg hinter die Bühne bahnt.

Es ist interessant zu sehen, wie sich vollkommen normale Menschen mithilfe von nichtvorhandener Kleidung und ein bisschen Makeup innerhalb weniger Minuten in verruchte Sexsklaven verwandeln können. Weil Cole und seine Gespielinnen gleich einen Auftritt haben, sitze ich wartend auf einer Bank im hinteren Bereich der Umkleide und beobachte Cola schlürfend das Treiben um mich herum. Hier herrscht eine vollkommen andere Stimmung als vor der Bühne, und ich fühle mich direkt tausendmal wohler. Über das hier sollte ich einen Artikel schreiben. Alle sind total freundlich und locker, kein Einziger macht anzügliche Bemerkungen und läuft wegen ein paar blanker Titten oder rasierter Schwänze sabbernd durch die Gegend. Das ganze hier wirkt völlig entspannt und unerotisch, alles reine Show.

Einzig einer breitschultrigen Person am anderen Ende des Raumes scheint es anders zu gehen. Während alle lachen und sich neckend irgendwelche Sprüche zurufen, bearbeitet dieser Typ nervös seinen Schwanz, ohne die Welt um sich herum wahrzunehmen. Sein Oberarm ist tätowiert und irgendetwas an ihm kommt mir total bekannt vor.

Je länger ich ihn aus der Ferne beobachte, desto unglaublicher wird mein Verdacht, bis zu dem Moment, als er meinen Blick zu spüren scheint und aufsieht.

»Was zum Teufel…«, flüstere ich, während ich aufspringe und. mit der Cola in der Hand. langsam in seine Richtung wanke.

Zacks Blick ist unergründlich. Doch er muss gar nicht sprechen, sein Körper übernimmt jegliche Erklärung von ganz alleine, denn als ich fragend vor ihm stehe, ragt auch sein bestes Stück mit einem Mal steil nach oben.

»Freut mich auch, dich zu sehen«, lasse ich mit zittriger Stimme verlauten und schüttele dabei

meinen Kopf. »Bühnenarbeit. Du bist echt bescheuert, Zack.«

»Und dieser Spruch ist echt abgedroschen«, erwidert er leise, hält meinem Blick aber Stand.

»Was sollte das eben?« frage ich mutig. »Wieso
bist du einfach abgehauen? Und erzähl mir nicht,
du wolltest mich nicht, denn das wäre gelogen!«

Er lacht ein bitteres Lachen und kommt mir wieder ganz nah. »Glaub mir, und wie ich dich will«,
haucht er mir leise entgegen. »Seit ich dich gestern
Mittag im Publikum entdeckt habe, kann ich an
nichts anderes mehr denken. Und dann liegst du
da gestern neben dem ganzen Spielzeug und hast
mich so unschuldig angeschaut und …verdammt
Maggie, deine harten Nippel eben, ich … ich bin
nichts für dich. Vergiss das alles einfach ganz
schnell.«

Er will sich umdrehen, doch ich halte ihn fest.
»Erzähl mir nicht, wen ich vögeln darf und wen
nicht, Zack. Ich bin schon groß und bei weitem
nicht so unschuldig, wie du denkst.« Mein Blick
bleibt an seinem Arm kleben. Es ist der rechte und
ihn ziert ein riesiger Drache, dessen opulenter
Kopf mitten auf dem Oberarm sitzt. »Du bist das«,
schnaube ich erstaunt.

»Wer bin ich?«

»Der Typ auf der Bühne! Jetzt verstehe ich, was
du gerade meintest. Ich stand im Publikum.« Erst

jetzt begreife ich wirklich, wovon er da gerade geredet hat. Sein Blick gestern, er hat mich tatsächlich registriert.

»Ich weiß«, nickt er. »Und ich habe den Ausdruck auf deinem Gesicht gesehen. Geh, Maggie. Bitte. Diese Welt hier ist nichts für dich.«

Schweigend stehen wir uns gegenüber und scheinen ein ziemlich witziges Bild abzugeben. Die Blonde in Vollmontur und der nackte Kerl mit Ständer. Cole jedenfalls bricht in schallendes Gelächter aus, als er von der Bühne kommt und uns entdeckt.

»Ey Zack, du stehst ja endlich wieder«, ruft er uns zu. »Dann mal los, dein Fanclub wartet schon!«

»Haha, sehr witzig, Cole. Schönen Dank auch.« Giftpfeile schießen aus seinen Augen, mit denen er seinen Kollegen zum Schweigen bringt. Dann wird sein Blick ganz weich, und er mustert mich, als ob er nach etwas suchen würde. Seltsame Empfindungen machen sich in mir breit. »Ich muss raus«, raunt er mir zu und zuckt mit den Schultern, bevor er seinen Blick nach unten wandern lässt. »Ich sollte die Chance nutzen, jetzt, wo er endlich wieder das macht, was er soll.«

»Was war denn sein Problem?« frage ich interessiert.

Als Antwort erhalte ich nur ein Schnauben, gefolgt von einem »Geh nach Hause, Maggie.« Dann ist Zack verschwunden, und mir wird augenblicklich klar, dass ich diesen Ort hier auf gar keinen Fall ohne ihn verlassen werde.

»Hey Cole«, rufe ich. »Von wo aus kann ich mir die Show da draußen an besten angucken?«

»Ich weiß nicht ob…«, doch dann seufzt er und zuckt ergeben mit seinen Schultern. »Du machst eh nicht, was man dir sagt, oder?«

Seinen fragenden, äußerst interessierten Blick ignorierend, orientiere ich mich an dem Weg durch die unterirdischen Gänge, den er mir ohne Umschweife erklärt. Es klingt nicht kompliziert, und ich habe die richtige Tür schnell gefunden. Zu meinem Erstaunen komme ich direkt seitlich neben der Bühne zum Vorschein und bin froh, nicht inmitten des geifernden Publikums stehen zu müssen. Der Schattenwurf der Bühne verdeckt mich fast gänzlich und die Show hat bereits begonnen.

Was soll ich sagen, der kleine Zack steht weiterhin wie eine eins, daran ändert sich auch nichts, als auch der große Zack meine Anwesenheit bemerkt und mit einem fast unmerklichen Stirnrunzeln quittiert. Dieses Mal befindet sich kein Monsterdildo auf einem der Stühle, was mich irgendwie beruhigt und gleichzeitig angespannt die Bühne nach anderweitigen Spielzeugen absuchen lässt. Dem Raunen nach zu urteilen, welches gerade durch die Menge geht, scheint es sich um etwas ganz Besonderes zu handeln. Und tatsächlich, zwei als Sexsklaven verkleidete Toyboys schieben zügig ein Metallgestell auf die Bühne, während Zack und sein Kumpel unter Latexmasken verschwinden, aus denen einzig Löcher für Augen, Nase und Mund geschnitten sind. Ich kann mir beim besten Willen nicht vorstellen, dass darin auch nur ein Hauch von Erotik und Gemütlichkeit zu finden ist. Doch darum scheint es hier momentan auch nicht zu gehen, denn beide Männer ergreifen nun die Teilnahmslose, die fest zu ihrem Team zu gehören scheint. Von der Rothaarigen fehlt heute weit und breit jede Spur.

Gekonnt binden Zack und sein Kumpane die junge Frau an das Gestell, während diese sich windet und in unregelmäßigen Abständen ihre Beine so gekonnt spreizt, dass dem ein oder anderen Kerl im Publikum schon jetzt der Sabber aus dem Mundwinkel tropft. Die Musik verändert sich, sie wird härter und der dumpfe Bass nimmt zu.

Zack bei seinen gekonnten Griffen zu beobachten ist faszinierend und erregt mich mehr, als ich zugeben will. Sein Muskelspiel hält meinen Blick gefangen und das, was den Männern im Publikum aus dem Mundwinkel tropft, erledigt bei mir meine sabbernde Möse. Ich hätte nie für möglich gehalten, dass mich solch eine Show einmal aufgeilen würde. Doch ich bin mir eigentlich auch ziemlich sicher, dass der Grund nicht in der Show, sondern einzig in Zack zu finden ist. Zack, dessen Blick durch die Maske seltsam entstellt und surreal wirkt. Zack, mit dem ich gestern noch gelacht und eine Gurkenschlacht veranstaltet habe. Zack, der genau in diesem Moment seine Faust ohne Vorwarnung tief in die angekettete Frau schiebt und mich kurzzeitig das Atmen vergessen lässt.

Während Rammsteins Lied *Sex* erklingt, starre ich fassungslos auf das Bühnenszenario. Zack hat sich wieder zurückgezogen und meidet jeden Blick in meine Richtung. Mit offenem Mund verfolge ich, wie er den Mund der Frau nun mit einer schwarzen Kugel stopft, die durch Bänder an ihrem Hinterkopf gehalten wird. Sein Partner verbindet ihr derweil die Augen, während die beiden Toyboys ihre Füße zeitgleich an einer Stange befestigen, die sie Stück für Stück weiter auseinander schieben, bis ihre Beine soweit gespreizt sind, dass keinem mehr auch nur der Hauch ihrer intimsten Details verborgen bleibt. Hat sie sich eben noch erstaunlich kraftvoll um Zacks Faust gewunden, so hängt ihr Körper nun schlaff und willenlos in den Seilen.

Während sein maskierter Kollege sich mit zwei länglichen Spielgeräten bewaffnet, greift Zack nach einer Lederpeitsche, die er nun langsam über den zitternden Frauenkörper streifen lässt. Mit einer minimalen, aber durchaus gekonnten Bewegung lässt er sie zwischen ihre Beine fahren, was die Frau mit einem leisen Wimmern quittiert und das Publikum grölen lässt. Mein Unterleib zieht sich ebenfalls zusammen, und ich kann nicht einordnen, ob aus Lust oder Angst vor dem, was noch kommt.

Nun setzt sich der Typ mit den Dildos in Bewegung und führt quälend langsam den dickeren der beiden in ihre weit gespreizte Spalte, während der dünnere kurze Zeit später ihren Hintern penetriert. Ich höre, wie die Kameras im Publikum ihre Zoomfunktion ausfahren, um jedes noch so kleine Detail für den heimischen Pornoabend festzuhalten.

Zack nähert sich erneut dem willenlosen Körper, dessen Nippel mindestens genauso stehen wie sein bestes Stück. Die Lederpeitsche streift fast zärtlich über die steifen Brüste, wandert langsam tiefer und setzt erneut zum Schlag an, um genau dort anzukommen, wo alle Blicke sich treffen. Der dumpfe Schrei der Frau geht unter in tosendem Beifall.

Tatsächlich verlieren manche Männer im Publikum alle Hemmungen und besorgen es sich vor aller Augen einfach selber, den Blick dabei starr auf die Bühne gerichtet. Zack hat die Peitsche aus der Hand gelegt und entfernt mit einer professionellen Drehung sämtliches Spielmaterial aus der Frau, nur, um ihren Unterleib richtig in Position zu bringen. Das ist zu viel für mich, und ich verschwinde zitternd in den dunklen Gängen der Angestellten, wo ich mich in einer Ecke zusammenkauere und irgendwann am tosenden Beifall ausmache, dass die Show für heute beendet ist.

Nach und nach wird es still da oben, doch ich kann mich noch immer nicht bewegen. Bilder von Zack blitzen in Dauerschleife vor meinem inneren Auge auf. Seine Faust tief in ihr versunken, sein Ständer, der Blick, den er mir zuvor zugeworfen hat.

Geh nach Hause, höre ich seine Worte durch meinen Kopf hallen. *Geh heim, Maggie. Diese Welt ist nichts für dich.*

Kapitel 3

Geschockt vergrabe ich meinen Kopf zwischen den Knien. Mein Boss ist ein Arsch. Ich hätte mich durchsetzen und niemals hierher kommen dürfen. Zack hat sowas von Recht! Das alles hier ist nichts für mich, und doch stecke ich plötzlich mittendrin. Entschlossen stehe ich auf und straffe meine Schultern, bevor ich mich auf den Weg zum Ausgang mache. Ich werfe nicht einen Blick mehr zurück, obwohl ich sicher bin, Cole nach mir rufen zu hören.

Draußen inhaliere ich die kalte Nachtluft und warte bibbernd am Taxistand, bis mich endlich ein freies Auto aufliest und zum Hotel bringt. Mein Kopf dröhnt, aber nicht vor Schmerzen, sondern vor lauter Bildern, die mir eine wilde Kinovorstellung bieten und es mir unmöglich machen, die Augen zu schließen.

Also mache ich das einzige Vernünftige, was mich in solchen Verzweiflungssituationen immer erdet. Ich schlüpfe ohne weitere Überlegungen in meine notdürftigen Sportklamotten und flitze so schnell es geht in den Fitnessraum.

Dummerweise habe ich weder an eine Wasserflasche noch an mein Handtuch gedacht, aber das ist mir egal. Ich laufe los, immer stumpf einen Fuß vor den anderen setzend, den Blick starr geradeaus auf die vergilbte Tapete gerichtet. Ich laufe und laufe, doch es wird nicht besser. Irgendwann gebe ich mich geschlagen, weil ich keine Puste mehr habe und mich vollkommen ausgelaugt und leer fühle. Mühsam schleppe ich mich wieder nach oben und schleiche erledigt den Flur bis zu meinem Zimmer entlang, als ich erstarre.

Mit dem Rücken an der Tür und dem Kopf zwischen den angezogenen Beinen, die in einer abgewetzten Jeans stecken, sitzt Zack auf dem Boden. Seine dunklen Haare kringeln sich im Nacken und fallen ihm locker ins Gesicht, dessen Ausdruck ich nicht erkennen kann. Die sonst so breiten Schultern sind nach vorne gebeugt und ich kann unter seinem Shirt die Muskeln erkennen, deren Bewegung ich auf der Bühne so fasziniert gefolgt bin.

Ich atme tief durch. Da sitzt er also. Zack, der eben noch tief in dieser Frau war und der gesagt hat, dass er mich will. Zack, der alles an und in mir sofort ins Wanken bringt, einzig, weil er gerade vor meiner Zimmertür sitzt. Das ist vollkommen verrückt.

Ganz langsam nähere ich mich und überlege fieberhaft, was ich sagen soll. Ich bin vollkommen erledigt und fertig mit diesem Tag, wurde gedemütigt, verhöhnt, fast vergewaltigt und verletzt. Alles an und in mir lechzt nach Erlösung und einer Dusche, doch ich bekomme diese Bilder einfach nicht aus meinem Kopf.

Zack hat mich bemerkt und blickt müde auf. »Ich habe dich gewarnt, Maggie. Ich habe dir gesagt, dass ich nicht gut für dich bin«, flüstert er.

»Du hast deine verdammte Faust in sie gesteckt, Zack. Auf der Bühne.« Gänsehaut überzieht meinen Körper, als ich diese Tatsache laut ausspreche und meine Arme um meinen Körper schlinge, weil nicht nur der trocknende Schweiß auf meiner Haut mich zittern lässt.

»Das hättest du dir nicht ansehen sollen«, flüstert er. »Ich hab dir gesagt, dass das nichts für dich ist.«

»Tz«, entgegne ich mit aufkeimender Wut und erinnere mich an die Worte meines Chefs, die mich rasend machen. »Warum denken eigentlich immer alle, sie wüssten, was gut für mich ist und was nicht? Wirke ich wirklich so prüde, dass mich alle in Watte packen wollen? Ich bin verdammt nochmal kein Mauerblümchen und ich bin sehr wohl in der Lage, mir einen Porno anzuschauen, Herrgott nochmal!«

Zack schweigt und betrachtet mich vom Boden aus durch seine unglaublich dichten, dunklen Wimpern. Ich seufze.

»Warum machst du das?«, hake ich dann neugierig nach.

»Das ist mein Job.«

Ich schaue ihm fest in die Augen und sehe nichts als Wärme darin. »Du hast einen Scheißjob.«

Zack steht in einer fließenden Bewegung auf und kommt mir nun gefährlich nah. Er ist groß und sein stechender, fast flehender Blick bringt mich trotz allem vollkommen um den Verstand. Ich weiche zurück, weil ich völlig verschwitzt bin und sicherlich alles andere als gut rieche, doch er interpretiert meinen Rückwärtsschritt vollkommen falsch und hebt beschwichtigend die Arme.

»Maggie. Das bin ich nun mal. Ich steh drauf. Und ich ficke gerne. Aber du brauchst keine Angst vor mir haben, ich… ach verdammt, ich wollte es dir nur erklären. Warum hast du nicht auf mich gehört, hm? Warum musstest du dir das auf der Bühne unbedingt ansehen?«

»Was hätte es denn geändert, wenn ich es mir *nicht* angesehen hätte, hm?« brülle ich ihn jetzt an. Ich bin wütend und enttäuscht und verschwitzt und trotzdem so scharf auf diesen Idioten, dass ich es selber nicht fassen kann. »Und wie kommst du überhaupt darauf, dass ich Angst vor dir hätte?«, grummele ich weiter, werfe ihm einen bösen Blick zu und gleichzeitig meine ganze Vernunft über Bord. »Nur, weil ich mich nicht auf einer Bühne durchvögeln lasse, heißt das noch lange nicht, dass ich es nicht könnte!!«

»Mag, bitte, ich…« doch weiter kommt er nicht, denn ich marschiere hocherhobenen Hauptes an ihm vorbei, öffne mein Hotelzimmer und lasse noch im Gehen meine durchgeschwitzten Klamotten achtlos auf den Boden fallen, was er mit hochgezogenen Augenbrauen registriert und mir zögerlich folgt. Die geschlossene Tür im Rücken beobachtet Zack mich schweigend. Ich bin ganz sicher nicht so prüde, wie er mich anscheinend sieht, und das werde ich ihm auf der Stelle beweisen.

»Und nenn mich nicht Mag, soweit sind wir noch lange nicht«, schimpfe ich aufgebracht weiter, und lasse auch die letzte Hülle vor seinen Augen fallen. *Alles oder nichts, Maggie, alles oder nichts!* Ich bin hin und her gerissen. Eigentlich bin ich tatsächlich ein braves Mädchen. Aber nicht heute. Heute hat meine vollkommen überreizte Libido mich komplett im Griff und ich will, dass dieser Tag in einem orkanähnlichen Orgasmus endet.

»So?«, höre ich ihn fragen. Sein Räuspern sagt mir, dass mein Anblick ihn alles andere als kalt lässt. »Klär mich auf, *Maggie*. Wie weit sind wir denn?«

Ich rolle nur mit meinen Augen, doch seine Reaktion lässt mich mutiger werden. Was auch immer heute alles passiert ist, welche Bilder sich auch für immer in meinem Kopf gebrannt haben mögen, ich kann einfach nicht anders. Warum dürfen hier alle ficken, nur ich nicht? Plötzlich bin ich mir vollkommen sicher, dass ich nichts anderes brauche als Zack. Ich brauche ihn genau jetzt, und ich will ihn so tief wie möglich in mir spüren. Ich will, dass er es mir besorgt, und mein ganzer Körper lechzt bereits danach.

Als er hinter mir die Dusche betritt, verändert sich augenblicklich die Stimmung zwischen uns.

»Ich…, es tut mir leid«, höre ich ihn mit einem Mal ganz nah. »Du hast einfach meinen Plan durchkreuzt. Ich war nicht darauf vorbereitet, jemandem wie dir ausgerechnet auf diese Art und Weise über den Weg zu laufen. Du…, du verwirrst mich. Und aus irgendeinem Grund würde ich dich wirklich gerne Mag nennen.«

Ich spüre seinen durchtrainierten Körper nun direkt hinter mir, und die Hitze, die er ausstrahlt, lässt sich nicht verleugnen. Ebenso seine Erektion, die nun hart gegen mein Hinterteil drückt. Auf mysteriöse Art und Weise sind seine Klamotten ebenfalls verschwunden.

»Ich habe sie nur mit meiner Hand gevögelt, Maggie. Dich ficke ich mit meinem Schwanz«, flüstert er mir mit heiserer Stimme ins Ohr. Seine rohen, laut ausgesprochenen Worte bringen mich um den Verstand.

»Ich will beides«, antworte ich bereits stöhnend, obwohl Zack mich noch nicht einmal richtig berührt hat.

Wortlos dreht er mich herum und beugt sich dann zu mir hinunter. Weiche Lippen öffnen und teilen sich, gierige Zungen treffen aufeinander und fordern mehr, viel mehr. Seufzend inhaliere ich seinen Geruch und seinen Kuss, lasse seine Zunge meinen Mund erforschen und spüre, wie meine Erregung ungeahnte Ausmaße annimmt.

Zack weiß genau, was ich will. Ab jetzt hat er das Sagen, das spüre ich mit jeder Faser meines Körpers, als er mich wieder in einer fließenden Bewegung mit dem Gesicht zur Wand dreht. Während er hinter mir steht und dabei fast beiläufig meine Brustwarzen zwischen seine Finger zieht, spüre ich ihn steinhart in meinem Rücken. Seine zweite Hand geht auf Wanderschaft, wobei seine Finger ohne Umschweife tief in mich eindringen, was mich keuchen und ihn in mein Ohr stöhnen lässt. Von einem langen Vorspiel hält er anscheinend ebenso wenig wie ich.

»Du bist noch viel zu eng für meine Faust«, stellt er fest und drückt seine Finger noch tiefer in mich hinein. Sein Daumen massiert dabei gekonnt meine empfindlichsten Stellen und jagt mir dadurch einen Schauer nach dem anderen über den Körper. Ich zucke bereits, doch ohne Umschweife nimmt er sich, was er will, und ich genieße jede Sekunde davon. Als Zack mich mit dem Rücken gegen die kalte Wand drückt und meine Lippen erneut mit seiner Zunge teilt, werde ich gierig und gehe mit meinen Händen auf Wanderschaft, was er sofort unterbindet.

»Ich steh nicht auf Streicheleinheiten«, stellt er klar.

Stattdessen hebt er eines meiner Beine hoch, drückt mich in die Ecke der Duschkabine und schiebt erneut zwei seiner Finger tief in mich hinein. Dabei beobachtet er mich unentwegt mit diesen wunderbar dunklen Augen, von deren Wimpern die Wassertropfen herabfallen und nimmt jede meiner kleinsten Regungen wahr. Irgendwann halte ich es nicht mehr aus und strecke meine Hand nach seinem Schwanz aus, der in voller Pracht in die Höhe ragt und nach mir schreit.

»Nimm mich endlich«, keuche ich atemlos.

»Das werde ich, keine Sorge, *Mag*«, grinst er, schubst meine Hand weg und hebt nun auch mein anderes Bein nach oben. Er hält mein Gewicht nun komplett auf seinen starken Armen, während seine lustvoll zuckende Schwanzspitze mich immer wieder an meiner empfindlichen, geschwollenen Spalte stimuliert. Doch er lässt mich leiden, zieht sich immer wieder zurück, ohne mich wirklich ausgefüllt zu haben, bis ich wimmere. Er ist so hart und so bereit für mich, dass ich es wirklich nicht mehr länger aushalten kann.

Ohne Vorwarnung nimmt er mich auf seinen Arm und verlässt mit mir die Duschkabine. Noch immer giere ich nach seinem Schwanz, während Zacks Finger mich um den Verstand bringen. Seine starken Arme tragen mich hinaus bis auf das große Bett, wo ein Haufen unbenutzten Spielzeugs auf seinen Einsatz wartet.

Ich zittere vor nasser Kälte und Erregung und bäume mich ihm mit weit gespreizten Beinen auffordernd und schamlos entgegen. Nur langsam entfernt er seine Finger aus mir und lässt mich dabei nicht aus den Augen. Sofort fühle ich mich leer und alleine. Eine Hand fingert jedoch, bevor ich mich überhaupt erst beschweren kann, Sekunden später bereits wieder an mir herum, während die andere sich den schon ausgepackten, pinken Vibrator schnappt, der mich auch gestern schon in den Himmel befördert hat. Geübt führt er ihn ohne Hemmungen bis zum Anschlag in mich ein, bis ich mich aufbäume.

»Fick mich endlich, Zack!« stöhne ich und lasse meinen Kopf nach hinten fallen.

»Jetzt sei doch nicht so ungeduldig«, mahnt er. Statt des Vibrators spüre ich auf einmal seine

Zunge tief in mir und schreie auf vor Lust. Eine Welle nach der anderen erfasst mich, ich kralle mich in seinen Haaren fest und drücke dabei sein Gesicht feste auf meine pulsierende Mitte. Dann komme ich so heftig, dass ich nicht mehr aufhören kann zu schreien, während seine Lippen immer weiter an mir saugen und mich so gekonnt bearbeiten, dass ich irgendwann nicht mehr zwischen Lust und Schmerz unterscheiden kann.

Alles an mir ist geschwollen, doch es ist noch nicht vorbei, als Zack seine Zunge aus mir zieht. Sein Gesicht glänzt von meinem Saft und er leckt sich genüsslich über die Lippen. »Genau so habe ich mir deine Pussy vorgestellt«, erklärt er dunkel grollend. »Ich werde nie vergessen, wie du schmeckst, Maggie.«

Als er sich aufrichtet und seine Hand auffordernd an seinem riesigen Schwanz auf und ab wandern lässt, begutachtet er mich prüfend. »Komm her.« Mit diesen Worten drückt er meinen Kopf nach unten und schiebt sich tief in meinen Mund.

Er schmeckt nach Zack und nach mir und meine geschwollene Mitte trieft schon wieder, weil ich kurz vorm Würgen bin und trotzdem nicht genug von ihm bekomme. Tränen schießen mir ungefragt in die Augen, als er sich immer tiefer zwischen meine Lippen und meine Zähne schiebt, doch ich schaffe es, seine immense Pracht vollkommen in mir aufzunehmen, mit meiner Zunge an seiner Eichel zu spielen und so feste an ihm zu saugen, dass er laut aufstöhnt und tatsächlich noch ein wenig härter wird. Mir ist schwindelig, ich fühle mich benommen vor Erregung und lasse ihn langsam aus mir herausgleiten, um gleich darauf tief nach Luft zu schnappen.

Bevor ich realisiere, wie mir geschieht, liegen seine Lippen auf meinen und er kostet sich selber, kostet die herrliche Mischung aus uns beiden, bevor er, woher auch immer, ein Gummi zaubert, meine gespreizten Beine auf seine Schultern legt und sich mit nur einem festen Stoß tief in mich gräbt. Zack fickt mich hart und unbarmherzig, doch ich habe nie etwas mehr gewollt als in diesem Moment.

»Mag«, wispert er an meinem Mund. »Du bist so eng, das fühlt sich unglaublich gut an«, keucht er atemlos weiter. »Ich hab so lange nicht mehr richtig gefickt, aber jetzt weiß ich, worauf ich gewartet habe.«

Plötzlich wird mir kalt und ich schiebe ihn von mir. »Echt jetzt? Willst du mich verarschen? Nach allem, was ich heute gesehen habe?« Dieser Kerl macht mich echt wahnsinnig. Ich habe durchaus verstanden, auf wen ich mich hier eingelassen habe, aber mir im Eifer des Gefechts schonungslos

Lügen über seine Zurückhaltung zu verbreiten, geht nun doch zu weit.

Verwirrung blitzt in seinen Augen auf, und Zack mustert mich stirnrunzelnd, bevor er frustriert aufstöhnt.

»Hast du dir eine der Shows überhaupt mal bis zum Ende angeschaut?« fragt er dann.

Ich verneine mit einem Kopfschütteln und ziehe die Bettdecke über meine geschwollenen Teile. Plötzlich ist mir furchtbar kalt.

»Ich bringe diese Shows nicht zu Ende, Maggie. Nie. Das Vögeln übernehmen Cole und Rick.

Mein fragender Blick lässt ihn weiter erklären, während er samt riesigem Ständer aufsteht, zum Kühlschrank läuft und mir eine eiskalte Cola in die Hand drückt.

»Wenn du auf der Bühne fickst, wird die Gage verdoppelt. Die beiden brauchen das Geld dringender als ich, und ich bin ehrlich gesagt nicht scharf drauf, meinen Schwanz in Cara zu versenken. Ich bin gar nicht scharf drauf, etwas anderes als meine Finger in irgendwem zu versenken. Außer in dir.«

»Das meinst du doch nicht ernst!« Ich kann nicht glauben, was er da gerade von sich gibt.

»Das auf der Bühne ist alles nur gutbezahlte Show. Ich hab dir gesagt, dass ich gerne ficke, das heißt aber noch lange nicht, dass ich es täglich und mit jedem tue. Mein Schwanz hat schon seit Monaten in niemandem mehr abgespritzt, außer in meinen eigenen Händen.«

»Wow«, staune ich und begreife langsam, was er mir erklärt. »Wie lange machst du das schon?«

»Keine Ahnung. Schon was länger«, antwortet er ausweichend.

»Und warum suchst du dir keinen anderen Job?«

»Warum sollte ich?«, blafft er stirnrunzelnd zurück. Ich merke, dass seine Erklärungsfreude gleich ein Ende hat. »Mir macht`s Spaß. Fertig.«

»Und was ist mit diesem Cole? Und Rick?«

Zack breitet sich neben mir aus und verschränkt die Hände hinter dem Kopf. Sein Schwanz steht noch immer wie eine eins, und bei seinem wundervollen Anblick bin ich kurz versucht, mich einfach auf ihn zu setzen, kann mich aber gerade noch zurückhalten und lausche abgelenkt seinen weiteren Erklärungen.

»Die sind schon ewig mit dabei und ziehen jeden Abend von Club zu Club, wenn nicht gerade Messezeit ist. Keine Ahnung, was die sonst noch so treiben.«

»Ach so, ihr seid gar nicht befreundet?« hake ich verwundert nach.

»Befreundet? Nee, mit den Junkies hab ich nix zu tun. Und jetzt hör auf mich zu löchern und komm her.«

Mit diesen Worten schießen seine starken, braungebrannten Arme nach vorne, und ehe ich mich versehe, sitze ich tatsächlich rittlings auf ihm, spüre seine Härte in mir wachsen, während großen Hände meine Brüste massieren. »Deine Titten sind perfekt, Mag«, flüstert Zack und kneift in meine harten Nippel.

»Du solltest sie erstmal in diesem BH sehen, den ich mir heute gegönnt habe«, necke ich ihn, bewundere sabbernd sein Sixpack und lasse dabei mein Becken kreisen. Meine Wut ist längst verpufft.

»Hm«, stöhnt er und wandert mit den Fingern tiefer. »Das kann ich mir ja später mal anschauen. Gerade gefällst du mir ohne Stoff ganz gut.«

Zwei seiner Finger umkreisen meine ausgefüllte Öffnung, und ich bin schon wieder kurz vor einer Explosion. Doch sein Schwanz verweilt nur kurz in mir, denn nun schiebt er mich von sich, dreht mich herum und beginnt dabei ganz langsam, meinen Po zu massieren, den ich ihm nur allzu willig entgegenstrecke. Seine feuchten Finger umspielen den engen Eingang, und noch ehe ich ein Veto einlegen kann, schiebt er einen davon tief in mich hinein. Ich keuche auf.

»Magst du das?« fragt er leise. Ich spüre, dass ein weiterer Finger auf seinen Einsatz wartet und schüttele erst meinen Kopf, bevor ich doch langsam anfange zu nicken und ganz vorsichtig damit beginne, mich um seinen Finger herum zu bewegen.

»Ich…, ja…, nein, … also…«, stammele ich. »Ich glaube, ja.«

»Oh«, antwortet er erstaunt. »Neuland?«

Ich kann nur wieder nicken, denn dieses Gefühl ist wirklich komplett unbekannt für mich und irgendwie… anders. Je länger er in mir verweilt, desto besser gefällt es mir. Millimeter für Millimeter schiebe ich mich weiter auf seinen Finger, während dieser langsam in mir zuckt.

»Mag«, haucht er, und ich höre an seinem rauen Unterton, wie sehr ihn das antörnt. »Dein Arsch fühlt sich fantastisch an.« Dann zieht er sich aus mir zurück und greift zielsicher nach einer der Verpackungen neben uns.

Während er sich daran zu schaffen macht, widme ich mich dem glänzenden Lusttropfen auf seiner befreiten Spitze, der danach schreit, von mir abgeleckt zu werden. Sein schneller werdender Atem erregt mich so unfassbar, dass ich schon wieder kurz davor bin, zu explodieren, doch Zack hat andere Pläne.

»Dreh dich um«, weist er mich an und ich gehorche, warte ungeduldig darauf, von ihm endlich wieder genommen zu werden, doch nichts dergleichen geschieht.

Ich hocke auf allen Vieren vor ihm, doch Zack steht einfach auf, geht zum Kopfende des Bettes und gibt mir mit einem Kopfnicken zu verstehen, ein Stück höher zu rutschen. Als meine Hände das Bettgestell umklammern, grinst er zufrieden und drückt mit einem geübten Griff meine Beine auseinander, bevor er für einen kurzen Moment seine Finger in mich gleiten lässt. Nur kurz, dann ist er schon aus mir verschwunden, lässt mich leiden, weil er genau weiß, wie sehr ich ihn schon wieder will, was wirklich absolut verrückt ist.

Ich höre ein metallenes Klackern und schaue auf, als Zack sich an meinen Handgelenken zu schaffen macht.

»Das ist nicht dein Ernst«, kommentiere ich kichernd die rosa Handschellen, mit denen er mich jetzt vollkommen klischeehaft ans Bett kettet.

»Mein absoluter Ernst«, grummelt es tief aus ihm heraus. Er ist genauso geil wie ich und ich spüre genau, wie schwer es ihm fällt, sich zusammenzureißen. »Sei froh, dass ich das Klischee bediene und diese Dinger sich mit einem Schnappverschluss wieder öffnen lassen«, droht er mir leise. »Beim nächsten Mal habe ich welche mit Schlüssel dabei.«

Seine Worte bewirken, dass ich mich kaum noch beherrschen kann, doch Zack scheint sehr zufrieden mit seinem Werk und begutachtet mich, während er den nächsten Karton öffnet und ein Spielzeug zu Tage befördert, über dessen Anwendungsbereich ich grübeln muss. Allerdings nicht lange, denn Zack weiß natürlich genau, was zu tun ist und lutscht den dunklen Kegel genüsslich an, ohne mich dabei aus den Augen zu lassen.

»Du bist ganz schön vertrauensselig«, versucht er mich zu schocken, kann sich ein Grinsen aber nicht verkneifen. »Du kennst mich doch gar nicht. Vielleicht bin ich ja der totale Psycho!«

Dann hockt er sich hinter mich und schiebt meine Beine so in Position, dass er ohne Vorwarnung diesen Stöpsel tief in meinen Po einführen kann, was mich vor Staunen gleichzeitig laut schreien und aufstöhnen lässt.

Weil meine Hände gefesselt sind, habe ich keine Chance und winde mich hilflos unter den neuartigen Gefühlen, die mich fast überwältigen. Um Erlösung bettelnd, strecke ich mich ihm auffordernd entgegen, doch Zack grinst nur erneut und beginnt, sich vor meinen Augen einen runterzuholen, während er zwischendurch immer wieder das Ding in meinem Hintern manipuliert, dabei wie zufällig kurz über meine hochsensible Perle streicht und mich damit schier wahnsinnig macht vor Verlangen.

»Du bist wirklich ein Psycho!«, schimpfe ich, weil ich mir nicht mehr anders helfen kann und die Lust wortwörtlich aus mir heraustropft.

Doch kurz bevor die Welle mich erreicht, kann auch mein Psycho sich nicht mehr länger zusammenreißen. Ich höre das Knistern der Kondomverpackung, dann nimmt er mich von hinten, ohne das Spielzeug aus meinem Po zu entfernen, dessen zusätzliche Penetration fast zu viel für mich ist und uns zeitgleich laut und heftig explodieren lässt.

»Wie halten deine Kolleginnen das eigentlich jeden Tag aus?«, wispere ich müde in die Stille, die uns kurze Zeit später umgibt. Zack liegt neben mir und scheint genau wie ich vollkommen erschöpft und zu keiner Bewegung mehr fähig zu sein.

»Viel Gleitcreme«, antwortet er schläfrig.

»Das kann doch niemals ausreichen, um sich tagelang auf der Bühne alles Mögliche in sämtliche Körperöffnungen schieben zu lassen!« empöre ich mich. »Versteh mich jetzt nicht falsch, das gerade war der absolute Hammer, aber …«

»Ich weiß schon, was du meinst«, unterbricht er mich. »Die meisten der Mädels auf der Bühne stehen unter Beruhigungsmitteln oder anderen Drogen«, erklärt er mir dann, als wäre es das Selbstverständlichste der Welt.

»Was?« Jetzt bin ich doch ein wenig geschockt. »Aber warum?«

»Was weiß ich. Einige vögeln eben gerne. Und die andern sind irgendwie in diesem Teufelskreis gelandet und brauchen die Kohle.«

»Und dröhnen sich zu, um das alles zu ertragen, weshalb sie dann wieder mehr Geld verdienen müssen, um die Drogen zu bezahlen?« Ich schüttele verwirrt den Kopf. »Ganz schön verdrehte Logik.«

»Allerdings«, bestätigt er träge, bevor er seine Arme um mich schlingt und sein Atem immer gleichmäßiger wird. Zack macht keinerlei Anstalten, sich in sein eigenes Hotelzimmer zu verkrümeln, was ich durchaus registriere und mich innerlich einen Freudentanz veranstalten lässt.

Mitten in der Nacht schrecke ich jedoch hoch, weil mir eiskalt ist. Ich zittere am ganzen Körper, denn meine Bettdecke liegt zusammen mit Zack auf dem Boden neben mir.

»Na toll«, seufze ich und falle bei dem Versuch, auszustehen, rücklings wieder auf die Matratze zurück. Mein Körper fühlt sich an wie nach einem Halbmarathon, und zwischen meinen Beinen ist alles so geschwollen, als hätte jemand meine

Schamlippen aufgepustet wie einen Luftballon. Ich hatte in den letzten Monaten definitiv zu wenig Sex. Wahnsinn, was dieser Kerl mit mir angestellt hat, denke ich. Natürlich könnte ich Zack einfach auf dem Boden liegen lassen und mir die zweite Bettdecke nehmen, aber wenn ich ehrlich bin, ist es nicht die Decke, deren Wärme mir fehlt.

Ich grinse breit, als ich mich nach dem zweiten Versuch, aufzustehen, erfolgreich neben Zack hocke und vorsichtig versuche, ihn zu wecken und wieder in mein Bett zu lotsen. Da keiner von uns daran gedacht hat, die Vorhänge zuzuziehen, wird sein Gesicht nun vom Mondlicht beleuchtet und ich halte einen Moment inne, um ihn ganz genau zu betrachten.

Sein Gesicht ist wunderschön, ein leichtes Lächeln umspielt seine vollen Lippen und er wirkt vollkommen entspannt. Die dunklen, unverschämt langen Wimpern stehen dicht an dicht, während ein leichter Schatten am Kinn und an den Wangen einen starken Bartwuchs andeutet, dem er anscheinend täglich den Kampf ansagt. Als ich ihm vorsichtig eine seiner dunklen, widerspenstigen Haarsträhnen aus der Stirn streichen will, bewegt sich sein Mund. Lautlose Worte huschen über seine Lippen, die mit einem Mal gar nicht mehr voll wirken, sondern zu einer dünnen, gequälten Linie werden.

In dem Moment, in dem meine Fingerspitzen seine Stirn berühren, schreckt Zack hoch und umklammert mit schmerzverzerrtem Gesicht so fest meine Handgelenke, dass ich erschrocken aufschreie. Das ändert jedoch nichts daran, dass sein Griff mir das Blut abschnürt und mein Herz vor Schreck fast stehen bleibt. Zack ist definitiv nicht bei Sinnen, denn er scheint mit offenen Augen zu träumen, aus denen er mich jetzt wutentbrannt anstarrt und seinen festen Griff keinen Deut lockert.

»Zack«, winde ich mich neben ihm. »Du tust mir weh!«

»Du hast doch keine Ahnung«, antwortet er mit einer Stimme, die mir Angst macht. »Du hast keine Ahnung, wovon du sprichst!« Dann lässt er mich los und sackt vor meinen Augen kurz zusammen, bevor er sich mit verwirrtem Blick aufsetzt und seine dunklen Pupillen das Mondlicht reflektieren.

Ich bin jetzt hellwach, um nicht zu sagen fast panisch, und bringe schnell einen ordentlichen Sicherheitsabstand zwischen uns, bevor ich tief durchatmen und meine kribbelnden Handgelenke massieren kann. Ich zittere noch immer, aber nicht mehr vor Kälte.

»Was… was ist passiert?« fragt Zack und mustert mich besorgt, bevor sein Blick an meinen Handgelenken hängen bleibt.

»Ich… du…, du hast auf dem Boden gelegen«, stottere ich leise. »Du hast geträumt, Zack. Und mich … festgehalten.«

»Oh.« Eine Furche bildet sich auf seiner Stirn. »Zeig her!« Er will zu mir klettern, langt erneut nach meinen Handgelenken, doch ich weiche ein weiteres Stück vor ihm zurück, was ihn innehalten lässt. »Mag«, flüstert er mit sorgenvoll aufgerissenen Augen. »Was hab ich getan?«

»Du hast mir weh getan«, flüstere ich heiser.

Seinen erneuten Annäherungsversuch lasse ich irgendwann regungslos zu, nachdem er mich eine ganze Zeit schweigend und mit großen Augen gemustert hat. Ich will keine Angst vor Zack haben. Ich will nicht glauben, dass er mir wirklich etwas antun wollte.

Als er mir erst die Decke über die Schultern legt und dann zärtlich beginnt, meine Handgelenke zu massieren, weiß ich, dass mein Gefühl mich nicht trügt. Aber dennoch. Ich bin alarmiert. Ich bin nervös. Ich weiß, dass irgendetwas tief in ihm schlummert, über das er keine Kontrolle hat.

»Es tut mir leid, Maggie«, höre ich seine Worte wie durch Watte. »Ich habe dir gesagt, dass ich nicht gut für dich bin.«

Nachdem Zack tatsächlich ohne weitere Erklärungen seine Sachen zusammengerafft hat und einfach verschwunden ist, liege ich noch lange wach. Zwischen meinen Beinen pocht es, an meinen Handgelenken kann man Zacks Fingerabdrücke erkennen und mein Herz hämmert wie verrückt gegen meine viel zu enge Brust.

Jeder normale Mensch hätte jetzt Angst. Aber ich bin wohl nicht normal, denn ein Teil von mir wünscht sich nichts anderes, als dass Zack zurück in mein Bett und zwischen meine Beine klettert.

Kapitel 4

Zwei Tage warte ich darauf, dass er sich bei mir meldet. Zwei Tage irre ich von morgens bis abends durch die Messehalle, verweile hier, notiere dort, mache Fotos und interviewe die Leute. Doch eigentlich verfolge ich nur ein Ziel. Zack.

Zwei Abende habe ich mir nun schon die komplette Show gegeben in der Hoffnung, ihn irgendwo zu entdecken, doch weder Cole noch Rick, die ich hinter der Bühne aufsuche, wissen etwas über seinen Verbleib. Er lässt sich weder in der Hotelbar noch im Fitnessraum blicken, und an der Rezeption kann keiner etwas einzig mit seinem Vornamen anfangen.

Am vorletzten Tag meines Aufenthaltes nehme ich mir vor, endlich meine Aufzeichnungen zu sortieren und mit dem Artikel für meinen Chef zu beginnen, der nächste Woche druckfertig auf seinem Schreibtisch liegen soll. Meine Nachricht mit dem Intimpiercing auf Firmenkosten hat er nicht weiter kommentiert, und ich überlege tatsächlich ernsthaft, mir zumindest noch einen Nippel von diesem Jace verschönern zu lassen, bevor ich die Heimreise antrete.

Es ist erst früher Nachmittag. Ich suche mir eine ruhige Ecke in der Nähe einer Kaffeebar und klappe mein Laptop auf, um endlich mit meiner Arbeit zu beginnen. Völlig vertieft in meine Formulierungen zucke ich zusammen, als mir plötzlich jemand einen noch lauwarmen Muffin auf die Tastatur stellt.

»Ich hoffe, du magst Schokolade«, grinst Cole, als ich erstaunt den Blick hebe.

»Und wie, danke!«, strahle ich. »Perfektes Timing, ich wollte eh gerade eine Pause einlegen.«

Cole setzt sich auf die Bank gegenüber und mustert mich kaffeeschlürfend. »Du siehst müde aus«, stellt er dann fest.

»Ja«, nicke ich. »Bin ich auch. Dabei bekomme ich sicherlich deutlich mehr Schlaf als du. Und du siehst aus wie das blühende Leben!«

Kaum habe ich diesen Satz laut ausgesprochen, höre ich Zacks` Stimme in meinem Kopf. *Mit diesen Junkies hab ich nichts zu tun.* Dabei sieht Cole wirklich einfach nur frisch und ausgeschlafen aus.

Ich zweifle kurz an Zacks` Worten, genauso wie ich daran zweifle, ihn je wiederzusehen. *Du verwirrst mich. Und aus irgendeinem Grund würde ich dich wirklich gerne Mag nennen.* Am Arsch, Zack. Du kannst mich mal.

Kurzentschlossen klappe ich mein Laptop zu und verstaue ihn in meiner Tasche. »Feierabend«, grinse ich.

»Du Glückliche«, lautet Coles` Antwort. »Meine Schicht fängt gerade erst an.«

»Kann ich mit hinter die Bühne kommen und mir die Show wieder von der Seite aus anschauen?« frage ich. »Das Gesabber da vorne halte ich keinen Abend länger aus.«

Er lacht. Die kleinen Fältchen neben seinen Augen stehen ihm gut. »Klar, komm mit.«

Ich schmeiße das Muffin Papier in den Mülleimer direkt an der Ecke, schiebe mir das letzte Schokostück in den Mund und spüle mit Kaffee nach. Für einen Fertigkuchen schmeckt er echt lecker.

Hinter der Bühne herrscht das gleiche Treiben wie an allen anderen Abenden vor der großen Show auch. Die normalen Messebesucher sind längst auf dem Heimweg. Jetzt stehen nur noch die Leute vor der Bühne, die sehr viel Geld für dieses besondere Finale mit „Happy Ending" hingelegt haben.

Und meine Wenigkeit, die keinen Cent dafür bezahlt hat und trotzdem schon ordentlich durchgefickt wurde. Die, die sich heute in ein schwarzes Top und einen viel zu kurzen Rock gewagt hat, weil sie sich in ihrer neuen Spitzenunterwäsche so dermaßen verrucht fühlt, dass sie schon am frühen Morgen den pinken Dildo tief in sich reinschieben musste. Okay, vielleicht habe ich auch mal wieder von Zack und unserem gemeinsamen Abend geträumt, aber das würde ich niemals zugeben. Doch Träume und Dildo hin und her, ich fühle mich noch immer nicht wirklich befriedigt und triefe schon den ganzen Tag, was mich wirklich verzweifeln lässt.

Draußen schwillt langsam die Musik an und ich kenne den Ablauf nach einer Woche mittlerweile auswendig. Cole und Rick stehen in den Startlöchern, wobei *Stehen* in der Tat der richtige Begriff ist.

Dafür, dass Cole einen ganzen Kopf kleiner ist als sein Spielgefährte, steht sein Schwanz diesem Typen definitiv in nichts nach. Zwischen meinen Beinen beginnt es zu pochen und ich rolle innerlich mit den Augen, weil ich keine Ahnung habe, seit wann ich eigentlich immer so geil bin. Die Luft hier drin muss definitiv etwas Ansteckendes haben.

Auch Cara, die Teilnahmslose, erscheint auf der Bildfläche. Was auch immer sie sich dieses Mal eingeworfen hat, es bereitet ihr schon jetzt Mühe, einen Fuß sicher vor den anderen zu setzen.
Rick hakt sie wissend unter, und das eingespielte Team betritt unter lautem Gebrüll der Zuschauer

die Bühne, während ich mich erhebe und den unterirdischen Weg zur seitlichen Ansicht antrete, um nichts zu verpassen und trotzdem in genügend Abstand zu den wichsenden Lustmolchen zu stehen.

Der Analstöpsel, der auf der Bühne für Lustschreie sorgt, setzt auch in mir erregende Gefühle frei. Ich erinnere mich noch sehr genau daran, wie Zacks zuckender Finger sich tief in mir angefühlt hat. Mein eigenes, lustvolles Stöhnen wird von der lauten Musik verschluckt, und ich kann meinen Blick nicht von Cole abwenden, der mich längst entdeckt und meine Gedanken durchschaut hat.

Während er es Cara von hinten besorgt, liegt sein Blick auf mir und lässt mich wissen, dass er es jederzeit und egal wo auch mit mir treiben würde. Ich grinse frech zurück, wohlwissend, dass ich den Heimweg antreten werde, bevor er die Bühne verlassen hat.

Kurz vor dem Showdown packe ich also mit feuchtem Höschen meine Tasche und verschwinde wieder in den dunklen Gängen unter der Bühne. Das war`s. Ich fahre wieder nach Hause. Mittlerweile weiß ich genau, in welcher Richtung sich der Ausgang befindet und laufe zielsicher darauf zu. Doch ich komme nicht weit.

Bevor ich realisiere, was um mich herum geschieht, werde ich gepackt und unter eine der Bühnentreppen gezogen.

»Da bist du ja wieder, du Schlampe«, höre ich eine Männerstimme, die mir im ersten Moment vollkommen unbekannt erscheint. Doch als ich einen Blick auf den dazugehörigen Kerl erhasche, wird mir augenblicklich schlecht.

»Du brauchst gar nicht so zu gucken, Schlampe!«, schnauzt er weiter. »Heute wird hier niemand vollgekotzt!«

Mit diesen Worten schiebt er mir irgendetwas Hartes in den Mund, das mich röcheln lässt und zerrt an meinem Hinterkopf herum. Ich ahne augenblicklich, welche Pläne sein Kumpel und er verfolgen, doch mein Schrei endet lautlos, während meine Arme schmerzhaft hinter meinem Rücken verdreht werden und mich wimmernd in die Knie gehen lassen.

»Gut so, Schlampe. Du weißt schon, wie es geht!« höre ich eine aalglatte Stimme hinter mir, deren dazugehörige Hand ungeniert meinen Rock hochschiebt und sich in meinem Höschen verirrt. »Macht dich das geil, ja?« herrscht er mich an. »Deine Fotze trieft ja schon wie ein Wasserfall.« Mit diesen Worten reißt er das dünne Stückchen Stoff zwischen meinen Beinen grob herunter und fingert unsanft an mir herum.

Mein Wimmern scheint ihm zu gefallen, denn ich spüre schon, wie er seine eigene Geilheit an meinem Hintern reibt, während sein Kumpane sich direkt vor meinen panisch aufgerissenen Augen in Stimmung bringt. Sein Schwanz ist haarig und krumm. Mir wird schlecht, doch ich versuche mich zu beherrschen und blähe meine Nasenflügel auf, um genug Luft zu bekommen.

»Bei der brauchste keine Rücksicht nehmen«, höre ich ihn. »Die Schlampe ist es doch gewöhnt, hart rangenommen zu werden!«

Als er ohne Vorwarnung in mich eindringt, schreie ich los, auch, wenn nur ein kehliges Röcheln aus mir heraus kommt. Dann mobilisiere ich all meine verbleibenden Kräfte und bäume mich auf, doch gegen die beiden Kerle bin ich chancenlos.

Der Typ vor mir rammt mir kurzentschlossen sein Knie in den Bauch und schlägt mir mit solcher Wucht ins Gesicht, dass ich strauchelnd zu Boden gehe und panisch versuche, nach Luft zu schnappen, was mir nicht gelingt. Hilflos spüre ich, wie mir nach und nach schwarz vor Augen wird und ein Kribbeln mich erfasst, welches mich ganz langsam in tiefe Dunkelheit treiben lässt, während der Typ hinter mir mich rammelt, als würde sein Leben davon abhängen.

Ich höre ihre perversen Flüche und ihr Keuchen, spüre, wie ich hochgehoben, gedreht und auf andere Weise von den beiden missbraucht werde, doch ich habe alledem nichts mehr entgegenzusetzen, weil mir schier die Luft wegbleibt.

Wann ich wieder zu mir komme, kann ich nicht sagen. Und wo ich bin, weiß ich auch nicht. Aber neben mir hockt kein anderer als Cole und hebt beschwichtigend seine Hände, als ich zusammenzucke und vor ihm zurückweiche.

»Maggie«, raunt er leise, und sein Blick wirkt ehrlich besorgt. »Da bist du ja wieder. Diese Typen haben dich ganz schon zwischen gehabt.«

Langsam nähert er sich und tupft mit einem kühlen Lappen vorsichtig über meine anscheinend aufgeplatzte Lippe, was ich schmecke und am blutverschmierten Tuch erkenne, obwohl ich eines meiner Augen nicht richtig öffnen kann.

»Wo bin ich hier?« will ich fragen, doch meine Stimme versagt, und ich bringe nur ein heiseres Krächzen hervor.

»Du willst wissen, wo du bist?« höre ich Cole, der anscheinend Gedanken lesen kann. Ich nicke langsam. Mein Schädel fühlt sich an, als würde er jeden Moment platzen und mir ist furchtbar schwindelig.

Schon wieder weiß Cole genau, was in mir vorgeht, denn er hält den Eimer bereit, bevor ich überhaupt weiß, dass ich kotzen muss.

»Tschuldigung«, nuschele ich und zucke vor Schmerzen zusammen, als ich mich aufsetzen und einen Schluck von dem Wasser trinken will, welches er mir an die Lippen hält.

In einer vorsichtigen Bewegung schaue ich an mir herunter. Mein Rock ist zerrissen, das Höschen gibt es nicht mehr. Mein schwarzes Top ist halb nach unten gerutscht, und was von meinem Spitzen-BH noch übrig ist, hängt blutverkrustet an meiner Brust, während sich im Bereich des Unterleibs ein großer blauer Fleck ausbreitet.

»Du bist in Sicherheit, Maggie. Hier kannst du dich erstmal ausruhen. Soll ich Cara holen? Sie hilft dir unter der Dusche.«

Ich schüttele vehement meinen pochenden Kopf und Cole scheint zu verstehen. Er hilft mir, mich aus den blutigen Klamotten zu schälen und stützt mich, als ich aufstehen will. Alles an meinem Körper schmerzt und ich kann gar nicht lokalisieren, wo die Typen mich am Schlimmsten getroffen haben.

Doch der erste Schritt belehrt mich eines besseren und ich sehe kurz Sterne, bevor ich schmerzerfüllt zusammensacke und von Cole gestützt werde. Jeder Schritt fühlt sich so an, als würde ein

riesengroßes Messer in mir stecken und mich in
zwei Teile spalten. Ich wage nicht, einen Blick zwischen meine Beine zu werfen, aber ich spüre, dass
die beiden Typen mich blutig gefickt und weiß
Gott was sonst noch alles mit mir angestellt haben
müssen.

Es sind nur wenige Schritte bis ins Nebenzim-
mer und unter die Dusche, aber sie fühlen sich an
wie der Weg zum Schafott. Als das Wasser meinen
Körper entlang läuft und das klebrige Blut mit sich
nimmt, brennt meine Mitte wie Feuer.

Cole muss mich weiterhin stützen und hilft mir
mit besorgtem Blick, als ich scharf die Luft ein-
ziehe und ihn alle sichtbaren Spuren der Verge-
waltigung von mir abwaschen lasse. Dabei liegt
seine Stirn in tiefen Falten und ich sehe, wie die dicke Ader seitlich an seinem Hals angestrengt
pocht. Ich bin zu erledigt, um auch nur den Hauch
von Scham zu entwickeln und lasse das alles einfach geschehen. Vollkommen erledigt liege ich irgendwann wieder in diesem fremden Bett und
rolle mich zusammen wie ein Embryo.

»Trink das, Maggie«, fordert Cole mich auf und
reicht mir ein Glas, in dem sich gerade irgendetwas auflöst. »Das ist gegen die Schmerzen.« Dann
schiebt er mir ein Kühl Pack zwischen die Beine.
»Vertrau mir. Ich passe auf dich auf.«

Dankbar leere ich das Glas in wenigen Zügen.

»Schlaf jetzt«, sind die letzten Worte, die ich höre.

Irgendwann werde ich kurz wach und lausche der Stille. Wie lange dieser Dämmerzustand, in dem ich mich befinde, schon anhält, kann ich nicht sagen. Aber die Stunden scheinen zu verschwimmen und ich habe keine Ahnung, seit wann ich schon hier liege.

Meine Gedanken sind eine wilde Mischung aus allen Eindrücken der letzten Tage, was es mir nicht einfacher macht, in erholsamen Schlaf zu finden. Zwischendurch schleicht sich Zack in meine Gedanken, mit seinen dunklen Augen und dem panischen Ausdruck darin, als ich vor ihm zurückgeschreckt bin. Immer wieder halluziniere ich und nehme dumpf die ekelhaften Stimmen meiner Peiniger wahr, die über irgendetwas diskutieren und mich als Schlampe betiteln, die es verdient hat. Ich höre Cole, der wutentbrannt seine Stimme erhebt, nehme Schreie wahr, die ziemlich sicher eine Reflektion meiner eigenen, hilflosen Versuche sind und fühle gierige Hände auf meinem Körper, stechende Schmerzen in meinen Armen und Wasser in meinem Gesicht.

Meine Wunden heilen, das spüre ich an den schwindenden Schmerzen. Doch meine Apathie und Kraftlosigkeit ziehen sich schon viel zu lange, als dass es normal wäre. Cole kommt regelmäßig zu mir, doch anstatt mir Erklärungen zu liefern, schiebt er mir nur immer wieder etwas gegen die Schmerzen in den Mund und redet mit beruhigender Stimme auf mich ein.

Ich bin schwach und willenlos, aber irgendwann drückt meine Blase so heftig, dass ich berechtigte Sorge habe, ins Bett zu pinkeln, sollte ich nicht schnellstmöglich auf die Toilette kommen. Meine Rufe nach Cole verhallen im Nirwana, er scheint nicht in der Nähe zu sein. Also hieve ich mich alleine aus dem Bett, ganz langsam und vorsichtig, immer darauf bedacht, meine Schmerzen so gering wie möglich zu halten. Ich erwarte sie förmlich, jeder meiner Muskeln ist aufs Äußerste angespannt und bereit, sich ihnen zu stellen.

Doch nichts dergleichen passiert, weder bei meinem ersten noch bei meinem letzten Schritt, bis ich die Toilette im Nebenraum erreicht habe. Selbst zwischen meinen Beinen scheint alles wieder verheilt zu sein, denn ich verspüre nicht einmal mehr ein klitzekleines Brennen, während ich mich seufzend erleichtere.

Als ich Stimmen höre, stehe ich bereits verwundert vor dem Spiegel und betrachte nachdenklich mein blasses Gesicht. Wie lange bin ich schon hier? Mir kommt es vor wie gestern, aber meiner verheilten Lippe nach zu urteilen muss es schon eine deutlich längere Zeit sein. Und war mein Auge nicht zwischenzeitlich so zugeschwollen, dass ich kaum etwas sehen konnte? Panik überkommt mich, als ich mein Shirt hebe und erkenne, dass auch das große Hämatom an meinem Bauch fast verschwunden ist. Einzig ein ganz leicht gelbgrünlicher Schimmer lässt erkennen, dass sich überhaupt einmal ein blauer Fleck dort ausgebreitet und mich verunstaltet hat.

Wie lange zur Hölle bin ich schon hier? Wissen meine Eltern Bescheid? Und mein Chef? Wo sind meine ganzen Sachen? Ob Zack mich vermisst und nach mir gesucht hat?

»Maggie?«, höre ich Cole plötzlich nach mir rufen.

»Ich bin hier!« krächze ich, denn meine Kehle fühlt sich seltsam trocken an.

»Ah, da bist du«, sagt er, kommt zu mir und betrachtet eingehend mein Gesicht, indem er mein Kinn zwischen Daumen und Zeigefinger nimmt und meinen Kopf mehrfach hin und her dreht. »Alles verheilt«, murmelt er mehr zu sich selbst. »Hast du noch Schmerzen?«

Ich schüttele meinen Kopf. »Nein«, antworte ich. »Nur tierischen Durst.«

Er nickt wissend. »Das kommt von den ganzen Medikamenten.«

»Cole, seit wann bin ich hier?« frage ich vorsichtig, während dieser die Arme vor der Brust verschränkt und mich eingehend mustert.

»Seit zwei Wochen«, antwortet er mir dann, als wäre das vollkommen logisch.

»Zwei Wochen?« rufe ich empört. »Cole! Meine Eltern werden sterben vor Sorge! Meine Sachen im Hotel! Ich muss zur Polizei! Und mein Job! Verdammt!«

»Reg` dich nicht auf, deine Sachen sind längst hier«, bemerkt er trocken.

»Wo denn?« Hektisch schaue ich mich in dem kahlen Raum um, in dem ich anscheinend die letzten zwei Wochen mehr geschlafen habe als alles andere. Erst jetzt erkenne ich bei genauerer Betrachtung, dass sich außer einem großen Bett und einer kleinen Kommode nichts weiter in diesem Zimmer befindet. Die Wände sind grau und kahl, es gibt keine Bilder, keine Deko, nichts. Noch nicht einmal einen Fernseher oder Bücher, selbst ein Fenster kann ich nirgendwo ausmachen. Je länger ich mich umschaue, je klarer mein Kopf wird, je länger Cole schweigt, desto mehr beschleicht mich das Gefühl, dass hier irgendetwas nicht stimmt.

»Cole«, frage ich schneidend. »Wo zum Teufel bin ich hier und wo sind meine Sachen?«

Ein diabolisches Grinsen umspielt seine Lippen, als er sich nun an die Wand lehnt und mich weiter mustert. »Ich habe dich gerettet, Maggie. Die Typen hätten dich tot geprügelt, nachdem sie mit dir fertig waren, wenn ich nicht dazwischen gegangen wäre. Ich finde, ein bisschen mehr Dankbarkeit wäre schon angebracht.«

»Ich bin dir ja dankbar«, antworte ich, um eine ruhige Stimme bemüht. Die Erinnerung an das, was mir widerfahren ist, legt eine Schlinge um meinen trockenen Hals. »Sehr sogar«, fahre ich mit rauer Stimme fort. »Aber meine Eltern und meine Freunde werden sich furchtbare Sorgen machen. Gib mir mein Handy, ich muss sie unbedingt anrufen und ihnen sagen, dass es mir gut geht.«

»Nein«, lautet seine knappe Antwort und mir fällt vor Staunen die Kinnlade herunter.

»Ähm, was genau meinst du mit *nein*?« hake ich ungläubig nach.

»Sieh mal, Maggie.« Mit diesen Worten kommt er langsam näher und schleicht um mich herum wie ein Raubtier auf der Jagd. »Ich habe dich gerettet. Ich habe dich zwei Wochen versorgt und gepflegt.« Sein Atem streift meinen Nacken, als er direkt hinter mir zum Stehen kommt. Ich versteife mich und bekomme augenblicklich eine Gänsehaut. »Du bist mir etwas schuldig. Deine Sachen behalte ich so lange, bis diese Schuld abbezahlt ist.«

Alle Alarmsignale in meinem Körper fangen gleichzeitig an zu schreien, doch ich stehe nur hilflos zitternd in einem schäbigen, hell gekachelten Badezimmer und versuche mühsam, irgendetwas von dem zu verstehen, was Cole mir gerade sagt. Ich schlucke mühsam.

»Ich verstehe nicht…«, formen meine Lippen, doch mein Angstschweiß ist schon Erklärung genug, mein Gefühl hat mich nicht betrogen. Hier ist etwas im Gange, etwas Großes, und ich habe Angst.

»Wenn du es nicht verstehst, muss ich es dir wohl zeigen«, sagt er schulterzuckend und bewegt sich Richtung Tür. »Don, Luc«, donnert er dann los.

Ich höre, wie die Tür nebenan geöffnet und direkt wieder geschlossen wird. Cole schiebt mich aus dem Badezimmer, und ich erstarre noch im Türrahmen, als ich die beiden Männer neben dem Bett stehen sehe. Keiner von ihnen sagt ein Wort, doch das müssen sie auch nicht, denn ihre anzüglichen Blicke ohne Reue reichen vollkommen aus, um mich wimmernd zusammensacken zu lassen.

»Maggie«, vernehme ich Cole wie durch Watte. »Darf ich dir meine zwei besten Männer vorstellen? Don, Luc, das ist Maggie. Ihr kennt euch ja schon.« Dann lacht er. Sein Lachen klingt plötzlich schrill und furchterregend. Die Typen stimmen sofort mit ein und ich fühle mich wie ein in die Ecke getriebenes und zu Tode verurteiltes Kaninchen, welches mit billigen Tricks aus seinem Bau gelockt wurde.

Als ich mühsam meinen Kopf hebe, verstummen die drei. Meine Zunge klebt am Gaumen, so trocken ist mein Mund. Ich versuche zu sprechen, doch meine Stimme hört sich seltsam verzerrt an, und meine Zunge gehorcht mir nicht. Außerdem ist mir schlecht. Kaum bemerke ich die aufsteigende Übelkeit, liege ich auch schon keuchend auf dem kalten Boden. Dieser Magenkrampf kam so plötzlich und unerwartet, dass ich denke, es zerreißt mich.

»Maggie, Maggie«, säuselt Cole unbeeindruckt. »Das hast du nun davon. Hübsche Frauen wie du sollten niemals Männern wie mir über den Weg trauen. Hat deine Mama dir denn nicht beigebracht, dass man nie etwas trinken darf, von dem man nicht weiß, was es ist? Und dein Vater, hat er dich nie vor den bösen Jungs gewarnt, die den jungen Mädchen Honig ums Maul schmieren? Tja, Maggie. Reingefallen. Hier wird dich keiner retten.«

In meinem Kopf herrscht das totale Chaos. Nur ganz langsam setzen sich die Puzzleteile zusammen, und ich stöhne auf, als mich ein weiterer Krampf erneut zu Boden gehen lässt.

»Du hast das alles von Anfang an geplant?« krächze ich ungläubig und unter Schmerzen.

Cole nickt. »Natürlich. Du bist mir direkt am ersten Tag aufgefallen. Dein unschuldiger Blick und dieser fassungslose Ausdruck in deinem wunderschönen Gesicht!«

Diese Beschreibung kommt mir irgendwie wage bekannt vor und ich zische »Steckt Zack auch mit euch unter einer Decke?« durch meine Zähne, bevor ich mich vor Schmerz fast übergebe.

»Zack? Die Nullnummer? Tz, nee, den halben Schwanz kann man doch nicht für voll nehmen.« Er schüttelt sich amüsiert. »Du warst so leicht zu überzeugen, Maggie. Aber die Nummer mit der Kotzerei haben Don und Luc dir echt übel genommen. Ihre Reaktion war etwas heftig, muss ich zugeben. Dafür wollen sie sich gleich noch bei dir entschuldigen, nicht wahr?«, grinst er wissend in ihre Richtung. Dann schlendert er langsam auf mich zu, obwohl ich ängstlich ein Stück vor ihm zurück weiche.

»Schhhh...« flüstert er. Fehlt nur noch, dass er mir den Kopf tätschelt, aber es soll wohl tatsächlich beruhigend wirken. »Du musst keine Angst vor mir haben. Das sind nur die ersten Entzugserscheinungen, meine Liebe. Wenn du deine Tagesration erhalten hast, wird es dir besser gehen.«

»Meine WAS?« bringe ich heiser hervor.

»Du bist seit zwei Wochen hier, Maggie. Das hat gereicht, um deinen Körper an Dinge zu gewöhnen, die nur ich dir besorgen kann. Ich sagte doch: du bist mir etwas schuldig. Weißt du, es ist eigentlich ganz einfach. Wenn du tust, was ich dir sage, werde ich dich belohnen. Wenn du dich mir widersetzt, musst du leiden. Und glaub mir, diese Magenkrämpfe und dein trockener Mund sind erst der Anfang!«

»Was zum Teufel hast du mit mir gemacht?« Ich will schreien, ich will aufspringen und ihm sein selbstgefälliges Grinsen aus der Visage treten. Aber ich bin unfähig, mich auch nur alleine aufzurichten.

»Genau deshalb wollte ich dich. Ich habe dir sofort angesehen, dass tief in dir etwas Wildes schlummert.« Seine Hand berührt mein Kinn, und ich schlage sie zur Seite.

»Du willst wissen, was ich mit dir gemacht habe, Prinzessin?«, fährt er unbeeindruckt fort. »Ein bisschen Kokain, ein bisschen Heroin, immer schön im Wechsel und in verschiedene Venen, damit deine Schönheit erhalten bleibt, meine Hübsche. Don, hilf unserer Prinzessin doch bitte aufs

Bett zurück.« Er betrachtet mich eingehend. »Ich hoffe, du enttäuschst mich nicht, Maggie.«

»Du kannst mich mal«, stöhne ich und will die Hand meines Peinigers wegschlagen, doch er greift unbeirrt fester zu.

»Don! Luc!« mahnt Cole. »Wehe, ihr verunstaltet sie noch einmal so wie beim letzten Mal. Denkt daran, dass sie mir eine ordentliche Summe einbringen wird.«

Dieser Don macht grinsend eine ziemlich eindeutige Geste, während ich anfange zu würgen und von ihm unsanft auf das Bett geschmissen werde. Er mustert mich von oben bis unten mit einem seltsam glasigen Blick, wobei eines seiner Augen immer wieder abdriftet und ins Leere zu starren scheint, während der eisige Blick des anderen Auges sich tief in mir einbrennt.

Während ich hilflos mit ansehen muss, wie die beiden Typen meinen sich windenden Körper am Bett festschnallen, steht Cole neben der Kommode und zieht ungerührt mit einer Spritze irgendeine Flüssigkeit auf. Als er neben mich tritt, kann ich mich nicht mehr rühren. Don hat mir ein Tuch in meinen eh schon staubtrockenen Mund gedrückt, und erneut überkommt mich die alte Panik, nicht genug Luft zu bekommen.

Viel zu schnell tanzen bunte Lichtflecke vor meinem inneren Auge, doch das scheint momentan tatsächlich mein kleinstes Problem zu sein. Ich hechele wie ein Hund und versuche, mich aus den Fesseln zu lösen, die schmerzhaft in mein Fleisch schneiden, ohne sich auch nur einen Millimeter zu lockern.

Luc legt gekonnt ein enges Band um meinen Oberarm und Cole braucht nur einen kurzen Moment, um die passende Vene ins Visier zu nehmen. Mit geübtem Griff und einer fließenden Bewegung lässt er schon Sekunden später pures Gift durch meine Adern schießen.

»Willkommen in der Hölle«, höre ich ihn flüstern, bevor der Rausch mich erfasst und sich wie eine warme Decke über meinen Körper legt.

Augenblicklich entspanne ich mich, und jede eben noch durchlebte Angst löst sich in rosarote Luftblasen auf. Ich bäume mich auf und lache, laut und unbeschwert.

Als Cole meine Fesseln löst, falle ich ihm um den Hals und kann nicht glauben, mich jemals vor ihm oder seinen Kumpanen gefürchtet zu haben, obwohl er ja wirklich ein Arsch ist.

»Prinzessin«, raunt er in mein Ohr. »Meine Freunde hier wollen sich noch gebührend bei dir entschuldigen.« Ich nicke und meine tatsächlich, Schmetterlinge hinter ihm auffliegen zu sehen, also springe ich auf und tanze, auf der Suche nach ihnen, durch den Raum.

»Reitet sie ordentlich ein«, sind seine letzten Worte, bevor er den Raum verlässt und mich mit Don und Luc alleine lässt. Aber mir ist alles egal, denn dieses Gefühl der Glückseligkeit hat mich vollkommen im Griff.

Nichts kann daran etwas ändern, auch nicht der harte, krumme Schwanz, der jetzt vor meinen Augen ausgepackt wird. Auch nicht der feste Griff von Luc, als er mich auf den Boden schmeißt und schamlos sein Gesicht in meinem Schoß vergräbt. Seine Zunge hat es echt nicht drauf, aber das macht nichts. Ich fühle mich leicht wie eine Feder und frei wie nie zuvor. Die anstößigen Bemerkungen meiner Peiniger kann ich nicht verstehen, ihre Worte klingen in meinen Ohren wie zuckersüßer Sirup. Sie sind grob und fordernd, doch ich gebe ihnen gerne, was sie sich wünschen.

Als Luc seine Härte in mich rammt, hält Don mein Gesicht fest umklammert und schiebt mir seinen Schwanz bis zum Anschlag in den Mund. Ich winde mich und versuche automatisch, nach Luft zu schnappen, aber die sonst so schnell aufsteigende Panik bleibt einfach aus.

Doch die beiden sind längst noch nicht fertig mit mir. Bevor sich einer von ihnen in mir ergießt, werde ich bäuchlings auf das Bett geschmissen.

Während mein Mund auf Lucs Schoß gedrückt wird, stöhnt er und beschimpft mich als ekelhafte Fotze, doch ich gluckse nur und besorge es ihm mit meiner Zunge.

Don hebt derweil meinen Hintern nach oben und fickt mich so hart, dass ich in meiner Unbeschwertheit laut mit dem Schwanz im Mund auflachen muss.

»Was ist so lustig?« fragt er atemlos zwischen seinen Stößen. »Reicht es dir noch nicht, *Prinzessin*?«

»Ich staune nur, dass ein so krummes kleines Schwänzchen so tief zulangen kann«, kichere ich und fange mir einen festen Schlag auf den Hintern ein, der mich aufstöhnen lässt.

»Ich zeig dir, zu was mein Schwanz alles fähig ist, du Kotzfotze!« brüllt er wutentbrannt. Wie zur Bestätigung spuckt er auf meinen Arsch und massiert kurz meinen Hintereingang, dann zieht er sich aus mir zurück und stößt nur wenige Sekunden später so feste in meinen viel zu engen Po, dass ich trotz Hochgefühl kurz aufschreie.

»Dich mache ich fertig!« geifert er hinter mir und gräbt sich immer tiefer in mich hinein. Ich wimmere nur noch, aber er lässt nicht von mir ab.

Nach und nach verschwimmt alles vor meinen Augen. Ich spüre, wie gierige Hände mich berühren und überall in mich eindringen. Ich fühle, wie die fordernden Kerle mich zerreißen, sich erneut aufbäumen und schlussendlich irgendwo in und auf mir ergießen. Aber es ist mir egal, denn ich sehe die Luft in allen Farben glitzern und lasse mich einfach fallen.

Dunkle, widerspenstige Locken schleichen sich in meine rosarote Traumwelt, ein Drachen Tattoo, das voller Geheimisse zu sein scheint, und überall riecht es so intensiv nach Zack, dass ich sicher bin, er liegt neben mir.

Mein geschundener Körper kann sich nicht mehr bewegen, als die Tür krachend ins Schloss fällt. Aber meine Fantasie summt wunderschöne Lieder, schickt mir bunte Bilder und lässt mich vergessen, wer ich bin, wer ich war und wie anders alles hätte laufen sollen.

Kapitel 5

Die Tage und Nächte verschwimmen. Oder sind es schon Wochen? Monate? Ich weiß es nicht. Ich kenne nur diesen Raum und die Männer, die mich in regelmäßigen Abständen besuchen und besteigen.

Sie benutzen mich schamlos, meistens alleine, manchmal zu zweit oder zu dritt. Die meisten von ihnen kommen regelmäßig und sind harmlos. Sie wollen nur das, was ihre Frauen ihnen nicht geben können, schieben ihre Schwänze in meinen Mund oder stöhnen ihre Lust sabbernd zwischen meinen Beinen heraus. Manche nehmen mich von hinten, andere wollen mich auf ihrem Schoß und an meinen Titten saugen, während sie in mir abspritzen. Die Spielzeuge in dem stets verschlossenen Schrank neben der Kommode sind insbesondere bei den älteren Typen hoch im Kurs, und ich bin froh, wenn sie dazu das Gleitgel nutzen, welches stets parat steht. Manche Typen wollen nur zuschauen, wie ich es mir selber mache, andere bestehen darauf, dass Cara und ich es uns gegenseitig besorgen, was ich nicht leiden kann, weil Cara echt vollkommen fertig ist und ich es hasse, meine

Zunge in ihr zu versenken. Trotzdem lasse ich alles über mich ergehen, weil ich weiß, dass das meine einzige Chance auf Erlösung ist.

Wenn sie alle meine Körperöffnungen gleichzeitig in Anspruch nehmen wollen, ist Cole stets zur Stelle und gibt mir vorher eine kleine Pille, von denen ich mittlerweile nicht mehr genug bekommen kann. Cole. Mein Retter. Mein Peiniger. Er lobt mich oft, sagt, ich sei seine kostbarste Prinzessin. Ich glaube ihm, solange er mich mit Glückseligkeit vollpumpt und damit den Rest der Welt vergessen lässt.

Aber die Schatten kreisen dunkel über mir und Angst sucht mich regelmäßig heim. Wilde Bilder durchzucken mein Gehirn, wenn es gerade dazu in der Lage ist. Diese klaren Momente sind kurz, aber wenn sie eintreten, dann verzweifele ich und liege gekrümmt vor der Toilette, weil sie mein einziger Freund ist.

Während die Übelkeit immer und immer wieder in mir aufsteigt, während mein Magen sich schmerzhaft krümmt und ich mich nach nichts anderem sehne als nach Erlösung, dann weiß ich, dass Cole ganz sicher nicht mein Freund ist. Cole ist mein Albtraum, meine ganz persönliche Hölle. Er hat mir alles genommen, und ich bin nur seine Prinzessin, weil die Männer auf mich stehen. Weil ich klein, blond und willenlos bin, weil meine

Brüste die Typen heiß machen und meine Fotze alles in sich aufnimmt, was man ihr bietet.

Heute ist ein dunkler Tag. Ich sehne meinen nächsten Rausch herbei und weiß, dass das alles hier nur meine eigene Schuld ist. Ich bin mir sicher, meine Leichtgläubigkeit wurde von Zack auf die Probe gestellt und durch Cole bestraft. Jetzt brauche ich dieses furchtbare Zeug, um den grauen Wänden hier zu entfliehen, obwohl es mich umbringen wird. Aber es ist der einzige Weg, das alles zu ertragen.

Heute ist einer dieser Tage im Monat, an denen ich Cole nichts nutze, weil ich blute und noch von den Besuchen der letzten Tage gezeichnet bin. Die Typen waren brutal und ihre Würgespielchen selbst für meine willenlose Wenigkeit grenzwertig. Ich bin heiser, mein Magen schmerzt und ich kann nichts bei mir behalten, obwohl es dringend erforderlich wäre. Meine Kehle ist trocken, doch auch das schluckweise Wasser, welches ich mit zittrigen Händen an meine Lippen hebe, ändert nichts daran.

Mittlerweile gehöre auch ich zu der Fraktion der regelmäßigen Gleitgel-Nutzer, obwohl meine Mitte sonst immer und überall triefend bereit stand.

»Das kommt von den Drogen«, erklärt Cara, während sie mich wäscht und mir dabei hilft, meinen Körper zu enthaaren.

Rasierer gibt es hier nicht, aber Cole hat uns grinsend Wachs zur Verfügung gestellt und viel Spaß damit gewünscht. Er ist wirklich eklig zu mir, wenn ich meine Tage habe und somit nutzlos für ihn bin. Früher hatte er einen Kunden, der es gerne blutig mochte, aber mittlerweile wollen es alle Typen nur noch sauber und blank.

Mit zittrigen Fingern verteile ich Wachs auf der stoppelige Wiese zwischen meinen Beinen. Als Cara ihn kurze Zeit später abzieht, zucke ich nicht einmal mit der Wimper. Ich bin sowas von abgestumpft und kaputt.

»Hast du Zack nochmal irgendwo gesehen?« frage ich sie auf dem Weg ins Bad. Im Gegensatz zu mir hat sie andere Aufgabengebiete und ist oft mit Cole und Rick draußen unterwegs. Vermutlich, weil sie so erledigt und hörig ist, dass von ihr keinerlei Fluchtgefahr ausgeht.

»Zack?« lallt sie benommen.

Ihr Blick sagt mir, dass sie keine Ahnung hat, von wem ich spreche. Um sie nicht weiter zu verwirren, verschweige ich, dass sie diverse Male seinen Schwanz in ihrem Mund und seine Faust in ihrer ausgeleierten Mitte hatte.

Cara ist noch viel kaputter als ich und geht mir auf den Sack, aber sie ist die einzige Abwechslung, die sich mir zwischendurch bietet. Ich weiß, dass es hier auch noch andere Mädchen gibt, die bei Cole ihre Schulden abbezahlen. Cole, der nette Kerl, auf dessen Masche nicht nur ich voll und ganz reingefallen bin. Ich kann zwar nicht glauben, dass er das alles hier alleine mit seinen beiden Schoßhündchen auf die Beine gestellt hat, aber er ist mit allen Wassern gewaschen und schlau genug, uns alle getrennt voneinander zu beschäftigen. Cara ist nur eine seiner sterbenden Marionetten und vollkommen am Ende. Ab und an bringt Cole uns noch zusammen, und ich sehe bei jedem Treffen, wie sie mehr und mehr verfällt. Innerlich ist Cara seit Monaten schon tot, aber ihre einst recht ansehnliche Hülle bekommt nun ebenfalls Schlagseite.

Ich schlucke schwer, obwohl mein Mund staubtrocken ist und eigentlich gar keine Spucke mehr zum Herunterschlucken hergibt. Aus mir ist das geworden, was Zack abgrundtief verabscheut. Ein kranker Junkie, vollkommen erledigt und abhängig von jedem Schuss.

Aber ich will das nicht. Ich darf so nicht enden. Ich will nicht, dass meine Haut unrein und pickelig wird, dass sich Abszesse an den Einstichstellen bilden oder mir meine Zähne ausfallen.

Ich habe schon jetzt so viele wirre Momente, ich kann nicht zulassen, dass mein Hirn noch weiteren Schaden nimmt. Nachdenklich lecke ich über meine aufgeplatzten Lippen, bevor mich ein neuer Magenkrampf überrascht und erneut zu Boden gehen lässt.

Als ich wieder zu mir komme, ist mir so kalt, dass ich mich nicht mehr bewegen kann. Ich liege neben der Dusche auf den harten, eisigen Fliesen und zittere so stark, dass meine Kieferknochen laut und unkontrolliert aufeinander schlagen. Sofort fürchte ich, meine Zähne doch noch früher zu verlieren, als mir lieb ist.

Von Cara fehlt plötzlich jede Spur, aber so ist es meistens mit ihr. Irgendwann verschwindet sie einfach, wahrscheinlich, weil sie vergessen hat, was sie bei mir soll. Aber heute ist irgendetwas anders. Normalerweise besucht mich niemand, wenn ich in dieser Phase des Monats bin, doch von nebenan dringen jetzt laute Stimmen zu mir. Eine davon gehört ganz sicher Cole und ich versuche, in Bauchlage langsam in Richtung Tür zu robben, weil meine Beine mir nicht gehorchen. Cole, mein Retter, mein Peiniger. Cole, der als Einziger vermag, mich aus dieser Misere zu befreien.

Doch mitten auf der Türschwelle verharre ich. Das Bild, das sich mir bietet, bringt mein Innerstes vollkommen durcheinander und lässt mich erneut würgen, obwohl ganz sicher nichts mehr in mir steckt, für das es sich lohnt, erneut die Toilette aufzusuchen.

Cara liegt in Unterwäsche vor meinem Bett. Sie wirkt seltsam verdreht und hat Schaum vor dem Mund. In einem ihrer Arme hängt noch die Spritze, von der sie sich wohl neues Vergessen erhofft hat. Panik steigt in mir auf. Cara bewegt sich nicht, ihr Blick geht ins Leere und an ihrem Brustkorb erkenne ich keinerlei Regung. Ich schließe für einen Moment die Augen und versuche meine Atmung unter Kontrolle zu bringen. Als ich sie wieder öffne, sind Cara und ich nicht mehr alleine.

»Fuck!« schreit Cole noch während seine Hand die Türklinke umfasst und rauft sich die Haare. Don und Luc, seine beiden Schoßhündchen, hocken neben dem leblosen Körper und gucken ihm betroffen entgegen.

»Was zum Teufel habt ihr ihr gegeben?« brüllt Cole weiter.

»Nur ein bisschen Speedball… nicht viel«, gibt Don zu und fängt sich augenblicklich einen Schlag ein, der seinen Kopf nach hinten trudeln lässt. Winselnd hält er sich die Nase, aus der sofort das Blut schießt.

»Wie oft habe ich euch schon gesagt, dass das keine Option ist, verdammt!« Cole schüttelt fassungslos seinen Kopf. »Ausgerechnet jetzt! Seit

Monaten erkläre ich euch schon, dass man Koks und Heroin nie mischen sollte. Was meint ihr eigentlich, warum ich das immer zeitversetzt injiziere? Aus Spaß? Oh Mann, ihr Idioten. Speedball. Wie bescheuert seid ihr eigentlich?«

Ein leichter Tritt gegen Caras leblosen Körper bestätigt meine schlimmsten Befürchtungen, und ich kann das laute Keuchen nicht mehr verhindern, das meinen Mund nun verlässt. Augenblicklich schnellen drei Augenpaare in meine Richtung und Cole stöhnt genervt auf.

»Auch das noch. Luc, schaff Maggie hier raus.« Seine Arme fuchteln wild im Raum herum. »Und du, Don, lass Cara verschwinden. Herrgott nochmal. Ihr seid wirklich zu nichts zu gebrauchen!«

Ehe ich verstehe, wie mir geschieht, hat Luc mich hochgezogen und zerrt mich mit sich. Wie in Trance setze ich einen Fuß vor den anderen, denn ich habe gerade die erste Leiche meines Lebens gesehen und bin total neben der Spur. Zum ersten Mal verlasse ich mein Gefängnis und starre mit offenem Mund den Gang entlang, auf dem wir nun stehen.

»Na, Schlampe?«, höre ich Luc neben mir belustigt auflachen. »Endlich begriffen, wo du bist?«

Ich bin vollkommen versteinert. Nur wenige Meter vor mir befindet sich der Zugang zu der Bühne, neben deren Seiteneingang meine zwei

Peiniger mich in meinem alten Leben abgepasst, verprügelt und vergewaltigt haben.

Ich weiß, dass das alles ein komplett abgekartetes Spiel und ein perfides Anliegen war, aber dass Cole mich nur wenige Meter neben dem Schauplatz hat denken lassen, ich sei in Sicherheit, übersteigt mein Maß an Vorstellungskraft bei Weitem. Cole ist wirklich ein kranker Mann. Und vor kranken Männern sollte man sich tunlichst in Acht nehmen.

»Und? Bock auf ´ne Wiederholung?« lacht Luc grollend und zieht mich grob neben sich her. Ich beiße mir auf die Zunge, weil sich ein Plan in meinem Kopf festsetzt, für dessen Umsetzung ich keine weiteren Verunstaltungen an meinem Körper gebrauchen kann. »Antworte mir!«, schreit er mich an.

Ich zucke kurz zusammen und schüttele demütig meinen Kopf, was ihn zu langweilen scheint. »Dich hat das Zeug auch schon klein gekriegt. Kein Feuer mehr im Hintern, Maggie?«

Regungslos verharre ich, und es fällt mir unglaublich schwer. Wie gerne würde ich dem Typen mein Knie so richtig tief in die Visage rammen. Aber ich brauche Geduld und die klaren Momente außerhalb meines Rauschs, um diesen Wunsch in die Tat umzusetzen. Die Schwänze, die mich begehren, werden mich nicht brechen. Aber ich muss auf der Hut sein.

Innerlich triumphierend folge ich ihm willenlos. Meine Zeit wird kommen. Mein Knie wird seinen Einsatz noch erleben – und wenn es das Letzte ist, was ich tue, bevor ich ende wie Cara. Ich spüre schon, wie mein Körper nach Erlösung giert und wie krank ich bin, weil ich keine andere Wahl habe, als mich auf Cole und seine goldene Flüssigkeit zu verlassen.

Er hat mich zu dem gemacht, was ich jetzt bin. Ihr Tod ist, so makaber es klingt, meine letzte Hoffnung, und ich werde diese Chance nicht verstreichen lassen. Ich werde mich erst wieder wehren, wenn es klug ist. Denn ich bin klug, noch. Du hast ein neues Schoßhündchen, Cole. Aber lass dich nicht täuschen, denn es ist bissig.

»Hier, Schlampe.« Mit diesen Worten drückt Luc mir eine Pille in die Hand. Meine kleine, runde Freundin. »Mehr gibt es heute nicht. Und mach dich hübsch.«

Krachend fällt die Tür hinter mir ins Schloss und ich höre, wie sich der Schlüssel dreht. Verdattert schaue ich mich um und erkenne auf den ersten Blick, dass der Raum meinem eigenen Gefängnis ähnelt, nur mit dem Unterschied, dass es hier zusätzlich noch Bilder an den Wänden und einen kleinen Tisch mit einem gepolsterten Stuhl gibt. In der Kommode finde ich allerlei Klamotten und weiß plötzlich ganz genau, in wessen Zimmer ich ungeplanter Weise aufgestiegen bin. Bevor die Trauer mich erfasst und Wut meinen Plan vereitelt, schlucke ich meine kleine, runde Freundin herunter, setze mich auf den Stuhl und warte sehnsüchtig darauf, die Welt endlich wieder in Regenbogenfarben zu sehen.

Kapitel 6

Verdammt, Maggie. Ich bin vollkommen am Arsch. Nachdem ich mich so lange Zeit unter Kontrolle hatte, musst ausgerechnet du mir über den Weg laufen und meine mühsam aufgebaute Identität komplett auf den Kopf stellen. Ich hätte mich niemals auf dich einlassen dürfen.

Aber nachdem klar war, dass du keine dieser debilen, durchgevögelten Drogenabhängigen bist, hat mein Schwanz einfach ein Eigenleben entwickelt. Als ich dich das erste Mal im Publikum entdeckt habe, mit deinen riesengroßen, vollkommen fassungslos aufgerissenen Augen, da wusste ich schon, dass du etwas Besonderes bist. Dass jemand wirklich noch so ahnungslos und gutgläubig sein kann, hat mich nur noch verrückter gemacht.

Das Schicksal verhöhnt mich und schickt dich nach all den qualvollen Jahren natürlich ausgerechnet dann in mein Leben, wenn ich nicht anders kann, als dich sofort wieder von mir wegzustoßen. Weil ich dir nichts bieten kann außer Schmerz. Weil ich dich in unnötige Gefahr bringe. Du bist viel zu unschuldig für meine abgefuckte Welt.

Und dann lässt du vor meinen Augen einfach alle Hüllen fallen und machst mich auf so subtile Weise an, dass meine ganze Willenskraft sich einfach in Luft auflöst.

Himmel, Maggie, du bist wahrlich eine Verführerin. Du fühlst dich so unfassbar gut an. Und glaub mir bitte, wenn ich dir sage, dass mein Schwanz schon ewig niemanden mehr gefickt hat außer dich. Dein Arsch ist noch so jungfräulich, dass ich schon wieder hart bin, wenn ich nur daran denke, was meine Finger mit dir angestellt haben. Aber ich muss mich zusammenreißen und meinen Schein wahren. Mein Aussetzer nach unserer wunderschönen Nacht hat dir Angst gemacht.

Ich bin ein hungriges Raubtier. Ich habe keine Zeit für komplizierte Dinge, und du bist einfach zu perfekt, als dass du dich mit einfachen Dingen zufrieden geben würdest. Wenn dieser ganze verdammte Alptraum vorbei ist, werde ich dich finden. Erst, wenn der Hunger in mir gestillt ist, kann ich dir geben, was du brauchst. Für den Moment ist es gut, wenn du enttäuscht bist. Es ist gut, wenn du dich fürchtest, Maggie. Suche nicht nach mir, denn du wirst mich nicht finden.

Trotzdem lässt du mich nicht los, deine großen Augen und dein unverwechselbarer Geruch verfolgen mich ohne Unterlass seit dieser einen, gemeinsamen Nacht. Ich habe deine Fährte aufgenommen und mein Herz pumpt viel zu schnell, wenn ich an dich denke. Ich werde dich finden. Aber bis dahin bist du weit weg von mir besser aufgehoben.

Der heiße Kaffeebecher in meiner Hand schwankt bedenklich, und ich stelle ihn schnell wieder auf den kleinen Stehtisch zurück, bevor ich erneut einen Blick auf das Deckblatt der ausgelegten Tageszeitung werfe.

Völlig übernächtigt von meinen letzten Streifzügen stehe ich an meinem Stammkiosk, dessen Besitzer nicht aufhört, mich durch sein Verkaufsfenster hindurch voll zu labern. Ich nicke nur abwesend, während meine Augen den groß aufgebauschten Artikel überfliegen und mein übermüdetes Gehirn einen kurzen Moment benötigt, bis es die Informationen richtig verarbeitet.

Straßenjunkie tot aufgefunden, lautet die dicke Überschrift in Blockbuchstaben, unter der das Bild einer deutlich von Drogen gezeichneten, jungen Frau zu erkennen ist. Ich weiß sofort, dass es Cara getroffen hat. Cara, der dumm-naive Schatten von Cole, diesem Idioten.

Es ist Wochen her, seit ich sie das letzte Mal gesehen habe. Genau genommen muss es an besagtem Abend gewesen sein, an dem ich gegen jede mir selbst auferlegte Regel verstoßen und die Nacht mit Maggie verbracht habe.

Maggie. Ich seufze. Noch nie hat jemand mir mehr Disziplin abverlangt als diese Frau. Wäre die Welt eine andere, hätte ich mich niemals klammheimlich und ohne ein Wort des Abschieds aus dem Staub gemacht. Ich war einmal ein guter Kerl. Das war ich exakt bis zu dem Tag, als sie meine Schwester tot aufgefunden haben. Auf der Straße, neben ein paar Mülltonnen, drapiert und zugedröhnt wie einen Junkie, exakt so wie Cara auf dem Titelblatt der Zeitung, die ich wie gebannt anstarre. Auf meinem Körper bildet sich augenblicklich eine Gänsehaut, und ich beginne unkontrolliert zu zittern.

Meine kleine Ellie, das freundlichste und liebenswerteste Geschöpf unter der Sonne. Bis heute glaube ich nicht ein Wort von dem, was in ihrem getürkten Obduktionsbericht steht. Bis heute bin ich vollkommen überzeugt davon, dass dieser komische Typ, mit dem sie ständig unterwegs war, etwas mit ihrem Verschwinden zu tun hatte.

Es war so ein gutes Gefühl, seine Nasenwurzel unter meiner Faust brechen zu hören. Der Schmerzensschrei war reine Genugtuung, als sein Kopf nach hinten schnellte und das Blut in hohem Bogen aus seiner Nase spritzte. Am liebsten hätte ich ihm direkt auch noch seinen widerlichen Schwanz abgeschnitten, weil ich mir einfach nicht vorstellen wollte, was er damit alles bei meiner keinen Schwester angestellt hat.

Aber dazu kam es leider nicht mehr. Viel zu schnell war meine Chance vertan und die Bullen hatten mich in ihren Klauen. Sechs Monate habe ich dafür gesessen, doch bis heute bereue ich nichts und hoffe, dass dieser Scheißkerl seine Sehkraft auf dem einen Auge nie wiedererlangen wird. Ich weiß ganz genau, dass Ellie sich niemals freiwillig prostituiert oder Koks gespritzt hätte. Sie war immer schon die Vernünftigere von uns beiden.

Endlich scheine ich nach all den Monaten eine Spur gefunden zu haben und wittere augenblicklich Rache. Cara ist in etwa in dem Alter, in dem Ellie jetzt wäre. Sie war einmal eine hübsche junge Frau, aber schon bei unserem letzten Treffen hat man ihr den ständigen Drogenkonsum deutlich angesehen. Fieberhaft überlege ich, mit wem sie auf der Messe immer zusammen war. In diesem schäbigen Hotel, in dem ich pseudomäßig untergekommen bin, ist mir außer Maggie niemand aufgefallen. Ob dieser Rick etwas weiß? Und Cole, der Idiot? Ich habe ihn tatsächlich schon länger nicht mehr gesehen. Sonst trifft man ihn und seine Anhänger an den Wochenenden immer in den diversen Clubs hier im Umfeld. Aber Cole war tatsächlich schon länger nicht mehr dabei.

Plötzlich fühle ich mich wieder hellwach, obwohl ich den heißen Kaffee noch nicht weiter angerührt habe. Eilig zahle ich und nehme direkt zwei Exemplare der Tageszeitung mit, bevor ich mich auf den Weg zum Heim mache. Dad hat ab und an noch seine hellen Momente und ein gutes Menschengedächtnis, wenn es denn gerade funktioniert. Vielleicht entpuppt der heutige Tag sich ja doch noch als Glückstag.

Im Treppenhaus nehme ich immer zwei Stufen auf einmal und habe schnell den dritten Stock erreicht. Miss Montgomery kommt mir mit ihrem Rollator entgegen und begrüßt mich freudig aufgeregt.

»Jungchen, endlich! Dein Vater ist völlig verrückt!«

»Guten Morgen, Miss Montgomery«, antworte ich freundlich und helfe ihr automatisch über die kleine Teppichkante hinweg, an welcher sie sich gefühlt fünf Mal am Tag verhakt. »Was hat er denn dieses Mal angestellt?«

»Er will mit mir tanzen! Stell dir nur vor, mit mir!« Kopfschüttelnd rollt sie an mir vorbei und steuert den Gemeinschaftsraum an, während ich mich herumdrehe und mit großen Schritten den

Gang entlang laufe. Wenn mein Vater in Tanzstimmung ist, stehen die Chancen gut, dass er mich erkennt.

Grinsend sitzt er an dem kleinen Tisch, an dem ich ihn jeden Nachmittag vorfinde. Dad. Der einzig wahre Vater für mich, und ziemlich sicher der einzige Mann, dem ich je vertraut habe, nachdem unser leiblicher Vater meine Schwester und mich aufs bitterste enttäuscht, gedemütigt und gemeinsam mit unserer Mutter das Land verlassen hat.

Das Leben war nicht immer gut zu mir. Ich war schon einmal ganz tief unten, und wenn meine erfolglose Suche nach dem Mörder meiner Schwester so weiter geht, werde ich irgendwann auch wieder genau da enden. Exakt dort, wo ich mir geschworen habe, nie wieder auszukommen.

Ich war keinen Deut besser als Cara und darf mir ganz sicher kein Urteil über sie oder die anderen erlauben. Doch Dank Dad habe ich es geschafft und meine inneren Dämonen besiegt. Der Entzug war hart und hat mir absolut alles abverlangt. Wäre er nicht die ganze Zeit an meiner Seite gewesen, wäre ich ganz sicher gestorben. Nach Wochen der Qual und unzähligen, schlaflosen Monaten habe ich mich endlich wiedergefunden – und, aus welchem Grund auch immer, meine Ellie verloren. Ihr großer Bruder war nicht da, als sie ihn am meisten gebraucht hätte. Meine kleine Schwester ist durch mich in etwas hineingeraten, für das sie viel zu unschuldig war. Ohne mich und meine düstere Vergangenheit würde sie noch leben, davon bin ich überzeugt, und ich werde mir mein Versagen niemals verzeihen. Mein Durst nach Rache liegt schwer über all den Dingen.

Mit dieser durch Caras Tod geweckten Erinnerung lege ich meinem Dad die Zeitung vor die Nase. Es tut weh, ihm seine Emotionen im Gesicht ablesen zu können, doch ich brauche diese Sicherheit und das Gefühl, richtig zu liegen.

»Hey Dad«, flüstere ich und greife nach seiner kalten Hand. Sein Anblick bewirkt, dass sich mein Herz augenblicklich schmerzhaft zusammenzieht. Die unergründliche Liebe für mich hat aus ihm einen alten, gebrochenen Mann gemacht. Auch das ist eine Last, die ich wohl mein Leben lang mit mir herumschleppen werde. Und jetzt versaue ich ihm auch noch seine wenigen klaren Momente und einen wunderbaren Tanz. »Erinnerst du dich?«

»Natürlich.« Dad nickt. »Genau wie Ellie.« Sein Kinn zittert, während sein Zeigefinger über das Bild von Cara streicht, als könne er sie so erreichen. »Kennst du diese Frau? Ist sie deine neue Spur?« Jetzt ist es an mir, zu nicken.

Seufzend lehnt er sich zurück und schaut mir mit müden Augen ins Gesicht. »Sei vorsichtig, Zachary. Du weißt um deine eigenen Dämonen.

Lass` sie nicht wieder frei. Ich kann dir nicht mehr dabei helfen, sie einzufangen.«

»Ich weiß, Dad« bestätige ich seine Sorge. »Ich versuche es. Aber ich muss endlich die Wahrheit herausfinden. Das bin ich Ellie einfach schuldig.«

Er reibt sich die müden Augen und räuspert sich. »Das verstehe ich. Aber ich mache mir trotzdem Sorgen um dich.«

»Das musst du nicht«, versuche ich ihn zu beruhigen. »Jim passt auf mich auf. Ich hörte übrigens, du wolltest gerade tanzen?«, lenke ich das Thema dann in eine andere Richtung.

Dad winkt schmunzelnd ab. »Ich arbeite noch daran. Mein Charme scheint Miss Montgomery noch nicht restlos überzeugt zu haben.« Jetzt grinst er und ich sehe für einen kurzen Moment wieder den starken Mann vor mir, der er immer war. »Vielleicht nimmt sie mir aber auch übel, dass ich sie anscheinend zwei Tage lang nicht erkannt habe. Ich lasse nach, Zack.«

»Du wirst sie schon noch überzeugen«, muntere ich ihn auf und erhebe mich. Rastlosigkeit macht sich nach seiner eindeutigen Reaktion in mir breit, und ich kann nicht länger untätig herumsitzen. »Ich muss los. Bis morgen!« Mit diesen Worten drücke ich ihm einen Kuss auf die Stirn und mache mich auf den Weg.

Miss Montgomery scheint es sich tatsächlich kurzfristig anders überlegt zu haben, denn kurz bevor ich meinen Fuß auf die Treppenstufen setze, sehe ich noch aus dem Augenwinkel, wie sie mit aufgeregt geröteten Wangen ihren Rollator zurück in Dads Richtung lenkt.

Kapitel 7

Es dauert eine Weile, bis ich Jim endlich an der Strippe habe. »Ich bin`s «, raune ich in den Hörer.

»Verdammt«, schießt er leise, aber scharf zurück. »Du weiß, dass du mich nicht anrufen sollst.«

»Ja. Ich brauche nur deine Bestätigung.«

»Wegen dem toten Junkie? Ja, das passt alles. Ich hätte dich schon noch kontaktiert.«

»Fragt sich nur, wann«, gebe ich verächtlich zurück.

»Hey!« mahnt er mich. »Sei vorsichtig, Kumpel. Du solltest deine Deckung nicht so leichtfertig aufgeben, du weißt doch, was auf dem Spiel steht! Meine Schicht geht bis sechs, danach hole ich dich an bekannter Stelle ab.«

»Okay«, antworte ich und beende das Telefonat. Jim kann echt ein Arschloch sein. Aber er hat ja Recht und ist zudem noch meine einzige Informationsquelle. Ohne ihn hätte ich meine Bewährung niemals durchbekommen. Ich bereue meine Tat nicht im Geringsten, und das hat der Richter leider auch so gesehen. Das Undercover Projekt ist meine einzige Chance, und Jim hat wirklich alles gegeben, um den Richter zu überzeugen, dass ich der richtige Mann dafür bin.

Ungeduldig laufe ich um kurz vor sechs die Straße auf und ab. Es ist in den letzten Tagen deutlich abgekühlt, und der Wind pfeift kalt um die Häuserecken. Bibbernd vergrabe ich meine Hände tiefer in meinen Hosentaschen und ziehe die Schultern hoch. Verärgert über mich selber schüttele ich den Kopf. Warum habe ich mir eben nicht einfach den Hoodie übergeschmissen? Ich bin wirklich neben der Spur. Jetzt muss ich die halbe Nacht in dieser viel zu dünnen Lederjacke verbringen und friere mir jetzt schon den Arsch ab. Als wenn mein Schicksal mich verhöhnen will, reißt plötzlich auch noch der Himmel auf, und binnen Sekunden fällt ein Sturzbach auf mich nieder, der mich fluchend in den nächstbesten Hauseingang springen lässt, bevor das Spritzwasser auch noch meine Hose durchnässt, weil ein schwarzer Audi direkt vor mir zum Stehen kommt.

Ganz langsam wird das Fenster der Beifahrertür hinuntergelassen, und ich ahne schon, wem das süffisante Grinsen hinter dem Steuer gehört, bevor ich etwas erkennen kann.

»Na? Nass geworden?«

»Arsch«, murmele ich und schlüpfe ungefragt auf den Beifahrersitz, während Jim die Türen von innen verriegelt und schon wieder aufs Gaspedal tritt.

»Hab dich nicht so. Ist mein Job, einer zu sein«, erwidert er unbeeindruckt und zuckt mit den Schultern. »Eigentlich bin ich ganz nett.«

»Tz«, grummele ich kopfschüttelnd, kann mir aber ein Grinsen nicht mehr verkneifen. »Wer`s glaubt!«

»Ich kann den Big Mac in der Tüte da auch selber essen!« Damit hat er mich am Haken, und ich greife beherzt zu, was ihm ein Glucksen entlockt. »Zack, echt jetzt. Mittlerweile müsstest du doch wissen, wie es läuft. Ruf mich nicht mehr auf der Wache an, verstanden?«

»Jaja«, antworte ich kauend.

»Nee, nicht jaja!«, schnauzt Jim los. »Zack, verdammt! Hast du eine Ahnung, was mich das alles hier kostet? Hast du auch nur im Entferntesten eine Vorstellung davon, auf was ich wegen dieser scheiß Undercover Geschichte alles verzichten muss? Ich hab meine Familie seit Wochen nicht gesehen! Janet ist hochschwanger und Tillie hat schon ihren ersten Zahn verloren! Also sag nicht *jaja*, sondern nimm das alles hier verdammt nochmal endlich ernst!«

Langsam lasse ich die braune Papiertüte sinken und betrachte ihn kauend von der Seite. »Ich nehme das alles ernst, glaub mir!« beteuere ich mit vollem Mund. »Aber du könntest dich auch ein bisschen umgehender bei mir melden, wenn es eine neue Spur gibt.«

»Ich hätte mich gemeldet, Zack!« Wütend bedenkt er mich mit einem kurzen Seitenblick. »Undercover bedeutet, dass auch meine Kollegen keine Ahnung von meinem Doppelleben haben. Ich hab nebenbei auch noch den Job eines Streifenpolizisten zu erledigen, wie du weißt!«

»Tut mir leid«, murmele ich, nachdem ich den letzten Bissen hastig heruntergeschluckt habe. »Und ja, du bist tatsächlich ganz nett.«

»Gut«, nickt er. »Dann wäre das ja jetzt ein für alle Mal geklärt. *Ich* rufe dich an. Nicht umgekehrt.«

Mit diesen Worten lenkt er den Wagen in ein kleines Parkhaus und kommt nach zwei Etagen auf einem der hinteren Plätze zum Stehen. Unsere Autofenster sind verdunkelt, keiner kann uns erkennen. Dafür haben wir aber einen perfekten Blick nach draußen. Jim kommt allerdings nicht mehr dazu, mich über die neuesten Ermittlungen aufzuklären.

»Still!«, raune ich, und er folgt meinem Blick, während wir beide zeitgleich die Luft anhalten und uns tief in unsere Sitze sinken lassen. Keine Sekunde zu früh ist unser Motor verstummt und das Licht ausgeschaltet, denn als die Tür des Fahrstuhls sich öffnet, steht, vollkommen unerwartet, kein anderer als Cole höchstpersönlich mitten im Parkhaus und steuert zielsicher einen dunkelgrauen Audi an, in dem er kurze Zeit später an uns vorbeirauscht und das Parkhaus verlässt.

»Äh«, bemerkt Jim, der zuerst seine Stimme wiedergefunden hat. »Das war ein neuer S5 Sportback. Hab ich hier irgendwas nicht mitgekriegt?«

»Was zur Hölle hat Cole hier zu suchen?«, überlege ich laut. Ich bin ziemlich geschockt, weil ich ihn bisher immer als drogenabhängigen Möchtegernproleten abgetan habe. Vielleicht sollte ich meine Ermittlungen diesbezüglich etwas mehr intensivieren.

»Die Frage ist doch wohl eher, warum so ein kleiner Fisch wie Cole sich dieses Auto leisten kann«, grübelt Jim. »Weißt du, was so ´ne Karre kostet? So einen Gehaltsscheck hätte ich gerne mal!«

»Keine Ahnung.« Ich zucke desinteressiert mit den Schultern. »Die Karre interessiert mich nicht. Was mich aber brennend interessiert ist die Frage, was er ausgerechnet heute hier wollte?« Plötzlich sitze ich kerzengerade in meinem Sitz und fixiere Jim. »Warum hast du mich hierher gebracht?«

Jim seufzt. »Diese Cara ist nicht weit von hier aufgefunden worden. Ich dachte, du könntest dich hier mal etwas in den einschlägigen Etablissements umschauen, während ich mir einsam einen runterhole und auf dich warte.«

»Na dann viel Spaß«, grinse ich. »In der McDonalds Tüte sind noch ein paar Tücher, falls es nötig wird.« Während ich vielsagend mit meinen Augenbrauen wackele, zeigt Jim mir seinen Stinkefinger, rutscht tiefer in seinen Sitz und zündet sich seufzend eine Kippe an.

»Warum hab ich mich nur auf diesen Scheiß eingelassen und mich für dich eingesetzt«, stöhnt er augenrollend.

»Ganz einfach«, antworte ich, während ich den Reißverschluss meiner Lederjacke bis oben ziehe. »Weil dich das Schicksal meiner Schwester auch nicht kalt lässt und du weißt, dass ich eigentlich genauso ein netter Kerl bin wie du.«

»Mach dich vom Acker«, grinst Jim, und ich weiß, dass ich den Nagel auf den Kopf getroffen habe.

Jim ist nicht einfach irgendein Bulle, Jim war schon in der Schule mein bester Kumpel. Ich kann wirklich von Glück sagen, dass diese Tatsache bisher noch niemandem aufgefallen ist.

Ich meide den Aufzug und gehe zu Fuß die zugigen Treppen hinunter, in deren dunklen Ecken ich Urinflecken und gebrauchtes Drogenbesteck erkenne. Ganz falsch scheine ich hier tatsächlich nicht zu sein und atme mehrfach tief durch, als ich aus dem Parkhaus hinaustrete und mich suchend umschaue. Hier in dieser Ecke der Stadt war ich erst letzte Woche unterwegs, und mir ist nichts Besonderes aufgefallen. Ich seufze und versuche, mir meine Haare hinter die Ohren zu klemmen. Hoffentlich wird das nicht wieder so ein Reinfall, nach dem ich mich nach nichts mehr sehne als einer heißen Dusche, einem Whisky on the Rocks und wieder zwischen Maggies Beine zu kriechen.

Als sich die schwere Tür hinter mir schließt, befinde ich mich augenblicklich in einer anderen Welt. Diese Welt ist mir nur allzu bekannt und mit so vielen dunklen Erinnerungen verknüpft, dass ich, wie jedes Mal, einen kurzen Moment brauche, bis ich in der Lage bin, mich zu bewegen. Der Türsteher begrüßt mich mit einem kurzen Nicken und ist schon Sekunden später damit beschäftigt, die zwei Jungs hinter mir davon zu überzeugen, dass sie trotz ihres Bartwuchses noch weit davon entfernt sind, Einlass zu erhalten.

Auf den ersten Blick sieht hier alles aus wie in einer ganz normalen Bar, nur, dass auf der Bühne ein kleiner, leichtbekleideter Poledance läuft und ich nach einem flüchtigen Blick bereits genau weiß, welche Typen hier ihren Junggesellenabschied feiern und einfach nur gucken wollen oder wer hier auf eine schnelle Nummer mit einer der spärlich bekleideten Damen aus ist.

Und dann gibt es noch die andere Gruppe. Die Typen, denen das Geld aus dem Arsch quillt und die meinen, sie könnten alles haben. Das sind Typen wie der dicke Glatzkopf im hinteren Teil der Bar, der, Zigarre rauchend, dem Tanz der jungen Frau mit dunklem Blick und aus sicherer Entfernung alibimäßig folgt, nur, um sich nachher einen der jungen Typen ins Hinterzimmer führen zu lassen, denen er heimlich durch seine grüne Brille hinterher starrt. Vollkommen klischeehaft können die pinken Sprenkel auf seinem Nasenfahrrad seine heimliche Vorliebe nicht verbergen. Nicht, dass ich es ihm übel nehmen würde. Wäre ich nicht durch und durch hetero, würde mir der durchtrainierte Kerl hinter dem Tresen, der mir gerade ein Bier zuschiebt, sicherlich auch zusagen.

Mein Blick wandert weiter und bleibt an den zwei Typen am anderen Ende der Bar hängen, die so unschuldig gucken und denen ich schon an der Nasenspitze ansehe, dass sie sich gleich zu dritt in einem Kämmerchen vergnügen werden. Ich bin mir ziemlich sicher, dass sie sich längst eine der beiden noch sehr jung wirkenden Kellnerinnen ausgeguckt haben, die vermutlich gerade erst volljährig sind. Genau wie Ellie damals. In mir zieht sich alles zusammen.

Mir kann hier keiner etwas vormachen, denn ich kenne diese Spielchen in und auswendig. Ich weiß, wie weit manche Typen gehen und zu was sie fähig sind. Dabei verurteile ich ganz sicher niemanden, solange alles einvernehmlich passiert. Jeder hier hat seine eigenen Vorlieben, mich eingeschlossen.

Aber ich kenne auch die Schattenseiten dieser Welt, und ich musste am eigenen Körper Dinge erfahren, die sich in meine Erinnerung gebrannt haben wie Feuer und die auch mein treusorgender Ersatzvater nicht auslöschen konnte. Ich bin nicht umsonst so, wie ich bin. Ein abgefucktes Arschloch, das viel zu früh in diesen Sumpf aus Drogen und Sex gezogen wurde, ohne damals richtig zu verstehen, was ihm angetan wurde.

Als ich mit Zwölf meine Unschuld verlor, war ich schon lange Jahre nicht mehr so unschuldig, wie alle dachten. Im Gegenteil. Ich habe mir durch Kinderaugen Dinge ansehen müssen, die ich selbst heute noch nicht begreife. Weiß der Teufel, was noch alles passiert wäre, hätte Dad uns damals nicht aus dieser Familie geholt. Ich habe nicht nur gehört, was meiner Schwester schon damals angetan wurde. Wieder und wieder und wieder. Es sind diese Bilder, die mich nachts nicht schlafen lassen. Und kaum waren wir in Sicherheit, habe ich es verbockt und sie erneut mit in die Dunkelheit gezogen. Dabei wollte sie mich retten. Meine kleine Ellie wollte mir helfen, und als Dank habe ich ihr den Tod gebracht. Ich weiß, dass ich nicht anders kann, als sie zu rächen. Und ich werde ihren Peiniger finden, das schwöre ich.

Das Vibrieren in meiner Hosentasche holt mich aus meinen Gedanken zurück in die Gegenwart. *Cole im Anmarsch*, lese ich auf meinem Handydisplay, kaum, dass ich es entsperrt habe. Wie aufs Stichwort öffnet sich auch schon die Tür und Cole, der Idiot, betritt die Bar, wird aber sofort vom Türsteher in ein kurzes Gespräch verwickelt.

Nur Sekunden später folgt Jim, drängt sich an den beiden vorbei und begibt sich zielstrebig in meine Richtung, wo er sich seiner Jacke entledigt und wie selbstverständlich den Barhocker neben mir in Beschlag nimmt. Ohne mich eines Blickes zu würdigen, bestellt er ebenfalls ein Bier und schaut sich dann neugierig um.

Ich zücke mein Handy. *WTF???*, tippe ich.

Bevor mein Kumpel reagiert, zündet er sich in aller Seelenruhe eine Kippe an, greift nach seinem Bier und prostet mir zu, als würde er mich zum ersten Mal in seinem Leben sehen. Ich kann nur mit den Augen rollen, mache es ihm aber gleich und hebe mein Glas.

»Hey, Süßer«, raunt da die brünette Kellnerin, die mit laszivem Augenaufschlag direkt vor ihm stehen bleibt. »Du bist neu hier…« Ihre Finger wandern seine Oberschenkel entlang bis zu seinem Schritt, wo sie kurz verweilen und ihn seinen Kopf schräg legen lassen, während er sie prüfend von oben bis unten mustert. »Ich wäre gleich frei…«, flüstert sie dann aufreizend und zwinkert ihm zu.

»Sorry«, lautet seine kurze Antwort. »Ich aber nicht.«

»Schade«, grinst sie verstehend und wendet sich dann in meine Richtung. »Dich muss ich gar nicht erst fragen, oder?« Dabei wickelt sie sich verspielt eine ihrer Locken um den Finger.

Ich schüttele nur den Kopf und nehme einen großen Schluck. Anscheinend sieht man mir meine miese Stimmung an der Nasenspitze an.

»Du könntest es aber gut gebrauchen, Süßer«, säuselt sie weiter. »Ich bin nicht so zerbrechlich, wie ich aussehe.« Mein Handy vibriert.

»Glaub mir, Baby«, antworte ich schroff. »Das willst du nicht.« Sie zieht einen Schmollmund und macht sich endlich vom Acker.

War zu kalt im Auto. Betont gelangweilt scrolle ich über mein Display und registriere aus dem Augenwinkel, dass Cole mich entdeckt hat.

»Zack«, begrüßt er mich und grinst anzüglich. »Lange nicht gesehen.«

»Jepp«, nicke ich und scanne kurz seine Erscheinung, die sich nun in voller Pracht vor mir aufgebaut hat. Er hat sich heute echt herausgeputzt. Selbst die Schuhe scheinen entweder neu oder frisch gewienert, und ich staune nicht schlecht über den Anzug, den er trägt. »Seit wann läufst du rum wie ein Wichtigtuer?« hake ich nach und kann mir ein süffisantes Grinsen dabei nicht verkneifen. »Steht dir nicht.«

»Seit wann trifft man dich wieder privat in einschlägigen Etablissements?« schießt er ungerührt zurück. »Du kriegst doch eh keinen hoch!«

In Nullkommanichts hat er mich da, wo er mich haben will, und ich springe vom Barhocker. Während meine Fingerknöchel gefährlich knacken, weil ich meine Hände zu wütenden Fäusten balle, spüre ich Jims Hand auf meiner Schulter.

»Ey, Kumpel«, sagt er mit ruhiger Stimme. »Lass gut sein.« Mit einem Nicken gibt er mir zu verstehen, dass der Türsteher mich längst ins Visier genommen hat. Cole grinst nur vielsagend.

»Hast du dir ein Schoßhündchen mitgebracht?«

»Tz.« Jetzt ist es an Jim, den Kopf zu schütteln. »Keine Ahnung, was ihr für komische Vögel seid.

Ich will hier nur in Ruhe mein Bier trinken und keinen Ärger. Könnt ihr es nicht einfach auf sich beruhen lassen?«

»Schon gut.« Beschwichtigend hebe ich die Arme, dann funkele ich meinen Kumpel düster an. »Und du nimm deine Pfoten von mir und kümmere dich um deinen eigenen Scheiß!«

Schnaubend zieht Jim sich zu seinem Bier zurück und steckt die nächste Kippe in den Mund, während Cole weiter vor mir steht und mich auffordernd anstarrt. »Ernsthaft, Zack«, fragt er nun. »Was machst du hier?«

Kurz überlege ich, ob es klug ist, mit der Tür ins Haus zu fallen, doch dann wage ich es einfach. »Ich hab dich gesucht.«

»Mich?« damit hat er wohl nicht gerechnet. Interessiert lehnt er sich nun an die Theke und lässt seinen Blick kurz durch den Raum schweifen.

»Jepp.«

»Ich hab dich die letzten Messetage nicht einmal mehr zu Gesicht bekommen«, beginnt er seinen Monolog. »Du hast dich nicht abgemeldet und Rick musste ungefragt deinen kompletten Part übernehmen. Er hat sich echt bedankt, du Arsch. Und jetzt *suchst* du mich? Warum? Brauchst du nen Job?«

»Was ist mit Cara passiert?« unterbreche ich seinen Redeschwall. »Ich hab's in der Zeitung gelesen.«

»Ach die«, winkt er ab. »Keine Ahnung. Die hab ich auch nicht mehr gesehen, seit die Messe vorbei ist. Du weißt doch, wie fertig die Schlampe war. War nur `ne Frage der Zeit, bis das Zeug sie erledigt. Hat eh keinen Spaß mehr gemacht, sie zu ficken.«

»Du bist echt ein Arschloch, Cole«, bemerke ich trocken.

»Ich weiß«, grinst er wieder. »Aber dafür steh ich hier im Anzug, während du um einen Job bettelst.«

»Das tue ich gar nicht.«

»Ach komm«, schnaubt er. »Diese kleine Blondine auf der Messe, diese Journalistin, die hat dich doch komplett um den Finger gewickelt. Hat nicht gereicht, hm? Hast kurz gedacht, sie wär was für dich? Und dann? Hast du wieder keinen hoch gekriegt und sie hat dich fallen lassen wie `ne heiße Kartoffel? Warst ihr nicht gewachsen, hm? Ich hab gleich gewusst, dass die nicht so unschuldig ist, wie sie tut. Hast du dich an ihr verbrannt, Zack?«

Meine Hände ballen sich erneut zu Fäusten, aber ich spüre Jims Blick in meinem Rücken und den wachsenden Kloß in meinem Hals. Maggie. Er spricht von Maggie.

»Hast du sie nochmal gesehen?«

»Klar«, nickt er. »Sie hat ein paar Mal nach dir gefragt. Scheinst ihr aus irgendeinem Grund nicht ganz am Arsch vorbei gegangen zu sein.

»Habt ihr noch Kontakt?« Ich will nicht zu interessiert klingen, aber das Adrenalin schießt bei diesem absurden Gedanken heiß durch meinen Körper.

»Nein«, lautet die erhoffte Antwort. »Sie ist nach ein paar Tagen einfach verschwunden. Hat ihren Job vermutlich erledigt und ist brav wieder nach Hause gefahren.«

»Hm«, antworte ich erleichtert. Ich weiß, dass sie besser ohne mich dran ist. Wenn der ganze Scheiß hier hinter mir liegt, werde ich sie suchen. Aber für den Moment ist es besser, wenn ich einen klaren Kopf und meinen Schwanz in der Hose behalte.

»Sonst noch was?« fragt Cole unbeeindruckt und mustert gelangweilt seine Fingernägel. »Ich hab nämlich noch was vor und kann mir dein Gelaber leider nicht den ganzen Abend reinziehen.«

»Dann zieh bloß Leine«, grummle ich genervt und deute dem Kellner an, mir ein neues Bier zu zapfen.

Cole nickt mir noch einmal zu, dann verschwindet er zielstrebig in seinem schicken Anzug in der dunklen Nische am anderen Ende der Bar, wo er sich wie selbstverständlich neben den fetten Glatzkopf setzt und ohne Umschweife beginnt, auf ihn einzureden. Es dauert kein ganzes Bier, da stehen die beiden auf und begeben sich gemeinsam in irgendwelche Hinterzimmer. Ich frage mich wirklich, wie tief Cole mittlerweile gesunken ist.

Mein Handy vibriert. *Ernsthaft?*

Ich kippe das restliche Bier runter und stehe auf. *Ich warte am Auto,* tippe ich.

Jim nickt unmerklich, als ich mich an ihm vorbei und in Richtung Ausgang bewege. Cole mag ein Idiot sein, aber er führt irgendetwas im Schilde. Wenn er sogar so weit geht, sich von diesem ekligen Typen ficken zu lassen, muss ich dringend herausfinden, mit wem wir es hier zu tun haben.

Langsam wird es echt scheißkalt im Auto, und wir sind kurz davor, die ganze Aktion abzublasen und nach Hause zu fahren, da öffnet sich die schwere Brandschutztür am anderen Ende des Parkhauses. Endlich kommt Bewegung in die ganze Sache.

Steifgefroren rutschen Jim und ich noch tiefer in die Sitze, doch das ist eigentlich gar nicht nötig. Zum einen sind unsere Scheiben präpariert, zum anderen schenken weder Cole noch seine untypische Begleitung der Umgebung ihre Aufmerksamkeit. Beide eilen schnellen Schrittes zum S5 und Cole steuert zielstrebig den Beifahrersitz an.

»Aha«, bemerke ich trocken. »Ich wusste doch, dass der Sack sich so eine Karre nicht leisten kann.«

»Ach nee«, kontert Jim. »Ich dachte, die *Karre* interessiert dich gar nicht?«

Grinsend beobachte ich, wie der Audi langsam Richtung Ausfahrt manövriert wird. Kaum hat er die Schranke passiert, kommt Leben in meinen Kumpel und er startet ebenfalls den Motor. Die Dunkelheit der Nacht kommt uns entgegen, und der wenige Verkehr auf den Straßen macht es uns leicht, die Verfolgung aufzunehmen.

Interessanter Weise nimmt der Wagen eindeutig Kurs auf das Messegelände, was mich sehr wundert, ist um diese Zeit doch alles in dem Gebäude leer und verwaist, weil keinerlei Veranstaltungen stattfinden. Diese Tatsache lässt mich nicht los und ich grübele angestrengt darüber nach, was Cole und sein „Kunde" um diese Zeit hier zu suchen haben.

Bevor Jim unseren Wagen auf das Gelände rollen lässt, schaltet er das Licht aus. Zum ersten Mal bin ich froh, mich in einem superleisen Elektroauto zu befinden, auch, wenn ich dieser Technik unter normalen Umständen absolut nichts abgewinnen kann. Doch jetzt bietet sich uns die Möglichkeit, relativ nah am Gebäude entlang zu fahren, ohne dass wir uns einer sonderlich großen Gefahr aussetzen, dabei entdeckt zu werden.

Vom S5 fehlt jede Spur. Ich bin sicher, dass er sich längst in einer der Garagen befindet, die während des laufenden Messebetriebes für die Superreichen und Sponsoren dieser Veranstaltungen zur Verfügung stehen.

»Scheiße«, flucht Jim neben mir und haut genervt auf sein Lenkrad.

»Halt mal an«, erwidere ich und schnalle mich ab. »Ich geh rein.«

»Auf keinen Fall!«, tönt es neben mir und augenblicklich wird der Wagen von innen verriegelt.

Ungläubig wende ich mich meinem Kumpel zu. »Spinnst du jetzt?«

»Du wirst da jetzt auf gar keinen Fall reingehen, Zack«, bestimmt er mit klarer Stimme. »Wir kommen morgen wieder. Wenn es hell ist.«

»Was zum ...«

»Zack, nein«, bestimmt er erneut. »Wir setzen auf gar keinen Fall unsere Tarnung aufs Spiel. Denk doch mal nach. Was meinst du wohl, was passiert, wenn Cole dich entdeckt? Er wird sich fragen, wie du ihm so schnell folgen konntest und augenblicklich verstehen, dass du versuchst, ihn auszuspionieren. Geduld, Zack. Geduld. Morgen sehen wir weiter.«

Mit diesen Worten wendet er und wir lassen das Messegelände hinter uns, das im Rückspiegel immer kleiner wird und schlussendlich komplett aus meinem Sichtfeld verschwindet. Nicht aber das seltsame Gefühl in meiner Magengegend, welches mich nervös an meinen Fingern knibbeln lässt und einfach keine Ruhe gibt.

Selbst, als ich längst in meinem Bett liege und durch das nichtssagende Fernsehprogramm der Nacht zappe, spüre ich die Unruhe tief in mir. An Schlaf ist nicht zu denken, denn in meinem Kopf rattert es unaufhörlich, und ich ertappe mich dabei, mehr über Maggie als über Cara und meine Schwester nachzudenken. Augenblicklich mischt sich auch noch ein schlechtes Gewissen mit in meine Überlegungen, was mich aufspringen und frustriert nach dem Whisky im Kühlschrank greifen lässt. Manchmal ist es das einfachste, die Gedanken einfach auszuschalten.

Je leerer die Flasche wird, desto größer wird die Sehnsucht nach Maggie. Ich habe mir solche Gefühle über Jahre verboten, doch jetzt überwältigen sie mich mit voller Wucht.

Als eindeutige Bilder unserer gemeinsamen Nacht vor meinem inneren Auge aufblitzen, kann ich mich nicht mehr zusammenreißen. Mein Schwanz macht sich selbständig und zeigt mir mehr als deutlich, was er von der ganzen Sache hält. Stöhnend befreie ich ihn, um beherzt zuzugreifen und einer Erlösung entgegenzufiebern, von der ich weiß, dass sie nur von kurzer Dauer sein wird.

Ich stelle mir Maggies triefende, glattrasierte Spalte vor, fühle ihren engen, jungfräulichen Arsch, der mich so unglaublich geil gemacht hat, als ich meine Finger in sie geschoben habe. Ihre großen Augen starren mir auch jetzt erstaunt entgegen, und ich versinke in ihrem neugierigen Blick, stelle mir vor, wie sie sich meinen Schwanz genüsslich in den Mund schiebt und spritze bei dem Gedanken ab, meine eigene Zunge tief in ihre Pussy zu drücken, weil ich ihren Saft trotz Whisky förmlich schmecken kann.

Irgendwann schlafe ich in meinem Sessel ein. Keine Ahnung, wie lange ich noch wach vor mich hingestarrt habe, aber jetzt zucke ich zusammen vor Schreck und vor Kopfschmerzen und weil irgendjemand penetrant gegen meine Tür hämmert. Verwirrt schaue ich mich in meinem kleinen Apartment um, durch dessen Fenster das helle Sonnenlicht scheint und mir sagt, dass der Tag bereits weit vorangeschritten ist. Mein Kopf dröhnt und beginnt zur Strafe wie wild zu pochen, als ich den Bodensatz goldgelber Flüssigkeit in der Whiskyflasche neben mir entdecke. Scheiße. Ich hab's mal wieder ordentlich übertrieben.

Beim nächsten Klopfen zucke ich erneut zusammen, dann erhebe ich mich wankend und langsam, weil ich noch nicht ganz sicher bin, ob mein Körper mir schon wieder gehorcht. Tatsächlich stolpere ich eher schlecht als recht bis zur Tür, weil das Hämmern nicht verstummt. Ein Blick durch den Türspion lässt mich aufstöhnen, und ich halte mich am Türrahmen fest, während mir ein ausgeruhter und strahlender Jim entgegenblickt.

»Ach du Scheiße!«, kommentiert er meinen Anblick und schiebt sich naserümpfend an mir vorbei. »Wilde Nacht gehabt?«

»Witzig«, antworte ich mit belegter Stimme und räuspere mich. Mein ganzer Mund schmeckt wie ein Eichenfass.

»Hau rein, Zack. Ich kann der Wache nicht ewig fern bleiben.«

Für einen kurzen Moment habe ich absolut keine Ahnung, wovon mein Kumpel gerade spricht, doch es dauert nur Sekunden, da prasselt der gestrige Abend wieder auf mich ein. Schweigend schlurfe ich in meine kleine, unpersönliche Küche und greife nach den Schmerztabletten. Mein Vater würde ausrasten, wenn er mich so sehen könnte, das weiß ich. Meine Alkoholexzesse sind das eine. Viel schlimmer würde er die großzügige Tabletteneinnahme bewerten, über die ich mir in meinem jetzigen Zustand wirklich gar keine

Gedanken mache. Dieses Hämmern in meinem Gehirn hindert mich daran, klar zu Denken und muss verschwinden, basta. Ich kippe zwei der runden Dinger mit einem großen Glas Leitungswasser hinunter.

»Würd dir ja was anbieten«, kommentiere ich Jims stummen Blick in meinem Rücken. »Aber außer Whisky und Leitungswasser hab ich grad nix da.« Schulterzuckend mache ich eine ausladende Bewegung in Richtung Küchenzeile. Tatsächlich hab ich hier, außer ein paar Tiefkühlpizzen in den Ofen zu schieben, noch nie etwas benutzt, geschweige denn, gekocht. Ich wüsste gar nicht, ob ich dazu Töpfe oder Schüsseln oder andere Utensilien in den Schränken hätte, denn ich habe es in all den Wochen, in denen ich nun schon hier wohne, noch nicht einmal überprüft.

Ich sehe Jims Kopfschütteln, obwohl ich ihm den Rücken zudrehe. Er war es, der mir nach all den Katastrophen in meinem Leben diese möblierte Bude besorgt hat. Hier schlafe ich, wenn ich nicht gerade auf der Pirsch bin. Hier trinke ich, wenn meine Gedanken und Gefühle drohen, mich zu überwältigen. Ansonsten ist es ein Apartment wie jedes andere auch, und ich habe mir bisher nicht die Mühe gemacht, es mir in irgendeiner Art und Weise gemütlich zu machen oder gar persönlich einzurichten. Wozu auch. In meiner Vergangenheit gibt es nicht viel, an das ich erinnert werden möchte. Und meine Gegenwart, tja, keine Ahnung. Sagen wir mal so: ich sollte wohl am ehesten auf die Zukunft setzen, doch auch damit habe ich ja anscheinend meine Schwierigkeiten. Ich lebe im Hier und Jetzt und habe keinen Plan und keine Idee, was ich vom Leben noch erwarte, außer den Tod meiner Schwester zu rächen. Ich habe nicht mehr viel zu verlieren.

Ein starker Kaffee und was Essbares wäre jedoch schon mal ein guter Anfang, denke ich gerade, da landet auch schon eine knisternde Papiertüte neben mir auf der Küchenplatte.

»Ich weiß doch, dass du ein absolut durchorganisierter und perfekter Hausmann bist«, grinst Jim provozierend und lässt sich auf den Stuhl in der Ecke neben den Tisch plumpsen. Während er auch noch zwei Coffee to go aus seinen Jackentaschen zaubert, schleicht sich endlich auch in mein Gesicht ein vorsichtiges Grinsen.

»Du bist echt mein Held«, lobe ich seinen Weitblick.

»Gestern Burger, heute Frühstück …«, dieser Service wird dich teuer zu stehen kommen, wenn endlich Ruhe einkehrt.«

»Ach komm«, winke ich ab und setze mich auf den Holzstuhl gegenüber, der gefährlich knarzt. »Das zahlst du doch aus der Portokasse.«

»Wenn du das sagst.« Jim greift nach der Tüte, reißt sie auf und langt zu. Ich tue es ihm gleich und bin froh, den Whiskygeschmack in meinem Mund durch frische Brötchen und Kaffee ersetzen zu können.

Nach einer kalten Dusche setzt auch die Wirkung der Kopfschmerztabletten endlich ein, und ich fühle mich erfrischt und fit genug, um dort anzuknüpfen, wo unser Ausflug gestern jäh enden musste.

»Am Wochenende erreichst du mich übrigens nicht«, erklärt Jim beiläufig, während wir uns in seinem Dienstwagen zielsicher dem Messegelände nähern. »Versuch es also erst gar nicht. Mein Handy ist aus.«

»Heimatbesuch?«

»Ja«, nickt er und bremst an der nächsten Ampel langsam ab. »Wird echt Zeit. Tillie weigert sich schon, am Telefon mit mir zu sprechen. Und Janet behauptet, ich würde sie nicht mehr schön finden, weil sie aus allen Nähten platzt.«

»Wen jetzt, Tillie oder deine Frau?«

Jim schnaubt. »Idiot. Tillie ist das schönste Mädchen der Welt!«

»Weiß ich doch. Frag ja nur. Als Janet das letzte Mal schwanger war, hab ich ihren runden Bauch erst kurz vor der Entbindung wahrgenommen. So schlimm kann es schon nicht sein.«

»Stimmt. Na, ich werde mich mal überraschen lassen. Ihr Bauch ist mir auch total egal. Hauptsache, sie lässt mich nochmal ran, bevor es soweit ist.« Sein Seitenblick ist eindeutig und ich grinse nur.

»Wie ist das denn so?« hake ich neugierig nach. »Kann man so hochschwanger überhaupt noch ganz normal ficken?«

»Klar!« Jetzt ist es an meinem Kumpel, breit zu grinsen. »Während der ersten Schwangerschaft war Janet sowas von rattenscharf auf mich, da haben wir ne Zeit lang jeden Tag gevögelt. Keine Ahnung, irgendwie sind die Frauen dann noch empfindlicher als sonst, gut durchblutet oder so. Diese Phase hab ich jetzt wohl leider schon verpasst«, seufzt er dann. »Aber uns wird schon ne Position einfallen, in der es noch funktioniert.«

»Von hinten geht immer«, antworte ich nur und nippe an dem letzten Rest meines mittlerweile kalten Kaffees.

Jim nickt zustimmend. »Scheiße Mann, jetzt bin ich geil.«

»Musst ja nicht mehr lang warten«, tröste ich lachend. »Ich helfe dir jedenfalls nicht aus deiner Misere, da musst du schon selber Hand anlegen.«

»Jeah, Baby, blas mir einen«, witzelt er neben mir, legt provozierend eine Hand in seinen Schritt und rollt den Wagen dabei langsam auf die große Messehalle zu. »Nee, lass mal. Geht schon wieder. Im Gegensatz zu dir bin ich ja meine einsamen Schäferstündchen gewohnt.«

»Tz«, schnaube ich nur, steige aus und sehe mich neugierig um. Bei Tageslicht sieht dieser ganze Gebäudekomplex einfach nur grau und eintönig aus. Man soll wirklich nicht glauben, wie schillernd und bunt es zu manchen Zeiten im Inneren vor sich geht. »Ich könnte dich an Cole weitervermitteln, der lutscht anscheinend alles, was ihm in die Quere kommt, solange der Preis stimmt.«

»Danke, ich passe«, höre ich Jim amüsiert auflachen, während er ebenfalls aussteigt und sich umschaut.

»Sollen wir uns aufteilen?«

»Nee, lass uns erstmal zusammen reingehen. Ich kann mir nicht vorstellen, dass die Typen die ganze Nacht hier verbracht haben. Sicher ist gar keiner mehr da.«

»Okay«, stimme ich zu und mache mich gemeinsam mit meinem Kumpel auf den Weg. »Wir versuchen es hinten am Personaleingang, vielleicht funktioniert meine alte Karte ja sogar noch.«

Das tut sie selbstverständlich nicht, aber Jim wäre nicht der beste Undercoveragent weit und breit, wenn er uns nicht mit wenigen geübten Handgriffen trotzdem Zugang verschaffen würde.

Es ist seltsam, alles hier so leer und still vorzufinden. Jeder Schritt von uns hallt gespenstisch durch die langgestreckten, kahlen Flure, und ich kann mir nicht vorstellen, noch lange unbemerkt zu bleiben, sollten Cole und dieser eklige Fettsack tatsächlich noch irgendwo hier herumlungern.

Die große Halle sparen wir aus und widmen uns direkt den Personalräumen, Umkleiden und den Bereichen unter und hinter der Bühne, in denen ich mich gut zurecht finde. Alles ist leer, nur hier und da hat das Reinigungspersonal keine ganze Arbeit geleistet. Ich entdecke einen schwarzen Stofffetzen aus Spitze unter einer Treppe, der vermutlich mehr gezeigt als verdeckt hat. Einige Zigarettenstummel liegen verstreut in einem kleinen Teil des langgestreckten Flurbereiches herum, und ich werde den Verdacht nicht los, dass hier tatsächlich auch nach Messeende noch irgendwas abgegangen ist.

Auch Jim scheinen die teils noch recht frischen Kippen Reste aufgefallen zu sein, der er legt seinen Finger auf die Lippen und deutet mir an, stehen zu bleiben, während er sich selber langsam der Tür nähert, die dem Ganzen am nächsten liegt.

Wie in Zeitlupe greift er nach der Klinke und drückt sie herunter, doch aller Vorsicht zum Trotz quietscht diese laut und lässt sich nicht öffnen.

Kaum versucht Jim sich mit seinen altbekannten Tricks an ihr, wird sie jedoch schon von innen schwungvoll aufgestoßen, und mein Kumpel kann sich mit einem schnellen Sprung gerade noch vor einer Platzwunde retten.

»Was zum …« ein sichtlich verwirrter Cole blickt irritiert von Jim zu mir und wieder zurück. »Was macht *ihr* denn hier?«

»Das könnten wir dich genauso gut fragen, o-der?« Ich habe mich schnell wieder im Griff. Irgendwie habe ich diesen Scheißkerl ja hier erwartet.

»Du bist doch der Typ von gestern, oder?« mit in Falten gelegter Stirn mustert er nun meinen Kumpel ganz genau von oben bis unten. »Dachte, ihr zwei kennt euch nicht?«

»Seit gestern schon«, blaffe ich ihn an, bevor Jim seinen Mund aufmachen kann. »Mein neuer Freund hier ist sehr interessiert an einem Job auf der nächsten Messe, und ich wollte ihm ein biss-chen was zeigen.«

»Ah«, nickt Cole nun verstehend. »Na, wenn dein Schwanz so ansehnlich ist wie der Rest von dir, sollte das schon passen.«

»Willst du ne Kostprobe?« Jim wirkt todernst.

»Nee, lass mal«, winkt Cole nun grinsend ab. »Mein Bedarf an Schwänzen ist gedeckt.« Wusste ich's doch!

»Hier findet ihr mittlerweile aber nix mehr, was interessant anzuschauen wäre. Alle Requisiten sind bereits unterwegs zur Messe nach Italien«, fährt er dann fort.

»Ich glaub, wir haben schon genug gesehen«, nicke ich nun betont gelangweilt. »Und du? Was hast du hier zu suchen?«

»Ich? Ich … hab hier nur … gepennt.«

»Gepennt?« Ich mache einen Schritt auf Cole und die Tür zu, in dessen Rahmen er breitbeinig steht und dabei mit seinen Schultern geschickt die Sicht ins Innere des Raumes verdeckt. Ich werde den dringenden Verdacht nicht los, dass er die Nacht weder alleine noch schlafend in diesem Kämmerchen verbracht hat.

»Jip.« Langsam wirkt er ungeduldig und es ist nun an ihm, mich anzublaffen. »Sonst noch Fragen?«

»Nee«, kommt Jim mir zur Hilfe und tritt selbstbewusst neben mich. »Wir verdünnisieren uns jetzt wieder. Schade, ich hätte gerne ein paar Bühnenoutfits und Utensilien gesehen. Nur, naja… um zu wissen, was dann so auf mich zukommen würde …«

Cole nickt und beachtet mich nicht weiter. Dafür wirkt sein Blick umso interessierter an meinem Kumpel. »Hier«, sagt er nach kurzer Überlegung, greift in seine Gesäßtasche und reicht Jim eine Visitenkarte. »Komm doch die Tage mal im Club vorbei. Frag nach mir, ich sorge dafür, dass du reingelassen wirst.«

»Cool«, nickt Jim. »Danke.«

Innerlich triumphierend, aber mit betont lässigem Gang, machen wir uns auf den Weg zurück zum Ausgang. Ich spüre Coles eiskalten Blick in meinem Nacken, bis wir den langen Flur verlassen haben und um die nächste Ecke biegen. Ich bin sowas von überzeugt, dass dieser Idiot Dreck am Stecken hat!

Ein dumpfes Quietschen sagt uns, dass er endlich die Tür wieder geschlossen hat. Fragt sich nur, ob von innen oder von außen. Sicherheitshalber bleiben wir deshalb schweigend unserer Strategie treu und treten tatsächlich den Rückweg zum Wagen an. Ich bin mir mehr denn je sicher, dass es neben nichtvorhandenen Requisiten dennoch einiges zu entdecken gibt und werde mich hier zu gegebener Zeit nochmal genauer umsehen, soviel steht fest!

»Zeig her«, rufe ich neugierig, kaum dass wir wieder auf dem Außengelände sind und reiße Jim ungeduldig die Karte aus der Hand, bevor dieser einen genaueren Blick darauf werfen kann.

»Ey, das ist meine, du …«

»Club Exquisite«, lese ich laut vor, ohne den Protest meines Kumpels weiter zu beachten. »Tz. Da wird auch nicht *exquisiter* gefickt als in den anderen Clubs, in denen man Cole sonst antrifft.«

»Ich werde dir berichten«, grinst Jim nun frech in meine Richtung. »Aber erst nächste Woche. Und untersteh dich, am Wochenende in meiner Abwesenheit irgendeinen Scheiß zu bauen, hörst du? Halt einfach die Füße still. Geh ins Kino, besuch deinen Vater, schlaf dich mal richtig aus oder sowas. Keine eigenmächtigen Touren!«

»Jaja«, nicke ich abwesend und ziehe mir die Kapuze meines Hoodies über den Kopf. Dabei habe ich gerade in diesem Moment bereits einen ziemlich genauen Plan entwickelt, wie mein Wochenende aussehen wird.

Zu viel Einsamkeit und Ruhe bedeutet jede Menge Zeit zum Nachdenken, und dazu bin ich nicht bereit. Noch nicht. Meine Zukunft plane ich erst, wenn ich herausgefunden habe, wer meine kleine Ellie auf dem Gewissen hat. Und Cara. Die Handschrift lässt keine andere Vermutung zu, als dass es sich hierbei um ein und dieselbe Person handelt.

Wenn Cole nach dem Wochenende in diesem *Club Exquisite* abhängt, könnte ich die Räume der Messehalle natürlich ungestört und genauer inspizieren. Aber ich kenne mich gut genug um zu wissen, dass Geduld noch nie meine Stärke war.

Unbeteiligt starre ich aus dem Fenster des Wagens, während Jim uns wieder Richtung Innenstadt manövriert. Ich werde einen Teufel tun und meinem Freund das Wochenende und seinen wohlverdienten Fick versauen. Er wird erst später von meinen Plänen erfahren, die hoffentlich neue Erkenntnisse mit sich bringen.

»Kann ich dich am Pflegeheim rauslassen? Ich muss noch zur Wache und es liegt auf halber Strecke«, höre ich ihn und schrecke aus meinen Gedanken hoch.

»Klar«, nicke ich. »Wollt eh noch hin.«

»Zack?« Jims Stimme klingt warnend und ich rolle bereits innerlich mit den Augen. »Keine Alleingänge, hörst du? Ich meine es ernst!«

»Grüß Janet von mir«, antworte ich, ohne auf seine gutgemeinte Mahnung einzugehen. »Und gib Tillie einen Kuss.«

Jim nickt mit gerunzelter Stirn. Ich weiß, dass er mich viel zu gut kennt und setze ein breites Lächeln auf.

»Ist ja gut, Bro! Ich geh nicht ohne dich in diesen *Club Exquisite*, versprochen. Cole würde mich da sowieso nicht reinlassen.«

Zumindest dieses Versprechen kann ich ihm geben, und Jim nickt zufrieden, während er das Gas rausnimmt und langsam auf die ‚Residenz der alten Säcke‘ zusteuert, wie mein Vater seine Unterkunft in klaren Momenten gerne bezeichnet.

Kapitel 8

Nachdenklich schaue ich meinem Kumpel nach, bis sein Auto hinter der nächsten Ecke verschwunden ist, dann seufze ich und streife die Kapuze wieder von meinem Kopf. Heute ist ein seltsamer Tag, und an seltsamen Tagen ist mein Besuch in dem Pflegeheim, welches nun direkt vor mir hoch in den Himmel ragt, meist nur von kurzer Dauer.

»Jungchen, lange nicht gesehen!« Ich höre ihre Stimme, bevor ich die alte Dame erkennen kann, die, im Gegenlicht auf ihren Rollator gestützt, im Eingangsbereich auf jemanden zu warten scheint.

»Miss Montgomery, wie geht es ihnen?« Mit großen Schritten nähere ich mich und schenke ihr ein umwerfendes Lächeln. »Ist mein Vater oben?«

»Hach«, winkt sie ab, und ich ahne schon, was jetzt kommt. »Er hat mir einen Spaziergang versprochen. Wieder und wieder. Aber ständig versetzt er mich. Kann sich an nichts erinnern. Das Gedächtnis, Jungchen, das Gedächtnis.« Ihr knochiger Zeigefinger tippt an ihre Stirn. »Es wird schlimmer. Älter werden ist nicht schön, weißt du.«

Ich seufze traurig, denn diesen Worten habe ich nichts entgegenzusetzen. Mit ihren großen, von tiefen Falten gerahmten Augen bedenkt sie mich durch ihre übergroße Brille, die sie wie eine niedliche Schildkröte aussehen lassen, mit einem verständnisvollen Blick.

»Ist nicht einfach für dich, hm? Geh zu ihm. Vielleicht erkennt er dich nicht, aber Gesellschaft hat der alte Charmeur doch noch nie ausgeschlagen!«

»Ja.« Dankbar drücke ich kurz ihre Hand. »Ich schau mal, was er da oben so treibt. Bis bald, Miss Montgomery!«

Sie winkt nur ab und richtet ihren Blick wieder nach draußen. Es muss schlimm sein, sich selber wie ein Zaungast beim Altwerden zu beobachten und nichts dagegen tun zu können. Miss Montgomerys Verstand ist trotz hohem Alter messerscharf, wohingegen mein Vater immer öfter in anderen Welten verkehrt. Ich weiß nicht, was ich mir für meine eigene Zukunft lieber wünschen würde.

Mein Vater sitzt alleine und in sich zusammengesunken an seinem Stammplatz zwischen dem kleinen runden Tisch und einem dieser grünbraunen Sessel, in den ich mich nun fallen lasse. Obwohl ich mich nicht besonders unauffällig verhalte, scheint er meine Anwesenheit überhaupt nicht zu registrieren. Ich betrachte ihn schweigend und nehme zum ersten Mal seit Monaten wirklich wahr, wie alt er geworden ist.

Der starre Blick aus dem Fenster ist mitten ins Nirgendwo gerichtet und es wirkt fast so, als würde er mit offenen Augen schlafen. Wenn sein Kinn nicht in rhythmischen Bewegungen zucken würde und der gesamte Kopf immer wieder in leicht nickende Stereotypien übergehen würde, wäre ich fast darauf hereingefallen.

Ich weiß, dass mein Vater in den Anfängen einer Parkinsonkrankheit steckt. Doch was das wirklich für ihn bedeutet, habe ich bis heute nicht begriffen. Vielleicht will ich es auch gar nicht verstehen, schießt es mir ungefragt durch den Kopf. Mein Unterbewusstsein kennt mich echt ziemlich gut. Let me introduce you... Zachary, absoluter Meister seines Faches: Verdrängung.

Ich bleibe eine ganze Weile einfach still neben meinem alten Herrn sitzen und hoffe, dass er irgendwie spürt, nicht alleine zu sein. Doch spätestens, als meine Gedanken beginnen, ein Eigenleben zu entwickeln, halte ich es hier nicht länger aus und ziehe mich zurück.

Nach dem gestrigen Abend und den ganzen neuen Erkenntnissen muss ich mich dringend mal wieder auspowern, um nicht doch noch durchzudrehen. Außerdem fällt es mir heute besonders schwer, nicht an Maggie zu denken, und das kann ich in der aktuellen Situation wirklich überhaupt nicht gebrauchen. Herrgott nochmal, Zack, seit wann stellst du deine eigenen Regeln in Frage? Maggie ist tabu. Du hast keine Zeit für Herzensangelegenheiten und bist auch gar nicht der Typ für sowas!

Kurzerhand jogge ich die Strecke vom Pflegeheim bis zu meiner Wohnung und halte mich nur wenige Minuten dort auf, um mir meine Sporttasche mit den Bandagen und Boxhandschuhen zu schnappen sowie eine Flasche mit Wasser zu füllen, bevor ich mich auf den Weg in den Sportclub mache. Ich war lange nicht mehr beim Training, und es wird tatsächlich dringend Zeit.

Kaum habe ich den Club betreten, empfängt mich der altbekannte, typische Geruch aus verbrauchter Luft, Testosteron und Männerschweiß. Ich weiß auch nicht, warum es mich immer wieder in den abgefucktesten Boxclub der Stadt zieht, aber der Fitnessstudio Hype und dieses Schickimicki Gehabe in den angesagten Sportstätten ringsum konnte ich noch nie leiden. Im Gegensatz dazu laufen hier nur Typen rum, die damit genauso wenig an der Mütze haben wie ich und für die der Sport im Vordergrund steht. Den Mitgliedern hier ist es vollkommen egal, ob du die neuesten Sportschuhe trägst oder in abgewetzten Chucks den Raum betrittst. Hier wird laut rumgebrüllt, geschwitzt und den klaren Anweisungen des Trainers Folge geleistet, sonst kostet es einen direkt zwanzig Liegestütze extra. Diese Regel ist hier in Stein gemeißelt.

Man sollte sich diesbezüglich auch nicht mit dem Trainer anlegen, einem uralten Leichtgewicht, dem man weder seine Schnelligkeit noch die Kraft ansieht, mit der er dich postwendend vor die Tür setzt, wenn ihm deine Nase nicht passt. Exakt dieser Kerl kommt nun breit grinsend auf mich zu und bleibt erst wenige Zentimeter vor mir stehen. Ich überrage ihn um mindestens einen Kopf, was ihn nicht im Geringsten zu beeindrucken scheint. Ganz im Gegenteil. Provozierend schaut er zu mir auf und präsentiert dabei seinen mit Totenköpfen und Rosen Tattoos übersäten Hals.

»Zack, dachte schon, du bist unter die Räder gekommen.« Abwartend begutachtet er mich.

»Nope, hatte nur viel zu tun«, antworte ich, schmeiße meine Tasche in die Ecke und beginne mit geübten Griffen, meine Bandagen zu wickeln. Am Daumen beginnen, Fingerknöchel doppelt absichern, innen, außen, immer über Kreuz.

»So so«, grinst er nur. »Dann ist wohl ne Extraeinheit fällig, um dich daran zu erinnern, uns wieder regelmäßiger mit deiner Anwesenheit zu beglücken.« Ich ahne schon, was kommt, bevor er es laut ausgesprochen hat. Aber eigentlich wollte ich ja genau das.

»Schnapp dir ein Seil, du solltest dich aufwärmen. Fünf Minuten Seil, zwanzig Liegestütze. Dreimal wiederholen. Bin gleich wieder da. Hast Glück, hab grad nix zu tun. Ich besorg dir ´nen Helm, wir gehen gleich in den Ring. Pratzentraining.«

Nickend gehorche ich und blende alle anderen Gedanken aus, während ich stur meine Sprünge zähle, in die Liegestütze wechsle und alles wie aufgetragen dreimal wiederhole. Während der Schweiß schon von meiner Stirn tropft, hat mein Trainer nur ein müdes Lächeln für mich übrig, als ich den Mundschutz einlege und in die Handschuhe schlüpfe. Leichtfüßig tippelt er vor meiner Nase hin und her, als würde er schweben.

Dieser Teufelskerl war in seinen besten Zeiten ein verdammt guter Boxer, aus dem wahrhaftig etwas hätte werden können. Doch die Jungs aus der Gosse bleiben in der Gosse. Das altbekannte Spiel, keine Rocky-Karriere. Er hat das Beste daraus gemacht und jeden Euro in seinen Traum vom Boxclub gesteckt, um die Kinder von der Straße zu locken und zum Sport zu begeistern. Hier tummeln sich Alt und Jung, die Kids kommen genauso auf ihre Kosten wie die Profis.

Wenn du fair bist, bekommst du hier das letzte Hemd vom Chef, auch, wenn ich es ihm jetzt am liebsten um die Ohren schlagen würde. Gut für ihn, dass ich mit den Handschuhen nicht greifen kann, denn er lässt echt nicht locker. Nach einer Ewigkeit Pratzentraining setzt er mir den Helm auf und ruft mir einen passenden Gegner in den Ring.

Unter seinem strengen Blick liefern Kyle, so heißt das Muskelpaket, und ich uns einen erbitterten Kampf, den ich nur ganz knapp für mich entscheiden kann, bevor meine Arme ihren weiteren Dienst verweigern. Ich glaube, ich könnte selbst wenn ich wollte, nicht einmal mehr eine stinknormale Wasserflasche aufdrehen.

Zwei Stunden später schleppe ich mich vollkommen erledigt und absolut ausgepowert nach Hause. Das Training hat mir nach so langer Abstinenz alles abverlangt und ich will nur noch unter die Dusche und auf die Couch. Obwohl ich weiß, dass ich morgen jeden Muskel in meinem Körper spüren werde, bin ich äußerst zufrieden mit meiner Leistung und ziemlich sicher, heute nach langer Zeit mal wieder wunderbar in den Schlaf zu finden.

Ich zappe noch ein bisschen durch das vollkommen langweilige Fernsehprogramm des Abends, bevor meine Lider schwer werden. Tatsächlich schaffe ich es, ganze sechs Stunden am Stück traumlos zu schlummern und staune am nächsten Morgen ernsthaft über mich selbst. Das ist ein neuer Rekord, und ich nehme mir trotz schmerzender Muskeln fest vor, wieder regelmäßiger zum Training zu gehen.

Ächzend erhebe ich mich nun und versuche dabei, mich ausgiebig zu dehnen, was den ziehenden Schmerz zwar nicht besser macht, mir aber ein zufriedenes Gefühl gibt. Weil ich weiß, dass das beste Mittel gegen Muskelkater eine ausgiebige Joggingrunde durch den Park ist, hadere ich nicht lange mit mir und schlüpfe in die Sneakers neben der Couch. Anfänglich fällt es mir noch schwer, einen Fuß vor den anderen zu setzen, doch schon nach kurzer Zeit funktioniert mein Körper wieder einwandfrei, und Atmung und Schritte bilden eine gewohnte Einheit, die mir einen wohligen Adrenalinkick beschert. Mit jedem Meter, den ich zurücklege, fühle ich mich besser, freier und stärker.

Meine Gedanken wandern zu meinem Vater, den es nach und nach immer weiter in seine eigene, einsame Welt treibt. Und zu Jim, dessen mahnende Worte von der Nachricht auf meinem Handy heute früh nochmal untermauert wurden. *Halt die Füße still, bis ich zurück bin! Melde mich.*

Von wegen, Kumpel. Keine Chance. Gegen meine altbekannte Neugierde kann ich nichts tun, und ich habe längst Fährte aufgenommen. Jim mag mir ein guter Freund und eine praktische Hilfe sein, aber ich werde ihn nicht mit in diesen

Sumpf hineinziehen. Zumindest nicht tiefer, als es unbedingt erforderlich ist.

Der Tag zieht sich wie Kaugummi. Ich schlendere durch die Straßen, die sonst niemand freiwillig kreuzt, lasse mich von ein paar zwielichtigen Typen anquatschen, aus denen ich aber auch keine sinnvollen Informationen herausbekomme und mache zum wiederholten Male die Erfahrung, wie einfach es mittlerweile ist, an die falschen Freunde zu geraten.

Das erschreckende Bild von Cara aus der Zeitung blitzt wieder in meinen Gedanken auf, dicht gefolgt von Ellie. Meine kleine Ellie. Wie immer, wenn ich an meine Schwester denke, erfasst mich tiefe Traurigkeit. Sie hätte etwas so viel Besseres verdient als dieses kurze, beschissene Leben.

Wieder und wieder rede ich mir ein, dass ich sie nicht retten konnte. Dass es nicht meine Schuld ist, was ihr angetan wurde. Doch diese Wut in mir, dieser unbändige Hass, liegt wie ein Geschwür mitten in meinem Magen. Es gibt nur eine Möglichkeit, mich zu heilen.

Als die Dämmerung endlich einsetzt, mache ich mich auf den Weg. Zu Fuß, mit schwerem Herzen und unsäglichen Rachegelüsten, die Hände tief in den Taschen meines schwarzen Hoodies vergraben. Ich male mir aus, wie ich endlich dem Mörder meiner Schwester gegenüber stehe und ihm grinsend meine Finger um den Hals lege. Seine röchelnde Atmung klingt wie Musik in meinen Ohren, während er unter meinem eisernen Griff immer mehr erschlafft und seine Augen panisch nach oben verdreht. Kurz bevor er ohnmächtig wird, lasse ich von ihm ab, überlege ich mir. Aber nur kurz. Ich bin nicht bereit, Ellies Peiniger mit einem kurzen Todeskampf zu beglücken. Er wird leiden. Er wird schreien. Er wird mich anbetteln und sich in die Hose scheißen vor Angst.

Ich greife nach hinten und spüre den abgewetzten Ledergriff des Kampfmessers in meinem Rücken, welches ich fast immer bei mir trage. Mein Vater hat es mir überlassen, und ich hüte es wie meinen Augapfel. Es ist ein altes, aber perfektes Werkzeug für den Rachefeldzug, von dem Jim keine Ahnung hat. Spitz und scharf, dabei leise und effizient. Ich weiß, dass ich damit umgehen kann. Und ich weiß, dass ich diese Klinge nicht umsonst mit mir herumtrage.

Kurz bevor sich das Messegelände an der nächsten Abbiegung dunkel und abgelegen präsentiert, streiche ich meine Haare nach hinten, ziehe mir die Kapuze über den Kopf und atme noch einmal tief durch. Dann verschmelze ich mit der Dunkelheit und mache mich nur Sekunden später an der Seitentür zu schaffen, die Jim gestern so souverän geöffnet und nur nachlässig wieder hinter uns geschlossen hat. Ich habe tatsächlich Glück und grinse zufrieden, während ich das leicht lädierte Schloss begutachte. Cole und seine Begleitung scheinen einen anderen Eingang zu nutzen, denn die Tür lässt sich noch immer problemlos öffnen.

Leise schleiche ich auf meinen Sneakers den dunklen Flur entlang, immer bereit, mich zu ducken oder hinter irgendwas zu verstecken. Jeden meiner Schritte führe ich überlegt und mit Weitblick aus, dabei bin ich so leise, dass ich meinen eigenen Herzschlag hören kann. Feste und gleichmäßig wummert er gegen meine Brust. Vielleicht einen Tick schneller als sonst. Aber ich bin ganz ruhig. Nichts hier kann mich überraschen, ich bin gewappnet und jederzeit bereit, mein Messer zu zücken.

Doch es ist ruhig und es bleibt ruhig. Selbst, als ich die Tür passiere, vor der wir unser Gespräch mit Cole geführt haben, ist kein Laut zu hören. Im Gegenteil, die Tür steht einen Spalt breit offen und gibt nichts als gähnende Leere im Inneren des Raumes preis. *Geschlafen*, schießt es mir durch den Kopf. *Von wegen. Wo bitteschön will der Idiot denn hier geschlafen haben?*

Um meine eigene Achse drehend stelle ich mit einem Blick fest, dass hier ziemlich sicher eilig ein paar Dinge herausgeschafft wurden. Die wenigen Schleifspuren auf dem Boden hinterlassen eine recht saubere Spur auf dem sonst so verstaubten PVC. Auch ohne Möbelstücke erkenne ich, dass an der Wand tatsächlich ein Bett oder ähnliches gestanden haben muss, ebenso wie eine kleine Kommode oder ein Schrank an der Wand daneben.

Hinter einer weiteren Tür verbirgt sich ein kleines Bad, doch auch hier findet sich nichts, was mich weiterbringen würde. Komplett durchgefliest wirkt es steril und nur mit dem Nötigsten bestückt. Dusche, Klo, Waschbecken und angelaufener Spiegel, durch den ich mir nun selber in die Augen blicke. Selbst die Klopapierrolle wurde entfernt, stelle ich nachdenklich fest. Es riecht nach Feuchtigkeit und Schimmel und ich bin wider aller Vernunft absolut überzeugt davon, dass hier nicht nur sporadisch jemand campiert hat.

Mit wenigen Schritten stehe ich wieder auf dem leeren Flur und registriere erst jetzt, dass irgendwer auch die Kippen Stummel und den schwarzen Stofffetzen in der Nische weggeräumt haben muss. Es ist nicht so sauber, als hätte die Putzkolonne endlich ein Einsehen gehabt. Mehr wirkt es so, als wäre jemand einfach nur nachlässig mit dem Besen hier durchgerannt. *Cole, Cole, Cole,* flüstere ich leise vor mich hin. *Was führst du nur im Schilde?*

Die nächste Tür ist ebenfalls offen, und ich bin nicht überrascht, auch hinter ihr ein identisches Bild vorzufinden. Nach unserem ungeplanten Besuch ist dieses heimliche Lager anscheinend aufgeflogen. Verdammte Scheiße. Das hätten wir echt professioneller angehen müssen.

Frustriert streife ich noch weiter durch die Messehallen, doch je länger ich mich in diesem Gebäude aufhalte, desto überzeugter bin ich davon, hier nichts und niemanden mehr anzutreffen. Wir haben es mit unserer nur wenig durchdachten, viel zu spontanen Aktion versaut, und ich könnte mir dafür echt selbst in den Arsch treten.

Das restliche Wochenende verläuft vollkommen unspektakulär, und Jim wird absolut zufrieden mit mir sein. Ich liege lange im Bett ohne zu schlafen, gehe zum Training, lebe von Fastfood, streune durch die Gegend und hole mir mehrfach einen runter, weil diese verdammten Bilder von Maggie sich immer schwerer ausblenden lassen. Außerdem habe ich immer wieder Jim und seine Frau vor Augen, die es treiben wie die Karnickel und nicht voneinander ablassen können, weil ihre Fotze so geschwollen und nass und willig ist.

Ich bin echt vollkommen krank im Kopf, stelle ich zum wiederholten Male fest und greife erneut nach meinem Schwanz, der beim bloßen Gedanken daran, wie perfekt Maggies Lippen sich um ihn schmiegen, schon wieder steht wie eine eins. Unter der Dusche spritze ich ab, weil ich mir vorstelle, wie es sich angefühlt hat, sie unter dem warmen Wasserstrahl von hinten zu ficken, doch richtig befriedigt fühl ich mich trotzdem nicht.

Tatsächlich bin ich kurz davor, den Verstand zu verlieren und mich wider jeder Vernunft auf die Suche nach ihr zu machen. Mehrfach muss ich mich selber ermahnen, dass ich diese unschuldige Frau nicht in dieses ganze Desaster hineinziehen darf. Wieder und wieder muss ich mir ausmalen, was alles mit ihr passieren könnte, wenn ich ihre Nähe zulassen würde, nur, um es nicht zu tun. Und zum gefühlt hundertsten Mal an diesem Tag rede ich mir ein, dass ich sie finden werde, wenn alles überstanden ist. Dass sie genauso oft an mich denkt wie ich an sie, dass ich etwas in ihr ausgelöst habe und dass aus uns was werden könnte. Es ist wirklich verrückt. Maggie hat irgendetwas in mir berührt. Sie hat etwas wachgerüttelt, was ich für immer verloren glaubte. Meine kranke Seele? Mein Herz?

Als das Wochenende endlich hinter mir liegt, atme ich erleichtert durch und kann es nicht abwarten, von Jim zu hören und mich von ihm ablenken zu lassen. Sein versprochener Anruf lässt tatsächlich nicht lange auf sich warten, und mir entweicht ein erleichterter Seufzer, als ich mein

Handy bereits in den frühen Morgenstunden ans Ohr hebe. »Solche Sehnsucht nach mir? War dein Wochenende doch nicht so erfolgreich wie gehofft?«

»Mach dir mal um mein Wohlbefinden keine Sorgen«, antwortet Jim prompt, und ich kann sein idiotisches Grinsen durch den Hörer sehen. »Ich wollte nur deine Ungeduld befriedigen und hören, was *du* am Wochenende so getrieben hast.«

»Befriedigen und getrieben sind da schon ganz passende Stichworte«, feixe ich und will mit meinen Ausführungen beginnen. »Ich …«

»Mann Zack, ich will gar nix über deinen Schwanz und dein Sexleben wissen. Hast du die Füße still gehalten?«

»Jetzt lass mich doch erstmal ausreden, okay? Ja, ich hab mir einen runtergeholt, aber das tut nix zur Sache.« Jims Schweigen reicht mir und ich nehme es als Aufforderung, endlich zu schildern, was ich in den Räumen der Messehalle vorgefunden habe, oder besser, was nicht.

»Du bist so bescheuert, ehrlich«, geht auch schon kurze Zeit später die erwartete Schimpftirade los. »Kannst du nicht *einmal* das tun, was ich sage?«

»Jetzt komm mal wieder runter«, antworte ich nur. »Ist ja nix passiert. Außerdem wissen wir jetzt, wo wir gar nicht erst weiter suchen müssen.

Irgendwas ist da im Busch, Jim. Und jetzt wissen wir auch sicher, dass Cole dahinter steckt. Er weiß, was mit Cara passiert ist und warum. Und ich verwette meinen Arsch, dass er etwas mit Ellie zu tun hatte!«

»Wenn das so ist, dann pass nur auf, dass er nicht erfährt, dass sie deine Schwester war«, betont er. »Wer weiß, was diese Info in ihm auslöst. Meinst du echt, der ist so krank im Kopf?«

»Man guckt den Leuten immer nur vor die Birne«, flüstere ich und erinnere mich daran, welch abgefuckte Bilder mich gestern dazu gebracht haben, mir stöhnend Erleichterung zu verschaffen.

»Ja, stimmt wohl«, grübelt Jim am anderen Ende. »Dann werde ich diesem Cole in seinem Club mal einen Besuch abstatten und ihm dabei etwas genauer auf die Finger gucken.« Kurz schweigt er nachdenklich. »Ob die Montags überhaupt geöffnet haben?«

»Klar. Da kannst du 24/7 deinen Schwanz in irgendwen oder irgendwas reinschieben, keine Sorge.«

»Ganz sicher nicht«, schnaubt er verächtlich. »Mein Schwanz hat sich am Wochenende genug rein und rausgeschoben, ich gucke nur und trinke was.«

»Abwarten«, grinse ich, doch ich weiß, dass Jim seiner Frau treu ergeben ist. Alles andere würde ich ihm auch nicht durchgehen lassen. Mein Kumpel hat wirklich verdammtes Glück gehabt mit seiner perfekten, kleinen Familie. Mir ist klar, welches Opfer sie alle für mich bringen und ich hoffe einmal mehr, dass das alles hier bald hinter uns liegt und Jim wieder einem geregelten Job mit pünktlichem Feierabend nachgehen kann. Das hat er sich in meinen Augen wirklich verdient.

»Laber nicht so nen Scheiß«, grummelt er nun. »Ich schau mich da heute Abend mal um. Treffen wir uns danach auf ein Bier im *Drake*? Sagen wir, gegen Mitternacht?«

»Bin da«, antworte ich. »Auch schon früher. Ich kann dringend ein paar Drinks gebrauchen.«

»So schlimm?«

»Schlimmer.«

»Alles klar. Halt die Ohren steif, Kumpel!«

»Bis später.« Ich nicke frustriert, obwohl er das nicht sehen kann, und lege auf.

Einmal mehr kommt mir der Gedanke, mir endlich einen geregelten Job zu suchen, der mich erfüllt und mich vor allen Dingen ablenkt von meinen düsteren Gedanken. Doch ich habe keine Muße, mich durch Bewerbungen und Vorstellungsgespräche zu quälen, Absagen einzukassieren und mich von Menschen begutachten zu lassen, die keinerlei Vorstellung davon haben, was für ein kranker Typ ihnen gerade wirklich gegenüber sitzt. Ein Knastbruder auf Bewährung. Ganz tolle Voraussetzungen.

Also entscheide ich mich mal wieder dagegen, in meine Zukunft zu investieren und schultere stattdessen meine Sporttasche. Mit tut noch jeder Knochen weh, aber wenn ich mich irgendwie runterfahren und abreagieren will, ist der Boxclub die einzige Möglichkeit, die Warterei und bis heute Abend irgendwie erträglich zu machen.

Als ich Stunden später im *Drake* die Zeit totschlage, nippe ich bereits gedankenverloren an meinem dritten Whisky und starre auf die Kugeln des Billardtischs vor mir, ohne sie wirklich wahrzunehmen. Ich stehe alleine in der dunklen Nische ganz hinten in der Ecke und versuche, mich mit einem einsamen Spiel abzulenken, bis Jim endlich auftaucht. Leider wird das noch mindestens zwei Stunden dauern, und ich bin jetzt schon nicht mehr zu ertragen.

Der Sport und die anschließende Dusche haben mich nicht so befriedigt, wie ich es erwartet hätte. In der Tat hat mir seit der Nacht mit Maggie nichts und niemand mehr die Befriedigung gebracht, die ich mir wünschen würde. Meine Gedanken schweifen mal wieder ab und ich zucke tatsächlich kurz zusammen, als eine zarte Hand sich auf meine Schulter legt. Dunkle Rehaugen blicken zu mir auf und klimpern auffordernd mit den langen Wimpern.

»Sorry, spielst du noch oder …«

»Wonach sieht`s denn aus?«, blaffe ich sie harscher an als beabsichtigt und schiebe ihre Hand von meiner Schulter. Sie lässt sich davon nicht beeindrucken und hält meinem wütenden Blick stand.

»Ehrlich gesagt, sieht das nach allem aus, aber nicht nach Billard«, bemerkt sie dann und greift nach einen Queue an der Wand. »Los, bau auf«, fordert sie mich dann auf und bearbeitet ihren Queue gekonnt mit dem blauen Kreidestück.

Statt ihrer Aufforderung Folge zu leisten, lehne ich mich jedoch mit dem Rücken an die Wand und nippe weiter an meinem Whisky, währen ich sie von oben bis unten mustere. Sie ist klein und zierlich, blonde, schulterlange Haare lassen mich sofort wieder an Maggie denken und umrahmen ein recht hübsches Gesicht mit Stupsnase. Außerdem ist sie jung, vielleicht Anfang, höchstens Mitte Zwanzig. In ihrer hautengen Lederhose mit dem grauen Top macht sie eine gute Figur, und ich bin mir bei ihrem lasziven Augenaufschlag ziemlich sicher, dass sie ganz genau weiß, was sie will. Billard ist es jedenfalls nicht und sie ist verdammt heiß. Schweigend bearbeitet sie ihren Queue weiter und lässt ihn mehrfach provokant durch die Finger gleiten, ohne dabei den Blick von mir zu nehmen.

Normalerweise stehe ich nicht auf solch plumpe Anmachen. Normalerweise würde ich jetzt einfach mein Glas nehmen und gehen. Aber was ist momentan schon normal. Langsam mache ich also einen Schritt auf sie zu und baue mich in voller Größe vor ihr auf. Ich bin mir meiner Wirkung auf die Frauen durchaus bewusst, aber diese junge Dame hier weiß ganz genau, was sie zu bieten hat. Die Hitze ihres Körpers springt augenblicklich auch auf mich über, und ich bin ihr jetzt so nah, dass ich die harten Nippel durch ihr Top an meiner Brust spüren kann.

»Was soll das hier werden?«, brumme ich dunkel.

»Hm, mal überlegen«, flüstert sie leise, aber bestimmt. »Ideen hätte ich genug.«

Ihre eindeutige, unverblümte Art macht mich augenblicklich scharf, und ich mache einen weiteren, kleinen Schritt nach vorne, um ihr unmissverständlich klar zu machen, auf was sie sich hier gerade einlässt. Sie wirkt leicht angetrunken, aber sicherlich nicht zu besoffen, um zu wissen, was sie hier gerade anzettelt.

»Nicht schlecht«, grinst sie nun diabolisch, streicht unauffällig über die bereits wachsende Beule in meiner Hose und stellt sich auf ihre Zehenspitzen. »Das da vorne…«, flüstert sie dann weiter, wendet den Blick Richtung Theke und berührt mit ihren Lippen kurz mein Ohrläppchen, während sie erneut wie zufällig meinen Schwanz, den Verräter, streift. »Das ist meine Freundin. Sie ist etwas schüchtern, aber ich werde jetzt mit ihr aufs Damenklo verschwinden und hoffe, du weißt, wo das ist.«

Mit diesen Worten lässt sie mich eiskalt stehen, nickt der Dunkelhaarigen am Tresen zu und entschwindet meinem Blickfeld.

Ihre Freundin rutscht vom Barhocker und mustert mich wissend, während sie ihren Rock nach unten schiebt und wortlos folgt. Sie hat dunkle, fast schwarze, zu einem Dutt hochgesteckte Haare und trägt ebenfalls ein enges Top, was ihre durchtrainierte Figur unterstreicht. Der Rock ist für meinen Geschmack ein wenig zu kurz, aber meinem Schwanz scheint er zu gefallen und der darunter nur wenig verstecke Arsch wirkt wohlgeformt und willig. Ich glaube nicht eine Sekunde daran, dass sie schüchtern ist.

Den letzten Schluck Whisky leere ich in einem Zug, bevor ich meinen Queue quer auf dem Bilardtisch ablege. Ich werde nicht lange brauchen und die Partie hier gleich noch beenden.

Es ist lange her, dass ich mich so plump habe anmachen lassen. Aber mein Schwanz drückt unnachgiebig gegen meine Jeans und ich habe mal wieder nur Maggie im Kopf, die mir mit ihren vollen Lippen einen bläst und die ich einfach nicht aus meinem Kopf bekomme, egal, wie viel Sport ich mache oder wie viel ich trinke. Ich werde wirklich noch wahnsinnig und habe absolut nichts gegen einen kleinen Blowjob einzuwenden. Als ich langsam die Tür der Damentoilette aufdrücke dauert es ein paar Sekunden, bis meine Augen sich an das nur spärliche Licht gewöhnt haben.

Die Dunkelhaarige sitzt mit gespreizten Beinen auf dem Waschtisch. Ihren Rock hat sie sich über die Hüften nach oben geschoben, und von einem Slip fehlt weit und breit jede Spur. Ich starre auf ihre blank rasierte Mitte, die sie mir schamlos präsentiert, während die Blondine hinter mich tritt. Wusste ich es doch. Von wegen schüchtern.

Ich höre in meinem Rücken leise das Türschloss einrasten, bevor Blondie ohne zu zögern ihre Hände von hinten in meine Hose schiebt. Ein ungewolltes Stöhnen dringt aus meiner Kehle, während ihre kleinen Finger meinen Schwanz aus der

Jeans befreien und gekonnt an ihm auf und ab gleiten.

»Ich wusste, du kommst«, höre ich sie flüstern.

»So?«, brumme ich, greife nach ihren Händen und ziehe sie zu mir nach vorne. »Ich zeig dir gleich, wie es sich anfühlt, wenn ich komme.« Dann drücke ich sie auf die Knie und schiebe ihr ohne Vorwarnung meinen mordsmäßigen Ständer in den Mund, denn ich weiß, dass sie nichts anderes will. Ihre großen Augen werden kurzzeitig noch größer, doch dann dringt auch aus ihrer Kehle ein wohliges Geräusch, und sie beginnt an mir zu saugen, während ihre Zunge mit meiner Eichel spielt und ihr Seufzen dabei eine angenehme Vibration erzeugt.

Während ich ihren Kopf immer wieder vor und zurück bewege, hängt mein Blick zwischen den Beinen ihrer ach so schüchternen Freundin, die uns beobachtet und es sich dabei schweigend selbst besorgt. Zwei ihrer Finger schieben sich in rhythmischen Bewegungen immer wieder tief in ihre Fotze, die sie mir geschwollen und glänzend entgegenstreckt.

Ich mache mit der blonden Schwanzlutscherin einen Schritt nach vorne und bin ihrer Gespielin nun so nah, dass ich nur meine Hand austrecken muss, um ihr meine eigenen Finger bis zum Anschlag reinzuschieben. Sie ist warm und weich und stöhnt mir entgegen, während ich sie unsanft fingere und dabei immer wieder feste gegen den Spiegel in ihrem Rücken drücke.

Die Blondine schaut auf und lässt meinen Schwanz aus ihrem Mund gleiten, zieht forsch meine Finger aus ihrer Freundin heraus und drückt mir ein Kondom in die Hand. Anschließend versenkt sie ihr Gesicht vor meinen Augen zwischen den lustvoll gespreizten Beinen der Dunkelhaarigen, während sie mich im Spiegel auffordernd beobachtet. Sie bringt sie mit ihrer Zunge zum Stöhnen, während ich meinen Schwanz nun mit einer Hand selber weiterbearbeite und damit beginne, Blondie ebenfalls aus ihrer Hose zu schälen. Auch sie trägt keinen Slip, was mich nicht weiter verwundert.

Hinter ihr stehend, beobachte ich das Spiel der beiden Frauen, bis ich es kaum noch aushalten kann. Kurzentschlossen drücke ich von hinten mit meinem Knie Blondies Beine auseinander, welche mir willig ihren Arsch präsentiert, sich an meiner Härte reibt und mir damit eindeutig zeigt, dass sie endlich gevögelt werden will. Ich rolle gekonnt das notwendige Übel über meinen Schwanz, erforsche mit einer Hand ihre enge, nasse Öffnung und lasse meine Finger in sie gleiten, was sie mit einem eindeutigen »Jetzt fick mich endlich« quittiert.

Einen kurzen Moment halte ich inne und ringe mit mir. Ich habe mir geschworen, nie wieder meinen Schwanz in eine dieser durchgevögelten Drogenschlampen zu schieben. Doch es reichen ein weiteres Stöhnen und der Anblick von Blondies Zunge, die sie immer wieder gnadenlos und tief in den willigen Spalt ihrer Freundin versenkt, um mich zu überzeugen. Das sind keine Drogenschlampen. Das sind ganz normale Schlampen, die, wie ich, einfach nur ordentlich durchgefickt werden wollen.

Ohne Vorwarnung ramme ich meine mittlerweile fast unerträgliche Härte in Blondies enge Öffnung. Sie drückt mir wie zur Bestätigung ihren Arsch entgegen und windet sich unter mir, ihre Zungenschläge zwischen den Beinen ihrer Freundin passen sich meinen harten, rhythmischen Stößen an. Unnachgiebig gebe ich ihr, wonach sie verlangt. Immer wieder schiebe ich meinen Schwanz tief in sie hinein, spüre, wie sie zu zucken beginnt, doch ich höre nicht auf, bis sich auch in mir ein Orkan anbahnt. Ich explodiere fast, als auch die Dunkelhaarige sich nun vor meinen Augen aufbäumt und ich sehen kann, wie ihr Orgasmus auf der Zunge ihrer Freundin pulsiert.

Sekunden, bevor auch ich abspritze, ziehe ich mich aus Blondie zurück, doch sie ist schnell, entfernt mit geschickten Fingern das einengende

Gummi und umschließt meinen noch immer zuckenden Schwanz erneut mit ihren Lippen, kostet das explosive Gemisch aus uns beiden, während ihre Hände überall sind, ich ein letztes Mal laut aufstöhne und mich am Rand des Waschbeckens festkralle. Ich sehe Sterne und Maggie und … Maggie. Überall Maggie.

Wortlos springt die Dunkelhaarige vom Waschtisch und zieht sich ihren Rock wieder über den Hintern, bevor sie sich vor mir aufbaut und beginnt, an meinen Lippen zu knabbern. Ich bin zu verwirrt, um darauf einzugehen, weshalb sie nur desinteressiert mit den Schultern zuckt und von mir ablässt. Blondie erhebt sich ebenfalls und zieht sich dabei in einer fließenden Bewegung wieder die Lederhose über den Arsch. Augenblicklich ist der erotische Zauber vorbei.

Ihr Rehblick liegt auf mir und ich atme tief durch, während ich die Knöpfe meiner Jeans langsam schließe und mich bücke, um nach dem Messer in meinem Hosenbein zu greifen. Bevor es anfängt, komisch zu werden, quetschen die beiden sich an mir vorbei Richtung Tür, doch diesmal bin ich schneller. Mit geübtem Griff nehme ich Blondie in den Schwitzkasten und versperre ihrer Freundin die Fluchttür mit meinem Fuß.

»Was zum Teufel …«, beginnt diese, doch ich bringe sie mit nur einem Blick auf das Messer in meiner Hand zum Schweigen. Blondie röchelt panisch in meiner innigen Umarmung, und ich lasse langsam von ihr ab, das Messer angriffslustig gezückt. »Mit meinem Schwanz im Mund hast du besser Luft gekriegt, hm?«

»Bist du bescheuert, Mann?« keift sie nun und ringt nach Atem. »Ist das der Dank für einen geilen Fick?«

»Nein«, antworte ich. »Der Fick war nicht schlecht. Aber ihr Süßen glaubt doch nicht im Ernst, dass ihr damit durchkommt?«

»Häh?« verständnislos schauen mich zwei hübsche Augenpaare an. »Womit durchkommen? Bist du bescheuert, Alter?«

»Bescheuert vielleicht, aber nicht doof. Gib mir mein Portmonee zurück.« Auffordernd strecke ich die freie Hand in Blondies Richtung.

Kurz steht sie stocksteif vor mir und scheint fieberhaft zu überlegen, dann rollt sie mit ihren Augen. »Verdammt, wieso …«

»Her damit!« ich dulde keine weiteren Diskussionen. Blondie greift genervt in die Tasche neben dem Waschbecken und gibt mir mein Hab und Gut zurück. »Und jetzt verpisst euch«, flüstere ich scharf und stecke sowohl Messer als auch Portmonee zurück an Ort und Stelle.

Als ich wieder an den Billardtisch trete und mein Queue mit Kreide versorge, ist von den beiden Schlampen weit und breit nichts mehr zu sehen. Besser für sie, denke ich zufrieden.

Dafür betritt Jim das *Drake*, und er sieht alles andere als glücklich aus.

»Hey«, nickt er mir zu und deutet der Kellnerin an, uns zwei Drinks zu bringen.

»Hey«, antworte ich und drücke meinem Kumpel einen weiteren Queue in die Hand. »Wie war`s?« hake ich dann mit unverhohlener Neugierde nach.

»Interessant. Aber wohl nicht so aufregend wie bei dir«, antwortet er grinsend und nimmt sowohl Queue als auch Kreide entgegen.

Ich mustere ihn verständnislos.

»Zack, echt jetzt! Selbst, wenn ich die beiden heißen Geräte draußen vor der Tür nicht erkannt hätte, würde ich dir den geilen Fick an der Nasenspitze ansehen.«

»Hm«, grinse ich nun wissend.

»Hast du dein Portmonee noch am Mann?« kontert er stattdessen, und erneut ist es an mir, ihn stirnrunzelnd anzustarren. »Guck nicht so. Die zwei Damen und ihre Masche sind mir durchaus bekannt. Keine Sorge, wenn die wissen, dass ich hier verkehre, lassen die sich bestimmt so schnell nicht mehr blicken.«

Ich kann nur den Kopf schütteln und schnauben.

»Also, Zack, noch alles am Mann oder bist du drauf reingefallen? Noch kriegen wir sie vielleicht…«

»Ja«, antworte ich schnell. »Alles unter Kontrolle. Aber ich hab`s echt spät gemerkt. Fast wären die beiden damit durchgekommen.«

»Jahrelange Übung«, flachst Jim unbeeindruckt. »Ich hoffe, du hast ein Gummi benutzt, die sind nämlich schlimmer als deine Bühnengefährtinnen alle zusammen, das kann ich dir garantieren.«

Mir wird schlecht, und ich kann nur angewidert nicken. *Zack*, denke ich, *du bist sowas von erbärmlich.* »Und mit dieser Masche kommen die durch?«

»Klar«, nickt Jim eifrig. »Was glaubst du, wie hoch die Erfolgsquote bei denen wohl ist, hm? Die wenigsten Typen können da doch widerstehen. Und die meisten davon schlucken den Ärger über das verschwundene Portmonee lieber runter, anstatt zuzugeben, wie genau dieser Diebstahl zustande gekommen ist. Logisch.«

»Logisch«, murmele ich und leere das soeben gebrachte Whiskyglas in einem Zug. Nach einem schweigsamen Einstieg in ein neues Spiel halte ich irgendwann inne und mustere Jim angespannt. »Jetzt sag schon, was hast du herausgefunden?«

»Nicht viel«, antwortet mein Kumpel. »Ich glaube auch, dass dieser Cole Dreck am Stecken hat, aber er ist auf der Hut. Wir sollten ihn nicht unterschätzen, dieser Typ ist mit allen Wassern gewaschen.«

»Das glaub ich gerne«, stimme ich zu.

»Er ist mit mir durch die hinteren Räume gegangen und hat mir ein paar seiner Mädchen vorgestellt. Allesamt ganz nett anzusehen, aber die werden früher oder später alle so enden wie diese Cara, schätze ich. Dass die teilweise unter Drogen stehen, war nicht zu übersehen. Trotzdem. Auf die Schnelle findet sich nichts, womit man ihn festnageln könnte. Alle sind freiwillig da, lächeln dich nett und offen an, bezeichnen sich als große Familie und Cole als ihren Freund, blablabla…, das Übliche. Nur eine, die hätte eine Chance…«

»Ach ja?« Sofort hat er meine volle Aufmerksamkeit.

»Ja, so ne hübsche Blondine. Cole musste ans Telefon und ich hab mich kurz mit ihr unterhalten. Sie wirkte ziemlich klar im Kopf und ich bin mir sicher, dass sie nicht freiwillig dort ist.«

»Wie kommst du darauf?«

»Na, ihr blaues Auge war ziemlich eindeutig. Angeblich war das ein Freier im Eifer des Gefechts … wer`s glaubt. So richtig schmerzfrei laufen konnte sie auch nicht.«

»Oh Mann«, bestätige ich frustriert. »Du hast so Recht. Wer`s glaubt.«

»Ich hab ein Schäferstündchen bei ihr gebucht«, platzt es aus Jim heraus, und ich starre ihn an, als hätte er mir gerade erzählt, dass er sich die Lippen aufspritzen lassen will. Mein Gesichtsausdruck scheint ihn zu amüsieren, denn er bricht augenblicklich in schallendes Gelächter aus. »Jetzt guck doch nicht schon wieder so! Natürlich *tue* ich nur so, als wäre es ein Schäferstündchen, du Idiot. Ich glaube, sie könnte uns brauchbare Informationen liefern. Im Ernst, Zack. Dieses Mädel könnte eine echte Chance sein.« Bedeutungsvoll senkt er seine Stimme. »Sie kannte Cara und scheint mehr zu wissen, als sie mir gegenüber zugeben wollte.«

Kapitel 9

Maggie

Plötzlich geht alles ganz schnell. Ich verstehe in meinem Pillendelirium nicht, was los ist, was mich wiederum nervt und mir dennoch auf seltsame Weise vollkommen egal ist.

»Los, pack alles in die Tasche hier«, weist Cole mich mit herrischem Ton an und ich gehorche, greife mit zittrigen Fingern in die metallene Schublade. Mir tut einfach alles weh und an meinen Handgelenken sind noch deutlich die Fesselspuren des gestrigen Abends zu erkennen. Ist das alles wirklich passiert? Ich erinnere mich nur vage, aber die Schmerzen in und an meinem Körper sind zu real, um sie zu leugnen. Ich kann mich wie durch Nebelschwaden an zwei unnachgiebige Typen erinnern, und einer davon war ziemlich sicher kein anderer als Cole höchstpersönlich.

Cole hat mich gestern gefickt, und zwar vollkommen unbarmherzig und grob. Es war das erste Mal nach all der Zeit, dass er seinen Schwanz in mich geschoben hat. Überhaupt war es das erste Mal seit der ganzen Zeit auf dem Messegelände, dass ich ihn habe ficken sehen. Ich überlege fieberhaft, warum er ausgerechnet gestern seine Zurückhaltung mir gegenüber über Bord geworfen hat.

Sonst schickt er immer seine Schoßhündchen Don und Luc, wenn etwas vorbereitet werden muss. Und ich weiß nur zu gut, wie gerne und übereifrig die beiden Fieslinge ihrem Job nachkommen. Kein Wunder. Solche Ekelpakete lässt mit Sicherheit keine Frau weit und breit freiwillig an sich heran. Das mit Dons Auge wird gefühlt immer schlimmer. Ich weiß nicht, was ihm passiert ist, aber ich bin mir ziemlich sicher, dass er nicht so schielend auf die Welt gekommen ist.

Cole hingegen ist anders, unnachgiebig, hemmungslos. Er nimmt sich, was und wie er es will. Doch nicht er war es, der mir diese Schmerzen zugefügt hat. Grob gefickt zu werden gehört mittlerweile zu meinem Alltag. Nein, da war noch jemand mit im Raum.

»Fick sie endlich«, höre ich eine unangenehme Stimme tief in meinem Kopf. »Ich will sehen, wie du sie fickst!« Ein Zuschauer, der klare Anweisungen gegeben und sich erst an unserer Show ergötzt und aufgegeilt hat, nur um sich später ganz alleine an und mit mir zu vergnügen.

Wobei das Vergnügen definitiv ziemlich einseitig war. Kurze Farbsequenzen blitzen vor meinem inneren Auge auf. Ein schwabbeliger Körper, ein kleiner Schwanz, dem mein Mund Erlösung verschaffen musste, während dicke Wurstfinger sich selbst und diverses Spielzeug in alle meine Köperöffnungen geschoben haben. Ich erinnere mich daran, wie ich gewürgt wurde, bis ich vor Schwindel in die Knie gegangen bin. Und da waren Metallstangen, wegen derer ich mich nicht wehren und nur heiser schreien konnte, weil mein Körper auf unnatürliche Weise daran aufgehängt, verdreht und gefickt wurde.

Irgendwann habe ich mich meinem Schicksal ergeben, daran erinnere ich mich ebenfalls. Ich hatte keine andere Chance, denn diese dicken Wurstfinger haben einfach nicht aufgehört.
Als meine Schreie zu laut wurden, haben sie mir irgendwas in den Mund gestopft. Ich habe es nur noch mit Mühe geschafft, die Sterne und das Flackern vor meinen Augen zu kontrollieren.
Ich habe beim besten Willen keine Ahnung mehr, wie lange das alles gedauert hat und ob noch weitere Typen im Spiel waren. Irgendwann kam Cole zurück zu mir und hat mich erlöst. Mit einem Schlüssel für die Handschellen und einer Ration goldenem Glück und Gleichgültigkeit für seine Prinzessin, welches ich über die Maßen hasse und mehr als alles andere auf der Welt begehre zugleich.

Dann hat sich Zacks Stimme in meine Gedanken geschlichen. Er war zum Greifen nah und doch so unendlich weit weg, aber ich habe ihn so deutlich gehört, als wäre er wirklich direkt nebenan. Seine Stimme, dunkel und faszinierend, hat mich in den Schlaf gewiegt und mich für ein paar Stunden meine Schmerzen vergessen lassen.

»Hey, Schlampe, geschlafen wird später«, blafft Don mich jetzt an und gibt mir einen unfreundlichen Tritt, der mich aus meinen grausamen Erinnerungen reißt.

Ich senke den Blick, obwohl ich ihm an liebsten an die Gurgel gehen würde. Doch ich muss mich zusammenreißen. Meine Zeit wird kommen, daran muss ich feste glauben.

Als ich mich bücke, um auch nach dem Inhalt der unteren Schublade zu greifen, unterdrücke ich einen plötzlichen Schmerzensschrei, der meinem Mund entweichen will. Ich habe gestern genug geschrien, diese Genugtuung werde ich keinem der hier Anwesenden so schnell wieder geben. Unauffällig schaue ich mich um.

Cole wirkt irgendwie gehetzt, und ich verstehe nicht warum. Er kommandiert seine vertrauten Helferlein durch die Gegend und ich sehe Luc nun tatsächlich mit einem Besen im Flur hantieren, worüber ich trotz allem fast grinsen muss. Vorsichtig ziehe ich meine Hand zurück und entdecke den

Grund meiner Empfindungen. Ich habe mich geschnitten. Und wenn mich nicht alles täuscht, befindet sich genau vor mir, in greifbarer Nähe, eine Waffe, von der weder Cole noch seine Schoßhündchen etwas ahnen.

Schnell stecke ich mir den blutenden Finger in den Mund und hoffe, dass er unbemerkt bleibt. *Cara,* schießt es mir durch den Kopf. Hat sie hier tatsächlich ein Messer versteckt? Und wenn ja, wieso hat sie es nie benutzt? In meinem Kopf rattert es fieberhaft, doch ich komme nur zu einem sinnvollen Schluss: Cara muss es in ihrem Drogendelirium schlicht und einfach vergessen haben. Pech für sie, vollkommen neue Möglichkeiten für mich.

»Beeil dich, Prinzessin, sonst muss ich nachhelfen«, bellt Cole mich von der Seite an, und ich zucke zusammen.

Möglichst gleichgültig greife ich erneut in die Schublade und versuche dabei, den Griff des Messers zu erhaschen, was mir auch tatsächlich gelingt. Während ich fleißig die Schränke leere und alles in die dafür vorhergesehenen Taschen schmeiße, versuche ich das kleine Messer in meiner Hand unauffällig in meinem Hosenbund verschwinden zu lassen, was sich als absolute Scheißidee entpuppt, weil ich es mir bei jeder Bewegung selber ins Fleisch drücke. Geschäftig wühle ich in der untersten Schublade herum, während Luc und Don angewiesen werden, die Möbel in einen bereitgestellten Lieferwagen zu tragen. Als Cole mit seinem Handy am Ohr hektisch auf dem Flur auf und ab läuft, nutze ich den unbeobachteten Moment, schiebe das Messer mit der Klinge nach oben in meine Socke und lege vorsichtig mein Hosenbein darüber. Keine Sekunde zu früh.

»Prinzessin, komm endlich«, höre ich Cole in der Tür nach mir rufen. Schweigend schließe ich die randvolle Tasche und schiebe sie vor mir her, hinaus aus dem komplett leeren Raum in den Flur, der meinen Körper augenblicklich mit einer Eiseskälte überzieht und Erinnerungen weckt, die mich laut aufschluchzen und samt Tasche zusammensacken lassen. Cole ist zur Stelle, zieht mich unsanft wieder auf die Beine und ruft nach Luc, der sich eifrig um das restliche Gepäck kümmert. Dass er weder einen verächtlichen Spruch noch überhaupt einen giftigen Blick für mich übrig hat zeigt mir nur umso deutlicher, dass irgendetwas im Busch sein muss.

»Steig ein«, weist Cole mich nun an und deutet auf einen weißen Lieferwagen ohne Aufschrift und mit abgedunkelten Fenstern. »Heut noch, wenn`s geht!«

Die Fahrt verläuft mehr oder weniger schweigend und dauert nicht lange. Ich bin noch relativ klar im Kopf, und obwohl es zwischen meinen Beinen brennt wie Feuer und mein Hals sich rau und mitgenommen anfühlt, will ich mich nicht beschweren. Je länger ich es ohne meine Rationen aushalte, desto besser kann ich herausfinden, was hier passiert und worum es geht. Cole muss nicht mitbekommen, wie sehr es in meinem Gehirn rattert, also schließe ich die Augen und lehne müde den Kopf an das kühlende Fenster des Transits. Als wir anhalten und ich sie wieder öffne, stehen wir auf einem kleinen Hinterhof, auf dem ich außer einiger Mülltonnen und Garageneinfahrten nichts Aufregendes erkennen kann.

»Hier lang«, höre ich Cole seine Männer dirigieren. In Windeseile ist der Transporter wieder leer und rollt vom Hof. Luc und Don flanieren mich, während Cole untypisch nervös vor uns her läuft und auf eine Tür zeigt, vor der die Jungs mit mir stehen bleiben. »Das ist dein neues Zimmer«, erklärt er knapp und mit nur einem kurzen Schulterblick in meine Richtung. »Ruh dich aus, Prinzessin. Morgen brauche ich dich frisch und erholt.«

Der Kloß in meinem Hals wächst, doch ich nicke nur und ergebe mich meinem Schicksal. Für heute. Kaum schließt sich die Zimmertür hinter mir, höre ich auch schon, wie sich der Schlüssel im Schloss zweimal dreht. *Willkommen im nächsten Gefängnis, Prinzessin,* murmele ich leise. Dabei ziehe ich das

Messer aus meiner Socke und betrachte es zum ersten Mal genauer. Es ist klein mit filigranen Schnitzereien in einem dunkelbraunen Holzgriff und es liegt, soweit ich es beurteilen kann, ganz gut in der Hand. Ich habe keinerlei Erfahrung mit Messern, aber ich schätze, die Klinge ist lang genug, um jemandem damit ordentlich Schmerzen zuzufügen. Von einer plötzlichen Welle der Hoffnung erfasst, lasse ich es einige Male von der einen in meine andere Hand wandern. Dann erst beginne ich zu begreifen, dass dieses kleine Utensil Leben oder Tod für mich bedeuten könnte.

Langsam hebe ich den Kopf, fokussiere meinen Blick und schaue mich erst jetzt genauer in meiner neuen Bleibe um. Der Raum ist kahl, wirkt aber nicht so unterkühlt wie der in der Messehalle. Es gibt sogar weinrote, schwere Vorhänge an den zwei kleinen, verdunkelten Fenstern und einen tiefen, ovalen Tisch mit zwei einfachen Holzstühlen. Wie in meiner alten Bleibe habe ich eine kleine Kommode mit mehreren Schubfächern, in denen ich die wenigen Klamotten unterbringen kann, die ich mein Eigen nenne. Was sich in dem kleinen, verschlossenen Schrank daneben befindet, muss ich nicht lange hinterfragen. Es ist der gleiche Schrank, der auch meinen alten Raum schon geschmückt hat und beinhaltet Gleitcreme, Vibratoren, Fesselmaterialien und diverse andere Spielzeuge, die meine Kunden gerne nutzen und antörnen. Die Kondome in der Schale daneben werden jedoch nur spärlich weniger. Den meisten Typen ist es tatsächlich vollkommen egal, ob sie sich bei mir etwas einfangen oder nicht.

Die nur angelehnte Tür gegenüber der Kommode offenbart das erwartete Badezimmer. Es ist klein und funktional mit Dusche, Waschbecken und Toilette. Die schwarze Tasche mit meinen persönlichen Dingen wie Zahnbürste, Creme und Schminke steht bereits an Ort und Stelle, zwei dunkelrote Handtücher liegen am Beckenrand. Der Rest ist kahl und hell gefliest.

Es gibt also nicht viele Möglichkeiten, das Messer zu verstecken, stelle ich seufzend fest. Da aber niemand Verdacht schöpft oder überhaupt auf den Gedanken kommen würde, dass ich eine Waffe besitzen könnte, muss ich mir wohl auch nicht allzu komplizierte Gedanken darüber machen. Kurzerhand schiebe ich es seitlich unter die Matratze des breiten Betts, welches, eingerahmt von tief angebrachten Wandspiegeln und Metallösen für diverse Fesselspiele, recht einladend in der hinteren Ecke des Raumes thront.

Mit voller Wucht und ohne weitere Vorwarnung spüre ich plötzlich blanke Panik und die altbekannte Übelkeit in mir aufsteigen. *Die Schonzeit ist vorbei*, denke ich bitter. Wenn Cole mir heute keinen Besuch mehr abstattet, werde ich morgen alles andere als frisch und erholt sein. Ich spüre schon, wie sich die Krämpfe anbahnen, die immer dann Besitz von mir ergreifen, wenn ich längst nach dem nächsten Schuss lechze. Ich ekel mich vor mir selber, winde mich um die eigene Achse und übergebe mich direkt auf den Fußboden neben dem Bett. In meinem Hals kratzen messerscharfe Rasierklingen und ich kann nichts gegen die Tränen machen, die ungefragt in meine Augen treten. Wie tief bin ich nur gesunken, denke ich verzweifelt, rolle mich zu einer Kugel zusammen und bleibe einfach auf dem Boden neben meinem Mageninhalt liegen.

Ein dumpfes Wummern lässt mich hochschrecken. Ich erhebe mich zitternd und schaue mich verwirrt um. Für einen kurzen Moment habe ich vollkommen die Orientierung verloren, doch binnen Sekunden prasselt alles wieder auf mich ein, und der stechende Schmerz zwischen meinen Beinen erinnert mich augenblicklich wieder an den gestrigen Abend. Irgendwann begreife ich, dass dieses anhaltende Wummern der Bass zu lauter Musik ist. Wo auch immer Cole mich hier untergebracht hat, es scheint deutlich mehr Publikum zu geben als in den verlassenen Messehallen. *Mehr Publikum, mehr Möglichkeiten*, schießt es mir durch den Kopf, doch dann wird alles wieder löchrig und verdreht.

Ich bin kurz davor, mich erneut zu übergeben, als ich den Schlüssel im Schloss höre. Dunkle Sneakers machen genau vor meinem Gesicht halt, kalte Hände mit unbarmherzigem Griff ziehen mich auf die Füße.

»Hol ein nasses Handtuch«, vernehme ich Coles Stimme, und kurz darauf eilen hektische Schritte ins Badezimmer. »Was machst du nur für Sachen, Prinzessin«, flüstert er in mein Ohr und streicht mir die verschwitzten Haare aus dem Gesicht. »Müssen wir deine Ration schon wieder erhöhen?«

Bloß nicht! schießt es mir durch den Kopf, doch ich kann nicht mehr klar denken und winsele leise vor mich hin. Cole behandelt mich, als wäre ich ihm tatsächlich wichtig, säubert mein Gesicht und lässt Don, die arme Sau, meine Kotze wegwischen. Der Blick, den dieser mir dabei zuwirft, ist mörderisch und ich weiß, dass ich dafür irgendwann bezahlen werde.

»Gib mir deinen Arm«, fordert Cole mich wenig später auf, als ich frisch gewaschen in meinem neuen Bett liege.

Ich will nicht, aber ich gehorche, denn ich spüre, dass die Krämpfe Überhand nehmen. Mein Mund ist bereits so furchtbar trocken, dass ich kein vernünftiges Wort mehr über die Lippen bringe. Mir tut einfach nur alles weh.

»Sch…«, flüstert Cole, als ich dennoch versuche zu sprechen. »Schlaf jetzt, Prinzessin. Ich habe dir doch gesagt, dass ich dich morgen frisch und ausgeruht brauche.«

Ich schließe seufzend meine Augen, spüre die Wärme, die meinen Körper nur wenige Augenblicke später durchflutet. Fühle die kuschelige Decke, die sich wie eine starke Beschützerin über mich legt und mir Dinge einredet, die keinen Sinn ergeben, die mir Bilder aus einem längst verwelkten Leben schickt, dunkle Locken, tätowierte Drachen, und einen starken Arm, der mich hält und nie wieder loslässt.

Kapitel 10

»Aufwachen!«

Etwas Nasses klatscht kalt auf mein Gesicht und ich schrecke hoch. Für einen kurzen Moment habe ich keine Ahnung, wo ich bin und was ich hier mache, doch als ich Dons` abschätziges Grinsen direkt vor meinem Gesicht erblicke, fällt mir alles wieder ein.

»Steh auf, du faules Stück«, befiehlt er nun und schmeißt mir erneut den eiskalten Lappen ins Gesicht. »Cole verlangt nach seiner *Prinzessin*.« Dabei spuckt er mir das Wort Prinzessin so abfällig vor die Füße, das ich einmal mehr begreife, wie abgrundtief er mich hassen muss.

Dennoch halte ich seinem Blick stand, denn ich weiß, dass er mich nicht anrühren wird, solange Cole ihm dies nicht erlaubt. Obwohl sein seltsam nach innen gekipptes Auge mir, wie jedes Mal, einen Schauer über den Rücken laufen lässt, wenn er mir so nah kommt, bin ich heute mutig.

»Was ist eigentlich mit deinem Auge passiert?« frage ich also, was eine kurzzeitige Gesichtsentgleisung bei ihm bewirkt. Don hat sich jedoch schnell wieder im Griff und bedenkt mich mit einem abfälligen Schnauben.

»Geht dich nix an«, lautet seine Antwort, doch dann beginnt er doch zu reden. »Alles nur wegen so einer durchtriebenen Schlampe wie dir. Ihr Macker wollte den großen Beschützer spielen. Hat ihm aber nichts gebracht außer ner toten Braut und n Zimmer im Knast.«

Ich schlucke schwer.

»Ja, Schlampe, schreib`s dir hinter die Ohren. Don ist gnadenlos. Und ich hab noch ein Auge. Das reicht, um dich zu beobachten.«

»Ich will ja nur …«

»Halt die Klappe, *Prinzessin*«, knurrt er jetzt. »Nutz deinen Mund lieber, um mich für gestern zu entschädigen.« Hektisch nestelt er an seiner Hose herum. »Nochmal wisch ich deine Kotze nicht weg, Schlampe.«

Ich scheine mich getäuscht zu haben. So ergeben Cole gegenüber, dass er seinen Schwanz bei sich behalten kann, ist er anscheinend doch nicht. Weil ich weitere Unannehmlichkeiten vermeiden will, gebe ich ihm, was er verlangt. Ich kenne Dons Vorlieben mittlerweile nur zu gut und weiß, wie ich ihn schnell wieder loswerde. Mit seinem kleinen, krummen Schwanz bin ich schnell fertig. Tief in meinem Rachen versunken spritzt er schon nach kurzer Zeit keuchend ab und zieht sich aus mir zurück.

»Und jetzt beeil dich«, brummt er zufrieden. »Du weißt doch, Cole wartet nicht gerne.«

Don verfolgt mich, während ich ins Badezimmer wanke. Er sagt kein Wort, aber ich stehe unter permanenter Beobachtung und merke durchaus, wie sehr ihn alleine mein nackter Anblick unter der Dusche schon wieder aufgeilt. Doch er hält sich nun tatsächlich zurück, sein funktionierendes Auge wandert immer wieder nervös Richtung Armbanduhr.

»Mach endlich«, motzt er schon nach wenigen Minuten herum. »Und klatsch dir ein bisschen Schminke über dein Veilchen. Ich hab keinen Bock, mich schon wieder wegen dir von Cole anmachen zu lassen.«

Ich ignoriere seine bissigen Worte, steige aber aus der Dusche und greife nach dem Handtuch. Nach ein paar Stunden Schlaf und dem unterschwelligen Rausch, in dem ich mich befinde, fühle ich mich tatsächlich wieder einigermaßen hergestellt. »Was ist das denn für ein wichtiger Termin heute?« frage ich betont beiläufig.

»Wirst du schon sehen«, grummelt er und schmeißt mir meine Klamotten zu. »Anziehen«, lautet sein Befehl, dem ich ohne Wiederworte Folge leiste. Der kurze Rock und das hautenge Oberteil geben mehr von meinem Körper preis, als sie verbergen, doch ich schlüpfe kommentarlos hinein. Ich weiß, dass man Don nur bis zu einem gewissen Punkt reizen sollte. Wird dieser überschritten, tut es weh.

Schweigend laufe ich neben ihm den langen Flur entlang, auf dem uns keine Menschenseele begegnet, bis wir durch eine Tür nach draußen treten. Augenblicklich beginne ich zu zittern, denn der Wind pfeift erstaunlich kalt um die Ecken.

»Prinzessin«, höre ich eine mir nur allzu bekannte Stimme. Cole eilt auf mich zu und legt mir ohne zu zögern seine Jacke über die Schultern. »Verdammt, Don«, höre ich ihn dann seine Stimme erheben. »Soll sie sich hier ne Lungenentzündung holen? Du bist sowas von dämlich!« Dann begutachtet er mich von oben bis unten und ich sehe, dass er mein blaues Auge stirnrunzelnd registriert.

Wie gestern ernte ich einen mörderischen Seitenblick von Don und weiß schon, dass mich das mindestens einen erneuten Blowjob kosten wird. Seufzend folge ich den Männern, die mich flanieren und mir die Tür eines recht schnittigen, dunklen Sportwagens öffnen, der mitten im Hof auf uns wartet. Verwirrt steige ich ein, Don folgt mir stehenden Fußes, während Cole sich ans Steuer begibt.

»So, Maggie«, eröffnet er dann in geschäftigem Tonfall sein Ansinnen. »Du hörst mir jetzt gut zu.«

Meine Nackenhaare stellen sich auf, denn die Art und Weise, wie er mit mir spricht, machen mir Angst.

»Eigentlich war Cara für diesen Job vorgesehen, aber du hast ja mitbekommen, was passiert ist«, erklärt er weiter. »Wir fahren jetzt in einen Club, in dem ein paar wichtige Kunden auf dich warten. Sei nett und mach einfach, was sie von dir verlangen.«

Schweigend beobachte ich ihn durch den Rückspiegel. Als ich nicht antworte, fängt er meinen Blick ein und starrt zurück. »Was?«, blafft er mich dann an.

»Was sind das für Typen?« krächze ich mutig, obwohl ich mich nicht so fühle.

»Niemand, der dich etwas angehen würde«, antwortet er und lenkt seinen Blick wieder auf die Straße. Kurze Zeit später passieren wir ein Parkhaus und fahren in mehreren Schleifen bis auf das oberste Deck. »Wir sind da.«

»Cole, ich meine es ernst«, versuche ich es erneut.

Don rollt neben mir mit seinem verbliebenen Auge. »Halt deine vorlaute Klappe und mach einfach, was der Boss dir befielt, Schlampe«, motzt er los und greift grob nach meinem Handgelenk.

»Don!«, ruft Cole ihn zur Ordnung, was diesen mich loslassen und wutschnaubend aussteigen lässt.

Cole wendet sich derweil seelenruhig wieder in meine Richtung. »Und ich sagte bereits, dass dich das einen Scheiß angeht«, antwortet er leise. Zu leise. »Lass sie ein bisschen fummeln, blas ihnen einen, mach das, was du am besten kannst. Sie wollen nur ein bisschen Spaß. Und ich will, dass du einen guten Eindruck hinterlässt. Verstanden?« Sein Tonfall ist eindeutig. »Später hat sich noch ein ganz besonderer Kunde angemeldet. Wenn er zufrieden mit dir ist, werde ich dich heute Abend fürstlich entlohnen.«

Ich nicke langsam, denn ich weiß genauso gut wie er, dass er mich in der Hand hat. In nur wenigen Stunden werde ich wieder winselnd über den Boden kriechen und alles dafür tun, ein bisschen Frieden als Belohnung von ihm zu bekommen.

»Gut.« Sein selbstgefälliges, aalglattes Grinsen ist ekelhaft. »Dann mal los, Prinzessin.«

Mit diesen Worten hakt er mich unter und schmeißt Don die Autoschlüssel zu. »Du wartest im Auto«, lautet seine klare Ansage. »Ich will dich nicht in dem Laden sehen. Wenn sie sich widersetzt, kannst du später in der Karre mit ihr machen, was du willst.«

Auch ohne mich umzusehen spüre ich den Blick in meinem Rücken und höre das heisere, gierige Lachen, welches aus Dons Kehle steigt. »Na dann viel Glück, *Prinzessin*«, spuckt er mir förmlich hinterher. »Ich hoffe, du fährst deine Krallen aus.«

Da ich keine Ahnung habe, was mich erwartet, bleibe ich dicht neben Cole und versuche mir, so gut es geht, die Umgebung einzuprägen. Weit sind wir nicht gekommen, das Parkhaus sieht zwar aus wie jedes andere, kommt mir aber doch irgendwie vage bekannt vor. Direkt hinter der dicken Feuerschutztür, durch die ich nun geschoben werde, gelangen wir in einen Fahrstuhl. Er ist eng hier drin und stinkt.

Als ich den Blick hebe, zucke ich erschrocken zusammen. Bin das wirklich ich in dem Spiegelbild vor mir? Eine abgemagerte und fremde Person steht mir gegenüber und hält meinem Blick stand. Seit dieses ganze Elend mich im Griff hat, habe ich mich nicht mehr so klar und deutlich in einem Spiegel betrachtet und erkenne mich selber nicht wieder. Schnell schließe ich die Augen und atme ein paar Mal tief ein und aus, damit die unterschwellige Panik mich nicht mit voller Wucht trifft, die der Anblick des noch immer durchschimmernden Veilchens um mein Auge herum in mir auslöst. *Bleib ruhig, Mag,* mahne ich mich selber. *Du wolltest eine Chance, du bekommst eine Chance.*

Versau` es nicht direkt! Ich ignoriere das, was von mir übrig geblieben ist und halte den Blick gesenkt.

Cole schweigt. Er wirkt angespannt, und ich habe das sichere Gefühl, dass er ebenfalls nicht genau weiß, was auf uns zukommt.

»Ich weiß, dass du mich gefickt hast«, platzt es aus mir heraus, obwohl ich es nicht will. »Warum auf einmal?«

Mit hochgezogenen Augenbrauen und den Händen in der Tasche starrt er mich einen Moment lang verwirrt an, bevor er sich wieder im Griff hat.

»Auch das geht dich einen Scheiß an«, antwortet er schneidend. »Und halt dich mit deiner großen Klappe zurück, sonst wird es dir noch leidtun!«

Ich glaube ihm jedes Wort.

Als wir den Aufzug verlassen ist es, als betreten wir eine andere Welt. Haben die wenigen Räume, die ich in den letzten Wochen von innen gesehen habe, allesamt etwas schmuddelig-unterkühltes an sich gehabt, so befinden wir uns nun in einem Raum voller Prunk, Glitzer und Reichtum.

Club Exquisite, lese ich im Vorbeigehen auf ein paar schwarzen Visitenkarten, die neben einem verschnörkelten Kerzenständer auf einer kleinen Anrichte liegen. Die Schrift ist golden und sticht ein wenig hervor, ähnlich wie auf den kunstvoll gestalteten Darktickets der Messe, auf der dieses ganze Elend für mich begonnen hat. Ich bin mir nicht sicher, ob diese Information für mich von Vor- oder Nachteil ist und behalte sie vorerst lieber für mich.

Mir bleibt nicht viel Zeit, die ganzen Eindrücke hier zu verarbeiten, denn Cole zieht mich zielstrebig hinter sich her. Ich stolpere mehrmals, weil ich noch im Gehen versuche, mir möglichst viel von der Umgebung einzuprägen, um es mir später wieder ins Gedächtnis zu rufen. Der ganze Raum ist in dunkles Licht getaucht, und wird mehr oder weniger einzig von den Massen an unechten Kerzen erhellt, die überall anzutreffen sind. Einzig der Thekenbereich ist etwas heller ausgeleuchtet und bietet vor einer großen Spiegelwand inklusive muskulösem, halbnacktem Barkeeper alles, was das Kennerherz begehrt. Es gibt keine großen Sitzgruppen hier, alles ist in kleine, eher private Bereiche unterteilt und sagt mir, dass in diesen Räumen viel Wert auf ungestörte Privatsphäre gelegt wird.

Zum ersten Mal nehme ich wahr, dass Cole neben Cara und mir noch andere Frauen für sich arbeiten lässt. Einige Nischen sind bereits besetzt, und ich erkenne schemenhaft, dass hier nicht lange um den heißen Brei herumgeredet wird. Eine leicht bekleidete Dame rutscht in eindeutigen Bewegungen auf dem Schoß eines recht betagten Anzugträgers herum, während ein paar Tische weiter ein hagerer Typ mit Halbglatze von gleich zwei hübschen Frauen umgarnt wird. Noch während ich das Dreiergespann beobachte, rutscht eine der Frauen eine Etage tiefer und bearbeitet ungeniert seinen Schwanz.

»Kleine Gefälligkeiten kannst du direkt vor Ort erfüllen«, höre ich Cole erklären. Sein Blick ruht ebenfalls auf den Geschehnissen ein paar Meter weiter. »Kondome findest du auf jedem Tisch, falls gewünscht. Falls nicht, ist mir das auch scheißegal.« Ich schlucke nur.

»Wenn es heftiger zur Sache geht, findest du dort hinten ein Separee mit allerlei Zubehör«, deutet er an und zeigt auf einen dunkelroten Vorhang. »Aber ich denke, vorerst bist du hier am Tisch ganz gut aufgehoben. Ah!« ruft er dann erfreut und grinst einem blonden Typen in Lederjacke entgegen, der sich suchend umschaut und den Türsteher neben sich erst los wird, als Cole ihn zu uns winkt. »Vergiss nicht, sei nett«, flüstert er mir warnend zu.

Ich nicke desillusioniert und versuche, alle Informationen in meinem löchrigen Gehirn irgendwie zu sortieren. Ich bin Teil eines Edelbordells, denke ich. Wie zu Hölle konnte mir das nur passieren!

»Hier«, grinst ein Typ mit nacktem Oberkörper und stellt ein Glas Wasser vor mir ab. Es ist der

Barkeeper, der sich der Blicke, die auf ihm ruhen, durchaus bewusst ist. »Das kannst du zwischendurch sicher brauchen.«

»Abmarsch«, befiehlt Cole, doch der Typ zuckt nur gelangweilt mit den Schultern und raunt ihm ein leises »Ach fick dich doch« entgegen. Augenzwinkernd geht er dann zurück hinter die Theke und tut so, als wäre nichts passiert. »Sonderbehandlung ist nicht, merk dir das«, zischt Cole mir dann zu und ballt seine Hände zu Fäusten, bevor er sich dem blonden Kerl zuwendet, der uns neugierig beobachtet.

»Jim, dachte schon, du hättest es dir anders überlegt. Hab dich am Wochenende schon erwartet.«

»Cole«, nickt dieser grüßend. »Dachte, in der Woche ist es was ruhiger und du hast mehr Zeit, mir alles zu zeigen«, höre ich ihn antworten und nippe an meinem Wasserglas.

»Gutes Argument«, setzt Cole an, wird jedoch vom Klingeln seines Handys unterbrochen. Augenrollend wedelt er damit vor uns herum. »Immer zum falschen Zeitpunkt. Prinzessin,«, weist er mich dann an und ich zucke zusammen. »Kümmre dich doch ein bisschen um unseren Freund hier, ja? Zeig ihm, was du drauf hast, bis ich zurück bin.«

Langsam stelle ich das Wasserglas zurück auf den Tisch und wende mich diesem Jim zu, der es sich bereits neben mir gemütlich macht und seine Jacke achtlos auf den Sessel neben uns schmeißt.

»Hallo«, grinse ich verführerisch und schwinge mich auf seinen Schoß. »Wie willst du mich denn, hm?«

»Äh, hi«, windet er sich unter mir und hält meine Hände in Zaum, die sich zielstrebig an seinem Gürtel zu schaffen machen. »Lass mal, ich… also…«

»Schüchtern?« mein aufgesetztes Grinsen wird breiter. Mit dem Kerl bin ich schnell fertig. »Das erste Mal vor Publikum?«

Er nickt und hält meine Hände weiter fest in seinen gefangen. »Ja. So kann ich das nicht. Können wir uns nicht irgendwohin zurückziehen?«

»Nein«, antworte ich wahrheitsgemäß. »Mein Job ist heute hier am Tisch. Aber ich kann Cole fragen ob …«

»Nein, nein, lass mal«, winkt er schnell ab. »Ich glaub, du hattest schon Ärger genug.« Mit diesen Worten bleibt sein wissender Blick an meinem lädierten Auge hängen. »Wie wäre es, wenn wir uns morgen ganz in Ruhe treffen? Kann ich dich buchen?«

Ich nicke langsam. »Sicher.« Dieser Jim wirkt echt nett.

»Gut. Verrätst du mir, was mit deinem Auge passiert ist, während wir ein bisschen schauspielern?«

»Schauspielern?« Ich schaue ihn verständnislos an.

»Wir werden beobachtet«, flüstert er dann leise und zieht mich so an sich, dass meine Haare unsere Gesichter verdecken. »Los, mach mit und beweg dich, ich will`s mir hier nicht direkt versauen.«

Ich muss tatsächlich leise lachen, weil mir die Situation irgendwie gefährlich und gleichzeitig vollkommen skurril erscheint. »Wer bist du wirklich?« flüstere ich leise.

»Einfach Jim«, antwortet er in unsere rhythmischen Bewegungen hinein. Er macht das echt gut, aber ich bin doch ein wenig enttäuscht, dass sich trotz meiner ehrlichen Anstrengung nichts in seiner Hose regt. »Und? Verrätst du mir, was mit deinem Auge passiert ist?« fragt er stattdessen.

»Ach«, antworte ich ausweichend. »Nur ein kleiner Unfall mit einem übereifrigen Typen.«

»Verstehe«, flüstert er und hält in seiner Bewegung inne. »Ist deiner Freundin das auch schon mal passiert, bevor sie tot auf der Straße aufgefunden wurde?«

Ich nicke fast unmerklich und bin mir vollkommen sicher, dass er tatsächlich versteht.

Kapitel 11

Nur einen Tag später stehe ich erneut in der hintersten Ecke des *Drake* am Billardtisch und erwarte ungeduldig Jims Ankunft. Mittlerweile wissen wir, dass Cole mehr Dreck am Stecken hat, als es den Anschein macht, aber wir haben noch immer keinen vernünftigen Ansatz gefunden, ihn zu überführen.

Ich bin angespannt und lasse immer wieder meine Fingerknöchel knacken. Es fällt mir unsagbar schwer, mich in Geduld zu üben und nicht einfach diesen Club zu stürmen, in dem er sich neuerdings immer rumtreibt, und ihm in seinem schicken Zwirn so richtig eins auf die Fresse zu hauen.

Mit voller Wucht knallt die weiße Kugel gegen die schwarze Acht und versenkt diese wie geplant. Ich schmeiße mein Queue auf den Tisch und greife nach dem Bier neben mir.

Wieso dauert das verdammt nochmal so lange, frage ich mich gerade, als Jim endlich im Türrahmen erscheint. Sein Gesichtsausdruck spricht dabei Bände und macht mich auf einen Schlag noch nervöser, als ich eh schon bin.

Mit großen Schritten eilt er in meine Richtung und streicht sich dabei fahrig die blonden Haare aus dem Gesicht. »Wir haben ein Problem, Zack«, überfällt er mich ohne Umschweife und bedient sich an meinem Glas.

»Was ist passiert?« frage ich.

»Wie hieß die süße Blonde nochmal, mit der du dich auf der Messe eingelassen hast? Diese Journalistin?«

Ich runzele meine Stirn und stütze mich mit einer Hand am Billardtisch ab. »Maggie«, antworte ich dann und beobachte, wie mein Kumpel scharf die Luft einzieht. »Wieso?« hake ich gedehnt nach, und kann nichts gegen die plötzliche Panik tun, die mich ohne Vorwarnung überfällt.

»Verdammte Scheiße«, antwortet er nur knapp und knallt seine Lederjacke über die Stuhllehne. »Ich brauch erstmal ´nen Schnaps.«

»Was ist los, Jim?«, dränge ich ihn, meine Stimme klingt mit einem Mal rau und belegt. »Was zum Teufel hast du rausgefunden?«

»Frag mich lieber, WEN ich gefunden habe«, antwortet er leise und bedenkt mich mit einem Blick, der das Blut in meinen Adern auf der Stelle gefrieren lässt. Dann sinkt er auf den Stuhl neben mir.

Ich halte die Luft an und schließe die Augen. »Nein«, brülle ich lauter als beabsichtigt, was zur

Folge hat, dass sämtliche Köpfe in der Kneipe sich auf der Stelle in unsere Richtung drehen. Ihre Blicke ignorierend, schiebe ich mich auf den freien Stuhl neben meinem Freund und starre ihn fassungslos an. »Das meinst du nicht ernst, Jim. Sag mir, dass du das nicht ernst meinst!« wispere ich fast flehend.

»Todernst«, flüstert er leise. »Es tut mir Leid, Zack. Ich war bei ihr. In ihrem *Zimmer*. Es passt alles zusammen.«

Ich bin vollkommen unfähig, mich zu bewegen oder auch nur einen Ton von mir zu geben. Vollkommen geschockt rattert es wie wild in meinem Kopf, während ich versuche, das Ausmaß dieser Katastrophe zu begreifen.

»Das Spiel wiederholt sich erneut«, fährt Jim in seiner professionellen Art fort. »Diesmal ist es Maggie, die Cole auf den Leim gegangen ist. Er erpresst sie,… ich schätze, mit Drogen. So bindet er sie an sich. *Mach deinen Job, dann belohne ich dich.* So läuft das. Sie war nicht ganz klar, aber doch fokussiert genug, um mir alles so zu erzählen, dass ich mir den Rest selber zusammenreimen konnte. Sie hat mir von der Messe erzählt«, höre ich ihn berichten. »Und von dir.«

Er pausiert kurz und holt tief Luft. »Wir hatten nicht viel Zeit, Zack. Er hat sie mit einem Muffin voller Hasch geködert und ihre Gutgläubigkeit ausgenutzt. Als sie begriffen hat, was vor sich geht und sich wehren wollte, haben seine Dreckshunde sie gefügig geprügelt.«

Ich kann ihn nur fassungslos anstarren. Mein Gehirn kommt nicht mehr mit, und ich fühle mich vollkommen ausgebrannt und leer.

Das kann nicht sein. Das darf nicht sein. Aber es passt alles perfekt zusammen. Er hat mir schon gestern von meiner Maggie erzählt, und ich Trottel bin nicht in der Lage, eins und eins zusammenzuzählen. Ich Idiot verschwende nicht einen Gedanken daran, dass sie nicht in Sicherheit ist, sondern, genau wie meine Schwester, von diesem fiesen Netz aus Intrigen und Drogen gefangen genommen wurde. Natürlich. Wieso bin ich nicht eher darauf gekommen? Ihre unschuldige Schönheit überstrahlte im Publikum alles. Natürlich wollte Cole sie für sich.

Diese ganze Scheiße klebt an mir, und ich werde mich niemals davon befreien können. An meinen Händen klebt die Pest. Was habe ich nur wieder angerichtet. Maggie. Verdammt! Das kann doch alles nicht wahr sein. Ich vergrabe den Kopf in meinen Armen und lasse mich nach vorne auf den Tisch fallen. Jim schweigt nachdenklich und lässt mich in Ruhe. Er kennt mich und weiß, dass ich jetzt nicht reden kann.

Meine ganze Vergangenheit, der ganze Scheiß der letzten Jahre, alles stürmt auf einmal auf mich ein und schnürt mir die Kehle zu. Erst nach einer gefühlten Ewigkeit setze ich mich auf, greife nach dem randvollen Schnapsglas, das bereits auf mich wartet und blicke meinem Freund fest in die Augen. Ich weiß, was ich zu tun habe.

»Ich habe Ellie im Stich gelassen«, stelle ich fest. »Und Cara ist wegen diesem Scheiß gestorben. Wenn ich Maggie jetzt auch noch an diese Höllenhunde verliere, verliere ich mich selbst, Jim. Ich hole sie da raus. Ich muss. Um jeden Preis.«

»Ich weiß«, nickt er. »Ich wusste, dass du das sagen würdest. Und genau das macht mir eine scheiß Angst.«

»Es gibt keine andere Möglichkeit. Bis wir über offizielle Wege etwas erreicht haben, ist sie vielleicht schon tot. Du weißt, wie es läuft. Es sind immer die kleinen Fische, die zuerst sterben.«

»Wie Ellie.«

»Ja. Wie Ellie«, flüstere ich heiser.

Er nickt verstehend und schweigt, während er dem Kellner zuwinkt und ihn mit zwei weiteren Schnapsgläsern zu uns eilen lässt.

»Ich halte dir den Rücken frei, Kumpel«, verspricht er mir dann. »Aber ich kann mich nicht einfach über das Gesetz stellen, dafür steht zu viel für mich auf dem Spiel.«

»Ich weiß«, stimme ich zu. »Das ist jetzt mein Spiel, Jim. Meins ganz alleine.«

»Gib mir einen Tag«, bittet er dann. »Lass mich zumindest versuchen, auf offizieller Ebene etwas zu erreichen.«

»Tz«, lache ich ein bitteres Lachen. »Wir wissen doch beide, worauf das hinausläuft. Die Worte einer drogenabhängigen Nutte haben null Gewicht bei den ganzen Wichtigtuern, die da oben was zu entscheiden haben. Mit ganz viel Glück genehmigen sie dir eine Durchsuchung. Und dann? Dann ist nicht nur deine Tarnung aufgeflogen, sondern Cole hat längst Lunte gerochen und ist bereits über alle Berge. Und im schlimmsten Fall nimmt er Maggie mit. Das darf nicht passieren, Jim. Auf gar keinen Fall.«

Er weiß, dass ich recht habe, das sehe ich in seinen Augen, die mich nun besorgt mustern. »Pass auf dich auf, Zack«, antwortet er mir. »Vergiss bei alledem nicht, was auch für dich auf dem Spiel steht. Du bist noch auf Bewährung. Wenn du gegen die Auflagen verstößt und sie dich erwischen, dann …«

»Sie erwischen mich nicht«, antworte ich knapp. Ich weiß, dass ich mein Handwerk verstehe. Sie dürfen mich nicht erwischen. Nur einmal in meinem Leben möchte ich der Gute sein. Für Maggie. Und für Ellie. Auch wenn alles gegen mich spricht.

Ich stehe auf und verlasse das *Drake*. Ich brauche dringend frische Luft, die mir nun kalt entgegenschlägt.

Mit nur einem Ziel im Kopf irre ich durch die Nacht. Es gibt keinen anderen Weg, rede ich mir immer wieder ein. Ich muss sie einfach mit eigenen Augen sehen, bevor ich wirklich begreife, dass es meine Maggie ist, die Cole in seinen Fängen hält. Dank Jim weiß ich, wo Cole außerhalb dieses Schickimicki Clubs nun seine Machenschaften ausübt, und ich habe den gut versteckten Hinterhof bereits gefunden, von dem er mir berichtet hat.

Dunkel und einsam liegt er vor mir. Kein Auto, niemand ist zu sehen. Einzig eine kleine Laterne beleuchtet die weit in der Ecke gelegene, unauffällige Tür, in deren Richtung ich mich nun schleiche. Der Griff meines Messers wiegt schwer in meiner Hand, doch ich bin wild entschlossen und ziehe mir die schwarze Kapuze meines Hoodies tief ins Gesicht, bevor ich gegen die Tür klopfe und lautlos mit der Nacht verschmelze.

Es dauert einen viel zu langen Moment, in dem ich fast die Geduld verliere, bis sich endlich jemand bequemt, auf mein Klopfen zu reagieren. Ein schmieriger Typ mit strähnigen Haaren und grimmigem Blick tritt heraus, schaut sich suchend um und greift dann fast gelangweilt in seine Hosentasche. Meine Hand zuckt gefährlich und ich spüre, wie sehr mein Messer nach Blut giert, doch ich widerstehe diesem Impuls und beobachte stattdessen, wie er sich in aller Seelenruhe eine Kippe ansteckt, um sich dann direkt neben der Tür an die Wand zu lehnen. Ich bücke mich lautlos und greife nach einem der kleinen Kieselsteine im leeren Blumenbeet, hole aus und lasse den Kerl auf den ältesten Trick der Welt reinfallen.

In rasender Geschwindigkeit lässt dieser seine Kippe fallen und zückt eine Knarre, mit der er einem Geräusch folgt, das ihm kein Glück bringen wird. Nicht weniger schnell trete ich währenddessen aus dem Schatten, überquere den Hof und schlüpfe in einer fließenden Bewegung durch die Tür. Keine Sekunde zu früh, denn ich höre den Mistkerl bereits wieder wutschnaubend den Rückweg antreten. Doch ich habe erreicht, was ich wollte und ziehe mich in das dunkle Gebäude zurück, durch das sich nun schnelle Schritte den Weg in meine Richtung bahnen.

»Luc, verdammt! Was ist denn jetzt schon wieder los?« erkenne ich Coles schneidende Stimme, ohne ihn zu sehen.

»Nichts, Boss, dachte nur, es hätte geklopft. War wohl ne Katze oder sowas.«

»Oder sowas. Hm.« Ich höre den Argwohn in seiner Stimme. »Sorg dafür, dass es ruhig bleibt. Ihr habt schon genug verbockt! Ich kann wirklich keine weiteren Zwischenfälle gebrauchen, solange ER hier ist.«

»Ja, Boss. Ist klar.«

»Und mach` die Tür zu, verdammt nochmal. Nicht, dass hier doch noch irgendwelche Viecher reinkommen!« Mit diesen Worten entfernt er sich wieder von uns.

»Ihr habt schon genug verbockt«, äfft sein Schoßhündchen ihn nach. *»Mach die Tür zu, Luc. Sorg dafür, dass es ruhig bleibt, Luc. Räum den Scheiß weg, Luc. Du bist zu nichts zu gebrauchen, Luc.* Ich hab echt keinen Bock mehr auf diese ganze Scheiße hier!«

Mit diesen Worten höre ich, wie er sich erneut eine Kippe anzündet und wutschnaubend ein paar Steine quer über den Hof kickt, bevor er sich rauchender Weise in den Türrahmen lehnt. Mit leisen Schritten schleiche ich mich von hinten an ihn heran und drehe das Messer in meiner Hand so, dass ein gezielter Hieb mit dem Griff ihn sofort lautlos zu Boden gehen lässt. Ich habe es nicht verlernt. Kurzerhand ziehe ich ihn in den dunklen Flur, stecke mir seine Knarre hinten in meinen Hosenbund und schließe die Tür von innen, bevor ich mich mit dem Messer in der Hand weiter ins Innere des Hauses wage.

Der ewiglange Flur scheint kein Ende zu nehmen, doch plötzlich geht alles ganz schnell. Ich höre Coles Stimme dumpf hinter einer nur angelehnten Tür.

»Ich will, dass du deinen Schwanz bei dir behältst, solange er hier ist uns sie für sich beansprucht, ist das so schwer zu verstehen?«

»Reg dich ab, Boss«, erwidert eine Stimme, die in mir so etwas wie eine Kurzschlussreaktion auslöst. »Ein Schwanz mehr oder weniger macht bei der auch keinen Unterschied mehr.«

»Könnt ihr Idioten nicht *einmal* das machen, was ich euch sage?«

»Boss, ich …«

Doch weiter kommt er nicht. Mit einem Tritt habe ich die Tür geöffnet, die Knarre aus meinem Rücken gezogen, entsichert und den Lauf auf das miese Stück Scheiße gerichtet, dessen rechtes Auge überall hinschaut, nur nicht zu mir. Dafür fixiert mich sein anderes Auge umso fester, und ich sehe, wie die Erkenntnis ihn nach und nach erreicht.

»Zack«, höre ich Cole verwundert. »Was zur Hölle ist hier …, Don, kennst du den Idioten etwa?« Doch ich habe keine Zeit für ihn. Meine ganze Aufmerksamkeit gehört ihm. Dem Typen, der mir seit Jahren schlaflose Nächte bereitet.

»Du!«, höre ich seine Stimme, und eine Flutwelle an Emotionen überrollt mich. Ich lasse die Knarre ein Stück sinken und drücke ab. Der Mörder meiner Schwester geht in die Knie und reißt dabei seine eigene Knarre hoch, die ich ihm schnellen Schrittes mit einem gezielten Tritt entwende. Schreiend hält er sich sein zerfetztes Knie und wünscht mir die schlimmsten Dinge an den Hals.

»Ja, ich«, antworte ich leise. »Ich habe dir gesagt, dass ich dich finden werde.«

Cole ist sowohl unbewaffnet als auch ein Weichei. Kaum habe ich mit meinem Körper die Tür freigegeben, stürmt er auch schon darauf zu. Meine Finger zucken. Mein Handgelenk arbeitet perfekt, und das Messer bohrt sich zielsicher in seinen Rücken. Cole stürzt wie ein gefällter Baum nach vorne und bleibt winselnd liegen. Er stellt in seinem Zustand sicher keine weitere Gefahr mehr für mich dar und ich wende meine volle Aufmerksamkeit wieder meinem ganz persönlichen Gegner zu. Don. Diesen Namen werde ich nie vergessen. Die Suche nach diesem Arschloch hat mich kostbare und einsame Jahre gekostet. Langsam mache ich einen Schritt auf ihn zu, was ihn sitzender Weise vor mir zurückweichen lässt.

»Warum bist du so nachtragend, he? Hast du die Schlampe etwa noch immer nicht vergessen? Sie war eine billige Hure wie jede andere auch, nicht mehr und nicht weniger.« Seine Atmung geht schnell und ich sehe ihm an, wieviel Überwindung es ihn kostet, seine Schmerzen zu unterdrücken. »Und so besonders gut ficken konnte sie auch nicht, wenn ich mich richtig erinnere«, schiebt er noch hinterher.

»Sei still«, herrsche ich ihn an, was ihn in seiner ausweglosen Lage tatsächlich grinsen lässt. »Halt deine verdammte Fresse!« Er ist die Reinkarnation des Bösen. Der Teufel. Auch jetzt, in dieser misslichen Lage, kann er es nicht lassen.

»Sie war ein drogenabhängiges Flittchen!« schreit er. Sein kaputtes Auge dreht sich nach innen und ich bin kurz davor, meine Zurückhaltung aufzugeben. Nur zu gerne würde ich ihm seinen eigenen Schwanz scheibchenweise ins Maul schieben.

»Wozu du sie doch erst gemacht hast!«

»Na und? Wer war sie schon.« Er zeigt keinerlei Reue und zuckt nur mit den Schultern.

»Sie war meine Schwester, Arschloch«, antworte ich leise. Dann lade ich nach und ziele erneut. Der Schuss hallt durch die Nacht und trifft. Das zweite Knie dieses Hurensohns zerfetzt vor meinen Augen und lässt ihn Geräusche von sich geben, die nun doch so etwas Ähnliches wie Todesangst vermuten lassen.

Aber so einfach werde ich es ihm nicht machen. So leicht kommt er mir auf keinen Fall davon. Einen Hieb mit der Knarre später liegt er stumm und regungslos vor mir, das nachsickernde Blut färbt den Boden in unwirkliches Dunkelrot. Sein Brustkorb hebt und senkt sich noch einigermaßen regelmäßig, was mich wissen lässt, dass er lebt. Gut so. Genauso hatte ich mir das vorgestellt. Diese Ausgeburt der Hölle wird heute nicht sterben. Er wird leben und jeden verdammten Tag daran erinnert werden, was er Ellie angetan hat.

Breitbeinig stelle ich mich über ihn und höre seine Handgelenke unter meinem Gewicht knacken. Voller Genugtuung drücke ich den Lauf der Pistole in sein gesundes Auge. Ich bin krank. Krank für Wut und Rachegelüsten, die sich nun alle auf einmal ihren Weg nach außen bahnen. Langsam und unnachgiebig schiebt das harte Metall seinen Augapfel in die Augenhöhle, bis es ein schmatzendes Geräusch gibt und ein enormer Schwall aus Blut und Glibber sich über seine hässliche Visage verteilt. Selbst in seiner tiefen Ohnmacht stöhnt er schmerzerfüllt auf. Allein die Vorstellung, dass er in diesem Zustand irgendwann zwangsläufig erwachen wird, zaubert mir ein kurzes Grinsen ins Gesicht, und ich wische den Lauf der Pistole an seinem Hemd ab, bevor ich sie wieder in meinem Rücken verstecke.

Als ich einen gellenden, nicht weit entfernten Schrei vernehme, zieht sich erneut alles in mir krampfhaft zusammen: Maggie. Dieser eine Laut reicht aus, um mich restlos von Jims Worten zu überzeugen. Sie ist es wirklich.

Ohne weiter darüber nachzudenken, stürme ich aus dem Raum. Der Anblick, der sich mir kurze Zeit später bietet, lässt mir das Blut in den Adern gefrieren.

Kapitel 12

Maggie

»Maggie, mein Mädchen.« Die nasale Stimme beschert mir augenblicklich eine Gänsehaut. Das ist nicht Cole, der mir endlich meine wohlverdiente Erlösung bringen will.

Die wenige Spucke, die sich in meinem Mund befindet, verklumpt zu einem schleimigen Etwas, und eine dunkle Vorahnung beschleicht mein leicht benebeltes Hirn.

Ich kenne diese Stimme, ich weiß nur nicht …, denke ich winselnd und versuche mich erfolglos aus den Handschellen zu befreien, mit denen eine Hand von mir an den Ösen meines Bettes festgekettet ist. *Reiß dich zusammen Mag und konzentrier` dich, verdammt nochmal,* ermahne ich mich selber.

»Ich hatte mich so auf dein Intimpiercing gefreut…«, säuselt die Stimme, und ein massiger Körper tritt langsam aus der Dunkelheit. »Deine Nachricht vor ein paar Wochen hat mich so scharf gemacht, ich konnte an nichts anderes mehr denken als an deine kleine, enge Pussy mit einem Ring drin, der dich geil macht. Und dann …«, seine gierigen Augen werden von der grünen Brille, die von pinken Sprenkeln durchzogen ist, auf unnatürliche Weise vergrößert. »Dann stelle fest, dass du mich angelogen hast, Maggie.« Er seufzt. »Mein Mädchen hat gar keinen Schmuck an ihrer Perle. Das war wirklich, wirklich enttäuschend.« Wie von Geisterhand setzen sich die Puzzleteile in meinem Kopf zusammen. Panik und Ungläubigkeit steigen gleichermaßen in mir auf, und ich kann meinem Boss nur keuchend entgegenstarren.

»Damit hast du nicht gerechnet, Mauerblümchen, hm?« Langsam nähert er sich meinem Bett. Dabei bewegt er sich vollkommen lautlos vorwärts, was ich seinem schwabbeligen Körper gar nicht zugetraut hätte. »Ich bin sicher, du hast meine Enttäuschung gespürt, nicht wahr? Ich war nicht nett zu dir, mein Mädchen. Auch Cole war nicht nett zu dir, ich weiß. Eines musst du begreifen, mein Mädchen, ich werde nicht gerne hinters Licht geführt. Aber deine falschen Versprechungen habe ich dir ausgetrieben, nicht wahr?«

Nun steht er in voller Größe vor meinem Bett, so nah, dass ich nur wimmernd zurückweiche und mich, soweit es meine gefesselte Hand zulässt, gegen den kalten Spiegel an der Wand drücke. Meine freie Hand lege ich schützend über mein Gesicht, weil ich keine Ahnung habe, was nun folgt.

»Und jetzt, Maggie? Was mache ich denn jetzt nur mit dir?«

Sein geifernder Tonfall sagt mir, dass er bereits eine ganz genaue Vorstellung dessen hat, was er mit mir machen möchte. Verzerrte Bilder und Erinnerungsfetzen unseres letzten Zusammentreffens machen sich vor meinem inneren Auge breit. Er war es. Ich bin mir plötzlich ganz sicher.

Als Cole mich gefickt hat, war es mein Boss, der im Hintergrund die Befehle gegeben hat.

»Fick sie!«, hat er verlangt, und Cole hat mich gefickt. Er steckt hinter alledem. Er, der uns allen immer glaubhaft seine Vorliebe für das gleiche Geschlecht vorgegaukelt hat. Er, der mich immer hat denken lassen, ich wäre nichts weiter als eine lästige kleine Fliege in seinem Großraumbüro.

»Ich weiß, was du jetzt denkst, mein Mädchen«, säuselt er und greift nach meinen Fußgelenken, was ich mit einem halbherzigen Strampelversuch zu unterbinden versuche. Doch gegen seinen festen Griff habe ich mit meiner gefesselten Hand keine Chance. »Es ist eine große Kunst, das Offensichtliche so offensichtlich wirken zu lassen, dass niemand es anzweifelt«, erklärt er weiter. »Merk dir das, Maggie. »Ich bin genauso wenig schwul, wie du ein Mauerblümchen bist.« Kurz betrachtete er mich mit schiefgelegtem Kopf, dann kommt Leben in ihn. »Und jetzt komm her, du verlogene Schlampe.«

Mit diesen Worten verändert sich seine ganze Körperhaltung und ich sehe das wilde Tier, welches in ihm tobt. Seine eisernen Klauen ziehen meine Beine in einem Schwung bis über die Bettkante, und ich wünsche mir für einen kurzen Moment die so verhasste, goldene Gleichgültigkeit in meine Adern zurück. Doch ich begreife, warum Cole mich diesbezüglich zappeln lässt. Zappeln lassen muss. Mein Boss will, dass ich ihn erkenne. Er will, dass ich alles mitbekomme. Und mehr als alles andere will er meine Angst auskosten, denn ich erkenne an seinem Gesichtsausdruck, wie sehr es ihn anmacht, mich so klein und unterwürfig vor sich zu sehen.

Meine freie Hand rudert ins Leere, während er meine Füße unsanft an einer dieser Stangen fixiert, die ich noch vage in Erinnerung habe. Ein Drehmechanismus sorgt dafür, dass meine Beine immer weiter auseinandergedrängt werden, egal, wie feste ich dagegen ankämpfe.

»Halt still«, herrscht er mich an. Sein Blick ist animalisch und ich weiß, dass ich verloren habe. Seine Wurstfinger reißen mir das Höschen herunter und schieben mein Oberteil hoch. Entblößt und panisch liege ich zitternd vor meinem Peiniger, der kurz inne hält und provozierend langsam seinen Gürtel aus der Hose zieht, bevor diese auf den

Boden fällt. Nur mit seinem Hemd bekleidet, betrachtete er mich und bearbeitet dabei seinen Schwanz. Mir wird schlecht.

»Sieh dich vor, Schlampe«, droht er mir und wickelt sich das Leder um seine Finger wie eine Peitsche, lässt das Ende zwischen meine Beine gleiten, stimuliert mich, obwohl ich längst taub für solche Empfindungen bin und ergötzt sich an meiner Angst.

Noch bevor ich realisiere, was er plant, schnellt der Gürtel in die Höhe, streift scharf meine empfindlichste Stelle und landet zischend auf meiner Brust. Ich bäume mich schreiend auf, doch sowohl Handschelle als auch meine maximal gespreizten Beine hindern mich daran, irgendetwas an dieser Situation zu verändern. In meinem Schrei gefangen sehe ich, wie er genüsslich weiter seinen Ständer bearbeitet, dann schmeißt er mich auf den Bauch und drückt mein Gesicht feste in die Kissen, bevor der nächste Hieb zielsicher meinen Hintern trifft. Ich keuche erstickt ins Kissen und versuche verzweifelt, nach Luft zu schnappen, was mir nur halbherzig gelingt. Vage sehe ich bereits das altbekannte Flackern vor meinen Augen, doch ich weiß, dass ich verloren bin, wenn ich jetzt das Bewusstsein verliere.

Mein Boss zieht mich weiter zu sich, und ich habe das sichere Gefühl, dass er mir mit dieser Aktion gleich meinen gefesselten Arm abreißt. In seiner Gier gefangen, fingert er ungeniert an mir herum, doch ich bin nur froh, den Gürtel im Augenwinkel auf dem Boden zu entdecken.

Leider bedeutet dieser Anblick nicht, dass meine Qualen vorbei sind, denn jetzt rammt er ohne Rücksicht seinen Schwanz in meinen Arsch, und ich habe das Gefühl, komplett aufzureißen, während gierige Finger sich nun auch von vorne in meine Öffnung schieben. Das Keuchen in meinem Nacken ist ekelerregend, und ich spüre, wie er bereits nach kurzer Zeit tief in mir abspritzt.

Nachdem er sich aus mir zurückgezogen hat, bleibe ich regungslos liegen und schließe die Augen. Ich kann noch immer nicht glauben, dass ausgerechnet mein Boss hinter alledem stecken soll.

Ganz langsam schiebe ich meine freie Hand unter die Matratze, während mein Körper stumm leidet, taste, suche… und finde endlich den Griff meiner einzigen Hoffnung. Erleichterung durchflutet mich, obwohl ich ahne, was mir noch bevorsteht. Doch ich darf meine einzige Chance nicht vorschnell vertun. Ich muss warten, bis mein Peiniger sich in absoluter Sicherheit wiegt.

»So, mein Mädchen«, höre ich wieder die nasale Stimme, die diesmal aus der anderen Ecke meines

Zimmers zu kommen scheint. »Nachdem das zwischen uns jetzt ein für alle Mal geklärt ist, hast du aber noch ein Versprechen einzulösen.«

Ich höre metallisches Klackern im Hintergrund, doch ich wage nicht, mich zu bewegen und versehentlich meine einzige Hoffnung preiszugeben. Stumm verharre ich in meiner ungünstigen Position, in der ich alles entblöße und nichts dagegen tun kann, außer auf meine Chance zu hoffen.

»Du hast dich bereits über die verschiedenen Möglichkeiten eines Piercings informiert, nehme ich an?«

Mir läuft es eiskalt den Rücken herunter, und ich erstarre in meiner eh schon bewegungslosen Position.

»Keine Sorge«, säuselt er plötzlich direkt in meinem Nacken. Es ist mir ein Rätsel, wie sich ein solch massiger Körper so lautlos bewegen kann. Seine Finger streichen quälend langsam über meine Wirbelsäule und verharrt kurz von hinten zwischen meinen Beinen, Daumen und Zeigefinger massieren ungeniert meine geschundene Öffnung. »Deine Fotze ist so geschwollen, da brauchen wir noch nicht einmal eine Betäubung. Glaub mir. Und danach werde ich es dir nochmal richtig besorgen. Es wird dir gefallen. Schau her.«

Mit diesen Worten dreht er mich schwungvoll auf den Rücken, und ich habe Mühe, den Inhalt meiner freien Hand vor ihm zu verbergen.

Mein Gesicht befindet sich jetzt auf gleicher Höhe mit seinem Schwanz. Übersät mit schlecht gestochenen Tattoos thront sein Bauch über mir, doch mein Blick bleibt an seinem Ständer hängen, den er mir nun, mit mehreren Schmuckstücken versehen, tief in den Rachen schiebt. Ich würge, Tränen steigen ungefragt in meine Augen, doch das scheint ihn nur noch mehr anzuspornen. Er fickt meinen Mund unbarmherzig und krallt dabei seine Hand feste in die Haare meines Hinterkopfs, den er rücksichtslos vor und zurück reißt. Er keucht auf, doch seine schwabbelige Masse giert vor meinen Augen nach mehr. Von irgendwo her vernehme ich mehrfach einen lauten Knall, der nichts mit Musik zu tun hat, doch mein Peiniger ist so in seinem Element gefangen, dass er um sich herum kaum noch etwas anderes wahrnimmt. Unerwartetes Glück für mich, und ich spüre den Griff des Messers sicher in meiner Hand.

»Oh ja, mein Mädchen, das wird gleich der beste Fick deines Lebens, versprochen.« Seine Bewegungen werden schneller. »Erst nehmen wir uns deine Klit vor, das ist schnell gemacht«, stöhnt er drohend. »Aber mir fällt sicher noch eine andere Stelle ein, die wir verschönern können.« Mit diesen Worten spritzt er in mir ab und ich bin kurz davor, ihm seinen eigenen Saft auf den Schwanz zu kotzen, der nun vor meinen Augen zuckt.

Ganz langsam verstehe ich, wovon er spricht und umfasse den Griff des Messers fester. *Gleich, Mag*, rede ich mir selber Mut zu. *Gleich kommt deine Chance.* In seiner Hand hält er plötzlich eine Schale mit diversen Silberringen und, soweit ich es erkennen kann, eingeschweißtem Piercingbesteck.

»Nein«, krächze ich.

»Entspann dich, Mädchen«, grinst er selbstgefällig und hockt sich auf Augenhöhe vor mich. Genau darauf habe ich gewartet. »Ist nicht das erste Mal für mich.«

»Aber für mich, Arschloch«, antworte ich leise und rufe alle tief verborgenen Kraftreserven in mir zusammen. »Du tust mir nicht noch einmal weh.«

Es sind nur Sekundenbruchteile, aber meinem geschundenen Körper verlangen sie alles ab. So kraftvoll wie möglich hole ich aus und ramme meinem Peiniger mit einem lauten Aufschrei das unter dem Kissen bereitgehaltene Messer irgendwo seitlich in den Hals, welches meine Hand die ganze Zeit krampfhaft umklammert hat. Seine weit aufgerissenen Augen sprechen Bände und sind eine kleine Entschädigung für das, was er mir angetan hat.

Das Geräusch, welches das Messer beim Eindringen in seine Haut in Kombination mit seinem dumpf irritierten Aufschrei macht, werde ich nie wieder aus meinem Kopf bekommen. Aber ich bleibe stark, drehe den Griff hin und her, beobachte jede noch so kleine Regung in diesem abgrundtief durchtriebenen Gesicht.

Röchelnd geht mein Boss vor mir in die Knie und ich sehe, dass ich getroffen habe. Überall ist Blut. Es schießt förmlich aus dem Schnitt an seinem Hals heraus, den er mit seinen Wurstfingern erfolglos zu schließen versucht. Meine Waffe gleitet mir durch das massige Gewicht, das sich mir nun taumelnd entgegenstellt, aus der Hand, aber ich schaffe es tatsächlich, ein Stück nach hinten zu robben und seinen Kopf dabei zwischen Bettkante und der Stange, an der meine Füße noch immer gefesselt sind, einzuklemmen.

Die erwartete Gegenwehr bleibt aus. Verwirrt und erschöpft bleibe ich liegen und halte sicherheitshalber die Stange weiter auf Spannung, lausche ungläubig dem gurgelnden Geräusch, welches nach und nach in ein blubberndes Quietschenden über geht und immer abgehackter und leiser wird, bis es mit einem Mal ganz verstummt.

Als die Tür meines Zimmers aufgerissen wird, fantasiere ich längst. Mir ist schlecht, und ich spüre, wie die altbekannten Magenkrämpfe sich bereits ankündigen und erbarmungslos zuschlagen werden. Alles um mich herum verschwimmt zu einer undurchdringlichen Suppe und wird irgendwann vollkommen dunkel. Nur schemenhaft nehme ich wahr, dass jemand meine Fesseln löst. Fast zärtlich werden meine Füße befreit und die Handschellen abgenommen. Mein ausgekugelter Arm lässt mich zischend die Luft einziehen, als er vorsichtig zurück neben meinen Körper gelegt wird, doch er ist bei weitem nicht das Schmerzhafteste an mir.

»Mag«, höre ich ihn flüstern. »Mag, es wird alles wieder gut.«

Zacks Stimme lässt mich in meinem Delirium lächeln, und ich bilde mir ein, seine Nähe zu spüren, seinen herben Duft wahrzunehmen und von ihm hochgehoben zu werden. Alles an mir schmerzt und ich schreie auf, als starke Arme mich kurze Zeit später langsam wieder verlassen und stattdessen kalter Untergrund meinen Körper erschreckt.

»Vertrau mir, Mag«, höre ich ihn wieder. »Du musst die Augen öffnen. Bleib bei mir. Bitte!«

Seine Stimme wird flehend und ich staune, wie gut ich sie mir eingeprägt habe. Für einen Moment habe ich erneut das Gefühl, Zack wäre direkt neben mir und ich könnte seinen Worten Glauben schenken.

Als kaltes Wasser auf meinen geschundenen Körper trifft, reiße ich erschrocken die Lider auf und erstarre. Dunkle Augen blicken mir durch dichte Wimpern sorgenvoll entgegen.

»Zack«, krächze ich. Für kurze Zeit vergesse ich zu atmen, dann treffen die Krämpfe mich mit voller Wucht und ich beginne zu Würgen.

Es dauert lange, bis ich mich für einen kurzen Moment wieder einigermaßen unter Kontrolle habe. Das kalte Wasser hält mich wach und wäscht mir den fremden Schweiß und das Blut vom Körper, aber die Schmerzen und meine zerstörte Seele bleiben.

Auf wundersame Weise scheint Zack genau zu wissen, was mir gut tut und flößt mir schluckweise Wasser ein. Immer wieder treffen sich unsere Blicke, und ich frage mich zum wiederholten Mal, was er hier macht und wie er mich gefunden hat.

Mein Körper schreit nach Erlösung, und je länger ich hier sitze, desto dringlicher wird das Bedürfnis nach Glückseligkeit. Trotz all seiner Bemühungen bin ich nicht in der Lage, Zacks Worten zu folgen. Ich kann diese Enge in meiner Brust nicht länger ertragen. Unruhe erfasst mich, alles in mir vermischt ergibt eine klebrige Mischung aus Wut, Angst, Panik und einer unsäglichen Leere, die nach nichts als dem nächsten Schuss giert. Hier bin ich, Zack. Eine abgefuckte Hure, ein drogenabhängiges Wrack.

»Mach die Augen auf, verdammt«, herrscht er mich an, doch in seiner lauten Stimme erkenne ich die Sorge, die ihn dazu bringt, mich anzubrüllen. Kaltes Wasser prasselt nun auch über meinen Kopf, ich ringe nach Luft und rudere mit meinem unverletzten Arm, um den Strahl abzuwehren.

»Ja, gut so, Maggie, du musst wach bleiben«, befiehlt er mir.

Ich gebe alles und versuche, die Übelkeit zu unterdrücken, was mir, wie ich aus Erfahrung weiß, nicht ewig gelingen wird. Langsam setze ich mich auf und hülle mich zitternd in das Handtuch, welches vorsichtige Finger nun um mich schlingen.

»Wir müssen hier verschwinden, Maggie.«, bestimmt Zack entschlossen und hebt mich aus der Wanne.

Ich schlinge meinen funktionierenden Arm um mich, der andere ist zu nichts zu gebrauchen und scheint nicht länger Teil meines abgefuckten Körpers zu sein.

»Zeig her«, flüstert seine wunderschöne Stimme, während warme Hände langsam an meinem Arm hinauffahren und an meinem Schultergelenk enden. »Das wird jetzt kurz wehtun«, warnt er mich, und scheiße, ja, Sekunden später sehe ich Sterne und beginne erneut, nach Luft zu ringen.

»Sch…«, flüstert er beruhigend. »Es ist alles gut. Ich habe nur deine Schulter wieder eingerenkt.«

Ganz langsam versuche ich, meinen Arm zu heben und kneife die Augen bereits vorsorglich zusammen, weil ich nicht weiß, wie oft ich diesen schneidenden Schmerz noch ertragen kann. Doch nichts dergleichen passiert. Mein Arm gehorcht, auch, wenn er sich noch immer seltsam schwer und fremd anfühlt. Verwirrt suche ich seinen Blick. »Woher …«

»Später«, unterbricht Zack mich, zieht seinen Hoodie aus und packt mich darin ein. Ich versinke in dem weichen Stoff. Seine Wärme und sein Geruch hüllen mich augenblicklich ein und wecken Hoffnungen in mir, die ich schon längst abgeschrieben hatte.

Als wir das Bad verlassen, bleibt mein Blick an meinem Peiniger hängen, dessen massiger Körper nun zusammengesunken an der Bettkante lehnt. Seine Tattoos sind vor lauter Blut kaum noch zu erkennen und ich wende meinen Blick ab, weil ich es nicht länger ertragen kann.

»Wer ist das?« flüstert Zack an meinem Ohr.

»Mein Boss«, antworte ich. Noch immer fällt es mir schwer, diese unglaubliche Wahrheit zu begreifen.

»Dein BOSS?« Zack schaut so ungläubig, wie ich mich fühle, als er mich auf seinen Arm hebt und den Raum mit mir verlässt.

»Ja«, flüstere ich heiser. »Er hat das alles geplant. Das alles hier ist nur passiert, weil ich so verdammt bescheuert bin.«

»Nein«, schüttelt er nun entschieden den Kopf. »Ganz sicher nicht.«

Als er mich wieder absetzt, stehen wir inmitten eines mir fremden Raumes, und ich schreie kurz auf vor Schreck. Kein anderer als Don lehnt mit dem Rücken am Heizkörper in der Ecke, oder vielmehr das, was von ihm übrig ist. Blutüberströmt kann ich nicht ausmachen, was an ihm überhaupt noch funktioniert, seine Beine und seine Augen sind es auf jeden Fall nicht.

»Das«, erklärt Zack bitter. »Das ist die Ausgeburt des Bösen.

»Ja, nicke ich.

Kapitel 13

Zack

»Aber was zum Teufel ist mit ihm passiert?« fragt Maggie und zieht sich meinen Hoodie enger um ihren viel zu dünnen Körper.

Ich bin zutiefst erschüttert und kann nicht glauben, was ihr angetan wurde. Meiner Maggie. Abgemagert und grau steht mein so strahlendes Mädchen neben mir.

»Kleine Kurzschlussreaktion«, antworte ich schulterzuckend. »Er hat es nicht anders verdient. Hoffentlich hab ich ganze Arbeit geleistet.«

»Ist er tot?«

»Ich hoffe, nicht.«

Trotz allem, was sie gerade erlebt hat, grinst sie diabolisch, dann entfernt sie sich langsam von mir, hockt sich mühsam neben den regungslosen Körper und beginnt mit zittrigen Fingern, einen Schnürsenkel aus seinem Schuh zu ziehen. Ich bleibe schweigend neben ihr stehen und beobachte, wie sie ihm danach zielsicher die Hose öffnet und seinen Schwanz freilegt. Mir dreht sich der Magen um, wenn ich mir vorstelle, wo dieser eklige, krumme Pimmel schon überall gesteckt hat.

Dann stimme ich jedoch in Maggies dunkles Grinsen mit ein, weil ich ihren Plan begreife. Gut, dass dieses Arschloch noch immer in tiefen Träumen liegt. Wenn er erwacht, wird er nur quälend langsam begreifen, dass er nie wieder etwas sehen oder mit seinem Schwanz ficken wird. Wie gerne wäre ich dabei! Wir haben einen Krüppel aus ihm gemacht, und nichts anderes könnte meinen Rachedurst besser befriedigen.

Mit geübtem Griff legt sie den Schnürsenkel um seinen Schaft und zieht den Knoten ordentlich stramm, bevor sie ihm die Hose wieder schließt und sich mit einem zufriedenen Ausdruck im Gesicht ächzend erhebt.

»Autsch«, grinse ich. »Ich wusste gar nicht, wie brutal du bist«, bemerke ich und fange mir einen stechenden Blick ein.

»Ich lerne schnell«, flüstert Maggie bedeutungsschwanger, und ich bekomme auf der Stelle eine Gänsehaut.

Plötzlich wird die Tür aufgerissen und ich gucke in den Lauf einer geladenen Pistole. Reflexartig schiebe ich Maggie hinter mich, doch im selben Moment realisiere ich erleichtert, wer da vor mir steht.

»Verdammt, Jim. Was machst du hier?«

»Hast du ernsthaft gedacht, ich lasse dich alleine? Ich habe draußen im Auto gewartet, aber als

Cole mir gerade mit deinem Messer im Rücken auf allen Vieren auf dem Hof entgegengekrochen kam, dachte ich, es wäre an der Zeit, hier drin mal nach dem Rechten zu sehen.«

»Alles im Griff, Kumpel«, grinse ich erleichtert und ziehe Maggie wieder hinter meinem Rücken hervor.

»Ich wusste es«, lächelt sie nun meinen besten Freund an. »Ich wusste, dass du zu den Guten gehörst.«

»Ja«, nicke ich zustimmend. »Das tut er. Darf ich vorstellen? Das ist Jim. Er gehört zu den Besten.«

»Keine Zeit für solche Schmeicheleien«, wehrt er, ganz in seinem Element, unseren Smalltalk ab. »Cole braucht einen Arzt, aber ich lasse mir gerne noch ein bisschen Zeit. Wer ist der Typ da im Eingang und was erwartet mich innen?«

»Der da?«, ich schnaube verächtlich und schaue den Flur entlang. »Nur ein kleiner, frustrierter Handlanger.

»Sie nennen ihn Luc«, fällt Maggie mir ins Wort. Ihre Sprache wirkt plötzlich lallend und schwerfällig. »Er weicht fast nie von Dons` Seite… steht ihm in nichts nach.«

»Verstehe«, nickt Jim, während ich meinen Arm um Maggie lege und sie stütze.

Ich spüre, wie ihre Kräfte schwinden und die Dämonen in ihr Überhand gewinnen. Wir müssen hier weg. Schnell. Mit knappen Worten kläre ich meinen Kumpel über die Geschehnisse im Inneren des Gebäudes auf. Jim nickt, dann greift er in seine Hosentasche und drückt mir seinen Autoschlüssel in die Hand.

»Haut ab«, weist er uns an. »Ich regle das hier.«

Mit diesen Worten eilt er mit gezückter Waffe an uns vorbei, während er in ein kleines Funkgerät spricht.

Keine Minute zu früh habe ich Maggie auf die Rückbank des Kleinwagens befördert und den Hof mit ihr verlassen. Laute Sirenen durchbrechen die Ruhe der Nacht. Noch im Rückspiegel nehme ich das Flackern des Blaulichts wahr, das hoffentlich für weitere Gerechtigkeit sorgen wird.

Als ich mitten in der Nacht Jims Auto vor meiner Wohnung parke und den Motor abstelle, herrscht plötzlich absolute Stille um mich herum. Erschöpft schließe ich meine Augen und bin für einen langen Moment nicht in der Lage, meine Hände vom Lenkrad zu lösen, deren Fingerknöchel weiß hervorstechen, weil ich mich so verkrampfe. Was zum Teufel ist heute alles passiert? Wieso musste ich monatelang ziellos umherirren, nur um dann meine ganze Vergangenheit auf einmal auf mich einprasseln zu sehen?

Mir schwirrt mir der Kopf, und ich versuche mühsam, alle Erlebnisse des Tages in eine sinnvolle Reihenfolge zu bekommen.

Ich habe Cole verdächtigt und Maggie verloren. Ich habe Don gefunden und Ellie gerächt. Ich habe Maggie zurück. Maggie. Alles dreht sich einzig um sie. Mein Untergang. Meine Rettung. Schlussendlich stellt sich die ganze, wirre Geschichte als ein riesengroßes Spinnennetz heraus, in dem alle Fäden unlösbar miteinander verbunden zu sein scheinen.

Mit einem Mal herrscht absolute Leere in meinem Kopf. Leere und ein ganz unterschwelliges Gefühl des Friedens. Ich spüre, wie mein Durst nach Rache abebbt und durch etwas anderes ersetzt wird. Ein neues Gefühl macht sich in meiner Brust breit und sprengt den schwarzen Bereich meiner Seele einfach in seine Einzelteile. Ich habe Maggie verloren, doch ich habe sie auch wiedergefunden. Das erste Mal in meinem erbärmlichen, abgefuckten Leben ist ein guter Teil davon zu mir zurückgekehrt. Ein Splitter. Ein winziges Fragment. Ich spüre meinen aufgeregten Herzschlag und atme tief ein und aus, bevor ich meinen Kopf vom Lenkrad hebe und mein Blick zur Rückbank wandert.

2 Monate später...

Zack

Die Folgen deiner Gefangenschaft sind dir noch immer anzusehen, Maggie. Es macht mich verrückt, dass ich dir nicht besser helfen kann. Du behauptest das Gegenteil, wenn es dir gut geht und verfluchst mich, wenn die Dämonen der Vergangenheit dich aufsuchen.

Ich weiß, wie du dich fühlst, Mag. Ich weiß, was du durchmachst. Irgendwann werde ich dir erzählen, woher ich mein ganzes Wissen nehme. Irgendwann stelle ich dir meine ganz persönlichen Dämonen vor. Oder das, was davon übrig ist. Denn du hast sie für mich verjagt, auch, wenn du das momentan noch nicht begreifst.

Du hast bereits jetzt das Schlimmste geschafft, Mag. All die Krämpfe, all die Schmerzen. Deine laut ausgesprochenen Flüche, dein Betteln nach Erlösung und der elende Wunsch zu sterben lassen mich äußerlich kalt, denn ich muss stark sein. Für dich. Und auch für mich selbst. Dein Entzug ist auch meiner.

Dad hat gesagt, dass ich aufpassen muss. Und das mache ich. Das bin ich ihm schuldig, denn er war sein Leben lang stark für mich. Jetzt ist er fort.

Seit zwei Monaten habe ich ihn nicht mehr gesprochen und nur noch seine leere Hülle angetroffen. Dads Seele hat diese Welt bereits verlassen, doch noch immer hält er seine schützenden Hände über mich.

Jim regelt alles andere, schaut jeden Tag nach uns und sorgt für deine Vitamine. Ich verlasse meine Wohnung nur, wenn er auf dich aufpasst, gehe zum Training, um mich nicht selber zu vergessen und eile wieder zu dir zurück.
Mein Kumpel ist nicht länger Undercover unterwegs und genießt sein Familienleben in vollen Zügen. Ich gönne es ihm von Herzen und bin dankbar für alles, was er für uns getan hat.

Nachdem Cole und Luc verhaftet wurden, kam nach und nach das ganze Ausmaß der Geschichte ans Licht. Don ist noch immer nicht vernehmungsfähig und trägt nun einen schicken Dauerkatheter, was mir jeden Tag aufs Neue runtergeht wie Öl. Ich kann noch immer nicht glauben, dass ausgerechnet dein Boss der Drahtzieher dieses ganzen Geschäfts gewesen sein soll. Diese ganze Zeitungsgeschichte diente einzig und allein der Vertuschung, und ich bin nur durch Zufall in all das hineingeraten, weil mich Ellies Tod nicht losgelassen hat.

Du hattest vom ersten Tag an keine Chance, Maggie. Das alles war ein abgekartetes, krankes

Spiel, und du nur eines seiner über die Jahre gesammelten, zufälligen Opfer, genau wie Cara und meine Schwester.

Ich schlucke schwer, während ich mich neben dich lege und vorsichtig meine Arme unter deinen schlafenden Körper schiebe. Ich will dich nicht erschrecken, aber ich brauche deine Nähe.

Wir sind kaputt. Unsere Seelen wurden zerstört und nur lückenhaft wieder zusammengesetzt, unsere Körper verwundet, benutzt und weggeschmissen wie stinkende Kadaver. Wir sind beide auf unterschiedliche Weise ausgeblutet, leer.

Können zwei kranke Herzen eine gemeinsame Zukunft haben und heilen? Ich weiß es nicht, aber ich weigere mich, die Hoffnung darauf aufzugeben. Ich habe einen vorsichtigen Blick in die Zukunft geworfen und bin süchtig nach mehr, Mag. Nach dir.

Aber für den Moment reicht es, neben dir zu liegen und zu atmen, was nicht jeder in diesem perfiden Spiel von sich behaupten kann.

Eve D. Abernathy lebt, liebt, schreibt und wohnt in einem gemütlichen kleinen Dorf am wunderschönen Niederrhein, wo jeder jeden kennt und die Bürgersteige um 18 Uhr hochgeklappt werden. Deshalb veröffentlicht sie auch unter streng geheimem Pseudonym. Was sollen sonst Hase und Igel denken, wenn sie sich zärtlich gute Nacht sagen!

Während sie ihren erotischen Gedanken freien Lauf lässt, sind die Kinder längst im Bett und der Whisky glänzt golden und gekühlt in einem großen Glas, griffbereit neben der Tastatur.

So werden die Abende schnell lang und die Nächte ziemlich kurz. Aber genau so muss es sein.

Ernst Böhm

Begegnung mit der Ewigkeit und die Werkzeugkiste meines Vaters

Bibliografische Information der Deutschen Nationalbibliothek

Die Deutsche Nationalbibliothek verzeichnet diese Publikation
in der Deutschen Nationalbibliografie; detaillierte bibliografische
Daten sind im Internet über http://dnb.d-nb.de abrufbar.

Die automatisierte Analyse des Werkes, um daraus Informationen
insbesondere über Muster, Trends und Korrelationen gemäß
§44b UrhG (»Text und Data Mining«) zu gewinnen, ist untersagt.

© 2024 Ernst Böhm

Satz, Umschlaggestaltung, Herstellung und Verlag:
BoD – Books on Demand, Norderstedt
ISBN 978-3-7597-0910-3

Inhaltsverzeichnis

Vorwort

Hat nicht jeder von uns schon mal erlebt, wie seltsam das Leben spielen kann? Misserfolge oder Niederlagen bringen uns in Situationen, die katastrophal erscheinen. Plötzlich werden wir aus unserem gewohnten Leben gerissen und nichts ist mehr so, wie es war. Oft verlieren wir dann jegliche Hoffnung, und das Schicksal zwingt uns, neue Wege zu gehen. Wege, die wir unter normalen Umständen nie genommen hätten, nicht einmal im Traum hätten wir daran gedacht. Wir suchen dann mit viel Mühe und Schmerzen nach einer Neuorientierung, nach Tricks, Techniken und Taktiken, die uns wieder auf die Beine helfen. Nicht selten fehlt der Glaube, dass wir es schaffen können. Oft erst nach langer Zeit, manchmal nach vielen Jahren erkennen wir das verborgene Geschenk, das uns diese Lebenslage beschert hat. Nicht selten sind es die großen Niederlagen und Schwächen der Menschen, die sie zu positiven Veränderungen führen.

Auch ich bin in meinem Leben einige Male in schwierige Situationen geraten, von denen mir eine besonders in Erinnerung geblieben ist. Ich fühlte mich damals so schlecht, dass ich dachte, nicht mehr leben zu wollen. Ich brauchte einige Jahre, um mich davon zu erholen. Ich suchte nach Büchern, die mir Ablenkung und Aufmunterung bieten könnten. Diese fand ich unter anderem in Literatur über Lebenshilfe und Psychologie. Sehr interessant und hilfreich waren für mich Abhandlungen über Neuro-Linguistisches Programmieren (NLP). Ich unterstrich in den Texten interessante Passagen und notierte mir die wichtigsten Gedanken. Innerhalb von zwei Jahren hatte ich drei große Ordner mit Notizen gefüllt. Ich las diese Aufzeichnungen immer wieder durch und stellte fest, dass sie mir viel Kraft gaben.

Und so hatte ich nach einiger Zeit genügend Mut, mein Leben neu zu gestalten. Es dauerte jedoch einige Jahre, bevor ich wieder voll ins Leben zurückfand und es mir so gut ging, dass ich meine Ordner vollkommen vergaß. Nach über zwanzig Jahren fielen sie mir wieder in die Hände. Voller Begeisterung stellte ich fest, wie viel Kraft ich auch heute noch aus diesen Zeilen ziehen kann. Bis jetzt lese ich immer wieder darin.

Als kleiner Junge begleitete ich mit Begeisterung meinen Vater in seine Werkstatt, die er sich im Keller eingerichtet hatte. In einer Ecke stand eine große Werkzeugkiste. War irgendetwas im Haus oder an unserem Auto beschädigt, fand mein Vater in dieser Kiste immer das richtige Werkzeug, um das Problem aus der Welt zu schaffen. Wenn er meinte, dass es mit den bestehenden Mitteln nicht zu reparieren sei, wurde sofort ein neues Werkzeug besorgt. So konnte ihn kein Problem aus der Ruhe bringen. Er wusste, dass er in seiner Kiste für die großen und kleinen Ärgernisse immer das passende Werkzeug finden würde.

Jetzt, nach so vielen Jahren, wird mir plötzlich klar, dass diese Ordner meine eigene Werkzeugkiste darstellen. In ihnen finde ich, ähnlich wie mein Vater, Lösungen für meine Probleme. Ich kann mit Freude und Stolz behaupten, dass mir diese gesammelten Gedanken ein glückliches und zufriedenes Leben beschert haben. So oft habe ich diese Zeilen gelesen, dass sie sich fest in mein Unterbewusstes eingebrannt und ganz automatisch, ohne dass ich das bemerkt hätte, mein Leben gelenkt haben. Sie zu lesen tut meiner Seele ganz einfach gut.

Ich finde aber, dass man in einem Buch viel besser und angenehmer blättern kann als in Ordnern. Außerdem mag

Ein ungewöhnlich heißer Sommertag

Fast jeden Tag berichtete das Radio über neue Hitzerekorde. Ich konnte mich nicht erinnern, schon einmal einen so heißen Sommer erlebt zu haben. War das jetzt der Klimawandel oder nur Zufall? Ich weiß es nicht. Ich konnte Hitze schon immer schlecht vertragen. An heißen Tagen litt ich wie ein Tier.

Der Nachtdienst in der Zentralen Notaufnahme verlief wie immer brutal. Um fünf Uhr morgens konnte ich eine Stunde schlafen, dann kam auch schon der nächste Notfall. Die Arbeit in der Notaufnahme ist für mich die schönste Tätigkeit, die ich in meinem medizinischen Leben verrichtet habe. Es war genau das, was zu mir passte. Doch jetzt stand ich wenige Jahre vor der Rente und musste feststellen, dass mich die Nachtdienste anscheinend mehr erschöpften, als ich mir eingestehen wollte. Seit einigen Monaten machte mir zusätzlich hoher Blutdruck zu schaffen.

Es war mein letzter Nachtdienst. Ich hatte beschlossen kürzerzutreten und deshalb eine Oberarztstelle in einer Reha-Klinik angenommen. So wollte ich meine letzten Jahre in Ruhe verbringen. Die Kündigung war bereits eingereicht, der neue Arbeitsvertrag unterschrieben und für den kommenden Montag hatte ich alle Kollegen und mir liebe Leute zum Ausstand eingeladen. Nach der Übergabe um acht Uhr verließ ich die Klinik und legte mich zuhause für ein paar Stunden hin.

Doch nach einem Nachtdienst konnte ich nie länger als drei Stunden schlafen und gegen Mittag war ich schon wieder wach. Obwohl die Sonne mit ihren Strahlen unsere Kleinstadt unbarmherzig beschoss, entschied ich mich, einen kleinen Rundgang um die Altstadt zu unternehmen. Schon seit Wochen machte ich das fast regelmäßig. Seit zwei Jahren nahm ich kontinuierlich an Gewicht zu und Spaziergänge in flottem Tempo sollten Abhilfe schaffen. An diesem Tag musste ich mich wegen der fürchterlichen Hitze aber erst reichlich überreden, bevor ich aufbrach. Sportlich war ich schon seit der Kindheit, deshalb war ich auch immer gesund geblieben und stolz darauf.

Schon nach zehn Minuten war ich fix und fertig. Der Schweiß lief in Strömen, die Hitze war unerträglich, das Herz schlug mir bis zum Hals und schnürte mir den Atem ab. Das wollte ich mir jetzt nun wirklich nicht antun. Nicht in dieser Hitze. Ich schlug deshalb den kürzesten Weg ein, um wieder nach Hause zu kommen.

Den nächsten Tag, als das Wetter schön war, saßen wir mit Kollegen zum Mittagessen hinter dem Krankenhaus im Garten. Noch ein letztes Mal genoss ich das schöne Plaudern. Der nette Oberarzt aus der Kardiologie kam ebenfalls an unseren Tisch und wir redeten über Gott und die Welt. Ich erzählte ihm, wie ich am Tag zuvor mit der Hitze gekämpft hatte, bis ich fast keine Luft mehr bekam.

»Das würde ich aber nicht auf die leichte Schulter nehmen«, meinte der Kollege. Er riet mir, ein EKG zu machen, sofort, eine Ultraschalluntersuchung des Herzens und eine Laboruntersuchung.

Das machte ich gleich, auch weil ich ihn nicht enttäuschen wollte, aber ich wusste ja, dass ich ein gesunder Mensch bin und so einiges wegstecken kann. Wir Ärzte sind halt alle durch unseren Beruf ein bisschen deformiert. Der Chirurg sieht bei jedem sofort ein Magengeschwür, der Psychiater entdeckt überall eine Neurose oder noch Schlimmeres und der Kardiologe erkennt natürlich bei den geringsten Beschwerden einen Herzinfarkt. Das EKG war vollkommen in Ordnung, ich hatte nichts anderes erwartet. Auch das Blut schickte ich brav ins Labor.

Nach einer Stunde rief mich der Kollege aufgeregt an. Meine Laborwerte seien erhöht, es könnte sich um einen Herzinfarkt handeln. Und tatsächlich, die Herzenzyme waren auffällig. Es wurde sofort eine Vertretung für mich in der Zentralen Notaufnahme organisiert und ich sollte auf die Intensivstation. Der Kollege meinte, wir müssten am nächsten Tag unbedingt eine Herzkatheteruntersuchung machen. So richtig gefiel mir das nicht, letztendlich fühlte ich mich ja gut und empfand keine Beschwerden.

Danach setzte ich mich auf mein Fahrrad und fuhr nach Hause, um ein paar Sachen zu packen, Zahnbürste und Kleinigkeiten für eine Übernachtung. Es würde sich sicher alles klären und ich könnte bald wieder zur Tagesordnung übergehen. Gegen sechzehn Uhr meldete ich mich in der Intensivstation und wurde aufgenommen. Der Ablauf war mir vertraut, ich hatte ja selbst schon zahlreiche Patienten aufgenommen. Ein eigenartiges Gefühl.

Auf der Intensivstation hatte gerade eine Ärztin Dienst, mit der ich schon immer gerne zusammengearbeitet hatte. Sie kümmerte sich sehr liebevoll um mich. Dann kamen auch die anderen Kollegen und wollten mich aufmuntern, sie meinten, mir müsse es ja richtig schlecht gehen. Im Geiste sagte ich mir: Dann mach ich halt morgen das Spiel mit dem Herzkatheter mit, die finden sowieso nichts, danach bin ich wieder ein freier Mann.

Ich war sehr beeindruckt davon, dass mich bis in die Abendstunden eine Schwester nach der anderen und auch die Pfleger, mit denen ich in der Notaufnahme arbeitete, besuchten. Mir kamen fast die Tränen. Mir wurde plötzlich klar, was für ein tolles Team wir waren. Eigentlich schade, dass ich mich nächste Woche verabschieden würde. Wehmut breitete sich in meinem Herzen aus.

Und dann war auch schon der nächste Tag da. Bevor ich bis drei zählen konnte, lag ich im Herzkatheterlabor und der nette Oberarzt – der Chefarzt war im Urlaub – beugte sich über mich und fragte, ob ich etwas zur Beruhigung möchte. Was soll denn jetzt diese Frage, dachte ich mir. Der soll mal in die Gänge kommen. Ich möchte bald wieder zuhause sein, schließlich fange ich in wenigen Tagen in der neuen Klinik an und muss noch einiges erledigen.

Tapfer wartete ich auf den Eingriff. Und dann ging es auch schon los. Alles lief ganz schnell. Schon war der Katheter geschoben und es wurden die ersten Röntgenbilder gemacht.

Der Oberarzt schaute lange schweigend auf den Bildschirm, wo meine Herzgefäße dargestellt waren.

»Und?«, fragte ich ungeduldig.

»Wir müssen uns gleich darüber unterhalten«, meinte er und wieder gab es eine lange Pause, während der er auf den Bildschirm schaute.

Mir wurde auf einmal ganz anders. Ein übles Gefühl durchdrang meinen Körper und mir wurde schwarz vor den Augen, als ich die Worte des Oberarztes hörte: »Sofort einen Schrittmacher vorbereiten! AV-Block dritten Grades!« Und schon schoben sie mir durch den Herzkatheterzugang einen vorübergehenden Schrittmacher ins Herz. Ich erlebte das wie im Traum.

Nach einigen Sekunden war ich wieder klar im Kopf. Der Oberarzt erklärte mir, dass ich kritische Verengungen an den Koronararterien und zu allem Überfluss auch noch an weiteren ungünstigen Stellen habe. In diese Verengungen einen Stent zu setzen sei äußerst riskant. Ich würde den Eingriff eventuell nicht überleben. Dann bliebe noch die Möglichkeit einer Bypass-Operation. Er war sich aber nicht sicher, ob meine Gefäße nicht zu schmal wären und ob man in meinem Fall überhaupt eine Operation durchführen könne. Er müsse das erst mit den Herzchirurgen in Dortmund oder Bochum besprechen.

Ich fühlte mich wie vom Blitz getroffen. Ich und herzkrank? Ich hatte doch die ganze Zeit in der Überzeugung gelebt, dass ich so was von gesund sei, und jetzt das hier. Das musste ich erst mal verdauen. Ich fragte mich: Muss ich jetzt sterben? War das jetzt schon alles? Plötzlich sah die Welt für mich ganz anders aus. Auf einmal war ich mit allem einverstanden. Auch damit, dass ich eventuell sterben müsste. Mir wurde bewusst, dass ich ein sehr schönes Leben geführt hatte, viele glückliche Zeiten erleben durfte. Die ganzen Probleme, mit denen ich mich in den letzten Tagen befasst hatte, waren auf einmal völlig unwichtig. Erstaunlicherweise fühlte ich eine große Befreiung und Erleichterung. Egal wie, es würde schon alles so richtig sein. Ich war für alles Schöne dankbar. Was auch passieren würde, ich war damit einverstanden. Ich empfand weder Angst noch Traurigkeit.

Danach brachten sie mich zurück auf die Intensivstation. Nach etwa einer Stunde kam der Oberarzt und teilte mir mit, dass die Operation in Bochum durchgeführt werde. Es sei bereits ein Hubschrauber angefordert worden.

Der Rettungsarzt begrüßte mich freundlich und innerhalb von wenigen Minuten war ich auf dem Weg zum Hubschrauberlandeplatz hinter dem Krankenhaus. Einige Schwestern und Pfleger bildeten ein Spalier und ich war so beeindruckt, dass ich die Tränen kaum zurückhalten konnte. Auch der ärztliche Direktor kam und wünschte mir viel Glück.

In Bochum angekommen, ging es gleich zügig in den OP. Bis jetzt war ich ziemlich tapfer gewesen, aber auf einmal bekam ich Angst. Richtig große Angst. Nicht vor dem Tod, aber vor eventuellen Komplikationen bei der OP. Am meisten fürchtete ich mich vor einem Schlaganfall. Der Gedanke, gelähmt und den Rest meines Lebens auf fremde Hilfe angewiesen zu sein, war für mich unerträglich. Dann lieber sterben. Der Anästhesist kam und machte noch irgendwelche Vorbereitungen. Ich wünschte mir nur, dass es jetzt schnell ging. Die Angst wurde immer größer.

»So, dann fangen wir mal an«, sagte der Narkosearzt.

Der soll nicht viel reden, er soll schnell machen, dachte ich. Es dauerte mir alles viel zu lange. Und dann machte plötzlich jemand das Licht aus ...

Nach zwei Jahren

Ein sonniger Herbsttag durchflutete meinen Körper mit einem wohligen Gefühl. Ich saß bequem im Sessel, schaute durch die großen Fenster meiner Wohnung über die Terrasse auf einen der zahlreichen Kirchtürme unserer wunderschönen Altstadt. Nach meiner Herz-OP vor zwei Jahren war ich vorübergehend in eine kleine Einzimmerwohnung gezogen, von der aus ich mit dem Fahrrad in zehn Minuten meinen neuen Arbeitsplatz erreichen konnte und zusätzlich Bewegung hatte. Doch so richtig zu Hause hatte ich mich an meinem neuen Wohnort nie gefühlt. Fast jedes Wochenende trieb mich die Sehnsucht in die schöne Altstadt mit ihren vielen Kirchen und Fachwerkhäusern zurück. Hier habe ich mir jetzt wieder eine gemütliche Dreizimmerwohnung eingerichtet mit einem wunderschönen Ausblick über die Dächer. In der Nähe wohnen meine Freunde, hier fühle ich mich wohl, hier bin ich zu Hause.

Die Bypass-OP verlief problemlos und an meiner neuen Arbeitsstelle in der Reha-Klinik gab es wegen meiner Erkrankung auch kein Problem. Sie warteten geduldig meine Genesung ab. Danach beaufsichtigte ich ein Jahr lang als Oberarzt sechs Assistenzärzte. Diese Arbeit war natürlich ganz anders, als ich es bis dahin gewohnt war. Immer wieder kam bei mir der Eindruck hoch, noch nie so viel Geld für so wenig Arbeit bekommen zu haben. Nach einem Jahr hatte ich sogar das Gefühl, mich zu langweilen. Schnell meldete sich in mir wieder die Sehnsucht, »große Medizin« zu machen, und ich nahm die Stelle eines Oberarztes der Notaufnahme einer nahe gelegenen Uniklinik an. Den Stress und die ständigen Diskussionen mit den Chefärzten der einzelnen Abteilungen in der Notaufnahme vor zwei Jahren hatte ich scheinbar vergessen.

Nach einigen Monaten extrem harter Arbeit, oft bis zu sechzehn Stunden am Tag, kam ich zu der Einsicht, dass ich mir das nicht mehr antun möchte. Mein Rentenalter erlaubte mir, die Sache locker anzugehen, und die Sehnsucht nach der Stadt mit den vielen Kirchtürmen und Fachwerkhäusern sowie den Freunden in der Nähe führte letztendlich zu dieser Entscheidung. Eine Halbtagsstelle in einer großen allgemeinmedizinischen Praxis war schnell gefunden. So ganz mochte ich die Medizin dann doch nicht verlassen, zumindest nicht zu diesem Zeitpunkt. Außerdem lagen schon zwei Jahre lang drei dicke Ordner mit viel Material, aus dem ein Buch werden sollte, auf meinem Schreibtisch. So saß ich also vor den Ordnern, und Erinnerungen wurden wach ...

Rückblick auf Erfolge und Niederlagen

Ist Ihnen schon mal aufgefallen, dass Erfolg und Niederlage manchmal nur eine Haaresbreite voneinander entfernt sind? Nicht selten entscheidet ein winziges Detail darüber, ob eine Sache ein Gewinn wird oder eine Riesenpleite. Und auch dann bestimmt noch der Blickwinkel, wie wir das Ergebnis letztendlich sehen. Nicht selten erkennen wir erst nach Jahren, dass ein vermeintlich schlimmes Ereignis für uns viele positive Vorteile gebracht hat. Haben wir erst den richtigen Abstand gewonnen, können wir uns einen ganz anderen Eindruck verschaffen, als wenn wir zu nahe dran sind. Erst wenn wir sozusagen über der Sache stehen, erkennen wir die wahren Zusammenhänge und sehen nicht nur die einzelnen Details. Erst dann können wir einigermaßen vernünftig Vergangenheit, Gegenwart und Zukunft zusammenfügen.

Schaue ich mir heute mein vergangenes Leben an, sehe ich die Erfolge und Niederlagen in einem ganz anderen Licht als damals. Nach der Scheidung von meiner ersten Ehefrau dachte ich, die Welt gehe für mich unter. Aus heutiger Sicht bin ich froh, dass es so gelaufen ist. Wir hätten uns beide nur gegenseitig unglücklich gemacht und ich könnte wohl kaum auf so ein schönes Leben zurückblicken, wie ich das heute kann.

Hanna studierte ebenfalls an der Prager Karlsuniversität Kindermedizin. Wir waren beide in der damaligen Tschechoslowakei aufgewachsen. Als ich mein viertes Semester beendet hatte und wir Nachwuchs erwarteten, waren wir die

Ersten in unserem Jahrgang, die heirateten. Wir hatten mit Sicherheit auch sehr schöne Zeiten, aber heftiger Streit begleitete ständig unseren Alltag. Später musste ich feststellen, dass ich nie wieder in meinem Leben mit einem Menschen so viel gestritten habe wie damals mit Hanna. Wir entwickelten uns im Laufe der Zeit in völlig andere Richtungen. Nach der Scheidung ging der Ärger weiter. Wie oft in solchen Situationen waren die Kinder für meine Exfrau ein Mittel zur Machtausübung. Ich musste genau das machen, was sie wollte, sonst wurde es für mich schwierig, die Kinder zu sehen. Mein Onkel in Wien sagte oft scherzhaft: »Du bist noch jung, mach dir doch neue Kinder.«

Irgendwann war der Schmerz in mir so groß, dass ich eine Lösung dafür finden wollte. Nach einem Besuch in Wien kehrte ich nicht mehr zurück und wanderte nach Deutschland aus. Der »Eiserne Vorhang« würde mich, so dachte ich, ein wenig vor weiteren Verletzungen schützen und mir einen Neuanfang ermöglichen. Später wurde ich in Abwesenheit zu zwei Jahren Gefängnis verurteilt. Das illegale Verlassen der Republik war damals eine schwere Straftat.

In Deutschland angekommen, fühlte ich mich erst mal sehr einsam. In meiner Heimat hatte ich zahlreiche Freunde gehabt, hier hatte ich zunächst keinen einzigen. Und auch meine ursprüngliche Vorstellung, dass ich hier als Arzt mit offenen Armen empfangen würde, stellte sich schnell als falsch heraus. Es war die Zeit der Ärzteschwemme in Deutschland. Mein neues Leben fing mit Schwierigkeiten an, mit Rückschlägen und Misserfolgen bei der Arbeitssuche. Letztendlich machte ich anscheinend doch alles richtig, denn nach drei Monaten trat ich meine erste Stelle als Assistenzarzt in einer chirurgischen Abteilung an.

Meine Eltern waren beide Sudetendeutsche, deshalb gestaltete sich für mich in meiner neuen Heimat einiges einfacher. Ich war Deutscher und hatte in Prag an der Karlsuniversität promoviert, weshalb mein Doktortitel sofort anerkannt wurde. Was ich damals nicht wusste, war, dass die Karlsuniversität die erste deutsche Universität überhaupt war, gegründet von Karl IV. im Jahre 1348.

Ich war damals sehr wählerisch, ich wollte nur in einer chirurgischen Abteilung arbeiten und ein großer chirurgischer Chefarzt werden. Die internistischen Kollegen betrachtete ich als minderwertige Gattung. Sie machten meiner Meinung nach keine ordentliche Arbeit und verschrieben nur Pillen. Die Chirurgen, das waren die wahren Macher.

Aus dem Fenster meines Arztzimmers beobachtete ich täglich die Starts und Landungen der Kleinflugzeuge auf dem nahegelegenen Sportflugplatz. Schon als Kind hatte ich davon geträumt, Pilot zu werden, ein Flugzeug zu beherrschen, über den Wolken zu fliegen und da oben die scheinbar unendliche Freiheit zu genießen.

Nach einem halben Jahr erfüllte sich einer meiner großen Träume: Ich durfte an einer großen Klinik in Dortmund arbeiten. Das tägliche anspruchsvolle OP-Programm ermöglichte mir ein schnelles berufliches Vorankommen, und das angenehme Verhältnis zu den Kollegen und dem übrigen Krankenhauspersonal erzeugte eine wunderbare Atmosphäre.

Inzwischen ließ mich Hanna aus der Tschechoslowakei wissen, dass sie keinen Kontakt mehr zwischen meinen Kindern und mir zulassen werde, nicht einmal schriftlich. Sie befürchtete, es könnte den Kindern schaden, falls sie später mal studieren möchten. In der kommunistischen Tschechoslowakei stellte ein Vater im kapitalistischen Ausland ein Hindernis für die Karriere der Kinder dar. Außerdem war ich ja ein verurteilter Verbrecher. Und so kam es, dass ich über fünf Jahre keinen Kontakt zu meinen Kindern hatte und keine blasse Ahnung, wie es ihnen ging.

Um den Schmerz zu überwinden, stürzte ich mich mit voller Kraft in meinen Beruf. Und noch etwas ließ mich wiederaufleben: Ich beschloss, die Flugschule zu besuchen, das Fliegen zu lernen.

Auf dem Flugplatz tummelten sich Menschen aus den verschiedensten Berufsgruppen und sozialen Schichten. Dort lernte ich eine Menge interessanter Leute kennen. Man konnte über andere Sachen reden als immer nur über Krankheiten und Medizin. Hier war ich einfach nur der Ernst und nicht der »Herr Doktor«. Vor dem Fluglehrer und der Prüfungskommission waren wir alle gleich, egal ob Dachdecker oder Arzt. Zur Schule zu gehen ist immer etwas Besonderes, hier werden oft Freundschaften fürs ganze Leben geschlossen. Mit Freunden gemeinsam ein Ziel anzuvisieren und es auch zu erreichen, das verbindet.

Brita hatte vor kurzem ihre Ausbildung abgeschlossen und arbeitete seit einigen Wochen als OP-Schwester. Mit ihren großen Augen, ihrem witzigen Blick und einer gewissen provozierenden Frechheit zog sie von Anfang an meine Aufmerksamkeit auf sich. Eines Tages lud ich sie zu einem Spaziergang durch die Dortmunder Innenstadt ein und anschließend zum Abendessen. Es dauerte nicht lange und sie zog bei mir ein, in meine kleine Wohnung gleich gegenüber dem Krankenhaus. Ich fühlte mich wie neu geboren, voller Elan und Energie. Ab jetzt lief die Arbeit wie am Schnürchen, alles schien auf einmal einfacher zu sein. Problemen begegnete ich mit viel mehr Mut, Selbstvertrauen und Selbstbewusstsein, über meinem Lebenshorizont ging die Sonne auf und ich hatte den Eindruck, sie würde nie wieder untergehen. Das Leben machte plötzlich doppelt und dreifach so viel Spaß.

Brita faszinierte mich mit ihrer selbstsicheren Art, sie war intelligent, wusste sich immer zu helfen und das Wichtigste für mich war die Tatsache, dass wir jedes Problem in Ruhe und ohne Streit diskutieren konnten. Sie liebte es, im gesellschaftlichen Mittelpunkt zu stehen, verstand es, sich geschickt in die richtige Position zu rücken. Sie konnte auch ganz gerissen Leute manipulieren und davor hatte ich, ehrlich gesagt, ein bisschen Angst. Sie wusste genau, was sie wollte und wie sie es erreichen konnte. In einer unauffälligen Art kam sie fast immer ans Ziel. Das erste Mal in meinem Leben hatte ich das Gefühl, mit einem Menschen zusammen zu sein, der mich nicht einschränkte, der mich so leben ließ, wie es meiner Natur entsprach. Ich war glücklich.

Wir unternahmen sehr viel miteinander. Jeden Dienstagabend hatte sie sich aber reserviert, da lief im Fernsehen eine Arztserie, die sie sich unbedingt anschauen musste. Sie liebte es, Professor Brinkmann in der »Schwarzwaldklinik« zu sehen, es zauberte ihr immer ein verträumtes Lächeln auf die Lippen. Auch später hatte sie nie eine Arztserie im Fernsehen ausgelassen oder versäumt.

Nach etwa einem Jahr beschlossen Brita und ich eine Familie zu gründen. Die Arbeit im Krankenhaus schien mir nicht für ein Familienleben geeignet zu sein und ich glaubte, dass ich als niedergelassener Arzt meinen Beruf besser mit einer Familie würde vereinbaren können. Bei den Spaziergängen durch die Dortmunder Innenstadt sah ich Schilder an den Praxen mit Sprechstundenzeiten. Da stand meistens etwas von drei Stunden am Vormittag, meistens bis zwölf Uhr, und dann noch zwei oder drei Stunden gegen Abend. Das fand ich richtig gut und dachte mir: Die haben doch ein tolles Leben.

Nach einigen Monaten war ich tatsächlich Inhaber einer kleinen Arztpraxis im Sauerland. Sehr schnell musste ich jedoch feststellen, dass es mit den paar Stunden am Vormittag und dann noch ein paar gegen Abend nicht getan war. In der ländlichen Gegend fielen etliche Hausbesuche an und als Praxisinhaber musste ich mich um viele Dinge kümmern, was mir vorher nicht richtig klar gewesen war. Es machte mir aber trotzdem Spaß und es kamen immer mehr Patienten. Die bestehenden Räumlichkeiten waren irgendwann zu klein und wir bauten ein großes Haus, unten die Praxis und oben die Wohnung. In dieser Zeit war das ambulante Operieren im Kommen, und weil ich eine chirurgische Ausbildung hatte, wurde gleich ein kleiner Operationssaal mit eingerichtet. Ein Eingriff vor der Sprechstunde und dann noch ein weiterer am Nachmittag machten mir richtig Spaß, und die Arbeitsstunden wurden von Monat zu Monat mehr. Brita half in der Praxis sehr engagiert mit und es kostete mich einige Mühe, ihr starkes Durchsetzungsvermögen zu bändigen, um nicht ins Zweifeln zu kommen, wer hier der Chef war.

Wir verbrachten auch viel Zeit auf dem Flugplatz, jede freie Minute, die wir uns leisten konnten. Für mich fühlte sich die Gemeinschaft der Piloten wie eine große Familie an. Jeden Sonntag trafen wir uns in der Fliegerkneipe und nach einem kleinen Frühstück und Kaffee ging es dann, wenn es das Wetter erlaubte, in die Luft. Die Frauen mochten nicht immer mitfliegen und warteten auf dem Flugplatz in geselliger Runde, bis ihre Ehemänner zurückkamen. Den Nachmittag verbrachten wir oft bei dem einen oder anderen zuhause bei Kaffee und Kuchen.

Eines Tages entdeckte ich in einer Ecke der Flugplatzhalle einen Schrotthaufen mit Propeller, der einem Flugzeug ähnelte. Ich fragte sofort den Chef der ansässigen Flugzeugwerft, was das sei. Er antwortete, es sei eine Cessna 172. Ein Flugschüler habe damit einen Unfall gebaut und jetzt sei es nur noch ein Schrotthaufen. Mit leuchtenden Augen fragte ich, ob man das Flugzeug reparieren könnte. Mein Gesprächspartner bekam ebenfalls ein Funkeln in den Augen und antwortete: »Selbstverständlich! Sollen wir den Vogel wieder fertig machen?« Nach acht Wochen war der Flieger wie neu und ich der stolze Besitzer. Wir flogen mit Brita bei jeder Gelegenheit damit. Als dann unser Sohn zur Welt kam, verbrachten wir einige Wochenenden bei schönem Wetter an der Nordsee, es war ja nur wenig über eine Stunde Flugzeit entfernt. Unser Sohn schlief nach dem Start immer sofort ein, obwohl der Motor der Maschine so fürchterlich brüllte, dass wir uns nur über Kopfhörer verständigen konnten.

Brita und mein Sohn gaben mir so viel Kraft und Mut, dass mir die Arbeit wie ein Kinderspiel vorkam. Zudem hatte ich wunderbare Schwiegereltern. Sie besuchten uns regelmäßig jede Woche. Mein Schwiegervater war vom Fliegen begeistert. Ich nahm ihn oft mit. Nach der Landung auf fremden Plätzen gab er sich meistens so selbstbewusst, dass die Leute meinten, er sei der Pilot, und von ihm die Landegebühr verlangten.

Die Patientenzahlen meiner Praxis wuchsen und nach zwei Jahren ohne ordentlichen Urlaub machte sich langsam Erschöpfung bei mir bemerkbar. Ich arbeitete immer mehr, meistens bis spät in den Abend. Meine Abwehrkräfte gegen Krankheiten ließen nach, anscheinend war das Immunsystem erschöpft. Ich litt unter Entzündungen und verschiedenen Erkältungskrankheiten. Immer wieder machte mir Herpes an der Unterlippe zu schaffen. Diesen hatte ich schon seit vielen Jahren nicht mehr gehabt, zuletzt als Student, als ich erfuhr, dass Hanna schwanger war und ich heiraten sollte. Ständig plagten mich zudem Rücken- und Nackenschmerzen.

Irgendwann hatte Brita keine Lust mehr, am Wochenende zum Flugplatz mitzukommen, und traf sich lieber mit Freundinnen zum Kaffeetrinken. Mit Begeisterung organisierte sie zahlreiche Feiern mit neuen Bekannten aus unserer Kleinstadt. Sie verstand es, sich mit Geschäftsleuten anzufreunden und mit anderen, die sich für wichtig hielten. Als Arztfrau hatte sie ja dabei auch ein ziemlich leichtes Spiel. Ich hatte aber meistens kaum Lust, bis spätabends die eingeladene Gesellschaft zu bespaßen, denn ich war todmüde. Ich musste mir deshalb sehr oft Vorwürfe von meiner Frau anhören.

Brita kümmerte sich um meinen privaten Terminkalender. Sie organisierte Besuche bei Freunden und Bekannten, Geburtstagsfeiern und bald stellte ich fest, dass ich eigentlich keine eigenen Freunde mehr hatte, es gab fast nur Freunde von Brita, auch die Leute am Flugplatz hatte sie voll im Griff. Ehrlich gesagt war ich froh, dass meine Frau unseren Bekanntenkreis und Freundeskreis pflegte, denn ich hatte dazu immer weniger Kraft und Zeit.

So lebten wir einige Jahre. Ich hatte eine Familie, einen Beruf, der mir sehr viel Geld einbrachte, und ein tolles Hobby. Ich hatte alles, nur keine Zeit.

Eines Tages wurde mein Schwiegervater schwer krank und musste ins Krankenhaus. Die Ärzte diagnostizierten Nierenversagen. Regelmäßig musste er zur Dialyse. Wir machten uns große Sorgen. Nach etlichen Untersuchungen stand fest, dass er eine neue Niere brauchte, und er wurde auf eine Transplantationsliste gesetzt. Uns allen war klar, wie schwer es werden würde, ein Spenderorgan zu bekommen, und wie lange das dauern konnte.

Wir feierten gerade Silvester, da kam der Anruf aus der Uniklinik. Eine Niere sei auf dem Weg in den Operationssaal. Ich hatte noch nichts getrunken und fuhr meinen Schwiegervater sofort in die Klinik. In uns allen kam neue Hoffnung auf, ich freute mich so sehr für Rudolf, dass er das Glück hatte, schnell eine Spenderniere zu bekommen. Auch unsere Kinder gaben Rudolf Halt. Er wollte noch viele Jahre lang ein guter Opa für seine Enkelkinder sein.

Das Glück war für Rudolf trügerisch. Es kam zu einer Infektion und die neue Niere musste wieder entfernt werden. Die Bakterien setzten sich im Herz fest und fingen an, die Herzklappen zu zerstören. Rudolf konnte nur noch sehr schwer atmen, schaffte mit Mühe nur wenige Schritte. Letztendlich beendete eine Hirnblutung sein Leben. Ich konnte es nicht fassen. Niemand konnte es fassen. Wir waren alle bestürzt und unendlich traurig. Nur mit Mühe konzentrierte ich mich auf die Arbeit in der Praxis. Ich hatte Rudolf sehr gemocht und dachte während dieser Zeit jede Minute an ihn. Nachts konnte ich kaum schlafen, griff gelegentlich zur Schlaftablette, um wenigstens ein paar Stunden zu ruhen.

Mein Flugzeug war schon seit langem für mich zu einem Betäubungsmittel geworden. Beim Fliegen verdrängte ich den Stress und jegliche Probleme. Sobald ich in der Luft war, konnte ich alles vergessen.

An einem Mittwoch war aber irgendetwas anders. Ich fühlte mich so müde, dass ich die letzten Rezepte nur mit Mühe unterschreiben konnte, ich hatte kaum Kraft, die Buchstaben auf dem Papier zu entziffern. Nachdem der letzte Patient die Praxis verlassen hatte, fuhr ich zum Flugplatz. Die Gedanken schossen wild durch den Kopf, Unruhe durchdrang meinen ganzen Körper. Der Platzwart schob mein Flugzeug aus der Halle und tankte es auf, ich checkte die Maschine durch und es konnte losgehen.

»Arnsberg Info! Die Delta Echo Foxtrott Uniform Juliet, bitte kommen!«

Es gab ein leichtes Rauschen in meinen Kopfhörern und nach einigen Sekunden meldete sich der Mann im Turm.

»Uniform Juliet, ich höre.«

»Hier Uniform Juliet, Cessna 172, erbitte Rollinfo für einen Lokalflug.«

»Uniform Juliet, rollen Sie zum Rollhaltepunkt 05.«

»Verstanden, Rollhaltepunkt 05.«

»Uniform Juliet, eine Transall der Bundeswehr ist im langen Endanflug, bitte die Landung der Maschine abwarten.«

»Uniform Juliet, habe die Transall in Sicht.«

»Uniform Juliet, die Landebahn ist jetzt frei, Wind aus dreißig Grad mit fünf Knoten, starten Sie nach eigenem Ermessen.«

»Uniform Juliet, verstanden, die Landebahn ist frei und ich starte zum Lokalflug.«

Noch ein letztes Durchchecken aller Ruder, Vollgas und die Maschine setzte sich gehorsam in Bewegung, ein leichtes Anheben des Bugrads und schon erreichte meine Cessna die Abhebegeschwindigkeit. Mit brüllendem Motor stieg das Flugzeug immer höher. Die Kühe auf der Weide unter mir wurden immer kleiner und hinter dem Wald sah ich schon den nahegelegenen See.

Ab diesem Tag war plötzlich alles anders

Mein ganzer Körper schmerzte und ich spürte das Bedürfnis, mich im Bett umzudrehen. Es fiel mir schwer, als würde mich eine unsichtbare Hand festhalten. Ich träumte von Wiesen, Wäldern, dann änderte sich das Bild. Ich saß auf einem Schlitten und fuhr zwischen Bäumen einen Hang hinunter. Der Boden unter dem Gefährt hatte so viele Unebenheiten, dass es mich fürchterlich durchschüttelte. Der Schlitten fuhr immer schneller und schneller, mit irrwitziger Geschwindigkeit näherte ich mich einer dunklen Wand. Auf dem Schlitten war, wie auf einem Rettungswagen, ein Blaulicht platziert. In letzter Sekunde gelang es mir, den Schlitten vor der dunklen Mauer zu stoppen. Menschen liefen herum. Sie redeten, aber ich verstand sie nicht. Sie sahen merkwürdig aus. Was war nur an all diesen Menschen um mich herum so anders? Ich konnte es zunächst nicht herausfinden. Sie hatten weiße Kittel an. Jemand hielt eine Flasche in der Hand. Ja, jetzt erkannte ich es. Es war eine Infusionsflasche. Der schmale Schlauch führte erst nach unten, danach machte er einen Bogen und endete schließlich an meinem Arm. Plötzlich wurde mir alles klar: Das war kein Traum, das war die Wirklichkeit!

Ein Pfleger beugte sich über mein Bett und befestigte die Infusionsflasche an einem Ständer. Die Krankenschwester legte irgendetwas auf den kleinen Tisch daneben und anschließend nahm sie mir Blut ab. Jetzt wurde mir langsam bewusst, dass etwas Schlimmes passiert sein musste. Aber was? Ja, richtig! Ich war doch mit meinem Flugzeug geflogen. Ich erinnerte mich wieder an den Start, an die Kühe auf der Wiese unter mir und den Möhnesee hinter dem Wald. An dieser Stelle riss meine Erinnerung ab. Was um Gottes willen war passiert? War ich abgestürzt? Reflexartig versuchte ich mit den Händen meinen Körper abzutasten. Füße, Hände, alles war noch da und scheinbar in Ordnung. Ich war nur schrecklich müde.

»Bin ich verunglückt?«, fragte ich die Schwester. »Sind Menschen zu Schaden gekommen? Was ist mit mir passiert?«

Die Krankenschwester antwortete mit einem Lächeln. »Sie sind mit Ihrem Flieger hinter der Stadt neben einem Bauernhof auf dem Acker gelandet. Der Bauer war total überrascht und fragte Sie, was das soll. Sie redeten aber nur wirres Zeug. Er hat die Polizei und den Rettungswagen gerufen. Können Sie sich an gar nichts erinnern?«

Nein, ich konnte mich an überhaupt nichts erinnern. Mein Magen zog sich vor Angst zusammen. Diagnosen schossen mir durch den Kopf: Schlaganfall, Hirnblutung und Schlimmeres. Was passierte mit mir, würde ich pflegebedürftig werden? Die schlimmsten Gedanken zogen durch meinen Kopf. Ich würde meiner Familie zur Last fallen. Das ging so weit, dass ich dachte, ich wollte mir lieber das Leben nehmen, als mich von meiner Frau ein Leben lang pflegen zu lassen.

Am Abend besuchte mich ein Herr vom Luftfahrtbundesamt und befragte mich zu den Ereignissen. Das war mir so peinlich, ich kam mir wie ein Versager vor. Er teilte mir mit, dass die Notlandung perfekt durchgeführt worden sei. Die Maschine war nicht zu Schaden gekommen, nur der Grund für die Außenlandung sei nicht bekannt.

Auch die Polizei befragte mich und nahm eine Blut- und Urinprobe, um sie routinemäßig nach Alkohol und Drogen zu untersuchen. Ganz zufällig bekam ich am nächsten Tag vor der Visite mit, wie sich der Chefarzt der Inneren mit dem Chefarzt der neurologischen Abteilung stritt. Jeder wollte mich auf seiner Abteilung haben. Ich war halt Privatpatient. Nach dem Frühstück wurde mir die Tageszeitung gebracht. Der Pfleger zeigte mir sofort den Artikel mit einem Bild. Man sah mein Flugzeug im Feld stehen, die Räder halb versunken im Acker. Es interessierte mich brennend, was die Zeitung über die Sache schrieb, doch meine Augen waren so müde und mein Körper dermaßen kraftlos, dass ich das Blatt zur Seite legen musste. Die Ärzte veranlassten verschiedene Untersuchungen, doch ohne jeglichen krankhaften Befund. Nach drei Tagen wurde ich entlassen.

Zuhause sah ich sofort nach meiner Praxispost. In den wenigen Tagen hatte sich so einiges angesammelt. Ich hielt Briefe und Befunde in der Hand, aber zu meinem Entsetzen konnte ich kein einziges Wort lesen. Nur die einzelnen Buchstaben erkannte ich. Diese fügte ich nach und nach zu Wörtern zusammen, nur so ging es. Zunächst meinte ich, dass es eine Auswirkung der Müdigkeit sei. Doch auch am nächsten Tag war es nicht besser und ich musste feststellen, dass ich nicht lesen konnte. Verunsicherung, Panik und Angst trieben meinen Puls und Blutdruck in die Höhe.

Sofort griff ich zum Telefon und rief meinen guten Freund Klaus an. Er war Sprecher der niedergelassenen Ärzte in unserer Kleinstadt und Fliegerarzt. Er vereinbarte sofort einen Aufnahmetermin in der neurologischen Abteilung der städtischen Kliniken in Dortmund. Doch die tagelangen Untersuchungen ergaben letztendlich keine befriedigende

Erklärung. Die Entlassungsdiagnose lautete: transiente globale Amnesie mit anschließender Wortformalexie. Da hatte ich nun also eine Diagnose, das Problem blieb aber bestehen. Letztendlich schickte mich Klaus in eine renommierte Klinik nach München.

Inzwischen hatte ich Post vom Dezernat Luftfahrt des Regierungspräsidiums in Münster bekommen. Ich sollte 600 DM Bußgeld bezahlen wegen Führens eines Luftfahrzeugs unter Einfluss von Medikamenten. Die Urinuntersuchung nach der Notlandung hatte Rückstände von Schlafmitteln ergeben. Ich war total überrascht und konnte mir zunächst das Ergebnis nicht erklären. Dann erinnerte ich mich, dass ich nach dem Tod meines Schwiegervaters gelegentlich eine Schlaftablette eingenommen hatte. Das war aber schon eine Zeit her. Auf der anderen Seite weiß jeder Mediziner, dass die metabolischen Endprodukte nach der Einnahme bestimmter Medikamente oder Substanzen noch wochenlang im Urin nachzuweisen sind. So kann man Sportler des Dopings überführen, auch dann noch, wenn die Stoffe schon längst nicht mehr im Körper wirksam sind.

Sofort rief ich den entsprechenden Sachbearbeiter an und versuchte ihm alles zu erklären, doch er stellte sich stur. Für ihn war die Situation klar. Ich müsse doch als Arzt wissen und wie konnte ich als Arzt so unverantwortlich handeln und so weiter. Er wollte mir ganz einfach einen reinwürgen, das war mir schnell klar. Letztendlich hatte ich keine Lust und auch keine Kraft, mich mit diesem Trottel herumzustreiten, und wollte das Bußgeld schließlich bezahlen. Am nächsten Morgen erzählte ich die Geschichte Klaus.

»Das kannst du doch nicht machen«, sagte er. »Wenn du das Bußgeld bezahlst, ist das wie ein Geständnis. Es wird für immer so sein, dass du unter Einfluss von Schlafmitteln geflogen bist. Die Akte wirst du dein Leben lang nicht los!«

So lehnte ich dann doch die Bezahlung ab und die Geschichte ging vors Gericht. Der Sachbearbeiter steigerte sich noch, indem er in seinem Schreiben an das Gericht angab: »… wegen des Führens eines Luftfahrzeuges unter Einfluss von Rauschmitteln …« Es gibt zum Glück immer eine zweite Blutprobe, die aufbewahrt wird, falls es zu Unstimmigkeiten kommt. Glücklicherweise konnte diese Blutprobe beweisen, dass ich nicht unter Einfluss von Medikamenten geflogen war. Das Verfahren wurde eingestellt. Die Kosten des Verfahrens, die nicht unbeträchtlich waren, gingen zulasten der Staatskasse, also des Steuerzahlers.

Die nächsten Monate verbrachte ich in München Bogenhausen, in der neuropsychologischen Abteilung. Untersuchungen wurden veranlasst, von denen ich bis dahin nie gehört hatte. Doch die Ärzte konnten keine krankhaften Veränderungen feststellen. Ich war vollkommen gesund. Nur lesen konnte ich immer noch nicht. Sie entwickelten komplizierte Trainingsmethoden. Nach einigen Wochen teilten mir die Kollegen mit, dass sie für mich nichts mehr tun könnten. Ich sollte überlegen, den Beruf aufzugeben, und bei meiner Ärzteversorgung Berufsunfähigkeitsrente beantragen, mit meiner Behinderung sei ich den Anforderungen in meiner Praxis nicht mehr gewachsen. Das war schrecklich. Meine Praxis lief wie am Schnürchen und jetzt sollte ich sie aufgeben?

Ein Käufer war schnell gefunden. Es waren zum Glück noch Zeiten, wo man mit einer Arztpraxis richtig viel Geld verdienen konnte.

Nach einigen Wochen bekam ich Post vom Luftfahrtbundesamt. Sie schickten mir den eingezogenen Flugschein zurück. Er war mit einem großen roten Stempel gekennzeichnet: »UNGÜLTIG«. Nun war ich nicht nur meinen Beruf los, sondern auch das Fliegen. An beidem hatte ich sehr gehangen. Die Sache hatte aber einen positiven Gesichtspunkt, denn da war noch meine Familie. Endlich hatte ich genügend Zeit für Brita und unsere Kinder. Jeden Tag holte ich die Kinder vom Kindergarten ab, spielte mit ihnen und abends redeten wir vor dem Schlafengehen noch lange, ich erzählte ihnen Geschichten oder sie dachten sich selbst welche aus. Es war wunderschön. Nur mit dem Auto raste ich immer noch, als würde es ums Leben gehen. Erst nach Monaten verinnerlichte ich, dass ich nicht mehr unter Zeitdruck stand. Ich musste keine sechs Hausbesuche mehr schaffen und pünktlich in meiner Praxis erscheinen, wo mich ein volles Wartezimmer erwartete.

Brita wurde mit der Zeit immer unzufriedener. In den Urlaub fuhr sie nur noch mit ihrer Mutter und den Kindern, ich durfte zuhause auf den Hund aufpassen. Immer öfter fuhr sie zu Treffen mit Bekannten und Freunden. Gemeinsame Unternehmungen wurden selten. Eines Tages teilte sie mir mit, sie werde sich von mir trennen. In ihrem Leben gebe es einen neuen Mann. Auf meine Frage, weshalb, antwortete sie: »Das kann doch jetzt nicht schon alles gewesen sein.«

Den Tag, an dem Brita auszog, verbrachte ich bei einer Bekannten. Der Gedanke, dabei anwesend zu sein, war für mich unerträglich. Erst am Abend kam ich in mein Haus zurück. Der Anblick der ausgeräumten Zimmer erfüllte mich mit einer unglaublichen Traurigkeit. Die teilweise abgerissenen Tapeten, die in den Ecken zusammengekehrten Abfallhaufen und die leeren Kinderzimmer verursachten ein Schmerzgefühl, das sich durch meinen ganzen Körper zog. Mein Arbeitszimmer blieb unberührt, in der Ecke stand immer noch das Bett, das ich in den letzten Monaten sehr oft benutzt hatte.

Ich fühlte mich todmüde, aber mit dem Einschlafen klappte es nicht. Nach zwei Tabletten gelang es mir endlich. Es dauerte keine zwei Stunden und die grausame Realität holte mich ein. Benommen taumelte ich durch das Arbeitszimmer, schluckte weitere drei Schlaftabletten und schlief erneut für einige Stunden ein. Die ganze Nacht quälten mich wilde Träume und dann kam der Morgen. Ich hatte das Gefühl, als hätte mich jemand ausgeraubt, verprügelt und unendlich gedemütigt. Ratlos stand ich auf und ohne mich zu waschen oder die Zähne zu putzen setzte ich mich in den Sessel und rauchte eine Zigarette. Erst mal eine rauchen und dann schaue ich, wie es weitergeht, dachte ich.

So saß ich den ganzen Morgen da und rauchte eine Zigarette nach der anderen. Es fiel mir nichts Vernünftiges ein. Es herrschte in mir eine totale Ratlosigkeit, ein Gefühl, als hätte man mich als Nichtschwimmer in einen großen See geworfen und ich drohte zu ertrinken. In meinen Gedanken sah ich Bilder, ich versuchte verzweifelt, mich über Wasser zu halten, schnappte zeitweise hilflos nach Luft. Das viele Wasser um mich, das waren meine Probleme, Sorgen und Ängste. Die Erschöpfung zog mich immer wieder in die dunkle Tiefe. Ich schlug mit den Armen um mich, suchte den rettenden Strohhalm, konnte aber nichts finden, an dem ich mich hätte festhalten können. Dabei hatte ich noch vor kurzem so viel gehabt. Meinen Traumberuf als Arzt, mein Hobby, zahlreiche Freunde auf dem Flugplatz. Wenn mal alles schiefging, dann waren da noch immer meine Familie, meine Frau, die Kinder und die Schwiegereltern.

Ratlos saß ich in meinem Sessel, die wildesten Gedanken schossen mir durch den Kopf. Aus dem Fenster konnte ich beobachten, wie es draußen langsam dunkel wurde. Wie im Traum griff ich nach der Zigarettenschachtel, doch sie war leer. Fünf Schlaftabletten befreiten mich für ein paar Stunden von den Qualen.

Am nächsten Tag lief es nicht viel anders. Benommen von den Tabletten ging ich Zigaretten kaufen und hatte Angst. Ich befürchtete, Menschen zu treffen. Sie könnten mich ja fragen, wie es mir geht, mich auf meine Situation ansprechen. Ich kam mir vor wie ein Versager. Ich schämte mich. Mein Selbstwertgefühl war zerstört.

Nicht nur Zigaretten musste ich besorgen, mindestens zwei Packungen, sondern auch neue Schlaftabletten. Als Arzt war es für mich kein Problem, an diese Pillen zu kommen, es war mir aber peinlich. Dem Apotheker würde es bestimmt auffallen, dass ich so oft dieses Medikament kaufte. Mit der Zeit wechselte ich also die Apotheken, zog immer größere Kreise, kaufte meine Schlaftabletten auch in anderen Städten. Mein gesamter Tagesablauf war ein einziges Chaos. Nachts quälte mich die Schlaflosigkeit, am Tage konnte ich mich auf nichts konzentrieren. Schmerzhafte Gedanken zogen durch meinen Kopf. Motivation wurde für mich zu einem Fremdwort. Ich besuchte keine Menschen mehr, ging Begegnungen aus dem Weg, der Wachzustand wurde mir zu einer unerträglichen Qual. Ich griff immer öfter zu den Tabletten. Der Schlaf hielt meistens nur wenige Stunden an. Stumpf saß ich dann in meinem Sessel, rauchte Zigaretten und schaute ins Nichts, ich konnte meine Augen stundenlang nicht woanders hinwenden. Obwohl ich so viel schlief, waren Müdigkeit, Angst und innere Unruhe meine ständigen Begleiter. Sie meldeten sich schon kurz nach dem Aufwachen, und blieb ich liegen, wurden sie immer schlimmer. Ich hatte Angst vor allem. Schon bei der kleinsten Tätigkeit befürchtete ich, es könnte etwas schiefgehen. Ich hatte Angst, finanzielle Probleme zu bekommen, nach der Scheidung allein zu bleiben. Ich fürchtete mich vor der Einsamkeit, die ich auf mich zukommen sah, aber gleichzeitig auch vor der Begegnung mit Menschen. Schon allein das Reden bereitete mir erhebliche Probleme. Die Benommenheit von den Schlaftabletten machte sich bemerkbar. Erzählte mir jemand etwas, konnte ich nur schwer folgen. Ich hatte das Gefühl, als befände ich mich im freien Fall und als gäbe es nichts, an dem ich mich festhalten könnte.

Nach einigen Wochen rauchte ich auch schon morgens im Bett. Danach schluckte ich erneut vier bis fünf Schlaftabletten, um mich der Realität zu entziehen. Aus dem Haus ging ich nur, wenn es unbedingt nötig war, um Zigaretten oder Lebensmittel zu kaufen. So vergingen Tage und Wochen. Langsam wurde mir bewusst, dass ich mich in einer sehr gefährlichen Lage befand. Es fiel mir immer schwerer, etwas zu unternehmen, auch wenn es nur Kleinigkeiten waren. In meiner Verzweiflung nahm ich eines Tages die Einladung einiger Bekannter an und ging mit ihnen in eine Disco. Um Mitternacht wurde mir plötzlich ganz flau, ich spürte jeden Takt der Musik im ganzen Körper, besonders im Gesicht und der Kiefermuskulatur. Ich war mir sicher, jeden Augenblick einen Krampfanfall zu bekommen. Heimlich schluckte ich zwei von meinen Schlaftabletten und spülte sie mit einem Bier hinunter. Nach einer Viertelstunde hatte sich mein Körper wieder beruhigt. Da wurde mir plötzlich klar: Ich war vollständig abhängig! Abhängig von den ver-

dammten Schlaftabletten. Wie konnte ich als Arzt nur so
etwas zulassen?

Weihnachten und Silvester kamen immer näher und mit
ihnen wurde die Angst vor der Einsamkeit größer. Es wurde
mir klar, dass solche Tage sehr kritisch werden könnten, und
ich spürte auch, wie meine Kräfte nachließen. In meiner
Verzweiflung wandte ich mich erneut an Klaus. Er empfahl
mir ganz dringend einen Psychiater. Nur war dieser Fach-
mann bereits für Monate ausgebucht. Er bot mir aber einen
Platz in seiner Tagesklinik an. In Begleitung von zwei Packungen Zigaretten versuchte ich dieses Angebot zu überdenken: Bis jetzt hatte ich es doch immer geschafft, meine
Probleme selbst zu regeln. Schon so viele schwierige Situationen hatte ich gemeistert. Also würde ich es auch schaffen,
diese schräge Lage in den Griff zu bekommen, ohne fremde
Hilfe.

Die Feiertage machten mir aber dermaßen zu schaffen,
dass ich tatsächlich glaubte, es nicht zu überleben. Anfang
Januar vereinbarte ich sofort einen Termin in der Tagesklinik. Am Aufnahmetag machte ich mindestens dreimal
am Straßenrand Halt und wollte umkehren. Es war mir so
peinlich, als Arzt in die Psychiatrie gehen zu müssen. Es
ist ja in den Köpfen der Leute immer noch verankert, dass
Menschen in so einer Einrichtung verrückt sein müssen,
ganz einfach bekloppt oder bescheuert.

Die Tagesklinik bescherte mir endlich einen regelmäßigen Tagesrhythmus, der mir seit Monaten gefehlt hatte. Obwohl ich Angst vor dieser Einrichtung gehabt hatte, stellte
ich nach einigen Tagen fest, dass es mir dort sogar gefiel. Die
meisten Patienten dort waren intelligente und nette Menschen. Schwierige Umstände hatten sie nur aus der Bahn

geworfen. Da war zum Beispiel der Chefarzt einer Augenklinik. Nach jahrelanger harter Arbeit und nachdem sich sein drogenabhängiger Sohn das Leben genommen hatte, waren ihm die Kräfte ausgegangen. Der Kontakt zu Menschen hier tat mir gut. Ich freute mich bald auf jeden neuen Tag in der Klinik.

Um sechzehn Uhr gingen wir alle nach Hause. Ich irrte danach bis in die Nacht durch die Räume meiner großen Wohnung in meinem riesigen Haus, das jetzt leer war. Das Haus machte mir Angst.

Nach drei Monaten wurde ich aus der Therapie entlassen. Ich hatte gelernt, aktiv zu werden. Solange ich mich mit etwas beschäftigte, ging es mir gut. Doch sobald ich ziellos in meiner Wohnung herumirrte, kamen meine Ängste und Depressionen zurück. Ich machte mir deshalb jeden Abend einen Plan für den nächsten Tag. Auch die Schlaftabletten reduzierte ich zunächst und setzte sie nach einigen Tagen sogar komplett ab. In den ersten Tagen war es die Hölle. Ich wachte nassgeschwitzt auf, die Hände zitterten. Ich lag einfach nur im Bett und hielt die Augen geschlossen. Mein Nachbar arbeitete beim Straßenbau. Vier Wochen begleitete ich ihn auf die Baustellen und wir verrichteten gemeinsam alle schweren Arbeiten. Das tat mir gut. Abends war ich todmüde und konnte problemlos einschlafen. Die schwere Arbeit säuberte meinen Geist von dem ganzen Müll, der sich in den letzten Monaten angesammelt hatte. Ich konnte endlich wieder klar denken.

Neuanfang

Meine Depressionen wurden mit der Zeit seltener. Eingeübte Strategien halfen, sie zu bekämpfen. Mein soziales Umfeld, Freunde und Bekannte, alles musste sortiert und einiges neu aufgebaut werden. Ich fing mit der Aufarbeitung meiner Probleme an. In den letzten Monaten und Jahren hatte sich so einiges an unerledigten Sachen angesammelt. Da waren zum Beispiel die nicht beendeten Arbeiten an meinem Haus. Und im Keller musste mal aufgeräumt werden. Mir wurde klar, wie wichtig es ist, Ordnung in seinen Angelegenheiten zu haben und diese auch zu erhalten. Eine unordentliche und nicht aufgeräumte Wohnung hat immer auch die Tendenz, Unordnung und Chaos in unsere Gedanken zu bringen.

Obwohl mir das Lesen Probleme bereitete, las ich einige Stunden täglich. Es ging sehr langsam. Mit Hilfe verschiedener Tricks gelang es mir bald, ganze Bücher zu lesen. Eine besondere Vorgehensweise half mir dabei. Ich suchte mir aus jedem Absatz die wichtigsten Worte heraus und unterstrich sie. Danach las ich das Unterstrichene. Meistens konnte ich erst dann den Inhalt verstehen. Es war sehr mühsam und kräftezehrend. Nach einer Viertelstunde musste unbedingt eine Pause eingelegt werden. Anschließend schrieb ich den Inhalt auf ein Blatt Papier und heftete dieses in einem Ordner ab. So kam es, dass ich innerhalb der nächsten Monate und Jahre so einige Bücher bearbeitete und die Notizen alle in meinem Ordner landeten. Am Ende waren es sogar drei Ordner. Das wiederholte Lesen dieser Notizen gab mir immer Mut und Kraft. Ich hoffte sehr, dass ich durch regelmäßiges Üben mein Handicap überwinden und das Lesen wieder erlernen könnte. Doch je krampfhafter ich mich bemühte, umso schlechter ging es. Irgendwann war ich es leid und las nicht mehr.

Im Internet entdeckte ich eine Fotoschule in Köln. Drei Jahre besuchte ich dort regelmäßig einmal in der Woche Kurse und Veranstaltungen. Einige Wochen verbrachte ich in der Dortmunder Innenstadt, um eine Fotoserie über Obdachlose zu machen. Die zahlreichen Gespräche mit den Menschen auf der Straße eröffneten mir viele neue Sichtweisen und nahmen oft viel mehr Zeit in Anspruch als das Fotografieren.

Krankenhäuser mit ihren vielen Angestellten, die in Teams arbeiten, übten schon immer eine große Anziehungskraft auf mich aus. Besonders faszinierten mich die zahlreichen sozialen Kontakte, die man hier knüpfen konnte. Der Wunsch nach der Wiederaufnahme einer medizinischen Tätigkeit wurde immer stärker. Eine Hospitation in dem nahegelegenen Krankenhaus war schnell vereinbart. Die nächsten Jahre verbrachte ich von Herbst bis Frühjahr täglich sechs Stunden in der Klinik. Die Sommermonate widmete ich den Arbeiten an meinem Haus und dem Grundstück. Weil ich ja nur hospitierte, also mich in keinem Angestelltenverhältnis befand, war mir die Möglichkeit gegönnt, zu entscheiden, wo und was ich lernen möchte. Die »Sklavenarbeit«, wie zum Beispiel Entlassungsbriefe schreiben oder Blut entnehmen, mussten die Assistenzärzte verrichten. Meine frühere Tätigkeit, die ausschließlich in chirurgischen Abteilungen stattfand, hatte unübersehbare Defizite von Kenntnissen der Inneren Medizin zur Folge. Jetzt gab es die Möglichkeit, ohne

Zeitdruck alles zu lernen. Es machte einen Riesenspaß. Drei Jahre sah ich bei Ultraschalluntersuchungen zu, die nächsten Jahre begleitete ich alle Visiten im Haus und auf der Intensivstation. Das Krankenhaus hatte eine hervorragende Angiologie und Gefäßchirurgie. Über zwei Jahre nahm ich an Sprechstunden teil. Im Laufe der Zeit konnte ich mir eine ganze Reihe von Untersuchungsmethoden aneignen. Schade nur, dass ich das alles nicht anwenden durfte, denn wegen meiner Berufsunfähigkeit durfte ich keine ärztliche Tätigkeit ausführen.

Eines Tages überzeugte mich mein Freund Jürgen von der Schönheit der Berge im Winter. Ich gab mir einen Ruck und lernte Skifahren. Mein Fahrstil war natürlich nicht besonders elegant, ich kam aber jede Piste ohne Knochenbrüche hinunter. Wir verbrachten einige Jahre die Zeit von Weihnachten bis Silvester mit einer Gruppe von zehn Freunden in den Alpen. Die schönen Erinnerungen begleiten mich bis heute.

Im Krankenhaus gab es einige Tennisspieler und so bildeten wir eine kleine Gruppe, die sich regelmäßig traf. Später trat ich sogar in den örtlichen Tennisclub ein und wir spielten mit einigen älteren Herren jeden Sonntag ein Doppel. Freundschaften aus dieser Zeit halten bis heute.

Lesen konnte ich immer noch nicht. Ich ignorierte es mit der Zeit einfach. Ich machte alles, nur nicht das. Eines Tages trat ein Kollege im Krankenhaus mit der Bitte an mich heran, ob ich ihm nicht bei den vielen Entlassungsbriefen helfen könne. Ohne zu überlegen, sagte ich zu. Ich setzte mich zu den Akten und kam aus dem Staunen nicht heraus: Ich konnte plötzlich fließend lesen, nach so vielen Jahren. Immer wieder blätterte ich in den Unterlagen. Ein Glücks-

gefühl überwältigte mich. Innerhalb einer Stunde waren alle
Briefe erledigt und der Schreibtisch leer.

Schon zehn Jahre besuchte ich regelmäßig die Klinik, und der
Wunsch, Neues kennenzulernen, wurde immer größer. In der
Nähe gab es ein anderes Krankenhaus mit vielen interessan-
ten Fachabteilungen. Eine Hospitation war schnell vereinbart.
Die kardiologische Klinik konnte sich sehen lassen. Her-
vorragend ausgebildete Oberärzte sorgten für einen guten
Ruf und die Fachabteilungen waren in der weiteren Umge-
bung bekannt. Der Chefarzt teilte mich zu den Ärzten in der
Notaufnahme ein. Und das war gut so. Hier wurden Patien-
ten für alle Stationen des Hauses aufgenommen und Not-
fälle behandelt. Ich unterstand einem erfahrenen Oberarzt.
Einige Tage begleitete ich ihn wie ein Schatten, es sollte mir
nichts entgehen. Alle Kollegen nannten ihn liebevoll Kalle.
Er war einer von den älteren Ärzten, die praktisch noch alles konnten. Heutzutage sehen wir überall nur Spezialisten.
Kalle war überall einsetzbar und leitete die Notaufnahme.
Bald durfte ich unter seiner Aufsicht alle Tätigkeiten durchführen. Da kamen mir die Jahre meines Hospitierens zugute,
in denen ich so viel gelernt hatte.
Eines Tages sagte Kalle zu mir: »Du kannst doch alles.
Hast nichts vergessen oder verlernt. Ich wüsste nicht, wieso
du nicht wieder arbeiten solltest. Aber natürlich nur, wenn
du möchtest. Mit deinen breit aufgestellten Kenntnissen
wärst du in der Notaufnahme absolut richtig.«
Meine Berufsunfähigkeitsrente erlaubte mir ein sehr
komfortables Leben. So empfand ich es jedenfalls. Dennoch
träumte ich täglich von einer Tätigkeit als Mediziner. Ich
wollte auf jeden Fall wieder arbeiten.

Die Entscheidungsträger der Klinik mussten sich selbstverständlich erst meiner gesundheitlichen Eignung vergewissern. Etliche Untersuchungen und Gutachten bestätigten letztendlich meine wiedergewonnene Leistungsfähigkeit.

Die Arbeit in der Notaufnahme machte mir über einige Jahre richtig Spaß – bis zu dem Zeitpunkt, als ich meinen Herzinfarkt bekam, wovon ich am Anfang des Buches berichtet habe.

Voller Zufriedenheit blicke ich heute auf die letzten Jahre zurück. Alles hatte seine Richtigkeit und seinen Sinn. Mein jetziges Leben könnte nicht schöner sein. Dabei gab es Zeiten, in denen ich glaubte, nie wieder glücklich sein zu können. Und komme ich mal wieder ins Wanken, nehme ich mein Buch in die Hand, schlage das Kapitel mit der »Werkzeugkiste« auf und finde die passenden Gedanken, die mich wieder aufrichten und mir den richtigen Weg zeigen.

Meine Werkzeugkiste

Gerät in unserem Leben etwas aus der Bahn, erhalten wir Alarmsignale. Körper, Geist und Seele sind eine unzertrennliche Einheit, sie beeinflussen sich gegenseitig. Es ist deshalb nachvollziehbar, dass wir Warnsignale auf allen Ebenen unserer menschlichen Existenz bekommen. Es verändert sich nicht nur unser seelischer Zustand, sondern auch unsere körperliche Verfassung und Leistungsfähigkeit. Denn wir Menschen sind nicht nur in die materielle Umgebung eingebettet, wir sind auch soziale Wesen und interagieren mit allen Menschen und Lebewesen. So entsteht ein sehr komplexes Zusammenspiel, welches wir nur zu einem gewissen Grad verstehen. Unser Verstand kann nur einen Bruchteil dieser komplizierten Vorgänge und Zusammenhänge erfassen und beurteilen. Die meisten Menschen sind jedoch in der Lage, die wichtigsten Signale aus ihrem Körper, der Seele und der Umwelt wahrzunehmen, diese zu beurteilen und neue Wege zu finden, wenn sich Probleme oder Warnsignale einstellen. Ich möchte sogar behaupten, dass es jeder kann. Wir alle haben die Fähigkeit, Lösungen zu finden, die unser seelisches und körperliches Befinden verbessern und sogar unser Leben in vollkommen neue Bahnen lenken. Wir müssen es nur wollen und auch etwas tun. Das alleinige Wissen nützt nichts, wenn wir nicht tätig werden. Wissen bedeutet nur dann Macht, wenn man es anwendet.

Dass in unserem Leben etwas schiefläuft, wird uns oft erst ganz allmählich bewusst. Ein schleichender Prozess verändert unsere seelische und körperliche Verfassung. Irgendwann ist der Punkt erreicht, an dem das Leben zur Qual wird. Probleme im seelischen Bereich werden immer deutlicher, auch körperliche Beschwerden machen sich bemerkbar, das soziale Umfeld bleibt ebenfalls nicht verschont. Es kann auch in die umgekehrte Richtung laufen. Schwierigkeiten im sozialen Bereich, zwischenmenschliche Konflikte und andere Schwierigkeiten können körperliche Beschwerden hervorrufen, was letztendlich immer einen Einfluss auf unsere seelische Verfassung hat. Das Leben kann uns plötzlich große Schwierigkeiten bereiten. Der Tod eines nahestehenden Menschen, eine schwere Erkrankung, Trennung vom Partner, Scheidung oder der Verlust des Arbeitsplatzes können uns bittere Zeiten bescheren.

Es fällt dann oft schwer, zu beschreiben, was die Ursache unserer Schwierigkeiten ist. Wir fühlen uns nicht wohl, ohne Klarheit darüber zu haben. Wollen wir etwas verändern, müssen wir innehalten, unseren Zustand analysieren und in uns hineinhören: Ist es unser Körper, der aus der Bahn geraten ist und dadurch unseren seelischen Zustand beeinflusst? Haben wir ein Problem in unserem Seelenleben? Wir sollten dann alles genau unter die Lupe nehmen und jede Einzelheit unseres Lebens hinterfragen, ob sie uns guttut oder runterzieht. Haben wir den (oder die) Übeltäter ausgemacht, müssen wir herausfinden, ob wir etwas tun können. Wir werden uns also fragen, ob wir etwas verändern können, so dass wir uns hinterher besser fühlen.

Wir haben auf sehr viele Sachen Einfluss. Es gibt aber auch Dinge, die nicht zu ändern sind. Diese müssen wir annehmen, ohne zu jammern und uns immer wieder zu fragen, wieso gerade wir davon betroffen sind. Die Gedanken »Was wäre, wenn …«, »Wieso gerade ich?« oder »Hätte ich nur …« sind dabei einige der größten Energiekiller. Genauso schädlich ist es, Schuldige zu suchen, die unsere unerfreuliche Lage verursacht haben. Dabei vergessen wir allzu oft, dass wir vielleicht zu einem großen Teil selbst beteiligt sind.

Eventuell haben uns unsere Sichtweise und unser Handeln in diese ungünstige Lage versetzt.

Der einflussreiche amerikanische Theologe, Philosoph und Politikwissenschaftler mit deutschen Wurzeln Reinhold Niebuhr (*21.06.1892, †01.06.1971) soll folgendes Gebet geschrieben haben:

Gott, gib mir die Gelassenheit,
Dinge hinzunehmen, die ich nicht ändern kann,
den Mut, Dinge zu ändern, die ich ändern kann,
und die Weisheit, das eine vom anderen zu unterscheiden.

Schön finde ich auch den folgenden überlieferten Spruch:

Für jedes Leid auf dieser Welt, so scheint's,
gibt es ein Mittel oder keins.
Ist eines da, versuch's zu finden.
Ist keines da, musst du's verwinden.

Im nächsten Kapitel werde ich an Beispielen zeigen, wie die Alarmsignale von Körper, Geist und Seele sich bemerkbar machen, und danach die Kraft- und Energiequellen beschreiben, aus denen wir schöpfen können, um uns vor Schaden zu bewahren.

Alarmzeichen

Alarmsignale können in vielerlei Gestalt auftreten. Hier folgen ein paar Beispiele dafür.

Zunehmend negative Gedanken, wir ärgern uns ständig über irgendetwas.

Kraftlosigkeit, Müdigkeit, Schlaflosigkeit, Antriebsarmut, Passivität und Interessenverlust.

Sich ständig wiederholende Ängste, Angst vor dem, was passieren könnte.

Stress, die Sorge: »Ich schaffe es nicht«.

Hoffnungslosigkeit.

Selbstzweifel und mangelndes Selbstvertrauen.

Gefühl der Einsamkeit.

Ungezügeltes Rauchen oder Alkoholgenuss.

Konzentrationsmangel.

Konflikte im sozialen Umfeld, in der Partnerschaft, im Beruf.

Das Gefühl: »Ich werde gemobbt«.

»Ich habe immer nur Pech, warum immer nur ich? Wieso passiert so etwas immer nur mir?« Das Gefühl: »Keiner versteht mich, alle sind gegen mich«.

Ständiges Grübeln über Vergangenes und Sich-Sorgen-Machen über die Zukunft.

Emotionale Labilität, abwechselnd Traurigkeit und Euphorie.

Gewichtsveränderung, Gewichtszunahme oder -verlust.

Potenzstörungen, kein Verlangen nach Sex.

Erhöhte Anfälligkeit gegenüber Krankheiten.

Neu auftretende hartnäckige Hautveränderungen als Herpes, Akne oder Ekzeme.

Falls einige dieser Gedanken oder Umstände auf uns zutreffen und dieser Zustand über Wochen unverändert andauert oder sogar schlimmer wird, sollten wir uns daranmachen, die Arbeit an uns selbst aufzunehmen.

Kraft und Energie

Der Sprit darf uns nicht ausgehen

Um gut durchs Leben zu gleiten, erfolgreich zu sein oder eine Veränderung herbeizuführen, müssen wir handlungsfähig sein und bleiben. Dazu müssen wir Kraft und Energie haben. Sind wir nicht mehr handlungsfähig, müssen wir uns helfen lassen. Die beste Lösung wäre dann, professionelle Hilfe anzunehmen. So weit wollen wir es aber gar nicht kommen lassen.

Mit der Kraft und Energie ist es etwa so wie mit dem Benzintank in unserem Auto. Wenn wir uns auf die Reise begeben, wird Kraftstoff verbraucht. Wir wissen, dass die Menge des verbrauchten Kraftstoffs erheblich von unserer Fahrweise abhängig ist. Geben wir ordentlich Gas, ist der Tank schnell leer. Ich kann mich daran erinnern, dass ich als Jugendlicher von meinem Vater ein kleines Motorrad geschenkt bekam. Es hatte einen Hebel an der Benzinleitung, mit dem konnte man auf Reserve umschalten. Danach kam man noch zehn oder zwanzig Kilometer weit. Falls es aber keine Tankstelle gab, dann war Schluss und ich hatte ein Problem. Es gibt Menschen, die ständig auf Reserve fahren und es nur mit Glück ins Ziel schaffen. Auch gibt es solche, die nie ankommen. Mein Vater füllte regelmäßig Benzin in seinem Auto nach, bei jeder Gelegenheit. So kam er nie in Schwierigkeiten, auch wenn er einmal einen unerwartet langen Umweg fahren musste.

Ein Freund erzählte mir, wie er mal auf einer Landstraße wegen Spritmangels liegen blieb. Er musste ein Taxi rufen, einen Benzinkanister besorgen und sich zur nächsten Tankstelle fahren lassen. Es wurde entsprechend teuer. Wir sollten deshalb genau aufpassen, dass uns der Sprit nicht ausgeht. Es könnte sonst sein, dass wir letztendlich zu viel bezahlen müssen.

Mit unserer Kraft und Energie ist es so ähnlich wie mit dem Sprit in unserem Auto. Wir sollten sparsam damit umgehen und regelmäßig nachfüllen. So ein Benzintank kann auch schon mal ein Leck haben. Manchmal nicht nur eins. Dann sollten wir uns rasch auf die Suche machen. Es könnte passieren, dass wir gar nicht so schnell Sprit nachfüllen können, wie er verloren geht.

Auch sollten wir daran denken, dass ständig mit Vollgas zu fahren zu Problemen führen kann. Der Verbrauch steigt rasant und es kann zu unnötig hohem Verschleiß kommen, wodurch die Lebensdauer unseres Motors verkürzt wird. Das kann teuer werden oder sogar mit einem Totalschaden enden.

Für alles im Leben brauchen wir Energie. Wir brauchen sie für unsere Lebenskraft, unser Wohlbefinden, die Lebensfreude und um Erfolg zu haben. Energiereserven wiederum benötigen wir, um besonders schwierige Situationen zu meistern. Haben wir wenig Energie, gelingt uns weniger und das Wenige fällt uns auch noch schwer.

Was bedeutet eigentlich Lebensenergie? Es ist ständiges Vorankommen, Harmonie, Freude am Dasein. Neue Ideen spielend umzusetzen. Positive Ausstrahlung, Optimismus, Freude, Spaß am Leben. Die Kraft zu haben, alles erreichen zu können. Kontakte, Freunde, Begeisterung. Die Kraft, Ruhe in sich zu finden. Nicht nur reagieren, sondern agieren. Selbstsicherheit, Schaffenskraft, Optimismus, der andere ansteckt und motiviert. Die Kraft, Gefühle zuzulassen, Leichtigkeit, loslassen können. Freizeit genießen, Herausforderungen annehmen. Mit einem Lächeln durchs Leben gehen.

Die chinesische Energielehre kennt Energiebahnen, die sogenannten Meridiane. Diese durchziehen den ganzen Körper wie ein Netz. Die Energie muss ungehindert strömen können und im Gleichgewicht sein. Kommt es zu Blockaden, entstehen Probleme, die Krankheiten verursachen können. Stellt man das Energiegleichgewicht rechtzeitig wieder her, kann sich der Körper in vielen Fällen selbst heilen.

Leider wird unsere Lebensenergie im Alltag allzu oft aufgefressen. Die Energiefresser sind zum Beispiel Zwänge, die wir oft freiwillig zulassen, verbissener Ehrgeiz, Ängste, fordernde Menschen und giftige Beziehungen, auch Stress, der oft hausgemacht ist. Doch all diese Faktoren werden uns nur dann Energie rauben, wenn wir es zulassen. Wir haben es also in der Hand.

Wenn wir Ameisen beobachten, können wir sehen, wie sie unermüdlich Tag für Tag schuften und schwere Lasten schleppen, die ein Vielfaches des eigenen Körpergewichts betragen. Sie ruhen sich nie aus. Dagegen schwebt der Adler oben in der Luft. Obwohl er viel schwerer ist als die Ameise, breitet er einfach seine

Flügel aus und nutzt die Kraft des Windes. Diese Kraft kommt nicht aus seinem Körper, er nutzt sie einfach. Sind nicht viele von uns eher Ameisen? Wir schuften, machen Überstunden, sind stolz auf unsere eiserne Disziplin. Dabei gibt es Kräfte in unserem Leben, die wir ganz einfach nutzen können und die uns Flügel wachsen lassen. Wir gewinnen durch sie Leichtigkeit, Lebensfreude und schweben mühelos neuen Zielen entgegen.

Erfolgreiche Menschen haben genügend Energie. Drei Wege führen dazu, diese Energie zu bekommen:

- Bewegung und körperliche Fitness
- bewusste Ernährung
- unser Denken

Unsere Gedanken zu unserer Lebenseinstellung sind ein Faktor, der von vielen Menschen unterschätzt wird. Lebensqualität und Lebenserfolg sind nur möglich, wenn wir über ein hohes Maß an Lebensenergie verfügen. Die Bilanz zwischen Energieausgabe und Energiegewinnung muss stimmen. Das Gleichgewicht ist ein sehr wichtiger Faktor in allen unseren Lebensangelegenheiten: das Gleichgewicht zwischen Belastung und Befriedigung, zwischen Arbeit und Freizeit, zwischen Anspannung und Entspannung, auch zwischen Verstand und Gefühl. Wenn die Energie nicht ausreicht, empfinden wir übermäßige Anstrengung und Frust.

Das Geheimnis des Erfolges ist, alles auf einen Punkt zu lenken, die Gedanken, die Gefühle und die Energie im entscheidenden Moment zu bündeln. Wir müssen uns fokussieren, uns auf die Aufgabe konzentrieren, an der wir gerade arbeiten. Konzentration ist Übungssache.

Wir können nicht die ganze Zeit mit Vollgas durchs Leben fahren. Wir müssen immer wieder auftanken, und wenn wir schlau sind, nutzen wir jede Gelegenheit dazu. Wollen wir nicht sinnlos Energie vergeuden, müssen wir Energiequellen anzapfen, auf der anderen Seite erkennen wir Energieräuber und versuchen diese, so gut es geht, auszuschalten. Das Leben ist wie ein Seiltanz. Wir müssen immer wieder die Balance finden und sie bewahren, um nicht abzustürzen.

Irgendwo habe ich gelesen, dass man von einem leeren Sack nicht erwarten kann, dass er aufrecht steht. Die Energie ist wie ein Fass mit Wasser. Dieses Fass ist nicht immer gleich voll. Es hat Zuflüsse und Abflüsse. Damit es nicht leer wird, müssen sich Zufluss und Abfluss die Waage halten. Dieses Fass ist in verschiedene Kammern unterteilt, das sind unsere Lebensbereiche:

- unser Körper und unsere Gesundheit
- Partnerschaft und Familie
- Arbeit und Ausbildung
- unsere Hobbys
- unser soziales Netz

Aus jedem Bereich können wir Energie abziehen, wir können auch in jedem Bereich Energie nachfüllen. Einzelne Bereiche sind miteinander verbunden, ein Energieaustausch ist also möglich. Unser Energiefass kann ein Leck haben. Ein jeder Bereich kann davon betroffen sein. Es kann sich dabei um Misserfolge handeln, Demütigungen, Versagensängste und vieles andere mehr. Dieses Leck kann ausgeglichen werden, wenn Energie aus anderen Bereichen die Verluste kompensiert. Das kann die Unterstützung der Familie sein, eine glückliche Beziehung, robuste Gesundheit, interessante Hobbys, Freizeit zum Entspannen oder gute Freundschaften. Wir sollten auch immer wieder an das Gleichgewicht denken, an die Ausgewogenheit. Verwenden wir unsere ganze Energie für das Erreichen ehrgeiziger Karriereziele, kann es passieren, dass für die Familie und Partnerschaft keine Kraft mehr übrig bleibt.

Mit der Energie ist es so ähnlich wie mit einer Bank. Wir haben ein Konto und können dieses auch schon mal überziehen. Doch sollten wir immer an die Überziehungszinsen denken. Überziehen wir ständig, kann es teuer werden oder wir gehen bankrott. Das gilt auch für unsere Lebensenergie.

Um langfristig Profit machen zu können, müssen wir auch investieren. Wir müssen Energie einsetzen, zum Beispiel um Freunde zu treffen, Kontakte zu knüpfen oder aktive Entspannung zu suchen. Das kostet Kraft, die uns aber hilft, zu neuen Kräften zu kommen.

In der Ruhe liegt die Kraft. Diesen Spruch kennt jeder. Zur Ruhe zu kommen, sich zu sammeln und Kraft zu tanken, zu regenerieren ist keine Zeitverschwendung. Es gibt uns neuen Schwung. Was genau wem am besten hilft, muss jeder selbst herausfinden. Es gibt zum Beispiel Techniken wie Meditation, Autogenes Training oder die Progressive Muskelrelaxation nach Jacobson. Der regelmäßige Wechsel zwischen Spannung und Entspannung, Arbeit und Ausruhen ist ein absolutes Muss und genauso wichtig wie der Wechsel zwischen Tag und Nacht. Durch Entspannung verbessern wir unsere emotionale Stabilität, Kreativität und Konzentration. Wir stärken unsere innere Ruhe, unsere Zufriedenheit und unser Wohlbefinden. Stress wird abgebaut, unsere Belastbarkeit wird gestärkt und gesteigert. Entspannung und Ausruhen erzeugen einen Energieschub.

Unser Leben ist eine ständige Interaktion zwischen Körper, Seele, Geist und Umwelt. Es ist ein kompliziertes Zusammenspiel zwischen einzelnen Zellen, Organen, unserem Körper als Ganzem mit seiner vielfältigen Umgebung. Alle geistigen und seelischen Abläufe werden dabei mit einbezogen. Wir sind als Individuum eingebettet in die Außenwelt. Es ist die rein materielle Umgebung, die soziale Gemeinschaft und womöglich noch anderes, von dem wir bis jetzt noch keine Kenntnis haben. Wir sind vielen physikalischen Einflüssen ausgesetzt und wahrscheinlich auch anderen, die wir noch nicht kennen. Es entstehen komplizierte funktionelle und energetische Systeme und Prozesse, die eine Tendenz zur ständigen Veränderung haben.

Wir brauchen Energie für unseren Grundumsatz, für die grundlegenden Funktionen unseres Körpers. Für den Atem, den Herzschlag, die Nierenfunktionen und die Verdauung. Ein weiterer Teil der Energie wird für andere Tätigkeiten gebraucht. Wir gehen zur Arbeit, machen Sport und vieles andere mehr. Rechnet man alles zusammen, ergibt sich der Energiebedarf. Daraus wiederum entsteht ein Kalorienbedarf in der Form von Nahrung. Ist diese Bilanz nicht ausgeglichen, nehmen wir entweder an Gewicht zu oder ab. Es geht aber nicht nur um die Anzahl der aufgenommenen Kalorien. Die Zusammensetzung der Nahrung ist sehr wichtig. Über gesunde Ernährung gibt es viele Bücher und man kann auch im Internet zahlreiche Informationen dazu finden. Ich werde deshalb auf dieses Thema an dieser Stelle nicht näher eingehen.

Eins nach dem anderen, in kleinen Schritten voran

Wir alle hatten bestimmt schon mal das Gefühl, so viele Dinge erledigen zu müssen, dass wir glauben, es nicht schaffen zu können. Der riesige Druck dabei kann uns so lähmen, dass wir buchstäblich nicht mehr in der Lage sind, unsere Angelegenheiten vernünftig zu regeln. Schon der Gedanke an die vielen unerledigten Dinge kann uns das Gefühl der Kraftlosigkeit geben.

In einem Buch habe ich dazu den Vergleich mit einer Sanduhr gefunden. Durch deren schmalen Hals kann immer nur ein Sandkorn nach dem anderen nach unten gleiten. Man kann kaum glauben, dass die vielen Sandkörner aus dem oberen Teil irgendwann alle unten landen werden. Aber genau so wird es sein. Ein Sandkorn nach dem anderen und irgendwann sind alle durch den engen Hals hindurchgelaufen und im unteren Teil angekommen. Genau so ist es mit unseren vielen Aufgaben. Auch wir müssen eine Sache nach der anderen, schön gleichmäßig und in Ruhe erledigen. Nur so geht es.

Die große Anzahl an Aufgaben kann erschrecken und uns den Mut nehmen. Wir tun gut daran, die Aufgaben in kleine Abschnitte aufzuteilen, in Zeitabschnitte, die gut überschaubar sind. Zum Beispiel Tageseinheiten, die wir dann abermals unterteilen. Wir können es mit einem großen Brot vergleichen. Möchten wir dieses Brot essen, können wir es nicht in einem Stück in den Mund schieben. Wir würden daran ersticken. Schneiden wir aber immer nur eine kleine Scheibe ab und schlucken die gut zerkaut herunter, werden wir irgendwann das ganze Brot problemlos aufgegessen haben und keine Bauchschmerzen bekommen.

Ein guter Vergleich könnte auch der mit dem Motor eines Autos sein. Möchten wir einen langen, steilen Berg hochfahren, machen wir das nicht im vierten oder fünften Gang, wir schalten in einen niedrigeren, vielleicht sogar in den ersten Gang, was dazu führt, dass der Motor pro Umdrehung weniger Strecke zurücklegen muss. Er kann sich die Arbeit aufteilen auf viele kleine Einheiten. Auch wir müssen uns die Arbeit auf viele kleine Einheiten aufteilen und nicht alles auf einmal machen wollen. Das ist auch wichtig für unsere Motivation. Wir können nach Erledigen eines Teilzieles immer eine kleine Pause einlegen, um festzustellen, dass wir unser Ziel – beziehungsweise das Teilziel – erreicht haben. Das wird auch unseren Glauben stärken, dass wir das Gesamtziel erreichen werden.

Vor Jahren habe ich eine Trockenmauer um mein Haus gebaut. Die Vorstellung der vielen Tonnen Steine, die ich würde herantragen müssen, bis diese Mauer fertig ist, hätte mir fast den gesamten Mut genommen. Ich setzte mir also das Ziel, jeden Tag einen Meter dieser Mauer fertigzustellen. Danach räumte ich alles auf, machte sauber, setzte mich auf einen Stuhl und betrachtete mein Werk. Ich war zufrieden, dass ich mein Ziel, das ich mir für diesen Tag vorgenommen hatte, nämlich einen Meter Trockenmauer zu bauen, geschafft hatte. Das klingt vielleicht wenig, aber wenn wir das auf ein Jahr hochrechnen, sind das über dreihundert Meter. Allein schon die Vorstellung hätte mir angesichts dieser riesigen Aufgabe jeglichen Mut und Kraft genommen. So aber stand ich jeden Morgen auf mit der Vorstellung, einen Meter dieser Mauer zu bauen. Das war ein Kinderspiel. In meiner Vorstellung sah ich täglich das Bild der fertigen Mauer, wie sie in einem Jahr aussähe, und ich spürte die Freude und Zufriedenheit, die ich nach Beendigung meiner Aufgabe empfinden würde. Das erhöhte zusätzlich meine Motivation. Ich muss aber zugeben, es waren keine dreihundert Meter, die ich bauen musste, es waren nur etwa vierzig.

Laufen als Energiequelle

Es ist völlig normal, dass es beim Laufen nach den ersten Trainingseinheiten zu Müdigkeitserscheinungen kommt. Der Körper stellt nach und nach seinen Stoffwechsel um, das dauert etwa zwölf Wochen.

Laufen sorgt für neue Spannkraft und Energie. Gerade wenn man kaputt ist, abgespannt, kann Laufen die Müdigkeit vertreiben. Nach dem Laufen duschen, sich eine halbe Stunde zurückfallen lassen, das gibt Frische und Antrieb für große Taten. Durch Bewegung verlieren wir nicht Zeit, wie manche glauben, sondern wir gewinnen auf allen Ebenen. Wir sind hellwach, gut gelaunt und vieles läuft einfacher.

Wir sollten nicht vergessen, dass jeder Anfang schwer ist. Nach der anfänglichen Begeisterung kommt meistens ein Tief, und erst danach geht es so richtig los.

Anfangs zählen die Minuten und nicht die Kilometer. Wir sollten langsam laufen, locker, auf den richtigen Pulsbereich kommt es an. Ein 40-Jähriger sollte sich im Bereich zwischen 110 und 150 Herzschlägen bewegen.

Viermal pro Woche laufen ist ausreichend. Wir machen es uns aber leichter und einfacher, wenn wir täglich laufen. Denn der sich so entwickelnde Laufreflex macht aus einem MUSS ein MÖCHTE. Auch organisatorisch fällt es leichter. Wir müssen nicht immer daran denken, welcher Tag denn heute ist und ob wir mit dem Laufen dran sind, wir sind nämlich jeden Tag dran.

Laufen ist auch die effektivste Möglichkeit, um Fett abzubauen. Beim Laufen sind etwa siebzig Prozent aller Muskeln im Einsatz. Möchten wir durch Fettverbrennen abnehmen, laufen wir am besten morgens nach dem Aufstehen, noch vor dem Frühstück. Am Anfang wird nur wenig Fett verbrannt, nach drei Monaten ist der Körper ideal darauf eingestellt.

Das abendliche Laufen ist gut geeignet zur Vernichtung der angesammelten Stresshormone. Sport nach neunzehn Uhr ist aber nicht empfehlenswert. Der ganze Körper stellt sich dann schon langsam auf die Nachtruhe um, weswegen Laufen den physiologischen Rhythmus stören könnte.

Die Laufdauer sollte dreißig Minuten nicht unterschreiten. Länger zu laufen schadet natürlich nicht. Versuchen wir immer in unseren Körper hineinzuhören, auf seine Impulse und Botschaften zu achten. Nicht immer ist es gut, den inneren Schweinehund überwinden zu wollen. Müdigkeit, schlappes Gefühl oder Schmerzen können ein Signal sein, dass der Körper Ruhe braucht, weil zum Beispiel eine Grippe oder Erkältung im Anmarsch ist. Mit der Zeit lernen wir die Botschaften unseres Körpers zu verstehen. Wir sollten immer auf die Stimme unseres Körpers hören, er ist unser bester Freund.

Unser Gehirn kann nur aus Zucker Energie gewinnen. Der untrainierte Kopfarbeiter ernährt aber auch seine Muskulatur vom Zucker. Wenn der Blutzuckerspiegel sinkt, ist die Folge Müdigkeit. Bei trainierten Menschen ist der Stoffwechsel auf Fettverbrennung umgestellt, es bleibt mehr Zucker für sein Gehirn übrig. So ein Mensch kann sich besser und länger konzentrieren.

Um Energie zu gewinnen, braucht der Körper Sauerstoff. Beim Laufen werden wir mit Sauerstoff geradezu überflutet. Die Auswirkungen sind phänomenal. Energie wird mithilfe von Sauerstoff in den Mitochondrien erzeugt. Das sind kleine Kraftwerke, die in jeder Körperzelle vorhanden sind. Ein halbes Jahr Bewegung kann die Zahl der Mitochondrien vervielfachen. Das bedeutet mehr Vitalität, mehr Kraft, mehr Energie, Selbstbewusstsein und Selbstvertrauen wachsen, wir werden erfolgreicher in allen Lebenssituationen und Lebensbereichen.

Durch regelmäßiges Training verringert sich auch der Ruhepuls, das heißt, das Herz spart sich pro Tag jede Menge Arbeit. Ein trainiertes Herz verfügt über deutlich mehr Reserven, um die Anforderungen des Alltags locker zu bewältigen.

Durch Laufen werden außerdem Stresshormone abgebaut und so Schäden an unseren Blutgefäßen verhindert, deren Folgen Herzinfarkt oder Schlaganfall sein können. Beim Laufen kommt es stattdessen zu einem Anstieg des adrenocorticotropen Hormons im Blut. Dieses Hormon verbessert die kreative Kopfarbeit. Beim Laufen kommen uns oft die Lösungen für unsere Probleme von ganz allein.

Etwa nach zwei bis drei Monaten werden beim regelmäßigen Training körpereigene Hormone produziert, die sogenannten Endorphine. Man nennt sie auch Glückshormone, denn sie lösen in unserem Körper schöne, euphorische Gefühle aus.

Laufen und Körperbewegung sind zudem gut für unser seelisches Gleichgewicht. Die Lebensfreude steigt, ebenso das Selbstwertgefühl, Angst und Depressionen klingen ab.

Nicht zuletzt reguliert Laufen auch den Appetit, indem bei Sauerstoffüberschuss das Sättigungsenzym Cholecystokinin ausgeschüttet wird. Erst nach ein paar Stunden stellt sich ein Hungergefühl ein. Nach einem längeren Lauf ist es kaum wahrnehmbar.

Laufen stabilisiert das Immunsystem, das nicht nur vor Viren und Bakterien schützt, sondern auch vor Krebserkrankungen. Täglich entarten Körperzellen und können zu einem bösartigen Tumor werden. Das Immunsystem erkennt diese Zellen und vernichtet sie. Das gilt aber nur für das Laufen im aeroben Bereich, im richtigen Pulsbereich. Bei höherer Anstrengung befinden wir uns im anaeroben Bereich, hier kommt es vorübergehend zu einem relativen Sauerstoffmangel, wobei das Hormon Cortisol ausgeschwemmt wird. Dieses Cortisol zerstört körpereigene Schutzschilde. Das Immunsystem wird geschwächt, es werden freie Radikale freigesetzt, diese beschädigen die Gefäßwände. Deshalb leben Spitzensportler nicht unbedingt gesund.

Ausdauertraining vermehrt die Blutgefäße, die auch dicker werden. Das Blut kann dadurch besser fließen und die Nährstoffe werden optimal transportiert. Tägliche Bewegung steigert den Grundumsatz, der Stoffwechsel wird angekurbelt, mehr Kalorien werden verbrannt. Eine Faustregel besagt, dass wir pro gelaufenem Kilometer so viele Kalorien verbrennen, wie wir in Kilogramm wiegen.

Es ist nicht schlecht, dem Laufen ein bisschen Krafttraining hinzuzufügen. Das stärkt das Selbstbewusstsein. Unsere ganze Lebenseinstellung kann sich durch regelmäßigen Sport ändern. Die Figur und die Körperhaltung verbessern sich, wir gewinnen an Vitalität und Selbstsicherheit. Durch Studien wurde belegt, dass Menschen durch regelmäßigen Sport

- aktiver sind
- sich attraktiver fühlen
- besseren Sex haben
- selbstbewusster auftreten
- energiegeladener sind.

Regelmäßiges Training verhilft zu einem besseren Körpergefühl, zu mehr Ausgeglichenheit und macht außerdem auch jede Menge Spaß.

Das richtige Atmen

Das richtige Atmen beeinflusst unsere Energiebilanz ganz erheblich. Die Atmung ist wichtig, um Sauerstoff in das Blut zu pumpen, denn ohne Sauerstoff können wir keine Energie mobilisieren. Die Atmung selbst verbraucht aber auch Energie. Die beteiligten Muskeln sorgen für die Zufuhr von Luft in unsere Lunge. Einerseits atmen wir unbewusst und automatisch, andererseits können wir unsere Atmung bewusst steuern. Bewusstes Atmen bedeutet, den Fluss dieser Energie zuzulassen und gleichzeitig eventuelle Störungen zu beseitigen. Wir können den Atem gut lenken, wenn wir uns vom Atem selbst leiten lassen. Wenn wir bewusst atmen, erhalten wir am Ende mehr Energie, als wir selbst dafür aufwenden. Richtig atmen kann unsere Stimmung und den Energiefluss schnell verbessern.

Einige Menschen leiden unter hastigem Flachatmen, das heißt, sie atmen nur mit der Brust. Das ist eine ineffiziente Atemtechnik, bei der im Verhältnis zum Energieaufwand verhältnismäßig wenig Sauerstoff in die Lunge transportiert wird. Diese Menschen leiden unter einem relativen Sauerstoffmangel, sie sind anfälliger gegenüber Krankheiten, regenerieren langsam und ihre Stimmung und Denkfähigkeit leiden. Bei einer oberflächlichen Brustatmung müssen wir viel mehr Atemzüge machen, um dieselbe Menge Sauerstoff zu bekommen, als mit einer tiefen Bauchatmung. Doch nicht nur die tiefe Bauchatmung ist wichtig, auch der richtige Atemrhythmus. Den müssen wir bei jeder Bewegung und bei jeder Tätigkeit finden. Wer ihn nicht findet, wird kurzatmig.

Bei der Atmung sehen wir wieder den engen Zusammenhang von Körper, Seele und Geist. Jede geistige Regung, Emotionen, Stress, Angst und Aufregung beeinflussen unseren Atem. Diese Beeinflussung funktioniert auch umgekehrt. Wir können mit einer bestimmten Atemtechnik unseren Körper und Geist beeinflussen. Durch bewusstes Atmen - tief, langsam und ruhig - können wir unseren Blutdruck senken, die Pulsfrequenz normalisieren und einen angenehm harmonischen Zustand herbeiführen.

Ein gutes Beispiel für falsches Atmen ist das Hyperventilationssyndrom. Bei der sogenannten Hyperventilationstetanie treten starker Schwindel, Herzrasen, Benommenheit und Krampfanfälle auf. Die betroffenen Menschen werden oft mit dem Notarzt ins Krankenhaus gebracht. Manchmal kollabieren diese Menschen. Durch Angst, Stress oder Panik atmen sie falsch, nämlich oberflächlich und sehr schnell. Es wird von ihnen zu viel Kohlenstoffdioxid ausgeatmet, dadurch verschiebt sich der pH-Wert im Blut, das alkalisch wird, und als Folge kommen die bekannten Beschwerden. So ein Mensch kann unter Umständen bewusstlos werden. Bei Bewusstseinsverlust sind die störenden seelischen Einflüsse ausgeschaltet, und der Betroffene erholt sich, kommt wieder zu Bewusstsein. Schaffen wir es, den hyperventilierenden Menschen so zu führen, dass er langsam, tief und ruhig atmet, ist er in kurzer Zeit wieder beschwerdefrei.

Falsches Atmen kann uns also große Schwierig-keiten bereiten. Andererseits ist das richtige Atmen eine enorme Kraftquelle für den ganzen Körper und für unsere Seele. Wer sich angewöhnt, in schwierigen Situationen einen Augenblick innezuhalten, sich zu sammeln, um tief und ruhig durchzuatmen, hat einen großen Vorteil. Er wird leichter mit Stress und Hektik fertig.

Der gesunde Schlaf

Eine weitere Energiequelle ist der gesunde Schlaf. Er ist die natürliche Basis für körperliche und geistige Leistungsfähigkeit. Im Schlaf werden unsere Energiespeicher aufgeladen. Umgekehrt haben Schlafstörungen einen negativen Einfluss auf unsere Gesundheit, unsere Stimmung und Verhalten. Die richtige Schlafdauer ist individuell, es gibt keine Norm. Albert Einstein schlief oft zwölf Stunden, dagegen genügte Leonardo da Vinci alle vier Stunden ein Nickerchen. Die Schlafdauer hängt auch vom Lebensalter ab. Für Erwachsene ist alles zwischen sechs und neun Stunden normal. Eine durchwachte Nacht steckt unser Organismus schon mal weg. Hält eine Schlafstörung über Tage oder Wochen an, wird es problematisch.

Schlaf ist ein Spiegel unseres Wohlbefindens. Haben wir Probleme, schlafen wir oft schlecht. Bei einer längeren Wachphase in der Nacht sollten wir aufstehen und irgendetwas machen, in einen anderen Raum gehen, aber nicht den »toten Punkt« verpassen. Wir können den Schlaf nicht erzwingen, wir müssen ihn geschehen lassen. Oft sind die Sorgen über die Schlaflosigkeit viel schlimmer als die Schlaflosigkeit selbst. Ist der Körper müde, schläft er in der Regel irgendwann ein. Wir können auch nur so daliegen und die Augen schließen, wir müssen nicht unbedingt schlafen. Auch so kann der Körper regenerieren. Oft schlafen wir dann ein, ohne dass uns das bewusst wird. Viele Menschen behaupten, sie machten in der Nacht kein Auge zu, sie könnten nicht schlafen. Überprüft man dies in einem Schlaflabor, stellen wir oft fest, dass diese Leute viel mehr schlafen, als ihnen bewusst ist.

Es ist bekannt, dass es etwa sieben Stunden nach dem Aufstehen zu einem deutlichen Leistungstief kommt. Menschen, die es schaffen, dann ein Mittagsschläfchen zu machen, wachen in der Regel ausgeruht und leistungsfähig auf. Dieser Schlaf sollte allerdings nicht länger als eine Stunde dauern. Wer es schafft, während der Arbeit eine kurze Pause einzulegen, um fünfzehn bis zwanzig Minuten ein Nickerchen zu machen, regeneriert noch besser. Wer in der Nacht unter Schlafstörungen leidet, sollte allerdings auf den Mittagsschlaf verzichten.

Um das Einschlafen zu verbessern, hat es sich bewährt, sich abends an bestimmte Rituale zu halten. Diese Abläufe sollten möglichst immer gleich sein. Wir bringen dadurch den Körper langsam in den Zustand der Schlafbereitschaft. Arbeiten, die uns geistig oder körperlich stark in Anspruch nehmen, sollten mindestens zwei Stunden vor dem Schlafengehen unterlassen werden, denn wir wollen den Körper und den Geist langsam runterfahren. Hilfreich sind ein Abendspaziergang, Wohnung-Aufräumen, entspanntes Musikhören, ein paar Atemübungen am geöffneten Fenster, ein paar Seiten entspannender Lektüre, Tagebuch-Schreiben oder einen Plan für den nächsten Tag zu machen. Eine warme Dusche hat sich auch bewährt. Wir sollten möglichst immer zur gleichen Zeit zu Bett gehen und aufstehen und das »Schlaffenster« nicht verpassen, denn das nächste öffnet sich erst nach etwa neunzig Minuten.

Wichtig ist ein gemütliches Schlafzimmer. Dieser Raum sollte nicht einer Abstellkammer ähneln, denn äußere Unordnung unterstützt die Unordnung in unseren Gedanken. Das Schlafzimmer sollte auch kein Arbeitsplatz sein. Der Gedanke an das Schlafzimmer sollte pure Vorfreude auslösen. Gut ist auch, einen »freundlichen« Wecker zu haben, der nicht morgens den Puls gleich von fünfzig auf zweihundert treibt. Das Bett sollte über eine passende Matratze verfügen, die nach etwa zehn Jahren gewechselt wird. Diesbezüglich kann man sich in einem Fachgeschäft beraten lassen. Unterstützend können Naturheilmittel mit Baldrian, Hopfen, Johanniskraut, Kamille oder Melisse sein. Ungünstigen Einfluss auf den Schlaf haben größere Mengen von Alkohol. Ein Glas Wein oder ein Bier ist in Ordnung. Vier oder fünf Stunden vor dem Zubettgehen sollten auch Getränke mit Koffein vermieden werden. Kaffee, grüner und schwarzer Tee oder Cola können negativen Einfluss auf unseren Schlaf haben.

Auch Sport macht angenehm müde. Körperliche Anstrengung stärkt das Schlafbedürfnis. Wir schlafen dann schneller ein, schlafen besser und erholsamer. Wir sollten allerdings keinen Sport kurz vor dem Schlafengehen machen, denn es dauert eine gewisse Zeit, bis der Körper runterfährt. Dreimal pro Woche eine halbe Stunde leicht zu joggen, Fahrrad zu fahren oder schnell zu gehen bringt einen positiven Effekt. Nicht sofort, aber nach einigen Wochen. Doch so richtig ist der Erfolg erst nach drei bis vier Monaten spürbar. Auch Sex wirkt sich günstig auf den Schlaf aus.

Blickwinkel, Lebenseinstellung, Emotionen und die Gedanken

Eine wichtige Energiequelle ist eine optimistische Lebenseinstellung. Jedes Ereignis und auch jede Sache lässt eine Vielfalt vom Betrachtungsmöglichkeiten zu. Man kann jedes Mal Vorteile finden und genauso eine jede Menge von Nachteilen. Jedes Ereignis kann erfreuliche Gesichtspunkte beinhalten, aber auch ärgerliche. Auf welche Details wir uns konzentrieren und welchen Blickwinkel wir wählen, das bestimmt unsere Lebenseinstellung.

Wir alle kennen Menschen, die behaupten, sie hätten im Leben immer nur Pech. Es gehe bei ihnen alles schief. Bei genauer Betrachtung stellt man dann fest, dass sie jede Menge erfolgreicher Erlebnisse hatten. Doch diese Menschen beachten die positiven Seiten in ihrem Leben kaum, sie richten ihren Fokus auf alles Negative, auf die Misserfolge. Die Art, wie Menschen Dinge sehen und beurteilen, unterscheidet sie in optimistische, mit einer positiven Lebenseinstellung, und pessimistische, mit einer negativen Lebenseinstellung versehene, Menschen. Bekannt ist das Beispiel mit dem halb gefüllten Glas Wasser. Der eine sieht, was fehlt, für ihn ist das Glas halb leer. Der andere sieht, was in dem Glas noch drin ist, für diesen Menschen ist das Glas halb voll. Der eine jammert über das Verlorene, der andere freut sich über das, was über ist und was er alles damit noch anfangen kann. Die Realität ist in beiden Fällen absolut dieselbe, in den Köpfen der

Betrachter fühlt es sich aber jedes Mal anders an. Es ist also nicht unbedingt nur die Realität, die unser Leben und Lebensglück bestimmt. Es ist vielmehr die Art, wie wir über Dinge und Ereignisse denken.

Wenn wir uns eine ärgerliche Situation vorstellen mit allen damit einhergehenden negativen Emotionen, wird der Energiefluss in unserem Körper gestört sein. Wir können uns aber die gleiche Situation unter einem ganz anderen Blickwinkel vorstellen, zum Beispiel dem eines wissenschaftlichen Beobachters, der die Situation als hochinteressantes Ereignis oder Experiment analysiert. In diesem Fall bleibt die Energie auf einem hohen Level.

Die Lebenseinstellung ist Gewohnheitssache. Es handelt sich um ein eingeübtes Denkmuster. Es kostet immer sehr viel Arbeit, wenn jemand Gewohnheiten ändern möchte, aber es lohnt sich, denn eine negative Lebenseinstellung kostet jede Menge Energie und ist unproduktiv. Sie zieht uns runter. Eine positive Lebenseinstellung dagegen gibt uns Auftrieb, Selbstvertrauen, macht uns Mut und hilft uns, Energie zu mobilisieren. Wir werden erfolgreicher und fühlen uns glücklicher.

Gedanken haben die Tendenz, sich zu verwirklichen, sie haben immer einen Drang, sich zu realisieren. Es ist deshalb sehr wichtig, in welche Richtung wir unsere Gedanken lenken. Denken wir an eine Niederlage, werden wir diese wahrscheinlich auch erleben. Wir werden blockiert sein und nicht die Chancen sehen, die sich uns bieten. Glauben wir hingegen an unsere Kräfte und an unsere Fähigkeiten, dann wird uns dies mit großer Wahrscheinlichkeit zum Erfolg führen.

Wir alle kennen Menschen, die Energie vergeuden mit »Was wäre, wenn ...«-Gedanken. Diese Menschen machen sich Sorgen über die unmöglichsten Dinge. Sie malen sich düstere Szenarien aus. Das alles ist vergeudete Energie. Wir wissen ja: Erstens kommt alles anders und zweitens, als man denkt.

Für unseren Energiehaushalt ist es wichtig, in der Gegenwart zu leben. Viele Menschen grübeln über Vergangenes, andere machen sich Sorgen über die Zukunft. Aus der Vergangenheit können wir nur lernen, ändern können wir sie nicht mehr. Und Grübeln kostet nur Kraft. Die Zukunft zu planen ist wichtig und richtig. Schlecht ist, wenn wir uns Sorgen machen oder sogar die schlimmsten Sachen ausmalen. Das ist reine Energieverschwendung. Leben können wir die Zukunft sowieso erst, wenn sie Gegenwart geworden ist. Wir wollen Fantasie und Energie ins HIER und JETZT investieren. Überlegen wir uns doch bei jeder Situation gründlich und womöglich objektiv, ob wir sie ändern können. Falls ja und wenn es für uns wünschenswert erscheint, dann sollten wir es tun. Wenn nicht, dann akzeptieren wir die Situation so, wie sie ist. Das Leben besteht nur aus Gegenwart. Die Vergangenheit ist ein Traum und die Zukunft eine Fantasie. Menschen, die nur in der Vergangenheit oder nur in der Zukunft leben, leben nicht wirklich. Das eigentliche Leben entgeht ihnen. Wir sollten deshalb jeden Moment bewusst erleben und auskosten. Er kommt nie wieder und ist das eigentliche Leben.

In einem Buch las ich von einem Pfarrer, der immer, wenn er seine Predigt schrieb, an seine Frau dachte, wie schön es wäre, jetzt mit ihr zusammen zu sein. Und immer, wenn er mit seiner Frau zusammen war, dachte er, dass er eigentlich an seiner Predigt schreiben sollte. Letztendlich konnte ihn nichts davon so richtig befriedigen. Er hat es nie geschafft, im HIER und JETZT zu leben.

Einige Menschen haben die Angewohnheit, viele Sachen gleichzeitig zu tun. Oft behaupten sie mit Stolz, sie seien Multitasker. Man weiß aber, dass der Mensch immer nur einen Gedanken denken kann, nicht zwei oder drei gleichzeitig. Wenn wir mehrere Sachen auf einmal machen, müssen wir ständig die Gedanken wechseln, das kostet Kraft. Die Konzentration lässt nach, in unseren Gedanken entsteht Unruhe, wir können keine von den Sachen so richtig und mit Hingabe erledigen. Wir wollen uns deshalb immer nur einer Sache widmen.

Wenn wir kleine Kinder beim Spielen beobachten, können wir feststellen, dass sie sich voll auf eine bestimmte Sache konzentrieren, manchmal sogar so stark, dass sie kaum ansprechbar sind. Wenn sie spielen, sind sie ganz im HIER und JETZT. Wenn wir vieles zugleich erledigen möchten, wird meist alles nichts. Es kommt Hektik ins Spiel, wir werden schnell müde und unzufrieden, oft folgen dann körperliche und seelische Beschwerden. Innere Ruhe lässt sich nicht beschließen, sie lässt sich nur antrainieren.

Wenn wir das, was wir gerade tun, genießen können, finden wir unsere innere Ausgeglichenheit und unser Gleichgewicht. Wir verschwenden dann auch keine unnötige Energie. Eine Tätigkeit mit Hingabe zu erledigen und in dieser Aufgabe voll aufzugehen bringt ein gewisses Glücksgefühl und Zufriedenheit. Wir wollen uns auf wichtige Dinge konzentrieren und Überflüssiges aussortieren. Menschen, die häufig kleine Glücksmomente erleben, sind wesentlich glücklicher als Leute, die immer nur auf große Glückstreffer warten, die eher selten sind.

Wir wollen Vertrauen in uns selbst aufbauen und in jeder Situation gelassen sein. Wir wollen für eine Sache alles tun, was in unseren Kräften steht, und dann das gute Gefühl haben, dass genau das passieren wird, was passieren muss. Es wird dann auch das Richtige sein. Manchmal erkennen wir das aber erst nach einer gewissen Zeit. Wir stellen oft fest, dass eine zunächst vermeintlich ungünstige Situation mit Abstand gesehen letztendlich gewisse Vorteile für uns hat.

Bei einer gesunden Lebenseinstellung verfügen wir über reichlich Energie. Es gibt dafür bestimmte Kennzeichen: ein hohes Maß an Selbstachtung; wir vertrauen auf unsere Entscheidungsfähigkeit; wir sind in der Lage, uns für das, was wir tun, zu begeistern; wir sind überzeugt, dass wir unser Leben aktiv beeinflussen können; wir gehen behutsam mit unserer Gesundheit um, mit unserer Seele und unserem Körper. Bildung und lebenslanges Lernen sind uns wichtig. Wir sind optimistisch und aufgeschlossen. Wir sind beziehungsfähig. Wir sind gerne in Gesellschaft und können genauso gut mit uns allein sein. Nur wir und kein anderer entscheiden, wofür wir unsere Zeit und Energie einsetzen wollen, wir sind die alleinigen Lenker unserer Gedanken.

Gedanken sind eine starke Kraft. Mit unseren Gedanken schaffen wir unsere Wirklichkeit. Die Macht der Gedanken kann Spaß, Optimismus oder Begeisterung in uns wecken, aber ebenso kann sie Furcht, Lustlosigkeit, Ärger, Antriebsschwäche und Minderwertigkeitsgefühle auslösen. Wir können die Energie lenken. Sie fließt da hin, wohin wir denken. Das Unterbewusstsein führt gehorsam alle Befehle aus, die wir in Form von Gedanken, Äußerungen und Bildern in sein Programm speisen. Es ist neutral. Es fragt nicht nach Gut oder Böse, nach Richtig oder Falsch. Es nimmt jeden Befehl entgegen, den wir in es eingeben. Das Unterbewusstsein ist ein Teil unserer Psyche, der alle seelischen und geistigen Vorgänge steuert. Es ist die stärkste gestaltende Kraft, über die wir verfügen. Sie kann dabei helfen, dass wir unsere Ziele leicht und mühelos erreichen. Diese Kraft wird von vielen leider nicht oder falsch genutzt. Das Unterbewusstsein wird auf diese Weise sehr oft mit vielen negativen Impulsen aufgeladen.

Unser Unterbewusstsein kann nicht zwischen einer realen Erfahrung und einer intensiven Vorstellung unterscheiden, es speichert beide gleich ab. Stoppen wir also den lähmenden Einfluss negativer Gedanken, denn das negative Denken ist verantwortlich für den Verschleiß unserer seelischen Energien.

Unsere innere Einstellung, die Art, wie wir denken, lässt aus Gedanken in unserem Gehirn Gefühle entstehen. Gefühle wie Ärger, Angst, Verzweiflung, Wut, Zorn und Neid können uns krank machen, sie mindern unsere Leistungsfähigkeit und Lebensfreude. Negative

Gedanken und negative Gefühle sind negative Energie. Diese ist zerstörerisch und kann eine mächtige Eigendynamik entwickeln in Richtung Erfolglosigkeit. Positive Energie aus positiven Gedanken hat eine ebenso starke Wirkung, aber in eine andere Richtung, in Richtung des Erfolges und der Zufriedenheit.

Wir wollen also unser Unterbewusstsein regelmäßig mit klaren, positiven und erfreulichen Bildern speisen, die aufbauend wirken. Wir wollen Gründe finden, gut über uns zu denken. Wir wollen uns an angenehme Ereignisse erinnern, wir holen uns unsere kleinen Erfolge und großen Siege ins Gedächtnis zurück.

Halten wir uns doch öfter vor Augen, wofür wir dankbar sein können. Erfreuen wir uns doch bewusst an scheinbaren Kleinigkeiten. Denken wir immer daran, dass Gedanken zu Gefühlen werden, und gehen wir deshalb verantwortungsvoll mit der Wahl unserer Gedanken um. Meiden sollten wir auch negative Äußerungen, denn unser Unterbewusstsein speichert alles, auch scheinbar nebensächliche Bemerkungen. Lassen wir keine negative, kraftmindernde Orientierung zu.

Gedanken und Gefühle beeinflussen auch unsere Hormonspiegel und das Immunsystem, also unsere Abwehrkräfte. Negativ denkende Menschen sollten sich nicht wundern, wenn sie öfter krank werden und ein Magengeschwür bekommen. Nicht die Ereignisse und Tatsachen selbst machen uns unglücklich, sondern die Art, wie wir über sie denken.

Professionelle Pessimisten und Bedenkenträger beklagen sich ständig und über alles. Wenn sie die Wahl zwischen zwei Übeln haben, entscheiden sie sich für beide. Diese Lebenseinstellung kann auf Dauer krank machen. Optimisten hingegen betrachten die Welt nicht als feindliches Territorium, sondern als einen wunderbaren Spielplatz, auf dem sie zeigen können, was sie alles draufhaben. Durch positives Denken kann man sich einen Reservetank mit zusätzlicher Energie schaffen. Für Optimisten ist ein Misserfolg kein Beinbruch, sondern eine Krücke, die ihnen helfen wird, beim nächsten Mal zum Erfolg zu kommen. Der Optimist denkt oft ebenso einseitig wie der Pessimist. Nur lebt er froher.

Die Formeln der Pessimisten lauten:

»Das kann nicht gut gehen, das geht sicher schief.«

»Ja, aber …«

»Das kann ich doch nicht.«

»Ich habe einfach kein Glück -«

Die Formeln der Optimisten sind:

»Das ist eine gute Gelegenheit, da kann ich zeigen …«

»Ich werde es mit Freude versuchen.«

»Jeder ist seines Glückes Schmied.«

»Aus Niederlagen kann ich am besten lernen, um es das nächste Mal besser zu machen.«

Produktives Denken bedeutet, nach vorne zu schauen, nach Lösungen zu suchen, um Ziele zu erreichen. Vor allem müssen wir ins Handeln kommen. Versuchen wir, aus jeder Situation das Beste zu machen. Wir lassen uns nicht einschüchtern.

Denken wir immer daran, dass wir es nicht allen recht machen können. Versuchen wir es also erst gar nicht. Wir wollen uns, wenn möglich, mit optimistischen

Menschen umgeben. Wir sind offensiv, freundlich, furchtlos, interessiert. Wir haben ein positives Auftreten, machen einen positiven Eindruck.

Analysieren wir unsere Situation und fragen wir uns: Was kann schlimmstenfalls passieren? Und wie wahrscheinlich ist das? Wir blockieren Energien, wenn wir den herrschenden IST-ZUSTAND nicht akzeptieren, wenn wir Angst vor Misserfolgen haben, wenn wir uns mit unnötigen Vergleichen belasten, wenn wir negative Gedanken zulassen, wenn wir vor lauter Kampf verkrampfen.

Unsere Taten folgen unbewusst unseren inneren Bildern. Wer zweifelt, sich in Gedanken einen Misserfolg ausmalt, der wird Schwierigkeiten haben, zum Erfolg zu kommen. Denn negative Gedanken kosten Kraft. Wer dagegen seinen Erfolg, sein Ziel vor seinem geistigen Auge sieht, entwickelt mehr Energie und ist tatsächlich erfolgreicher.

Der optimale Energiezustand ist der Zustand, wenn wir fast in Trance sind, voller Hingabe, ganz in die Sache versunken, höchst konzentriert. In so einem Zustand können wir spielerisch, scheinbar ohne Anstrengung Außergewöhnliches schaffen. Körper und Geist sind in perfektem Einklang. Damit wir diese Leistungseuphorie erreichen, müssen einige Merkmale zusammentreffen, Bewusstsein und Handeln verschmelzen. Was wir gerade tun, tun wir automatisch und mit völliger Hingabe. Wir haben eine klare Vorstellung, ein klares Ziel. Wir sehen das Ziel vor unseren Augen und können es mit allen Sinnen nachvollziehen. Wir sind absolut konzentriert, sind innerlich nur bei dieser einen Sache.

Wir haben keine Zweifel und keine Angst. Wir verlieren jegliches Zeitgefühl.

Wie kann man so einen Zustand erreichen? Die Erfahrung hat gezeigt, wir sollten nicht unbedingt besser als andere sein wollen. Es kommt vielmehr darauf an, das Beste geben zu wollen.

Gelassenheit und loslassen können

Wir haben nur begrenzte Energie zur Verfügung. Wenn wir uns unnötig verzetteln, zu viel Energie verbrauchen und zu wenig hinzugewinnen, werden wir bald ausgebrannt sein. Es ist deshalb gut, wenn wir zu einer gelassenen Lebenseinstellung finden. Gelassenheit garantiert, dass wir unsere Kräfte und Energie richtig dosieren.

Vieles nimmt uns Energie. Zufälle, Unfälle, Unglück, Krankheit, Trennungen, die Eigenschaften und Eigenarten anderer, die wir nicht ändern können, das alles kostet uns Kraft. Wie gut, wenn wir dann nicht immer gleich auf Kampf aus sind, sondern den Umständen gelassen gegenübertreten. Schaffen wir Distanz und stellen uns folgende Fragen: Was ist mir im Moment wirklich wichtig? Wie wichtig wird dies in einem Jahr noch für mich sein? Lernen wir, uns gegenüber gleichgültigen Dingen gleichgültig zu verhalten. Wer nicht loslassen kann, wird in vielen Lebenssituationen die Nachsicht haben.

Affen sind schlaue Tiere. Sie lassen sich nur schwer fangen. Die Eingeborenen in Malaysia haben eine simple Methode dafür erfunden: eine ausgehöhlte Kokosnuss mit einer Öffnung, durch die der Affe gerade so hineinfassen kann. Ballt er dann die Hand zur Faust, um den Inhalt zu ergreifen, kann er diese nicht mehr herausziehen. Er ist gefangen, seiner Freiheit beraubt, weil er nicht loslassen kann. Kennt nicht jeder von uns Situationen, die uns Kräfte rauben, uns um einen Großteil unserer Freiheit bringen, nur weil wir nicht loslassen können?

Von dem, was uns unwichtig ist, trennen wir uns leicht. Anders ist es mit Dingen oder Menschen, an denen wir hängen - Partnern, Gewohnheiten, Besitz, Überzeugungen. Mancher Besitz bringt uns viel mehr Ärger als Freude, aber wir können uns von ihm nicht trennen.

Leben heißt fließen. Was wir festhalten, kann sich nicht mehr bewegen, kann nicht fließen. Wer glücklich und erfolgreich leben möchte, muss das Loslassen unbedingt lernen. Gelassenheit ist eine Lebenseinstellung, eine Lebenshaltung. Vieles im Leben lässt sich nicht erzwingen. Es ist so wie bei einem Mann und seiner Potenz. Je mehr er sich bemüht und abkämpft, umso weniger geht was. Loslassen hat mit Leben zu tun. Festhalten blockiert Energien, es ist lebensfeindlich.

Das Zusammenspiel von Körper, Geist und Seele

Viele Menschen sind der Meinung, dass sie mit dem Geist den Körper kontrollieren können. Das stimmt nur teilweise. Denn es ist schwierig, dem Geist zu befehlen, er möge sich entspannen, loslassen.

Wir wissen bereits, dass Seele, Geist, Gefühle, Verstand und Körper eine Einheit sind, wobei die einzelnen Bestandteile des Systems gegenseitig aufeinander einwirken. So ist es möglich, mit bestimmten Muskelübungen den seelischen Zustand eines Menschen zu beeinflussen. Ein Beispiel ist die Progressive Muskelrelaxation nach Jacobson.

Sind wir traurig, können wir schlecht ganz einfach beschließen, wieder fröhlich zu sein. Wir können aber mit einem Lächeln durch den Tag gehen, so ein bisschen schauspielern und werden uns vielleicht wundern, wie unser Geist langsam diesem Schauspiel folgt. Es funktioniert natürlich auch umgekehrt. Menschen, die ständig mit einer bösen Miene durchs Leben gehen, obwohl sie eigentlich so viele Gründe hätten, zufrieden zu sein, können sich unter Umständen todunglücklich fühlen. Der Geist folgt den Signalen des Körpers. Ein jeder kennt Menschen, die ständig am Nörgeln sind, alles anzweifeln oder kritisieren. Ein solches Verhalten beeinflusst das Seelenleben dieser Menschen negativ, es schwächt ihre Lebenskraft und auch ihre körperliche Gesundheit.

Unser Körper ist mit einer sehr tiefen Weisheit ausgestattet. Er weiß genau, was das Beste für uns ist.

Wir müssen nur in ihn hineinhören und die Impulse wahrnehmen, die er uns zukommen lässt. Diese Körperkompetenz bringt uns unseren ursprünglichen Bedürfnissen näher. Doch das Innehalten und In-sich-Hineinhören sind schwer, wenn wir ständig in Stress und Hektik leben. Wir spüren ja teilweise nicht einmal, dass wir kurz vor dem Zusammenbruch stehen. Körperkompetenz hilft uns, das richtige Maß zu finden, die Balance zwischen optimaler Leistung und Entspannung, die uns Wohlbefinden erleben lässt. Mit seinem Körper bewusst arbeiten, ihn aktiv erleben bedeutet, ein neues Verhältnis zu sich zu finden und so auch neue Wege zu Ausgeglichenheit, Wohlbefinden, Vitalität und Schaffenskraft.

In einer Situation, die für unsere Muskeln unangenehm ist oder die sie als bedrohlich oder gefährlich einstufen, verspannen sie sich, der Atem wird flach. Dauert ein solcher Zustand länger, wird die Spannung chronisch und unbewusst. Ein verspannter Muskel ist auch immer ein arbeitender Muskel. Nicht nur, dass er schmerzt, er verbraucht auch unnötige Energie. Und wir wissen ja, dass die Signale aus den Muskeln auch unseren Geist beeinflussen. Im Gehirn entstehen dann Gefühle wie Gefahr, Bedrohung, Unsicherheit und Unruhe, wodurch sich die Anspannung der Muskulatur verstärkt und auch der Atem beeinflusst wird. Es kommt zu einem Teufelskreis, und wenn dieser nicht unterbrochen wird, folgt irgendwann der Zusammenbruch. Auf Spannung, Gefahr und Stress reagiert der Körper mit einer Verengung der Gefäße, um den Blutdruck zu steigern. Dies stammt aus der Evolution, in deren Verlauf der Organismus gelernt hat, sich in solchen Situationen auf Kampf oder Flucht vorzubereiten. Kommt es dann nicht zu regelmäßiger Entspannung, werden Schäden als Folge dieses chronischen Zustandes entstehen. Durch ständig hohen Blutdruck wird das Herz überlastet, dadurch hypertrophiert der Herzmuskel und der Muskel vergrößert sich so wie jeder Muskel in unserem Körper, der ständig belastet wird. Es vermehren sich aber nicht die hauptversorgenden Herzkranzgefäße in diesem Herzmuskel, es kommt zu einer relativen Unterversorgung des Herzmuskels mit Sauerstoff. Durch die ständige Engstellung der Versorgungsgefäße im Herz, zusätzlich durch Stress und Einfluss von Blutfetten und Kalk, kann es zu kritischen Gefäßverengungen und Herzinfarkt kommen. Wir wissen, dass unser Körper kurzzeitige Belastungen gut wegstecken kann, bei chronischen Belastungen kommt es aber mit der Zeit zu Schäden. Bewusst herbeigeführte Reize aus unserem Körper beeinflussen unseren Gemütszustand, unsere Gefühle und damit unser Wohlbefinden. Wir selbst haben es in der Hand, ob wir diese zu unserem Vorteil nutzen oder ob wir zulassen, dass uns Schaden zugefügt wird.

Das Problem der Menschen in unserer leistungsorientierten Gesellschaft ist, dass sie im Dauerstress leben. Sie können sich nicht mehr spontan entspannen und sich dadurch neue Energie holen. Die Folgen kennen wir alle. Würden wir, wenn wir eilig durch eine Wüste wandern würden, alle Angebote, etwas zu trinken, ausschlagen, nur weil wir dadurch Zeit sparen? Wohl kaum, oder? Das wäre doch richtig dumm. Aber viele Menschen halten an der paradoxen Überzeugung, dass Pausenmachen Zeit kostet, fest. Diese Menschen leiden unter Muskelverspannungen und Nackenschmerzen, Rückenschmerzen, Schlafstörungen und nicht selten unter Burnout.

Machen wir also öfter eine Pause, so kommen wir besser und einfacher ans Ziel.

Burnout – Ausgebrannt sein

Das Phänomen des Burnouts wurde erstmals im Jahre 1974 von dem amerikanischen Psychotherapeuten Herbert J. Freudenberger beschrieben und damals als Problem von in Sozialberufen tätigen Menschen angesehen. Mittlerweile sehen sich immer mehr Menschen davon betroffen. Laut diversen Umfragen erfüllen heute bis zu einem Drittel der arbeitenden Bevölkerung Kriterien von Burnout. Diese Zahlen unterstreichen auf der einen Seite, dass sich zunehmend häufiger Konstellationen ergeben, in denen Menschen sich chronisch überfordert fühlen, in frustrane Situationen geraten und zwischen beruflichen und privaten Belastungen aufgerieben werden. Das Thema Burnout ist also heute von enormer Bedeutung. Dabei ist Burnout jedoch keine – wie fälschlicherweise oft angenommen wird – anerkannte wissenschaftliche Diagnose des international geltenden Klassifikationssystems psychischer Erkrankungen. Zwar geht er oft mit einer psychischen Krankheit einher, allerdings kann er nicht mit einer solchen gleichgesetzt werden.

Ein häufiger Fehler besteht darin, Burnout mit dem einer Depression zu ersetzen. Depressionen drücken sich in erster Linie in einer gedrückten Stimmung, Antriebslosigkeit sowie Interessen- und Freudeverlust aus. Diese Beschwerden haben vielfältige Ursachen. Probleme am Arbeitsplatz können dabei eine Rolle spielen, auch genetische Faktoren, Verlusterlebnisse, traumatische Faktoren, Stress oder Konflikte. Die beim

Burnout gefühlte Überlastung – das Gefühl des Ausgebranntseins – kann sich auch erst sekundär, als Folge einer Depression, einstellen. Es wäre also individuell zu klären, was als Auslöser und was als Folge des Überforderungserlebens zu betrachten ist.

Burnout zeigt offenbar das Befinden vieler Menschen, die sich im Kontext nicht zu bewältigender, vornehmlich beruflicher Belastungen psychisch beziehungsweise psychosomatisch unter Druck erleben. So scheint die große Zahl der sich als ausgebrannt erlebenden Menschen in hohem Maße aktuelle berufliche und gesellschaftliche Zustände widerzuspiegeln. Belastungen und Stressoren am Arbeitsplatz stellen sich oft so dar, dass sie von vielen Menschen auf Dauer nicht oder nur schlecht zu bewältigen sind. Leistungsdruck, Angst vor Arbeitsplatzverlust, Kränkungen, die Gleichsetzung von beruflichem Erfolg mit Selbstwertgefühl, die Notwendigkeit, in hohem Maße flexibel sein zu müssen bei gleichzeitigem Verlust sozialer Bindungen und Sicherheiten – die Liste belastender Aspekte ließe sich unschwer verlängern. Wir sehen oft einen anhaltenden Widerspruch zwischen individuellen Ansprüchen und den Möglichkeiten, mit Konflikten konstruktiv umzugehen.

Die Vermutung, wonach es insbesondere hochengagierte Menschen treffe, lässt sich nicht bestätigen. Vielmehr wurde in Untersuchungen deutlich, dass Menschen sich hinsichtlich ihrer Muster und Strategien, mit Belastungen und anhaltendem Stress im Beruf und im Privatleben umzugehen, deutlich unterscheiden – wobei es offenbar günstige und weniger günstige Strategien gibt. Soweit man sich nicht konkret darum bemüht, sein Repertoire an Stressbewältigungsstrategien zu erweitern, kann keine positive Entwicklung erwartet werden. Ob man »ausbrennt« oder nicht, hat einen großen Einfluss darauf, wie man mit Belastungen und sich selber umgeht. Es gibt einige Risikofaktoren:

- eine perfektionistische Einstellung: »Ich muss alles hundertprozentig machen, mir darf kein Fehler passieren, ich bin für alles verantwortlich und muss allem gerecht werden ...«
- der Gedanke: »Ich schaffe es ja doch nicht, ich habe gar keine Chance.«
- ein übertrieben ausgeprägtes Harmoniebedürfnis. »Alle müssen zufrieden sein, ich darf niemanden kränken.«
- das Gefühl, ein »kleines Rad« im Unternehmen zu sein, eine Marionette, das Gefühl, fremdbestimmt zu sein.

Daran anschließend kann es zu Signalen kommen, die einen Burnout ankündigen: Erschöpfung, Energiemangel, Schlafstörungen, Entscheidungsunfähigkeit, Neigung zum Weinen, Ruhelosigkeit, Verzweiflung, Partnerschaftskonflikte und Familienprobleme, das Gefühl von mangelnder Anerkennung sowie zahlreiche körperliche Beschwerden wie Enge in der Brust, Rückenschmerzen, vermehrtes Rauchen oder übermäßiger Alkoholgenuss. Wer diese Signale seines Körpers nicht rechtzeitig wahrnimmt und mit entsprechenden Maßnahmen gegensteuert, der muss am Ende vielleicht sogar professionelle Hilfe in Anspruch nehmen.

Verschiedene Menschentypen und deren Lebensstrategie

Je nachdem, welche Lebensstrategien Menschen anwenden bei der Bewältigung ihres Alltags, wurden verschiedene Menschentypen mit ihren besonderen Fähigkeiten, aber auch mit möglichen damit einhergehenden Beschwerden definiert.

Der Macher

Dieser strotzt vor Tatkraft und Überlegenheit. Er geht alles mit Willenskraft an. Produktivität und Initiativgeist zeichnen ihn aus. Kontrolle steht bei ihm an erster Stelle. Er setzt sich durch, kann aber nur schwer loslassen.

Er leidet unter Nackenschmerzen und Schulterverspannungen. Er sollte Pausen machen, tief durchatmen und auch mal nach innen hören.

Der Analytiker

Er reagiert eher überempfindlich, ist distanziert, misstrauisch und manchmal arrogant. Er lebt in seiner eigenen Welt, und nimmt man ihn nicht ernst genug, wird er latent aggressiv.

Er leidet unter Verspannungen im Gesicht und im Augenbereich. Seine Energie wird von ihm festgehalten, sie kann sich plötzlich und unvorhergesehen entladen. Er sollte Entspannungsübungen machen.

Der Erfolgsmensch

Er weiß genau, was zu tun ist und wo. Er verliert nie den

Kopf, geht seinen eigenen Weg, ohne sich allzu viel mit Gefühlen zu befassen.

Er leidet unter Nackenverspannungen und Kopfschmerzen. Seine Energie ist stark kontrolliert. Er ist ständig angespannt. Er sollte mal bewusst Fehler machen, mal fünf Minuten Unsinn reden, sich mal so richtig gehen lassen.

Der Kommunikative

Dieser befürchtet, nicht auf eigenen Beinen stehen zu können, und engagiert sich daher in Beziehungen. Er hat ein Talent, Energiequellen ausfindig zu machen, er nutzt seine Kreativität und Sinnlichkeit. Trotzdem lebt in ihm die Überzeugung: »Immer wenn ich jemanden brauche, ist keiner da.«

Der Verlässliche

Er ist sozial anerkannt und wegen seiner vielen Dienste geschätzt, lässt aber niemanden in sein brodelndes Inneres schauen. Er dämmt jedes negative Gefühl ein, bleibt immer der Fels in der Brandung.

Er leidet unter Muskelverspannungen, besonders in der Schultergegend. Er sollte Dehnübungen machen, tief durchatmen und auch mal »Nein« sagen lernen.

Wir sehen also, dass Atemprobleme und Muskelverspannungen bei mehreren Typen vorkommen. In der Praxis gibt es keine scharfe Abgrenzung zwischen den einzelnen Menschentypen. Es ist immer eine Mischung.

Die Energieräuber

Paul, ein ambitionierter Biologe und Wissenschaftler, wollte schon seit Tagen einen Artikel für eine Fachzeitschrift schreiben, doch immer kam ihm etwas dazwischen. Heute war er fest entschlossen, den Artikel fertigzustellen. Er stand schon um sechs Uhr auf, denn er hatte vor Jahren herausgefunden, dass er in den Morgenstunden am leistungsfähigsten ist. Deshalb versuchte er wichtige Dinge immer am Vormittag zu erledigen.

Nach dem Aufstehen ging er ins Badezimmer, um sich frisch zu machen. Als er in den Spiegel sah, bemerkte er, dass sein Bart viel zu lang war und geschnitten werden musste. Nur ein wenig, so dass es wieder ordentlich aussah. Wo waren die Schere und der kleine Kamm? Er machte sich auf die Suche und nach einigen Minuten wurde er fündig. Sofort begann er an seinem Bart zu arbeiten und da fiel ihm auf, dass auch seine Haare gekürzt werden müssten. Er ging nie zum Friseur, diese Angelegenheit erledigte er schon seit Jahren selbst und konnte das sehr gut. Es dauerte keine halbe Stunde und seine Haare waren wieder in Ordnung. Er holte den Staubsauger, saugte das Bad durch und danach befreite er das Waschbecken von den lästigen Haaren. Dabei entdeckte er, dass der Abfluss anscheinend etwas verstopft war und wieder mal gereinigt werden müsste. Sofort holte er Reinigungsmittel. Da er schon einmal dabei war, reinigte er auch noch schnell den Abfluss der Dusche und der Badewanne.

Danach freute er sich auf einen Kaffee und ging in die Küche. Die Kaffeebohnen waren schnell gemahlen, das Wasser kochte schon. Jetzt nur noch etwas Milch. Er machte den Kühlschrank auf und bemerkte die Verschmutzungen innerhalb des Gerätes, schon lange hatte er den Kühlschrank gründlich reinigen wollen. Schnell räumte er alles heraus. Die Reinigung dauerte nicht lange. Danach saß er am Tisch und schlürfte seinen Kaffee. Durch die Fenster beobachtete er Tauben auf dem Dach des gegenüberliegenden Hauses. Die Fenster wollte er auch schon vor Tagen geputzt haben. In der Abstellkammer lag schon seit Monaten ein neues Gerät zum Fensterputzen. Es saugte die schmutzige Flüssigkeit sofort auf, so ein kleiner Staubsauger war das, nur nicht für Staub, sondern für Flüssigkeiten. Sofort holte er dieses Gerät und machte sich ans Fensterputzen. Das Wetter war schön, also setzte er sich danach kurz auf seinen Balkon und betrachtete die sauberen Fenster. Dabei fiel ihm auf, dass zwischen den Steinplatten am Balkon Unkraut wuchs. Schon vor Tagen hatte er dieses beseitigen wollen und machte sich sofort an die Arbeit. Im Eifer des Gefechts fügte er sich eine kleine Verletzung am Daumen zu und suchte deshalb nach einem Pflaster, hatte aber keines mehr zuhause, deshalb ging er schnell in die Apotheke um die Ecke. Da er schon einmal am Einkaufen war, beschloss Paul, auch noch zum Bäcker zu gehen und danach in das Lebensmittelgeschäft, um seine Vorräte aufzufüllen.

Als er wieder zuhause war, meldete sich ständig sein Smartphone mit Nachrichten von Freunden und

Bekannten. Er war neugierig und musste nachsehen, der Anstand befahl ihm, sofort zu antworten. In einer Nachricht empfahl ein Kollege, er solle sich ein Video auf YouTube ansehen. Es handle sich um eine sehr interessante wissenschaftliche Abhandlung. Danach fiel Paul ein, dass es nicht schlecht wäre, noch Wäsche zu waschen. Der Wäschekorb war schon reichlich voll. Also ging er damit in den Keller und erledigte diese Aufgabe. Danach setzte er sich endlich an seinen PC und wollte mit dem Schreiben seines Artikels beginnen. Doch nach dem Hochfahren des Computers stellte er fest, dass sein Virenschutz nicht mehr aktuell war. Es erschien immer wieder eine Werbeanzeige für einen besseren und sichereren Virenschutz, so wurde es darin zumindest versprochen. Sofort recherchierte er im Internet, um festzustellen, welche Software denn wohl geeignet wäre, damit er auf der sicheren Seite wäre.

Der Vormittag war langsam vorbei und Paul hatte wieder keine einzige Zeile geschrieben. Er war müde und unzufrieden. »Warum habe ich immer nur so viel zu tun? Wann werde ich endlich Zeit für meinen Artikel haben?«

Was lernen wir daraus? Wir dürfen unsere Energien nicht zu sehr in die Breite versprühen. Am Ende sind wir kraftlos, bevor wir überhaupt nur eine einzige Aufgabe ordentlich erledigt haben. Wir wollen lernen, uns auf eine Sache zu fokussieren, und diese zu Ende bringen. Erst danach wenden wir uns einer anderen Aufgabe zu. Menschen sind aber sehr verschieden. Als mein erster Sohn zur Welt kam, schaffte es meine damalige Ehefrau, ihn zu stillen, das Mittagessen zu kochen, nebenbei in zwei Büchern zu lesen und sich auf ihr Staatsexamen vorzubereiten. Wer so etwas kann, braucht nichts zu ändern. Wir sollten immer nur dann etwas ändern, wenn die bisherige Praxis zeigt, dass es so nicht funktioniert oder dass wir überfordert und unzufrieden sind.

Es hat sich bewährt, jeden Abend eine Liste mit Aufgaben für den nächsten Tag zu erstellen. Man muss sich nicht hundertprozentig an die einzelnen Punkte halten, aber schon die Anfertigung einer solchen Liste gibt uns Halt, eine gewisse Orientierung für den Tag. Es ist wie ein Skelett, das Stabilität garantiert. Dabei sollten wir immer darauf achten, dass wir uns nicht übernehmen. Ich habe schon seit Jahren eine To-do-Liste auf meinem Smartphone. Immer wenn mir eine Aufgabe einfällt, die ich erledigen möchte, mache ich das nicht sofort, sondern ich notiere mir diese in der To-do-Liste, um sie an einem der nächsten Tage in Angriff zu nehmen. Ich achte auch darauf, dass ich nicht zu viele Aufgaben für einen Tag ansetze. Besonders wenn ich eine Anschaffung tätigen möchte, mache ich das nicht sofort, denn wenn ich mir diese Notiz in den nächsten Tagen anschaue, stelle ich oft fest, dass ich die eine oder andere Sache gar nicht brauche und sie nicht kaufen werde.

Eine junge Zahnärztin führte mal bei einem Vortrag über Zeitmanagement ein interessantes Experiment vor. Sie stellte einen Glaszylinder auf den Tisch und daneben ein Gefäß mit großen Steinen, dann noch eines mit Sand darin. Zunächst füllte sie den Glaszylinder bis zum Rand mit Sand. Das Gefäß war voll, es passte nichts mehr rein, kein einziger Stein. Als Nächstes füllte sie den Zylinder zunächst mit Steinen, bis er voll war. Sie konnte hinterher immer noch jede Menge Sand nachfüllen, dieser verteilte sich problemlos zwischen den Steinen.

Wir sollten immer mit den großen und wichtigsten Aufgaben anfangen. Diese müssen als Erstes festgelegt und verplant werden. Mit den kleineren befassen wir uns hinterher, die passen dann immer noch dazwischen. Wir müssen entscheiden, wie wichtig jede einzelne Angelegenheit für uns ist. Danach wird die Priorität festgelegt und zum Schluss in Ruhe und ohne Hektik eine Aufgabe nach der anderen abgearbeitet. Wir sollten uns dabei immer voll auf die Aufgabe konzentrieren, die wir gerade durchführen, uns auf sie fokussieren. Ständig von einem Gedanken zum anderen zu pendeln kostet unnötig viel Kraft.

Die Nervensägen

Lebensenergie ist die Kraft, die uns gesund hält. Je mehr Lebensenergie wir haben, desto gesünder, ausgeglichener, glücklicher und erfolgreicher sind wir. Menschen und Ereignisse in unserer Umgebung können uns positiv aufladen oder herunterziehen. Wir sollten deshalb kritisch beurteilen, mit welchen Leuten wir engen Kontakt haben möchten, mit welchen Menschen wir verkehren wollen und welche Situationen wir in Zukunft vermeiden möchten. In den allermeisten Fällen haben wir darauf Einfluss. Wir alle kennen den aufdringlichen nervigen Verkäufer, den verbeamteten Sturkopf, den aggressiven Versicherungsvertreter. Jeder kennt die sogenannten Freunde, die ständig anrufen oder das Gespräch mit uns suchen, um ihre unendlichen Klagen loszuwerden. Sie beklagen sich über alles und jeden und erzählen nur von sich selbst und ihren Problemen, andere Menschen interessieren sie kaum. Sie versuchen auf unsere Kosten Mitleid und Aufmerksamkeit zu erzwingen und machen uns das Leben schwer. Sie kosten Zeit und Nerven, rauben uns Energie. Die Welt scheint voll von Energiedieben zu sein, die uns nerven, langweilen, einschüchtern, erschöpfen und Lebensfreude rauben. Sie ziehen uns runter, der Umgang mit ihnen kann sogar krank machen.

Es gibt den Begriff »emotionale Ansteckung«. Ebenso wie manche Menschen andere mit ihrer Fröhlichkeit infizieren, schaffen das umgekehrt auch Menschen mit negativer Lebenseinstellung. Ihre Worte treffen uns wie vergiftete Pfeile, sie können uns die Stimmung versauen. Wenn wir uns nicht wehren, laden sie uns prompt mit ihrer negativen Energie auf. Wir müssen lernen, mit Nervensägen richtig umzugehen, indem wir uns distanzieren, ihnen zeigen, dass wir nicht alles mit uns machen lassen. Wir lassen den anderen ins Leere laufen. Wir umarmen ihn mit Freundlichkeit, aber zeigen ihm unmissverständlich, was wir möchten und was wir nicht wollen. Freundlichkeit verblüfft den Gegner und verunsichert.

Eine andere Möglichkeit ist, die Konfrontation zu suchen, zu erwidern: »Ich will absolut nichts mit Ihren bösen Spielchen zu tun haben.« Oder: »Das war jetzt eine blöde Bemerkung.« Oder: »Bitte sprechen Sie in einem anderen Ton mit mir.« Wir gehen so zum Gegenangriff über. Wir zeigen unmissverständlich, dass wir diese Frechheit nicht dulden.

Brechen wir also, wenn möglich, eine giftige Beziehung ab. Ignorieren wir Menschen, die uns immer wieder runterziehen, trennen wir uns von ihnen. Vergessen wir sie.

Der Ärger

Wir ärgern uns, wenn die Realität mit unseren Erwartungen nicht übereinstimmt. Ärger ist ein Stimmungsvernichter, er stiehlt Zeit und Motivation, Arbeitskraft und Lebensfreude. Ärger macht blind, aggressiv, hässlich und kostet uns eine Menge Energie. Er schlägt auf die Gesundheit. Ärger zu empfinden hat wesentlich etwas mit unserer Entscheidung, uns zu ärgern, zu tun. Es ist unmöglich, uns zu ärgern, wenn wir es nicht zulassen, wenn wir es nicht annehmen. Man kann nur jemanden ärgern, der sich ärgern lässt. Wenn wir unseren Blickwinkel ändern, werden wir den Ärger in den meisten Fällen vermeiden.

Als Allererstes verschaffen wir uns Klarheit, spüren die Wurzel des Ärgers auf. Danach formulieren wir das Ärgernis, dessen Ursache und Folgen, wir fassen es in Worte.

Wir finden heraus, ob wir etwas ändern können, damit wir mit der Situation besser klarkommen, oder ob wir das Ärgernis in Kauf nehmen müssen. Kann ich nichts ändern, muss ich mich damit abfinden oder es vergessen. Ich sollte dann die Emotionen herausnehmen und einen rein sachlichen Zugang wählen. Wir können auch den Blickwinkel ändern. Gibt es vielleicht positive Seiten an der Angelegenheit? Vielleicht kann man der Sache auch mit Humor begegnen.

Wir sollten alle negativen Gedanken oder Worte vermeiden, denn sie beeinflussen unser Unterbewusstes auf eine sehr ungünstige Weise. Die daraus sich ergebende negative Programmierung wird uns Kraft und Energie kosten, unsere Lebensqualität mindern und unsere Gesundheit untergraben. Wer aus Ärger Wut werden lässt, setzt einen verhängnisvollen physiologischen Ablauf in Gang. Hormone versetzen den ganzen Körper in Kampfbereitschaft. Stress kommt auf. Der Urmensch würde jetzt kämpfen oder flüchten. Der zivilisierte Mensch hat diese Möglichkeit meistens nicht und frisst den Ärger in sich hinein. Folge sind dann psychische und körperliche Erkrankungen.

Sich ärgern ist eine antrainierte Angewohnheit. Durch Training kann man sie wieder loswerden.

In meinem Arbeitsleben habe ich immer wieder Situationen erlebt, in denen Menschen sich ärgerten und mit Wutanfällen zu kämpfen hatten. Ein typisches Beispiel sind junge Assistenzärzte nach einem Nachtdienst. Sie berichteten wutentbrannt, was sie in der Nacht erleben mussten. Sie glaubten, sie würden mir etwas überraschend Neues erzählen. Dabei waren das typische Situationen, die ich in fast gleicher Art schon als junger Mediziner immer wieder erlebt habe. Es wurde mir erzählt, wie in den Morgenstunden ein Patient kam mit Beschwerden, die er schon seit Wochen hatte. Wie könne man nur so dumm sein und wochenlang warten, dann aber um vier Uhr morgens im Krankenhaus aufkreuzen? So wetterten die Assistenten. Solche Situationen gab es schon immer und wird es auch immer geben. Der Arzt ist gut beraten, ohne Aufregung und mit Ruhe den Patienten schnell zu behandeln und alle negativen Emotionen dabei auszuschalten. Die Menschen sind halt eben so und werden auch nie anders sein.

Eine ganz schlechte Angewohnheit sieht man bei Autofahrern. Einige schimpfen über alles und jeden. Der eine fahre zu langsam, der andere zu schnell, der eine habe nicht geblinkt beim Abbiegen, der andere fahre schon seit einigen Minuten mit Blinker, dann gebe es Fahrer, die ständig die linke Spur benutzten. Dieses Schimpfen verursacht eine extrem negative Prägung des Unterbewussten, wodurch die Lebensqualität enorm verschlechtert wird, ebenso die Leistungsfähigkeit. Es ist zudem wirklich nicht schön, neben sich einen schimpfenden und nörgelnden Menschen ertragen zu müssen. Das schätzt keiner.

Ärger ist eindeutig ein Energieräuber. Er ist aber auch ein ganz normales Gefühl, deshalb sollten wir ihn gelegentlich zulassen. Er kann ein wichtiges Signal dafür sein, dass sich Spannungen und Konflikte in uns aufgebaut haben, die geklärt werden müssen.

Ärger kann aber im Körper auch Energiereserven mobilisieren, er kann helfen, schwierige Situationen durchzustehen, und ist dann ein Motor für Engagement, Zivilcourage, Kreativität und Tatkraft. Aber nur dann, wenn wir eine klare Distanz zum Auslöser des Ärgers gewinnen.

Fragen wir uns, ob wir an den Umständen etwas ändern können. Wenn ja, müssen wir alles dafür tun. Wenn wir nichts ändern können, sollten wir unsere Einstellung zu dem Ereignis so ändern, dass es uns so wenig wie nur möglich stört.

Ärger kann eine Hilfe sein, um Klarheit zu schaffen, Verbesserungen und Veränderungen durchzusetzen, ins Handeln zu kommen.

Wut ist ein noch stärkeres Gefühl als Ärger. Wut ist immer mit Frustration verbunden. Wütende Menschen können ungeahnte Kräfte entwickeln, leider fast immer negative. Beherrscht uns die Wut, können wir nicht klar denken, blinde Wut führt zu Beleidigungen und Gewaltausbrüchen. Es ist eine große Kunst, diese gewaltige Energie in positive Kraft umzuwandeln. Es langt auch nicht zu wissen, wie es geht, die Übung macht letztendlich den Meister.

Legen wir doch eine Pause ein, um räumlichen und zeitlichen Abstand zu gewinnen. Wir sollten uns entspannen, aber auch Entspannungstechniken müssen erst gelernt werden. So gewinnen wir erneut die Kontrolle.

Wir sollten immer verhandlungsbereit sein. Hören wir aufmerksam zu und suchen wir konstruktiv nach Gemeinsamkeiten. Wir sollten uns nicht auf die Wut konzentrieren, sondern auf eine Lösung. Suchen wir nach den positiven Seiten dieser Situation.

Ein Sprichwort sagt: Wer zornig ist, verbrennt oft an einem einzigen Tag das Holz, das er in vielen Jahren gesammelt hat.

Die Angst

Die Angst ist eine sehr sinnvolle Erfindung der Evolution. Ihre ursprüngliche Aufgabe war es, Tiere und Menschen vor Schäden zu bewahren. Angst hängt eng mit Erfahrungen zusammen. Wir merken uns schlechte Erfahrungen und Ereignisse, die uns bedroht oder Schaden zugefügt haben. Auch Unklarheit und Unübersichtlichkeit können Angst verursachen, die Angst möchte uns dann vor gefährlichen Überraschungen schützen. Angst kann also sehr nützlich sein. Ist sie aber so groß, dass sie uns lähmt und handlungsunfähig macht, dann ist sie unvorteilhaft. Ständige Angst kann zu Erschöpfung und Depressionen führen, wir können sogar geisteskrank werden. Angst blockiert unsere Energie.

Angst kann konkret sein, sich auf eine bestimmte Situation, ein Ereignis, eine Person oder eine andere Sache beziehen. Sie kann aber auch unbestimmt sein, diffus. Der Betroffene empfindet ein Angstgefühl, kann aber nicht genau beschreiben, wovor er sich fürchtet. Tasten wir uns also behutsam an unsere Angst heran. Analysieren wir sie, finden wir heraus, was die Ursache dafür ist und ob wirklich eine Bedrohung besteht. Stellen wir dann fest, dass die Bedrohung nicht allzu groß ist oder es sie gar nicht gibt, gehen wir langsam an unsere Angst heran. Wir nähern uns immer mehr dem Gegenstand unserer Ängste, wir konfrontieren uns mit Situationen, die uns Angst bereiten. Wer die entsprechende Fantasie besitzt, kann auch mit seiner

Angst das Gespräch suchen: »Liebe Angst, ich weiß, dass du es gut mit mir meinst. Du möchtest mich vor Schäden bewahren. Dafür bin ich dir sehr dankbar. Du darfst mich aber nicht lähmen und handlungsunfähig machen. Lass uns doch einen Kompromiss schließen. Du darfst behutsam anklopfen und mich auf Gefahren aufmerksam machen, aber bitte halte mich nicht im Würgegriff. Ich werde dann genau aufpassen, was du mir sagst, und vorsichtig vorgehen, damit mir nichts Schlimmes passiert.«

Während meiner Pilotenausbildung habe ich einmal eine ganz schlimme Landung hingelegt, wobei fast das Fahrwerk des Flugzeugs abgebrochen wäre. Ich habe mich fürchterlich erschrocken und sofort große Angst empfunden. Ich konnte mir nicht vorstellen, noch mal in den Flieger zu steigen und eine nächste Landung durchzuführen. Mein Fluglehrer überzeugte mich damals, sofort wieder zu starten. Das habe ich auch gemacht. Die nächste Landung war perfekt. Die Angst hatte keine Zeit bekommen, sich in mir zu fixieren. Hätte ich an dem Tag meine Übungsflüge abgebrochen, wäre der Film der schlimmen Landung in meinen Gedanken immer wieder abgespielt worden und mein Unterbewusstes wäre dadurch sehr stark geprägt worden, die Angst hätte sich vervielfacht. So hatte sie dazu keine Gelegenheit, denn ich habe ihr keine Zeit dazu gelassen. Durch die sofort durchgeführte neue Landung, die vollkommen in Ordnung war, habe ich mein Selbstvertrauen gefestigt.

Ängste kann man abbauen durch Exposition mit dem Gegenstand der Angst, der sie auslöst. Auf diese

Art konnte ich meine Höhenangst in den Alpen überwinden. Ich hatte eine riesige Angst, den Skilift zu benutzen. Allein der Gedanke daran löste bei mir Herzrasen und Schweißausbrüche aus. Einige Tage lang führte ich mentale Übungen durch. Vor meinem geistigen Auge lief dabei ein Film ab aus dem Urlaub mit meiner Freundin. Diese bildliche Vorstellung trainierte ich so ein, dass ich sie jederzeit und in jeder Situation abrufen konnte. Dann bestieg ich den Skilift und ließ diesen Film vor meinem geistigen Auge ablaufen. Ich konnte mit diesem Trick die Realität vollkommen ausblenden. Ich entzog mich in meinem Geiste der Realität, das Unterbewusste registrierte aber sehr wohl die Fahrt mit dem Skilift und stellte fest, dass nichts Gefährliches passierte. In zwei Tagen war meine Angst überwunden und ich konnte während der Fahrt den schönen Ausblick auf die Berge genießen.

Angst kann auch entstehen, wenn wir zu hohe Ansprüche an uns stellen, wenn wir Ziele anvisieren, denen wir nicht gewachsen sind. Wir können dann Angst bekommen, dass wir unsere Ziele nicht erreichen, dass wir Erwartungen enttäuschen, dass wir versagen. Überdenken wir also unsere Vorhaben und Ziele, vielleicht sollten wir einige Ansprüche korrigieren.

Wir sollten auf jeden Fall immer überdenken, ob unsere Angst nicht für uns auch einen Nutzen hat. Vielleicht möchte sie uns vor etwas schützen.

Das Gegenteil von Angst ist Mut. Mut bedeutet aber nicht Abwesenheit von Angst. Mut zu haben zeigt, dass wir mit der Angst umgehen können.

Chaotische Organisation

Türmt sich Unerledigtes auf, erzeugt das in uns ein ungutes Gefühl, Unsicherheit und Stress. Statt zu handeln, schieben wir die Dinge auf. Solche Manöver kosten ungeheuer viel Energie, viel mehr, als wenn wir die Dinge gleich erledigen würden. Der Preis für Unerledigtes ist hoch, ebenso der für Unpünktlichkeit und Unordnung. Erledigen wir deshalb wichtige Angelegenheiten sofort. Das kann auch bedeuten, dass wir einen eindeutigen Termin festlegen, wann wir an die Angelegenheit herangehen. Wir sollten aber auf jeden Fall innerhalb von drei Tagen ins Handeln kommen, sonst wird es nie was. Wir wollen Ordnung in unser Leben bringen, das bringt mehr Übersicht, die wiederum bringt mehr Ruhe und spart Energie und Kraft.

Es gibt kaum Schlimmeres als einen Schreibtisch, auf dem sich Berge von ungelesenen Briefen befinden, unerledigte Rechnungen, unbearbeitete Notizen, Akten und vieles andere. Schon der Anblick so vieler unerledigter Dinge kann uns verzweifeln lassen. Wir wollen lernen, nur das auf den Schreibtisch zu legen, mit dem wir uns gerade befassen.

Unser Leben ist so etwas Ähnliches wie ein Schreibtisch. Viele Angelegenheiten müssen erledigt werden. Halten wir also kurz inne und machen uns klar, welche Aufgaben wir vor uns haben. Danach sortieren wir diese Aufgaben nach ihrer Wichtigkeit. Sehr hilfreich ist, sich schriftliche Notizen zu machen. Dann machen wir einen Plan, wann wir welche Aufgabe erledigen wollen. Und genau so, wie auf dem Schreibtisch nur das liegen soll, mit dem wir uns gerade befassen, fokussieren wir uns nur auf eine einzige Aufgabe und befassen uns in dieser Zeit mit nichts anderem.

Achten wir auch in unserem Umfeld auf Ordnung. Eine ständig unaufgeräumte Wohnung und Unordnung auf unserem Arbeitsplatz verursachen unbewusst Unsicherheit und Stress. Das Beste für unseren Geist ist, wenn alles einfach und übersichtlich ist. Die Harmonie, die dadurch entsteht, schenkt uns Lebensqualität und Kraft.

Wir wollen auch zu unserer Umgebung, zu unseren Mitmenschen geordnete Verhältnisse schaffen. Dazu gehört die Fähigkeit, NEIN zu sagen. Wir alle haben schon mal JA gesagt, obwohl wir eigentlich NEIN sagen wollten. Wir haben uns zu Sachen überreden lassen, die wir eigentlich gar nicht machen wollten. Wir alle kennen notorische Jasager. Diese Menschen lassen sich alles aufhalsen, alles bleibt an ihnen hängen. Sie fühlen sich überlastet, frustriert und einen Dank bekommen sie meist auch nicht. Wer alles mit sich machen lässt, wird letztendlich nicht ernst genommen. Wir wollen NEIN sagen lernen. Freundlich, aber bestimmt. Klar und unmissverständlich. Auf keinen Fall einen JEIN-Eindruck hinterlassen (»Eigentlich würde ich ja, aber ...«). Wir geben keine Erklärung ab. NEIN heißt NEIN. Wir müssen uns für unser NEIN nicht rechtfertigen. Eine Ausnahme ist vielleicht unser Chef oder Lebenspartner. Wir lassen uns auch nicht einschüchtern oder umstimmen, zum Beispiel durch Schmeicheln, Drohungen oder Kritik. Wir haben auch keine Angst davor, dass andere von uns enttäuscht sind oder schlecht über uns denken. Auch diese Phase geht vorbei.

Wir lehnen Gefälligkeiten ab, wenn wir uns ausgenutzt fühlen. Wir spielen diese Situationen im Geiste durch, wir trainieren unsere Reaktionen darauf, damit wir in der konkreten Situation nicht überrumpelt werden. Denn Respekt genießen nur die, die eine eigene Meinung vertreten, die ein NEIN durchhalten und dafür auch mal kurzzeitig Verärgerung in Kauf nehmen. Das vergeht aber.

Wir wollen uns von unnötigem Ballast befreien. Je mehr wir uns Arbeit, Besitz oder Verpflichtungen aufladen, umso mehr potenzielle Ärger- und Fehlerquellen haben wir. Das gilt auch für den Umgang mit Menschen. Fragen wir uns doch, welche Personen uns regelmäßig die Laune vermiesen. Wollen wir uns das in Zukunft noch antun? Weniger ist oft mehr. Wir wollen uns nicht zum Sklaven überflüssiger Ansprüche machen. Wir wollen unser Leben entrümpeln und vereinfachen.

Wir sollten uns wichtige Fragen stellen:
Muss ich das denn wirklich machen?
Wem bringt es Vorteile? Möchte ich das überhaupt so?
Bringt es mich meinen Zielen näher?

Der Stress

Wir alle kennen doch die Situationen, in denen wir Herzklopfen, Schwindelausbrüche, Kopfschmerzen haben und unsere Hände zittern. Der ganze Körper ist verspannt, der Nacken schmerzt, wir sind ungeduldig, verzweifelt, zornig, enttäuscht, traurig oder kraftlos. Wir sind gestresst. Wir handeln hastig, planlos oder sind wie gelähmt, neigen zu Aggressionen oder Resignation, greifen zur Zigarette oder Alkohol, heulen laut oder geben klein bei. Der Druck und Stress zeigen sich bei jedem auf etwas andere Weise.

Stress ist die Angst, es nicht zu schaffen. Stress kommt auf, wenn wir uns in etwas hineinstürzen, das wir nicht beherrschen. Die Folge ist: Negative Gefühle entwickeln sich und die Energie schwindet. Stress macht müde und schädigt auf Dauer die Gesundheit. Wir fühlen uns ausgeliefert.

Wir fühlen uns weniger ausgeliefert, wenn wir die Vorgänge und Zusammenhänge bei der Stressentwicklung verstehen. Dann können wir auch besser mit Stress umgehen.

Stress ist ein unvermeidbarer Begleiter unseres Lebens. Wichtig ist die angemessene Reaktion darauf. Stress ist die natürliche Antwort des Körpers auf Außenreize. Auch wenn wir uns verlieben, erleben wir Stress. Stress kann also durchaus ein angenehmes Gefühl sein. Er mobilisiert uns, wir werden aktiv. Wir kennen den Disstress, den unangenehmen, destruktiven Stress und wir kennen auch den Eustress, den angenehmen und aufbauenden Stress.

Gelegentlichen Stress steckt der Körper ohne Weiteres weg. Er braucht ihn sogar, um richtig in Schwung zu kommen. Wenn dann der Anspannung auch eine Entspannung folgt, ist alles in Ordnung. Andernfalls kommt es zu Störungen im körperlichen Bereich genauso wie im geistigen.

Wenn Stress aufkommt, fließt die Energie nicht mehr so frei, wie sie sollte. Der Körper gerät aus dem Gleichgewicht, negative Gefühle blockieren unsere Energie.

Typische Stressfaktoren sind:
- Konflikte am Arbeitsplatz
- Konkurrenzdruck
- Überlastung oder Unterforderung
- schlechtes Arbeitsklima
- Krankheit oder krankmachender Lebensstil
- Trennung, Scheidung, Einsamkeit
- Unentschlossenheit

Der Urmensch ging mit Stress anders um als wir heute. Näherte sich ein Säbelzahntiger, kam in ihm Stress auf und die Nebenniere schüttete jede Menge Adrenalin aus. Stresshormone mobilisierten den Menschen zur Flucht oder zum Angriff. Beide Male wurden die Muskeln kräftig betätigt und es wurden Stresshormone und Adrenalin verbrannt.

Heute kommen die Säbelzahntiger in anderer Gestalt, als Mobbing, Behördenstress, Angst vor Arbeitslosigkeit, Familienkrach oder anderes. Ein zivilisierter Mensch reagiert aber nicht mit Flucht oder Angriff, wobei er seine Muskeln betätigen könnte. Stattdessen muss er die Situation meistens aussitzen, Adrenalin kann dabei nicht verbrannt werden. Der Blutdruck steigt, im Laufe der Zeit werden die Gefäßwände beschädigt und auch das Herz nimmt Schaden. Der Körper und die Psyche leiden. Und wer mit Stress nicht umgehen kann, stirbt früh.

Wir werden nicht gestresst, wir stressen uns selbst. Es kommt also darauf an, wie wir mit solchen Situationen umgehen. Das alles passiert in unserem Kopf. Ein absolut gleiches Ereignis hat auf den einen kaum eine Wirkung, der andere steht aber voll im Stress. Positiver Stress gibt uns Schwung, negativer Stress schwächt uns. Die Einstufung machen wir selbst, in unserem Kopf. Wir selbst sind also die Weichensteller, die entscheiden, ob wir uns mit Energie aufladen lassen oder Energie verlieren.

Schon der Gedanke beeinflusst den Energiefluss. Negative Gedanken sind Energieräuber, positive beflügeln uns, bringen uns ins Gleichgewicht. Wir sollen deshalb bei der Wahl unserer Gedanken sorgfältig vorgehen. Dasselbe gilt für unsere Äußerungen, wie wir von anderen Menschen reden. Verwenden wir nur negative Sätze, lässt unsere Energie nach.

Die Auswahl unserer Gedanken, was wir sagen, wie wir über andere reden, ist eine Gewohnheitssache. Es ist eingeübt, seit Jahren. Durch Training kann man alte Gewohnheiten durch neue ersetzen.

Achten wir auch auf den Blickwinkel. Betrachten und bewerten wir künftig schwierige Aufgaben und Situationen als interessante und spannende Herausforderungen.

Wir wollen Gewohnheiten und Muster, wie wir auf Stressbelastungen reagieren, korrigieren. Wir wollen Stress aktiv mit Entspannungstechniken bekämpfen.

Wir haben immer die Wahl. Wir können unabänderliche Tatsachen einfach akzeptieren oder immer wieder dagegen ankämpfen, was aber nichts ändert und unendlich viel Kraft kostet.

Wir wollen stattdessen die Ruhe bewahren, die nötige Distanz einnehmen und zu einer positiven Einstellung finden.

Zu uns selbst.

Zu anderen.

Zu den Umständen und Ereignissen, die uns widerfahren.

Die Welt ist weder gut noch schlecht. Erst unsere Gedanken machen sie dazu, die Art und Weise, wie wir über die Dinge denken. Hier einige Sofortmaßnahmen, wie man mit Stress umgehen kann:

- Wir zählen langsam bis zehn.
- Wir entspannen uns, atmen langsam ein und wieder aus.
- Wir schauen in die Ferne, schalten ab.
- Wir lassen bewusst die Schultern fallen, lockern die Nackenmuskulatur.
- Wir versuchen, freundlich zu sein, zu lächeln. Das lockert die Atmosphäre auf.
- Für einige Minuten die Füße hochlegen.

Wir können auch für einige Minuten die Augen schließen und uns in Gedanken an einen schönen Ort begeben. Wir versuchen den Traum mit allen Sinnen zu erfassen. Ganz einfach mal nichts tun und die Seele baumeln lassen. Das fällt Ungeübten sehr schwer. Abschalten muss erst einmal gelernt werden. Eine besonders gute Methode, um Stress abzubauen, ist Bewegung, körperliche Tätigkeit.

Energiequellen

Wie wunderbar wir doch als Kinder spielen konnten. Voller Hingabe. Wir haben draußen Baumhäuser oder Erdhöhlen gebaut, wir haben Fußball oder Indianer gespielt.

Und heute? Viele Menschen glauben, Spielen sei etwas Kindliches oder dass es kindisch sei, reine Zeitverschwendung, schade um die Zeit. Spielen ist aber ein natürliches Bedürfnis. Spielen als zweckfreie Tätigkeit ist lebenswichtig für uns. Beim Spielen können wir uns emotional entladen, negative Erfahrungen verarbeiten, Abstand zur Realität gewinnen, neue Energie tanken. Spielen fördert auch den Gemeinschaftssinn, es hilft, sich völlig zu entspannen und Alltagssorgen zu vergessen. Es macht nicht nur Spaß, sondern wir pflegen damit auch unser seelisches Wohlbefinden und unsere Intelligenz.

Auch mobilisieren wir in extremen Situationen Energie. Abenteuer sind immer verdichtetes Leben. Sie zeigen eindrucksvoll, wie viel Energie in uns steckt und wie sie mobilisiert werden kann. Durch Abenteuer erfahren wir, wie Menschen im Kampf um ihre Existenz an ihren Kern kommen. Gelebte Abenteuer bestätigen die These von Reinhold Messner: »Der Mensch kann alles, was er will. Aber ein normaler Mensch will nur, was er kann.« Wenn das Schicksal zugeschlagen hat, helfen weder Verdrängen noch Verleugnen, kein Weglaufen oder Augen-Verschließen. Es ist gut, wenn wir gelernt haben, widerstandsfähiger zu werden. Schützen wir uns vor Selbstanklagen, versuchen wir lieber, uns die

Umstände klarzumachen, statt zu grübeln und zu jammern. Suchen wir lieber nach Lösungen. Was können wir tun, um unsere Situation zu verbessern? Suchen wir Hilfe, suchen wir Verbündete, die uns unterstützen. Lernen wir, gesund optimistisch zu denken: »Diesmal ging alles schief, daraus kann ich etwas lernen und das nächste Mal werde ich alles tun, um erfolgreich zu sein.« Akzeptieren wir die Tatsachen. Lassen wir ruhig für eine bestimmte Zeit Tränen und Gefühle zu. Wir wollen präventiv planen, wie ein Schachspieler. Denken wir einige Züge voraus, spielen wir in Gedanken verschiedene Möglichkeiten durch, auch mit deren Konsequenzen. So können wir uns wenigstens zum Teil vor unangenehmen Überraschungen schützen. Während wir endlos am Verzweifeln sind, mit dem Schicksal hadern, mit Gedanken wie »Hätte ich doch!« oder »Warum gerade ich?« kämpfen, verbrauchen wir jede Menge Energie. Setzen wir doch die Energie besser ein, um unsere Situation zu verändern.

Es gibt resistente Menschen, die außerordentliche psychische und physische Stärken haben und es schaffen, Schicksalsschläge abzuhaken und Lebenskrisen zu meistern. Sie haben eine hohe Widerstandsfähigkeit. Diese Fähigkeit kann sich jeder aneignen. Resistente Menschen sind lernfähig. Wir können sie mit einem Boxer vergleichen, der einen schweren Schlag kassiert, der angezählt wird, der danach jedoch aufsteht und den Kampf fortsetzt. Er setzt ihn aber mit einer ganz neuen Taktik fort.

Dagegen ändern nichtresistente Menschen, falls sie weiterkämpfen, nichts an ihrem Kampfstil. Sie gehen erneut zu Boden, weil sie die gleichen Fehler wieder machen. Sie verfluchen ihre Krisen. Sie verwenden und verschwenden ihre ganze Energie, um sich zu ärgern, statt die Kraft in die Lösung des Problems zu investieren.

Eine weitere Energiequelle ist die Begeisterung. Hingabe, Leidenschaft und Enthusiasmus sind wie ein Feuer in uns. Wenn wir begeistert sind, können wir alles schaffen. Wer begeistert ist, entwickelt enorme Ausdauer, er reißt andere mit, spornt sie an. Begeisterung und Motivation setzen neue Energien und ungeahnte Kräfte frei. Es ist deshalb wichtig, sich klare und attraktive Ziele zu setzen, sie zu formulieren. Wir müssen Gründe finden, weshalb wir unser Ziel erreichen wollen. Wir müssen es wirklich wollen und nicht nur das, wir müssen ein Glücksgefühl empfinden bei der bildlichen Vorstellung des zu erreichenden Ziels. Diese Vorstellung holen wir uns immer wieder in unser Bewusstsein, einige Male am Tag. Niemand kann gezwungen werden, Außergewöhnliches zu leisten, die dafür nötige Energie ist nur da, wenn wir es wirklich wollen. Wer nicht besessen ist von dem, was er tut, wird wenig Lust dabei empfinden und ebenso wenig Erfolg haben. Begeisterung und Erfolg gehen Hand in Hand. Wenn uns Dinge wirklich bedeutsam erscheinen, engagieren wir uns auch dafür. Wenn wir dann zum Ziel kommen, gewinnen wir dadurch Lebensfreude und neue Energie für weitere Vorhaben und Ziele. Ist uns eine Sache wenig wichtig oder sogar unwichtig, lästig oder wertlos, fehlt das Wichtigste, die Motivation. Es kostet immer unendlich viel Überwindung und Energie, Unwichtiges zu erledigen. Ohne Begeisterung schlafen die besten Kräfte unseres Gemüts.

Hier sind einige wichtige Punkte, um genügend Energie für unsere Ziele zu sammeln:

- Wir setzen uns ein attraktives Ziel.
- Wir sorgen dafür, dass unsere Wertvorstellungen in unseren Zielen enthalten sind.
- Wir stellen uns das zu erreichende Ziel bildlich vor, in allen Einzelheiten, wir versuchen es mit allen Sinnen zu erfassen. Eine solche Visualisierung wirkt auf unser Gehirn und prägt das Unterbewusstsein so, dass wir unbewusst alle Möglichkeiten wahrnehmen werden, die uns zum Ziel führen. Begeisterung wird in Gang gesetzt.
- Wir entscheiden uns unbeirrt für vollen Einsatz. Wir setzen uns bei allem, was wir tun, voll ein. Schluss mit Halbherzigkeit.
- Wir tun das, was wir gerade machen, bewusst, mit Spaß und voller Konzentration. Wer das Gewöhnliche mit ungewöhnlicher Begeisterung, mit Hingabe tut, wird Erfolg haben.

»Wenn du ein Schiff bauen willst, dann rufe nicht die Menschen zusammen, um Holz zu sammeln, Aufgaben zu verteilen und die Arbeit einzuteilen, sondern lehre sie die Sehnsucht nach dem großen, weiten Meer.« (Aus: *Der kleine Prinz*, von Antoine de Saint-Exupéry.)

Kraftquellen anzapfen und Reserven mobilisieren

Jeder von uns fühlt sich ab und zu so richtig schlapp, leer, ausgepowert. Wie können wir unseren Zustand schnell verbessern?

Wir können lächeln. Ja, wirklich. Stellen wir uns vor einen Spiegel und setzen ein Grinsen auf. Wir lächeln mindestens 25 Sekunden lang. Da sich Körper und Seele gegenseitig beeinflussen, wird das Hirn diese Situation registrieren und der Energiezustand verbessert sich. Wir werden uns besser fühlen. Das Hirn kann nicht unterscheiden, ob ein Lächeln aufgesetzt, eingebildet ist oder aus echtem Erleben hervorgeht. Es wird jedes Mal mit der Produktion von Hormonen beginnen, die wir als Endorphine kennen, sogenannte Glückshormone. Als Folge verbessert sich unser Zustand, wir werden leistungsfähiger und unsere Stimmung steigt. Die Veränderungen der Gesichtsmuskulatur wirken beim Lächeln reflektorisch auf den ganzen Körper. Die Blutzufuhr in allen Organen wird verbessert. Lächeln wirkt so ähnlich wie eine Sauerstoffdusche, es erzeugt einen positiven emotionalen Zustand und einen kräftigen Energieschub. Das Lachen über sich selbst bringt Entlastung, inneren Abstand, die richtigen Dimensionen werden wiederhergestellt. Wir bekommen Distanz zu unserer Verbohrtheit.

Worüber Menschen lachen können, ist verschieden. Das ist aber auch egal. Hauptsache, sie lachen. Lachen ist gesund, sagt der Volksmund, und das stimmt. Lachen entspannt, es senkt den Blutdruck, bringt den Kreislauf in Bewegung, regt die Verdauung an, fördert die Ausschüttung von Glückshormonen, hemmt die Entstehung von Stressauslösern, stärkt die Immunabwehr, dämpft das Schmerzempfinden und erhöht den Gasaustausch in der Lunge, so dass mehr Sauerstoff in den Körper gelangt.

Doch nur fröhliches Lachen beeinflusst uns positiv. Zynisches, sarkastisches Lachen oder Galgenhumor haben diese positive Wirkung nicht. Vollkommene Humorlosigkeit kann sogar mit Magenschmerzen bestraft werden. Schon längst setzen Kinderkliniken speziell geschulte Humortherapeuten (Klinikclowns) ein, denn fröhliche Patienten werden schneller gesund. Lachen bringt Nähe und Zuwendung. Lachen ist Wärme, es ist Lebensenergie. Lachen kann man trainieren. Nehmen wir uns doch öfters mal auf die Schippe. Versuchen wir so oft wie möglich zu lachen. Suchen wir das Komische und Absurde in Alltagssituationen. Wir können versuchen, unseren Erzählstil zu kultivieren, unseren Witz zu verfeinern.

Eine positive Auswirkung auf unsere Energie hat es auch, wenn wir unsere Ohrmuscheln massieren, beide gleichzeitig. Wir nehmen die Ohrmuschel zwischen Daumen und Zeigefinger, Daumen hinten, Zeigefinger vorn. Dann massieren wir die Ohren, bis sie angenehm durchblutet und warm werden. Ein Gefühl der Entspannung stellt sich ein, die Reflexzonen im Ohr werden stimuliert und das wirkt sich wiederum auf wichtige Körperfunktionen aus. Die Konzentrationsfähigkeit verbessert sich, Informationen werden besser verarbeitet und gespeichert, die Atmung wird angeregt, der Energiekreislauf wird verbessert.

Tiefes Durchatmen gibt uns ebenfalls einen Energieschub. Vor einer anstrengenden Aufgabe oder mitten in einer schwierigen Situation bringt uns dieses tiefe Durchatmen innere Ruhe und neue Energie. Sind wir müde oder ausgepowert? Gehen wir doch an die frische Luft und atmen tief ein. Wir sollten nichts erzwingen, wir wollen uns entspannen. Dann halten wir die Luft einen Moment lang an. Wir stellen uns vor, wie die Atemluft in den Körper strömt, in jede einzelne Zelle. Danach atmen wir aus und machen eine Pause, bis der Körper von allein meldet, dass er weiteratmen möchte. Dies wiederholen wir fünf bis sechs Mal.

Die Thymusdrüse liegt in der Mitte der Brust, hinter dem oberen Brustbein. In der Kinesiologie gilt sie als Steuerzentrale für den Energiefluss. Wir können sie durch Klopfen stimulieren. Wir legen zwei Finger auf die Mitte der Brust, direkt unterhalb des oberen Teils des Brustbeins. Nun klopfen wir kräftig darauf, ungefähr zehn Mal. Wenn wir dazu noch lächeln, wird der Erfolg deutlicher, der Effekt wird verstärkt. Durch die Aktivierung der Thymusdrüse entspannen wir uns und fühlen uns besser.

Die Körperhaltung, die der Mensch einnimmt, drückt aus, wie er gerade drauf ist, ob er schlapp ist, geknickt, selbstbewusst oder dynamisch und voller Energie. Zwischen Körper und Stimmungslage, zwischen Energiezustand und Befindlichkeit besteht eine klare Wechselwirkung. Wenn wir einen Versuch machen, stellen wir fest, dass die Trostlos-Position des Körpers bald unsere Gemütswelt und Gefühlswelt beeinflusst. Das funktioniert auch umgekehrt. Bei einer selbstbewussten Körperhaltung können wir mehr Energie mobilisieren und sind erfolgreicher. Stellen wir uns betont aufrecht hin, fest und sicher. Spielen wir den Selbstbewussten: Kopf hoch und Brust raus.

Wir atmen ganz ruhig und tief durch. Wir werden bald spüren, dass wir uns auch innerlich aufrichten, der Energiefluss verbessert sich.

Wasseranwendungen verbessern ebenfalls den Energiefluss. Ein heißer Waschlappen, den wir uns ins Gesicht drücken und anschließend in den Nacken, belebt ungemein. Hitze erweitert die Gefäße, die Durchblutung wird gefördert.

Eine kalte Dusche ist wohl die klassische Empfehlung. Sie aktiviert im Körper das Schilddrüsenhormon T3, das den Stoffwechsel ankurbelt. Zusätzlich wird die Atmung aktiviert. Menschen, die an einer koronaren Herzkrankheit leiden, die herzkrank sind, sollten so etwas aber unterlassen.

Wir können uns eine Lieblingsmusik anhören und dann tanzen, ganz allein und hemmungslos.

Wir können ein paar Kniebeugen machen oder im Kreis hüpfen.

Wir laufen auf der Stelle, wechseln das Tempo nach Lust und Laune. Auch Seilspringen macht nicht nur Spaß, es bringt auch den Kreislauf in Schwung.

Eine Fußmassage entspannt und belebt. Auf Reflexbasis werden auch die inneren Organe besser durchblutet. Als Hilfsmittel können wir eine Holzrolle nehmen oder einen Tennisball. Der Tennisball eignet sich auch zur Rückenmassage. Wir können jemanden bitten, ihn mit leichtem Druck entlang der Wirbelsäule über unseren Rücken zu rollen. Wir können uns aber auch auf den Ball legen und uns selbst darauf hin und her bewegen.

Koffein ist in Kaffee, grünem Tee oder in Cola-Getränken enthalten. Es wirkt auf das zentrale Nervensystem, erhöht die Herzfrequenz und den Blutdruck, der Stoffwechsel wird angekurbelt. Wir sind dann hoch konzentriert, hellwach. Die Wirkung hält aber nur kurze Zeit an, danach werden wir wieder müde. Kaffee verhindert den Abbau von Stresshormonen und entzieht dem Körper Flüssigkeit. Weniger Flüssigkeit bedeutet wiederum weniger Energie. Wollen wir mal so richtig regenerieren, ist es gut, für einige Tage oder Wochen ganz auf Kaffee zu verzichten.

Musik beeinflusst unsere Emotionen, die wiederum haben Einfluss auf unseren Energiezustand. Musik kann traurig oder fröhlich stimmen, sie kann entspannen, beruhigen oder aufputschen. »Wirkliche Kraft kommt nicht allein aus Muskeln, die wahre Größe liegt in der richtigen Einstellung« (Henry Maske, Ex-Boxweltmeister).

Wir können auch Kraftquellen in unserer Umgebung nutzen. Jeder von uns kennt Orte, an denen wir uns wohl fühlen, wo wir jeden Ärger vergessen. Begegnungen mit lieben Menschen, die Lebensfreude versprühen, sind ebenfalls eine Wohltat. Lassen wir doch erfreuliche Gedanken durch unseren Kopf ziehen. Denken wir an etwas Schönes. Erinnerungen, die uns Kraft spenden, können wir immer wieder abrufen.

Große Liebe schenkt auch kleinen Leuten große Kraft. Zusammen laufen gute Partner zur Höchstform auf. Wichtige Punkte sind Vertrauen und gleiche Ziele. Harmonie ist ein ungeheuer beflügelndes Gefühl. Es entsteht, wenn es zwischen zwei Menschen »passt«, wenn sie unkompliziert miteinander umgehen, wenn sie einen ähnlichen Lebensrhythmus haben, wenn sie ähnlich denken, über die gleichen Sachen lachen und schimpfen können. Harmonie ist ein Miteinander-Schwingen, wie zwei Töne, die zusammenpassen und wohlklingen. Für diesen Zustand muss man bereit sein. Er ist umso leichter zu erreichen, je mehr Energie man hat.

Liebe ist Lebensenergie pur. Umgeben von Menschen, mit denen wir uns wohl fühlen, fühlen wir uns energiegeladen. Wir kultivieren ein »Wir-Gefühl«. Wir wollen uns gemeinsame Ziele für die Zukunft setzen. Wir wollen die richtige Balance zwischen den eigenen Zielen und den Zielen unseres Partners finden.

Sex bringt die Körperenergie ins Fließen und ist deswegen sehr heilsam für Körper und Seele. Wir wollen guten Sex pflegen. Der beginnt mit Freiheiten, Vertrauen und auch Gelassenheit, wenn mal eine Zeit lang nichts läuft. Wir wollen eine stilvolle Streitkultur entwickeln. Bleiben wir doch fair, geduldig, konstruktiv und in unseren Forderungen realistisch.

Wir wollen Humor pflegen. Wir wollen den Alltag beleben. Wir schenken unserem Partner Aufmerksamkeit und Zuwendung, wir geben ihm Kraft, machen ihm Mut. Hilfreich ist, eine Fotowand mit schönen Erinnerungen zu installieren. Das schafft gute Stimmung und regt zu neuen positiven Erlebnissen an.

Andere Menschen können eine enorme Energiequelle sein. Wir alle kennen fröhliche Visionäre, souveräne Vorbilder, die positive Orientierung bieten, zuverlässige Zuhörer, die zudem klug fragen.

Humor und gelegentlich so richtig zu blödeln bringt auch jede Menge Energie und macht Spaß.

Auch Düfte haben eine enorme Macht über unsere Emotionen. Der Verstand ist hier machtlos. Düfte haben zudem einen unmittelbaren Einfluss auf unser Denken. Sie bestimmen unser Leben viel mehr, als uns bewusst ist. Sie entscheiden über Sympathie oder Abneigung. Gewisse Duftnoten bleiben lebenslang stark in Erinnerung. Der Geruchssinn hat einen direkten Draht zu unserem Unterbewusstsein und zum Zwischenhirn, das die Gefühle steuert. Das limbische System wird stark beeinflusst, es reguliert Gefühle, das Gedächtnis und die sexuelle Begierde. Bestimmte Düfte, ätherische Öle, mildern Depressionen und dämpfen Stress, wirken beruhigend und entspannend. Andere wirken anregend, wecken neue Energie. Darauf basiert die Aromatherapie. Die Wirkung ätherischer Öle können wir zum Beispiel durch eine Duftlampe nutzen.

Weiter haben auch Farben einen tiefgehenden Einfluss auf unseren Körper und unsere Seele. Sie beeinflussen unsere Gefühlswelt und unser Wohlbefinden. Mit Farben können wir unseren Seelenzustand harmonisieren und Energie freisetzen. Eine bis heute gültige Farblehre entwickelte Goethe. Bekannt ist auch der Farbtherapeut Professor Dr. Max Lüscher.

Gelb weckt neue Kräfte, es macht wach und aufmerksam, lässt gute Laune aufkommen und stimmt heiter. Es setzt blockierte Energie frei, stärkt die Selbstheilungskräfte, wirkt anregend und fördert Konzentration und Arbeitsbereitschaft. Gelb wird eingesetzt gegen Depressionen und Verspannungen. Es schafft innere Weite und soll hilfreich bei Kommunikationsproblemen wirken. Auch bei Antriebsschwäche soll diese Farbe eine positive Wirkung haben.

Rot regt an. Es aktiviert alle Funktionen, die für Kampf oder Flucht notwendig sind. Der Blutkreislauf wird durch diese Farbe angeregt, was sich in einer höheren Vitalität bemerkbar macht. Rot unterstützt Emotionen wie Liebe, Freude und Glück, aber auch Ärger und Hysterie. In der Farbtherapie wird die Farbe eingesetzt, wenn gestaute Energie zum Fließen gebracht werden soll, wenn wir die Lebensenergie erhöhen wollen. Rot mit Gelb zu Rotorange gemischt, kann dem ganzen Körper hohe Energie zuführen. Am Rot erfreuen sich besonders energische und gesunde Menschen (Goethe). Rot hilft bei zwischenmenschlichen Konflikten und gibt festen Boden unter den Füßen bei Weltflucht oder Lebensferne.

Blau dämpft und beruhigt. Es hat den gegenteiligen Effekt von Rot. Blau sorgt für Entspannung und führt den Betrachter zu sich selbst, zu seiner Seele. Blau gleicht die Energie im Körper aus und mindert den Energiefluss. Die Muskelanspannung lässt nach, Blutdruck und Puls sinken. Mit Blau werden Emotionen verbunden wie Angst, aber auch Mut und Zuversicht.

Grün harmonisiert und wirkt gegen Stress. Es beruhigt den Organismus, bringt Körper, Geist und Seele in Einklang.

Grün hilft uns, in unsere Mitte zu kommen, die Balance zu finden. Wir verbinden Grün mit Gefühlen wie Glück, Harmonie, aber auch mit Wut, Hilflosigkeit und Passivität.

Grün soll bei zwischenmenschlichen Konflikten hilfreich sein.

Seit Urzeiten wandern Menschen zu Kultstätten, zu Orten, wo sie Energie und Kraft schöpfen. An solchen Orten wirken wir angesichts der Größe der Natur ganz winzig. Hier finden wir Inspiration. Wir spüren, was wichtig ist und was nicht. Wir spüren uns selbst und wer wir sind. Schaffen wir uns doch einen Wohlfühlplatz in der Wohnung. In irgendeinem Winkel, einem Raum oder an einer Stelle, wo wir uns ganz besonders gern aufhalten. Es kann auch im Garten oder im nächstgelegenen Park sein. Ist es ein Raum in der Wohnung, platzieren wir dort, was uns inspiriert, Bilder, ganz persönliche Gegenstände. Suchen wir den Platz täglich wenigstens für ein paar Minuten auf, ziehen wir uns hier in unsere Träume zurück, in Visionen, Fantasien. Auf diese Weise tanken wir Energie. So ein Wohlfühlplatz ist wie ein heiliger Ort. Jeder braucht für seinen Rückzug einen solchen heiligen Ort. Es kann sein, dass dort zunächst nichts geschieht. Wenn wir einen heiligen Ort haben, ihn benutzen, wird irgendwann etwas geschehen.

Also reisen wir doch in unserer Fantasie an einen schönen Ort, wo wir uns wohlfühlen, wo wir uns entspannen und Energie tanken können.

Der Anfangsschwung für ein vitales Leben

Soll ein Flugzeug auf die Reise gehen, muss der Pilot erst mal Vollgas geben. Hat er seine Flughöhe erreicht, kann er die Leistung drosseln. Dann braucht er weniger Energie. In unserem Leben ist es nicht anders. Wollen wir uns auf die Reise begeben zu unseren Zielen, müssen wir erst mal Vollgas geben. Andernfalls zerschellen wir gleich am ersten Hindernis.

Vergessen wir dabei nicht die wichtigsten Punkte, die zum Erfolg dazugehören:

- das richtige, gesunde Denken
- körperliche Aktivität
- bewusste, gesunde Ernährung
- Motivation und Spaß an der Sache.

Warten wir nicht auf den Schwung, werden wir von selbst aktiv. Wir kommen ins Handeln und lassen keine Ausrede zu. Machen wir am besten einen schriftlichen Plan, wann und wie wir anfangen werden.

Lassen wir keine negativen Gedanken zu. Wir vermeiden, dass sich ein schlechtes Gewissen aufbaut, dass unser Selbstvertrauen schwindet. Nur so kommen wir an unsere Energie und Potenziale heran. Die meisten Menschen wissen, was zu tun ist, doch die wenigsten tun, was sie wissen.

Wir wollen unsere Ziele genau definieren. Wir machen uns klar, warum wir dieses Ziel erreichen möchten und was uns die Sache wert ist. Nur wenn ein Ziel für uns die entsprechende Bedeutung hat, einen entsprechenden Wert besitzt, nur dann werden wir die notwendige Motivation finden, die wir brauchen, um unsere Vorstellungen in die Realität umzusetzen.

Stellen wir uns bildlich die Situation nach Erreichen des Zieles vor. Visualisieren ist hier das Stichwort. Wir versuchen mit allen Sinnen diese Situation zu erleben.

Nur realistische Ziele lassen sich erreichen. Versuchen wir das Erreichen unseres Ziels so objektiv wie nur möglich einzuschätzen. Nur so schützen wir uns vor Enttäuschungen, die wiederum Energie rauben. Andererseits sollen wir aber auch keine Angst vor großen Zielen haben.

Wir wollen große Ziele in kleine Teilziele unterteilen. Denn das Erfolgserlebnis nach Erreichen eines Teilziels wird uns zum Weitermachen motivieren. Es ist leichter, in kleinen Schritten voranzugehen, besonders wenn wir einen steilen Berg vor uns haben. Mit unserem Auto fahren wir auch nicht steile Berge im fünften Gang hoch, sondern im zweiten oder sogar im ersten.

Wir sollten uns einen Zeitplan machen. Den sehen wir aber nicht als absolut an, sondern als Orientierung. Wir wollen uns nicht unter Druck setzen. Zeitdruck bewirkt, dass wir verkrampfen und unsere Energie blockieren.

Alles hat seinen Preis. Wollen wir uns ein Haus kaufen, kostet es Geld. Das ist aber noch lange nicht der ganze Preis. Das Geld müssen wir erst mal verdienen. Dahinter kann harte Arbeit stecken. Wir müssen uns vielleicht sogar verschulden. Diese Schulden müssen irgendwann bezahlt werden, dann geht es auf einmal nicht nur um harte Arbeit, sondern vielleicht auch um die Angst, es nicht zu schaffen. Vielleicht arbeiten wir dann noch mehr, Tag und Nacht, und haben am

Schluss keine Zeit und Kraft mehr, das schöne Haus zu genießen. Überlegen wir immer, ob uns die Sache das wert ist. Was bekommen wir und was müssen wir dafür hergeben?

Es gibt immer zwei Seiten im Leben: zunächst, etwas zu erreichen, und danach, das Erreichte zu genießen. Das Erste schaffen einige, das Zweite nur wenige. Wollen wir unser Ziel erreichen, kostet es Zeit, Kraft und Disziplin. Oft müssen wir auf jede Menge Komfort verzichten. Wir sollten genau überlegen, ob wir bereit sind, diesen Preis zu zahlen.

Betreiben wir Gedankenhygiene. Jeder Gedanke, ob gut oder schlecht, positiv oder negativ, hat die Tendenz, sich zu realisieren, weil er unser Unterbewusstsein beeinflusst. Das Unterbewusstsein lenkt uns dann, ohne dass wir es bemerken, in die entsprechende Richtung. So kommt es, dass Pessimisten meistens Pech haben und Optimisten eben Glück. Belasten wir uns nicht mit Problemen, die nicht unsere sind und zu deren Lösung wir nichts beitragen können. Wie werden wir negative Gedanken los? Kein Mensch kann zwei Gedanken gleichzeitig denken. Also können wir unsere Gedanken durch irgendetwas ersetzen, zum Beispiel durch ein sinnloses Wort. Wir konzentrieren uns auf dieses Wort und wiederholen es immer wieder. Minutenlang. Das reinigt erst mal den Geist und macht Platz für positive Gedanken. Die Art, wie Menschen denken, ist Gewohnheitssache, es ist antrainiert. Gewohnheiten kann man ändern, wenn man es möchte. Man muss eine neue Gewohnheit so lange trainieren, bis sie die alte ersetzt.

Das Bewusstsein, unser Verstand und die Gedanken

Wir verzeichnen einen unaufhaltsamen wissenschaftlichen Fortschritt. Trotzdem nehmen Leid und Krankheiten immer mehr zu. Gleichzeitig wächst der materielle Wohlstand, doch sind die Menschen deshalb nicht unbedingt glücklicher. Denn das Glücksgefühl hängt weniger mit den materiellen Bedingungen zusammen als vielmehr mit unseren Gedanken, mit dem Blickwinkel, wie wir die Dinge sehen, und mit unserer geistigen Einstellung. Jeder Gedanke stellt eine geistige Energie dar, die uns formt und ausrichtet. Die Kraft seiner Gedanken zwingt den Menschen in seine Lebenslage. So, wie wir denken, können wir uns also in eine positive oder in eine negative Lebenslage zwingen.

Wer über die Lebensbewältigung nur etwas liest, weiß sich selbst noch lange nicht zu helfen. Es geht nicht darum, etwas zu wissen, sondern darum, etwas zu tun. Wissen ist nur dann Macht, wenn man es anwendet.

Wir wollen in das Gewirr unserer Gedanken ordnend und richtungsbestimmend eingreifen. Schauen wir uns doch mal die Medien unserer Zeit an. Die große Mehrzahl der Zeitungsnachrichten und Berichte im Fernsehen und Radio sind negativ, lebensverneinend. Krieg, Mord und Tauziehen um materielle Werte füllen die Gehirne und mindern unsere Lebenskraft durch Erzeugen von Angst und Aggressionen. Wir sind in den heutigen Zeiten keine seelische Schonbehandlung mehr gewohnt. Im harten Alltag haben wir einfach keinen Sinn mehr dafür. Wir fügen uns auf diese Weise großen Schaden zu.

Wenn wir uns allein und verlassen fühlen, dann gibt es einen entscheidenden Trost, dass wir die Hoffnung nicht aufgeben müssen. Der Ansatzpunkt für eine solche positive Wende im Lebenslauf liegt in uns selbst. Er liegt in unserer Lebensführung, und in der sind wir völlig abhängig von der Qualität unserer Gedanken. Wir haben es also selbst in der Hand.

Wir wollen den Intellekt in die Grenzen seiner Zuständigkeit verweisen. Er dient der Kommunikation mit der Außenwelt. Die Seele verlangt nach einer anderen Praxis zur Schicksalsmeisterung.

Wir wollen gegen das falsche Denken ankämpfen, gegen die kräftezehrenden Vorstellungen und Gedanken. Das falsche Denken ist verantwortlich für den Verschleiß unserer seelischen Kräfte und Energien.

Wir sind auf keinen Fall bis an das Ende unseres Lebens an unsere eingeschliffenen Denkabläufe und eingefahrenen Gleise gebunden. Wir können uns sehr schnell davon befreien.

Wir sollten die Möglichkeiten und die Kräfte unseres Geistes kennenlernen. Nur ganz wenig bis fast überhaupt nichts hängt von anderen Menschen ab, sondern fast alles hängt von uns ganz allein ab.

In unserer Seele kommt alles zusammen, was wir in der äußeren Welt so peinlich bemüht sind zu trennen. Zum Beispiel die tiefsten Erkenntnisse der Physiologie, Philosophie, Medizin und Theologie. Sie ergeben erst im Zusammenhang jene geistige Einheit, die den Menschen von Natur aus gegeben wurde.

Jeder von uns ist Meister seines Schicksals und durch jede einzelne Handlung verantwortlich für seine negativen oder positiven Erfahrungen. Ein jeder von uns ist durch sein Denken und seine Handlungen verantwortlich für ein harmonisches oder ein weniger harmonisches Leben.

Es gibt keine Zufälle. Es ist nur unser Bewusstsein, das Gesetzmäßigkeiten übersieht, die unser Schicksal bestimmen. Wir erfassen die großen Zusammenhänge nicht mehr. Unser Verstand ist dazu nicht in der Lage.

Fast alles, was wir Probleme nennen, ist darauf zurückzuführen, dass wir unsere tiefsten geistigen Kräfte nicht zur Geltung kommen lassen. Wir haben die Probleme ins Unterbewusstsein verdrängt.

Falls wir im Beruf plötzlich Anerkennung bekommen oder einen großen Erfolg verzeichnen können, verdanken wir das nicht einem Zufall. Unser eigener, persönlicher Einsatz war die Ursache dafür. Wir identifizierten uns mit unserer Aufgabe so vollständig, dass unsere vom Unterbewusstsein mobilisierten Kräfte einen unaufhaltsamen Erfolg angebahnt haben.

Ein jeder von uns kennt die Situation, wenn man mit aller Kraft ein bestimmtes Ziel erreichen möchte und es geht nicht. Der Erfolg will ganz einfach nicht kommen. Und dann, irgendwann, obwohl man sich gar nicht angestrengt hat, kommt der Erfolg von ganz allein. Die Energie, die wir einsetzen, um ein Ziel zu erreichen, ist oft ein Hindernis auf dem Weg zum Ziel. Es klingt paradox. Doch die Intuition ist dem vom Willen gelenkten Verstand haushoch überlegen. Keine Planung, keine methodische Willenskraft kann einen einzigen intuitiven Geistesblitz ersetzen. Das beweist der Lebenserfolg vieler großer Forscher und Dichter.

Wer sein Leben nur mit den Kräften seines Verstandes meistern möchte, wird nur einen sehr durchschnittlichen Erfolg haben. Er wird ein Wesen bleiben, das sich fortwährend über die Schwierigkeiten und Widerwärtigkeiten des Lebens beschweren wird. Das wollen wir jetzt ändern.

Das Bewusstsein ist nur ein schmaler Ausschnitt unseres Lebens, den wir mit unseren Sinnen erfassen können. Viele von uns haben den sechsten Sinn verdrängt, jenes Gefühl für die feinste geistige Welt, die viel bedeutsamer für uns ist, als wir glauben. Unsere tiefste geistige Welt ist der Ursprung allen Seins, unsere wahre Heimat.

Das Bewusstsein hat seltsame Schattierungen. Wenn wir traurig sind, erscheint uns die ganze Welt in grauen Farben, selbst wenn die Sonne scheint. Sind wir dagegen guter Laune, positiv gestimmt, kann es noch so schlimm regnen, ein Gewitter geben, nichts kann uns aus unserer fröhlichen Stimmung herausreißen. Es ist also nicht unbedingt die Realität, die uns glücklich oder unglücklich werden lässt. Es ist unsere Reaktion auf diese Realität.

Überlegen wir doch mal, welche Gedanken uns schon morgens durch den Kopf gehen, bevor wir überhaupt etwas getan und erlebt haben. Diese Gedanken stimmen unser Bewusstsein ein, beeinflussen unsere Gefühle, bevor überhaupt etwas an diesem Tag geschehen ist. Wir selbst legen unsere Gefühlswelt für die kommenden Stunden fest und prägen dadurch unser Unterbewusstsein. Der bevorstehende Tag wird unserer Erwartungshaltung entsprechend verlaufen.

Entspricht die Außenwelt unseren persönlichen Wünschen, sind wir zufrieden. Passt sich die Umgebung nicht an, sind wir missmutig, wir haben dann Unlustgefühle oder sind sogar aggressiv und lassen uns zu unberechenbaren Handlungen hinreißen. Hier kann die Ursache für viele gesundheitliche Beschwerden liegen. Es wird dann von psychosomatischen Beschwerden oder Krankheiten gesprochen.

Das Bewusstsein ist nur ein ganz kleiner Teil unseres Daseins. Das Unterbewusste oder das Unterbewusstsein machen den größten Teil unserer Existenz aus. Wir benutzen unser Gehirn wie eine Datenbank, wie einen Computer. Wir ordnen dadurch unsere Umwelt, unsere

Umgebung, aber können in uns selbst nur sehr wenig ordnen. Wir verlassen uns immer wieder nur auf unseren Verstand als höchste Instanz und wundern uns, dass wir nicht weiterkommen. Wir nehmen den Verstand zu ernst, zu absolut. Wir haben aufgehört, auf unsere innere Stimme zu hören, wenn sie uns mitteilen will, dass etwas nicht stimmt, wenn sie uns warnen möchte, dass etwas nicht in Ordnung ist.

Uns interessiert nicht mehr, welche Kraft uns bewegt, sondern nur, was wir damit anfangen können. Den Raubbau, den wir heute an den Naturschätzen erleben, haben wir an unserem Körper schon lange begangen. Die Mehrheit unserer Mitmenschen hat noch nicht erkannt, dass in unserer turbulenten Welt der Zugang zu unserem Unterbewusstsein zu einer Lebensfrage wird.

Wir können dem Leben nur eine positive Wendung geben, wenn wir unseren ureigensten Kraftkern entdecken und wieder aus ihm heraus leben.

Die Wissenschaftler sagen, dass wir nur etwa fünf Prozent unserer Gehirnkapazität nutzen. Durch verschiedene Tricks können wir vielleicht ein wenig mehr Prozente nutzen, doch mit dem Verstand unser Bewusstsein erweitern zu wollen, ist nicht das richtige Werkzeug. Nicht einmal die größten Genies, wie Goethe oder Einstein, kamen über die Fünf-Prozent-Hürde. Wenn sie dennoch große Erfolge erzielten, dann nur, weil sie die geistigen Kräfte nutzten, die in ihnen verborgen waren. Diese verhalfen ihnen über die Intuition zu großen Erfolgen.

Eine Tatsache ist, dass in jedem Menschen eine höhere geistige Kraft vorhanden ist. Jeder hat sie, wir müssen nur auf sie zugreifen. Jeder von uns ist in der Lage, seine Grenzen, die durch den Verstand gegeben sind, weit zu übertreffen. Er darf sich nur nicht durch den Verstand einengen lassen.

Wie hat es Einstein gemacht? Er kreiste ein Problem so eng wie möglich mit seinen Gedanken ein. Dann vergaß er das Ganze und überließ die Sache seinem Unterbewusstsein. Nach Tagen, Wochen oder sogar Jahren schoss plötzlich die große Idee in ihm hoch. Sein Unterbewusstsein ließ ihm eine Intuition zukommen. Jeder von uns verfügt über diesen unbewussten Bereich. Mit diesem Bereich oder auch dem Unterbewusstsein meint man vorrangig die innere Stimme, die wir bei unserer rationalen Lebensart weitgehend in den Hintergrund gedrängt haben.

Liebe – ein Grundbedürfnis in unserem Seelenleben – muss vor allem zu uns selbst vorhanden sein, wenn wir unser Schicksal meistern wollen.

Gesteuert von unseren Trieben, Gefühlen und Verstandeskräften, schaffen unsere Gedanken eine Vorstellung von unserem Leben. Wir erleben das, was wir denken. Wir leben so, wie wir denken. Das ist ein fundamentaler Erkenntnissatz. Es ist auch der Grundsatz der Lehre vom positiven Denken. Für jeden von uns ist es wichtig, einen harmonischen Gleichklang zwischen Geist, Körper und unserer Umwelt zu schaffen.

Wir sind, was wir denken. Was immer wir auch wahrnehmen, es ist ausschließlich das Resultat unserer Gedanken. Gedanken streben nach Realisation. Was immer wir auch denken, unser Unterbewusstsein wird bemüht sein, unsere Gedanken in die Realität umzusetzen.

Wenn uns irgendwas nicht gefällt, müssen wir nur unsere Gedanken ändern. So einfach ist es, glücklich zu sein. Ist ein Gedanke erst mal produziert und formuliert, dann drängt er zur Verwirklichung.

Die Größe des Erfolgs ist abhängig von der Intensität der Sehnsucht, mit der wir unser Ziel herbeiwünschen. Der erste Schritt ist, die Richtung und das gewünschte Ziel klar und bildhaft vor dem inneren geistigen Auge zu sehen und zu fühlen. So, wie wir denken, wird unser Bewusstsein die Umwelt erleben. Wir sind, was wir denken. Dieser Satz drückt aus, dass der Denker von dem abhängig ist, was er denkt. Denkt jemand ständig an Harmonie und Erfolg, so wird er diese herbeiziehen. Dies gilt auch umgekehrt.

Probleme schrumpfen allein dadurch, dass wir ihnen durch eine harmonische Grundeinstimmung in uns das Gewicht nehmen. Die Außenwelt und unser Schicksal sind ausschließlich ein Spiegelbild unserer Gedanken, unseres Denkens. Und das ist auch der Grund, warum wir ab jetzt sofort positiv denken wollen. Unser Körper und unsere Seele werden uns das mit Gesundheit und Harmonie danken.

Die Gedanken und das Unterbewusste

Das logische Denken ist eine Voraussetzung zur Bewältigung unserer realen Welt; wenn es aber um Triebe oder Gefühle geht, ist es vollkommen nutzlos.

Wir müssen uns nur unserer inneren Führung anvertrauen, um wieder ganz wir selbst zu werden. Wir müssen lernen, wieder auf unsere innere Stimme zu hören.

Der Verstand ist wie ein Schlüsselloch, durch das wir nur einen Teil der Zusammenhänge unseres Daseins erfassen. Wir können unser Bewusstsein nur erweitern, wenn wir die Logik fallen lassen und uns unserer inneren Führung anvertrauen.

Die besten Impulse zur Beurteilung unserer Umwelt erhalten wir aus den unterbewussten Tiefenregionen unserer Seele. Der erste Eindruck ist sehr wichtig. Wir sollten ihn registrieren. Je mehr Einzelheiten wir aufnehmen, desto aufmerksamer und konzentrierter gehen wir dabei vor. Einen großen Schritt vorwärts machen wir, wenn wir jeden Menschen als gleichrangiges Wesen anerkennen und so mit ihm handeln und umgehen.

Unsere innere Stimme wird meistens ganz von unseren gedanklichen Vorstellungen verdeckt. Wir wollen also das Horchen nach innen wieder üben.

Dass man sich nur mit logischen Zusammenhängen befasst und aufgehört hat, auf die innere Stimme zu hören, könnte man als eine Zwangshandlung einstufen, man könnte es sogar unter die Neurosen einordnen.

Wir können unserem Unterbewusstsein folgenden Auftrag geben: »Ich denke und handle nur noch positiv, ich beauftrage meine innere Stimme, mich zu warnen, wenn sich ein negativer Gedanke in mein Gehirn einschleicht.«

Ein Wort oder ein Gedanke ist eine geistige Kraft, die zur vollständigen Verwirklichung strebt. Jeder Gedanke ist schöpferisch, ob in guter oder in böser Richtung. Das Unbewusste in jedem von uns ist die Aufnahmezentrale, die jedes Wort, jeden Gedanken, den wir formen, speichert und in Realität umsetzen möchte. Deshalb müssen wir Respekt vor unseren Gedanken haben, deshalb gehen wir respektvoll mit unserem Denken um. Unser Denken bestimmt unser Lebensglück, unseren Erfolg.

Ein Mensch, der finanziell oder persönlich in eine Schräglage gekommen ist und sich selbst bedauert, setzt seine tiefen unbewussten Kräfte falsch ein. Seine Vorstellung, gegen seine Armut nichts tun zu können, ist reine Einbildung, mit der er die unendlichen Kräfte seines Unterbewusstseins falsch verwendet. Man muss nur lernen, die unbewussten Kräfte für sich nutzbar zu machen.

Betrachten wir jede Handlung, die wir vorhaben, aus dem Blickwinkel unserer inneren Harmonie. Wenn wir mit unserer Tätigkeit etwas in Bewegung setzen sollten, das unserem Wohlbefinden nicht entspricht und das auch für jeden anderen unzumutbar ist, dann tun wir es einfach nicht.

Wenn wir in eine Tätigkeit verstrickt sind, die völlig gegen unsere inneren Empfindungen geht, dann sollten wir uns davon befreien. Es ist viel leichter, unsere Handlungen, unsere Beschäftigung, unseren Umgang mit der Umwelt zu ändern, auch wenn es sich um eine totale Umstellung handelt, als ein ganzes Leben lang krank, erfolglos und disharmonisch zu sein.

Positives Denken bringt innere Ausgewogenheit in unseren Alltag. Und nur das zählt wirklich. Es bringt uns auf die Sonnenseite des Lebens. Wir brauchen nur damit zu beginnen, hier und jetzt.

Wir erleben ständig, was wir denken. Wo auch immer wir hinkommen, wir werden unsere eigenen Gedanken antreffen. Unsere Vorstellungen sind es, die die äußeren Gegebenheiten kritisch formen.

Strahlen wir doch seelenruhig unseren positiven Lebenswillen auf unsere Umgebung aus. Das ist unser größtes Machtpotenzial, mit dem wir jeden anderen Menschen überzeugend veranlassen können, auf uns, unser Leben und unsere Persönlichkeit Rücksicht zu nehmen.

Bewahren wir in jeder Lebenssituation unsere innere Ruhe. Sie wird für uns zur überlegenen Stärke, mit der wir klar durchschauen, warum uns gerade dieses oder jenes misslungen ist. Diese innere Ruhe schafft uns schnell einen Ersatz für alle Misserfolge.

Unser positives Denken und das Erfassen der Umwelt aktivieren unsere echten Lebenskräfte. Wir sind überlegen und sicher in unserer Ausgeglichenheit gegenüber der Umwelt.

Alle Kraft, die wir im Alltag brauchen, schöpfen wir aus unserem harmonischen Wesenskern. Unser Selbstbewusstsein ist für alle Zeit unsere größte Stärke und Stütze.

Eine gute Hilfe ist eine morgendliche Meditation. Nach dem ersten Augenöffnen und Strecken meditieren wir zwei Minuten mit einer bestimmten Vorstellung, zum Beispiel: »Ein neuer schöner Tag liegt vor mir. Alle meine guten Kräfte werde ich heute entfalten können. Alles Gute werde ich aus meiner Umgebung aufnehmen. Ich freue mich auf meine Aufgaben und deren Bewältigung. Die Kraft zur Erfüllung meiner Aufgaben werde ich aus meiner inneren Harmonie und Ausgeglichenheit schöpfen.«

Bleiben wir ein ruhender Fels in der Brandung der täglichen Informationen und Arbeitsanforderungen. Zweifel, Kritik und Stresssituationen werden wir dann bald nur an anderen erleben. Unser Unterbewusstsein ist so programmiert, dass es nicht zulässt, unnötige Kraft zu verschwenden. Diese Kraft wird automatisch umgelenkt zur Bewältigung unserer Probleme.

Solange wir nicht lernen, mit unserem Unterbewusstsein zusammenzuarbeiten, verhalten wir uns wie ein Nichtschwimmer, der aus einem Boot fällt. Mit allen möglichen Tricks versuchen wir uns über Wasser zu halten, ohne die einfache Möglichkeit zu nutzen, das Wasser zum tragenden Element für uns zu machen.

Unwissenheit und Ignoranz der geistigen Gesetze ist die Ursache aller negativen Erlebnisse, einschließlich körperlicher und psychischer Krankheiten.

Fast in jeder Nervenheilanstalt gibt es Patienten, die sich für Napoleon halten. In ihren Köpfen hat sich diese Vorstellung ganz fest eingebrannt. Sie beweisen, welcher Einbildungskraft der Mensch fähig ist. So, wie sich der Kranke, Geistesgestörte aus der Realität entfernen kann, so können auch wir die höchsten Lebenskräfte des Geistes in uns mobilisieren und sie zur Realisierung großer Ziele einsetzen.

Statt mit falschen Gedanken Neurosen und Ängste zu erzeugen, erreichen wir mit der Lenkung unserer Gedanken in eine positive Richtung Erfolge und Zufriedenheit.

Die Intuition lässt sich fördern, kreative Kräfte sind in jedem Menschen vorhanden. Wir müssen nur den Intellekt in uns überreden, sich in unsere innere Einheit einzuordnen. Er darf nicht das absolute Sagen haben. Denken wir immer daran, dass wir und kein anderer der Herr in unserem Hause sind. Wir verteilen das Stimmrecht, das wir den einzelnen Ebenen unserer Persönlichkeit zusprechen, neu.

Positives Denken bedeutet, nicht die geringste Gedankenenergie mehr gegen die eigene Lebenskraft zu richten, keine Idee von »Ich kann nicht« oder von Selbstmitleid aufkommen zu lassen. Es bedeutet, jede Handlung in Harmonie mit der inneren Stimme und dem Gewissen auszuführen. Das Ergebnis ist eine reibungslose Eingliederung in unsere Umgebung. Prompt reagiert auch unser Körper darauf. Stress und Verspannungen lösen sich. Die einzelnen Organe werden wieder harmonisch und natürlich versorgt und erhalten ihre normale Funktionstüchtigkeit.

Wir wollen oft die Wahrheit in die Burg unserer Vorstellungen nicht hineinlassen. Dabei gibt sie uns die Erklärung für die eigentlichen Ursachen unserer Probleme und Krankheiten.

Menschen, die positives Denken, Harmonie und Ruhe in sich fest verankert haben, sind oft der Trost ganzer Arbeitsgruppen. Mit ihrem sonnigen Wesen bestimmen sie das gute Klima im Betrieb.

Der Weg zu einer positiven Lebenskraft verlangt Konsequenz. Wir dürfen unser Bewusstsein nur mit positiven, guten Gedanken füllen. Diese Gedanken bestimmen unsere Zukunft.

Wir leben im Hier und Jetzt. Das ist ein sehr wichtiger Satz. Sind wir tatsächlich immer ganz hier? Der Körper mag ja anwesend sein, die Gedanken sind meistens weit weg.

Die einzige Welt, in der wir leben können, ist die Gegenwart. Die Vergangenheit und die Zukunft existieren nur in unserer Vorstellung. Wer mit seinen Gedanken ständig in der Vergangenheit oder in der Zukunft ist, entzieht sich der Realität. Er schwebt am echten Leben vorbei, denn das besteht nur aus dem Augenblick des JETZT, des DASEINS, des HIER. Die Vergangenheit ist wichtig, um aus ihr zu lernen und dann aus dem Gelernten für die Zukunft einen Nutzen zu ziehen. Wir alle kennen Menschen, die in jeder Minute geradezu aus der Gegenwart flüchten. Sie sprechen ständig von ihren Plänen und Vorhaben oder von ihren Erlebnissen und vergangenen Taten oder, noch schlimmer, von ihren Krankheiten.

In jedem von uns liegt die Kraft zur vollkommenen Entfaltung und eigenständigen Entwicklung. Wir müssen sie selbst in Gang bringen, indem wir lernen, aus der Quelle unserer Existenz zu schöpfen. Dazu gehört Vertrauen zu uns selbst.

Falls jemand ständig Pech hat, stammt dies nur aus dem negativen Programm seines Unterbewusstseins. Die destruktiven Gedanken bestimmen seinen Lebenslauf. Sehr häufig ist es die Art unseres Denkens, die uns einschränkt, weil sie uns keine Alternativen lässt. Menschen, die immer negativ denken, werden sich ihnen bietende Chancen unter Umständen nicht erkennen, selbst wenn sie offen vor ihnen liegen. Auch wenn die Sonne noch so hell scheint, wissen sie nur, dass sie bald untergeht. Für solche Menschen hat unsere Welt, in der alles polar ist, nur eine einzige Seite, die negative.

Ein Mann wollte sein Auto in einer belebten Straße parken. Er war aber davon überzeugt, dass er keinen Parkplatz finden würde, deshalb sah er auch nicht, dass in einem geparkten Wagen neben ihm ein Mann am Steuer saß und gerade den Motor anließ. Sein Wahrnehmungsvermögen war durch seine negativen Gedanken so stark eingeschränkt, dass er selbst dann, als er darauf hingewiesen wurde, nur ganz langsam reagierte. Negative Gedanken können sich genauso verselbstständigen wie positive. Deshalb wollen wir positiv umdenken.

Betrachten wir unser Leben von jetzt an als erfolgreich und denken wir nur noch positiv. Was wir jetzt denken, entscheidet über unser weiteres Leben. Zu den ersten Schritten gehört das Bewusstmachen unserer abwertenden Gedanken und Worte. Wer denkt: »Ich kann nicht ..., ich fürchte ..., ich bezweifele ...« und Ähnliches, der suggeriert seinem Unterbewusstsein Ängstlichkeit, Unsicherheit und Unfähigkeit.

Wir wollen unser Unterbewusstsein umprogrammieren. Die alten destruktiven und beschränkenden Speicherungen waren die Ursache vergangener und gegenwärtiger Probleme. Zur Umprogrammierung eignen sich am besten Suggestivformeln bei der täglichen Meditation. Die Leitsätze, die Richtgedanken sollten täglich vier oder fünf Mal gelesen und später auswendig gesagt werden. Vor dem Schlafengehen und morgens sofort nach dem Aufstehen ist die Wirkung am intensivsten.

Das Unterbewusste und die Macht der Suggestionen

Unser Unterbewusstsein übernimmt alle Gedanken, die wir denken, direkt und naiv. Es setzt alle Kräfte ein, um die eingegebenen Impulse auszuführen, auch wenn es sich um die dümmsten Aufträge handelt. Ein Beispiel: Manche Frauen springen auf einen Stuhl, wenn eine Maus auftaucht, oder schauen abends unter dem Bett nach, ob da auch keiner versteckt ist. Eine kleine Autosuggestion ist für sie durch ständige Wiederholung zum Reflex geworden.

Beobachten wir doch einmal, was alles an Reflexen in uns schlummert, die uns in einer entsprechenden Situation, ohne dass wir nachdenken, sofort zum Handeln bringen. Mit Suggestionen zu wirken bedeutet, mit seinem Unterbewusstsein zusammenzuarbeiten. Ständig wiederholte Worte haben eine allmähliche, aber zwingende Bewusstseinswandlung zur Folge. Suggestionen gewinnen ihre Wirksamkeit durch das Eindringen und Festhaften im Unterbewusstsein. Wir blockieren diesen Zugang meistens durch unseren Verstand und unseren Willen.

Hier zeigt sich wieder das paradox scheinende Gesetz, nach dem der Wille genau der Kraft entgegenwirkt, die uns zum Ziel führen könnte. Nicht etwas verbissen wollen, sondern es vom Verstand unbeobachtet geschehen lassen, führt zum Erfolg. Das geschieht am leichtesten in der Entspannung. Je tiefer die Entspannung, umso leichter ist das Unterbewusstsein zugänglich.

Das entscheidende Wort über das, was wir in unseren tiefen psychischen Sphären einspeichern, sprechen unsere Gefühle. Sie bestimmen, was uns zur Suggestion wird. Mit unendlicher Geduld schluckt unser Unterbewusstsein Worte, die uns in unserem Alltag völlig harmlos erscheinen, die aber die Ursache für die meisten unserer Probleme sind.

Beobachten wir doch einmal erfolgreiche Menschen, denen alles leicht zu gelingen scheint. Sie besitzen das Talent, ihre unterbewussten Energien positiv zu lenken und jedes Vorhaben als erreichbar anzusehen.

Unsere Probleme und Leiden entstehen im Grunde alle aus der gleichen Ursache, nämlich dem Verlust des Kontakts zu unserem Unterbewussten.

Nachdem wir uns nach gründlicher Überlegung zu einem Vorhaben entschlossen haben, bringen wir keine falsche energetische Ladung an unser Unterbewusstsein, wie etwa Kritik und Zweifel. Das wirkt wie Wasser im Tank unseres Autos, wie Sand im Getriebe.

Jede Körperreaktion hängt von unserer geistigen Einstellung, von der Wertigkeit unserer Gedanken ab.

Jahrzehntelang haben wir Geduld geübt gegenüber Fremdsuggestionen, die uns Kraft und vielleicht auch Gesundheit gekostet haben. Jetzt wollen wir das Umschalten vom negativen Entladen auf positives Aufladen lernen. Wir wollen alle Suggestionen meiden, die unserem Wohlbefinden schaden.

Der beste Weg, um auf ein Ziel loszulegen, ist eine klare Vorstellung, ohne Zweifel und Entschlusslosigkeit. Wer für jede Kritik offen ist, wer sich von jedem Miesmacher Zweifel einpflanzen lässt, dessen Misserfolg im Durchsetzen seines Lebensplans ist vorprogrammiert.

Prüfen wir unser Gewissen darauf, ob unsere Wunschvorstellung für die Zukunft richtig ist. Dann wollen wir eine bildliche Vorstellung von unserem Ziel schaffen und uns damit so vollständig identifizieren, als ob der Weg dorthin schon längst bewältigt wäre. Wir leben von nun an mit der Idee unserer bereits verwirklichten Vorstellung. Wir werden dann auch den Erfolg unserer Suggestivarbeit erleben.

Jeder von uns hat die gleiche Fähigkeit, diese geistigen Vorgänge zur Erreichung eines positiven Ziels in sich auszulösen.

Wenn wir denken, dass wir etwas tun möchten, es aber wahrscheinlich nicht können, werden wir umso weniger Erfolg haben, je mehr wir uns anstrengen. Das Gefühl, etwas nicht leisten oder beweisen zu können, ist immer stärker als der Wille, der etwas durchsetzen möchte. Freude am Leben soll das angestrengte Nacheifern, das allzu egoistische Hängen an den Dingen ersetzen.

Erkennen wir doch, wie wir uns von dem aus der Umwelt kommenden Strudel negativer Gedanken mitreißen ließen. Wir verschenkten unsere Autorität an fremde Menschen. Machtsucher und Angsttreiber fanden unser Ohr und besetzten unseren Verstand. Ein Mensch, der Angst hat, ist leichter zu lenken und zu dirigieren. Er ist schneller zu überzeugen, eine bestimmte Partei zu wählen, wenn sie ihm verspricht, die Bedrohung zu beseitigen.

Wir wollen so viel Selbstbewusstsein ansammeln, dass wir alles, was wir für richtig befinden und für unser Leben als bedeutsam und gut ansehen, aus eigener Entscheidung durchsetzen, ohne auf die Kritik oder Zustimmung anderer zu achten.

Schaffen wir uns im Laufe der Zeit für die wichtigsten Anliegen in unserem Leben und die wichtigsten Situationen Suggestionen, die mehr und mehr unseren gesamten Lebensbereich positiv formen.

Haben wir eine wichtige Besprechung mit jemandem, dann gehen wir voller Harmonie in dieses Gespräch. Das vorherige Ausmalen aller Möglichkeiten, die dabei auftauchen könnten, ist völlig unangebracht. Wir haben vorher positiv beschlossen, was wir bei diesem Gespräch erreichen wollen, wir haben unser Unterbewusstsein beauftragt, damit ist bereits alles entschieden.

Suggestionen, die wir jahrzehntelang benutzt haben, ganz unbewusst, sind durch ständige Wiederholung zu fest eingeprägten Reflexen geworden.

Jeder Gedanke ist bestrebt, sich in Realität umzusetzen, und der stärkere Impuls hebt jeweils den schwächeren auf. Von der Art unserer Suggestionen hängt also ab, was wir erleben. Bessere, stärkere und positive Suggestionen ersetzen jene Vorstellungen, die uns schwächen, die Fehler und Krankheiten verursachen.

Suggestionen wirken umso schneller, je häufiger und intensiver sie eingeprägt werden. Wir formen uns aus dem, was wir denken.

Die Qualität unseres Unterbewusstseins hängt von uns allein ab. Haben wir eine lässige Einstellung zu unseren wichtigsten Lebensanliegen, zu unserem Glücks- und Erfolgsstreben, dann schaltet auch das Unterbewusstsein auf lässigen Krafteinsatz. Wir können jedem Menschen an der Nasenspitze ansehen, ob sein Unterbewusstsein ausreichend mit positiven Suggestionen versorgt wird oder nicht.

Unser Erfolg liegt in dem wiederholten, ständigen Festhalten an allem, was unser Leben zum Guten wendet.

Es geht nicht um die Bemühung, jemand anderer oder etwas anderes zu werden, sondern um das Loslassen, um das zu werden, was wir wirklich sind.

Fremdsuggestionen haben einen vielfach stärkeren Wirkungsgrad als Autosuggestionen.

Wenn unser Bewusstsein eine bestimmte Idee akzeptiert, beginnt diese zu wirken.

Gedächtnisschwäche ist oft die Flucht eines überforderten Menschen in die Oberflächlichkeit. Je mehr ein Mensch verdrängt, umso höher ist seine innere Spannung.

Niemandem soll sein Glauben genommen werden. Nur soll er wenigstens hier und jetzt erkennen, dass er ausschließlich sein eigener Glaube ist, seine Vorstellung von der Welt, die er sich gemacht hat. Glaube ist nicht Wissen und nach eurem Glauben wird euch geschehen.

Wir unterliegen der Macht der Gewohnheit. Jeder suggeriert sich sein Wohlergehen nach Lust und Laune. Der weibliche Blick in den Spiegel, der männliche Griff nach der Bierflasche, sie alle verraten harmlose Abhängigkeiten. Je stärker wir diese oder jene Gewohnheiten unseren Alltag bestimmen lassen, desto notwendiger wird für uns eine positive Denk- und Handlungsüberwachung.

Wer sein Wesen auf Harmonie und Liebe einstimmt, der wird harmonisch. Er macht sich nichts vor, sondern er erlebt die Reifung seiner Persönlichkeit.

Sich der Armut ergeben bedeutet, sein Lebenslicht freiwillig ersticken zu lassen. Wer sich arm dünkt und darin seine Bestimmung sieht, erliegt seiner eigenen Einbildung.

Der echte Sündenfall ist, wenn man das Vertrauen in die eigenen Kräfte aufgibt.

Wir wollen innere Harmonie finden und uns von einengenden Vorstellungen befreien.

Wir können unser Leben mit ungezähmter Gedankenflut vergeuden oder wir können uns mit positiven Gedanken wahrem Erleben zuwenden.

Viele machen den Fehler, sich mit ihrer Arbeit zu identifizieren. Sie leben nur für die Arbeit, nicht mehr für sich selbst.

Den einzigen Gott, den es gibt, finden wir nur in uns selbst.

Wer sich immer alle Türen offen lässt, lebt nicht sein eigenes Leben. Er ist von den Vorstellungen und Zielsetzungen anderer besetzt.

Wir sollten auf nichts verzichten, nur auf negative Gedanken.

Wer Liebe und Harmonie in sich wachsen lässt, verschwendet keine Energie mehr an unnütze Gefühlsausbrüche. Streichen wir also Zorn, Ärger, Neid und Eifersucht aus unserem Gefühlsregister.

Das Geheimnis des Erfolglosen besteht darin, dass er nicht weiß, was er will.

Persönlichkeitsbildung erfolgt durch die Verwirklichung unserer Vorstellungen, wie wir uns zur Umwelt stellen, wie wir unsere erworbenen Anlagen erkennen, nutzen oder übergehen oder sogar von anderen verdrängen lassen.

Wir werden immer wieder erkennen, wie die Aktiven, die jeden Handgriff bewusst und zielstrebig ausführen, im Leben besser dastehen.

Die Angst, in die wir uns verrennen, kann nur deshalb so viel Macht über uns gewinnen, weil wir sie ihr erteilen. Dann strahlt sie sogar noch über uns hinaus und zieht geradezu magisch jene Situationen an, die wir befürchten.

Den Wünschen eines Egoisten zu entsprechen bedeutet, ihn in seinem Egoismus zu bestärken.

Setzen wir in Zukunft voll auf unseren inneren Frieden, auf Harmonie und Liebe in unserem Leben. Dann werden Harmonie und Lebenserfolg in großem Maße zu uns zurückströmen. Das physikalische Gesetz des Kräfteausgleichs hat nämlich auch im geistigen Bereich seine Gültigkeit. Druck erzeugt Gegendruck, Liebe erzeugt Gegenliebe, Harmonie erzeugt Harmonie.

Ängste und negative Gedanken bewirken, dass, von äußeren Verhältnissen aufgeheizt, unsere Lebensbatterie sich entlädt und wir dadurch anfälliger werden.

Das Unterbewusstsein richtet sich exakt nach den Äußerungen des Bewusstseins.

Der Intellekt kommt gegen psychische Verirrung nicht an. Sich mit dem Willen helfen zu wollen wirkt so, als würde jemand mit dem Holzhammer seinen Laptop zu reparieren versuchen. Die Kraft liegt tiefer verborgen, im Unterbewusstsein.

Wir müssen lernen, wirklich loszulassen und unser Innenleben zu harmonisieren.

Es gibt einen Zusammenhang zwischen Leid und negativen Vorstellungen.

Der Gedanke ist eine geistige Energie, die alles Erleben wie Glück oder Misserfolg, Krankheit oder Gesundheit verursacht.

Der Verstand kann nicht allein alle großen Probleme lösen.
  Wer sich dem Augenblick des Seins zuwendet und jede Handlung und jeden Gedanken positiv gestaltet, der erlebt sofort eine weitgehende Befreiung.

Wer seine innere Freiheit erlangt, um Konventionen zu überwinden, ist sofort der Stärkere, Echtere, denn nur er lebt wirklich.

Veränderung und Umwandlung bringen Schmerzen mit sich, bevor harmonische Ausgeglichenheit erreicht wird.

Manche Ängste, die kein Entspannungsventil finden, erzeugen extreme Verhaltensstörungen.

Viele tägliche kleine Ängste, zum Beispiel berufliche oder Prüfungsangst oder Durchsetzungsschwierigkeiten, lassen sich im Handumdrehen beseitigen, denn sie existieren ausschließlich in unserer Vorstellung.

Was auch immer um uns herum geschehen mag, wir sind unangreifbar und sicher, wenn wir in uns ruhen, wenn wir unsere innere Harmonie durch nichts stören lassen.

Für unsere Lebensqualität ist auch die Qualität der Atmung ganz wichtig. Schlecht oder falsch zu atmen heißt auch, falsch zu leben. Ein tiefer Atemzug bis in den Bauchraum bringt uns eine erste Erleichterung. Wir fühlen uns sofort wieder als Herr der Lage.

Wunder geschehen nicht im Widerspruch zur Natur, sondern nur im Widerspruch zu dem, was uns über die Natur bekannt ist.

Ein Unglück, das wir selbst auf uns herabziehen, ist nicht mehr aufzuhalten (chinesisches Sprichwort).

Testen wir doch einmal eine Woche lang unsere Gedanken. Ziehen wir uns dreimal täglich für fünf Minuten zurück, um festzuhalten, was wir in den vergangenen fünf Minuten gedacht haben. Wir werden feststellen, dass sich über die Hälfte unserer Gedanken wiederholen. Diese Gedanken enthalten das Material der stärksten Suggestionen, denen wir uns selbst aussetzen. Wenn es uns gelingt, durch positive Suggestionen, durch positives Denken nur jene Gedanken an uns heranzulassen, die ausschließlich unserer positiven Entwicklung dienen und uns nicht einschränken, dann haben wir einen großen Schritt in Richtung Zufriedenheit und Erfolg getan.

Negatives Denken bedeutet, dass wir uns einfach die zweite, positive Hälfte unseres Lebens wegschneiden.

Einen anderen Weg der geistigen Bereinigung als die Lenkung der eigenen Vorstellungen und Gedanken gibt es nicht.

Was wir hier und jetzt denken, formt unsere Zukunft.

Lassen wir doch nicht unsere Psyche durch negative Gedankenkomplexe vergewaltigen.

Immer ist es fehlende Liebe zu sich selbst oder aus der Umwelt, die Menschen zu Verzweiflungstaten bringt. Die Probleme beruhen oft auf zwanghaften, einseitigen Gedanken. Sie werden nur aus einem ganz einseitigen Blickwinkel gesehen. Wir versperren uns so den Weg zu der unerschöpflichen inneren Kraft, die in jedem von uns vorhanden ist.

Wer sich seinem allesumfassenden Selbst zuwendet, erlangt die Harmonie der seelischen Kräfte.

Die Unzufriedenheit und Frustration vieler Menschen haben ihre Ursache oft in einer einseitigen materiellen Lebensausrichtung.

Die Natur sorgt durch den Schlaf für den notwendigen regenerierenden Ausgleich. Im Schlaf haben wir direkten Kontakt zu unserem Unterbewusstsein.

Wenn unsere Gedanken uns nicht loslassen, müssen wir sie entlassen. Das gelingt am besten in einem völlig entspannten Zustand, zum Beispiel vor dem Schlafengehen oder morgens nach dem Aufstehen. In solch einem Zustand können wir unserem Unterbewusstsein direkte Befehle erteilen, auf die sich unsere höhere geistige Kraft einstellen soll.

Wenn die Arbeit mit unserem Unterbewusstsein nichts nützt, wenn alle Maßnahmen nicht zum Ziel führen, gibt es zwei Gründe dafür. Wir haben Zweifel oder wir haben bis jetzt noch nicht gelernt, uns von unseren negativen Vorstellungen zu trennen.

Wir dürfen nicht glauben, durch ehrgeiziges Unterdrücken des Schlafs besondere Vorteile für uns erringen zu können. Das überstrapazierte Gehirn schaltet irgendwann einfach ab. Wir werden reizbar, launisch, depressiv oder aggressiv. Kein Wille kann auf Dauer den Organrhythmus steuern. Das vegetative System ist stärker. Wir sind mehr als Wille und Verstand.

Wer sich lange genug einredet, zu etwas nicht fähig zu sein, was er sich aber sehnsüchtig wünscht, dem zeigt das Unterbewusstsein die Auswirkung dieser negativen Vorstellung vielleicht auch im körperlichen Bereich.

Viele Krankheiten sind auf fehlgeleitete psychische Energie zurückzuführen, die sich verselbstständigt hat. Krankheiten und negatives Gedankenmaterial haben einen eindeutigen Zusammenhang.

Wer das Gesetz der Harmonie und Liebe missachtet, schafft sich selbst das Problem, an dem er dann zu beißen hat.

Gar nicht selten besteht der Alarm des Unterbewusstseins im Auftreten einer plötzlichen Erkrankung. Herzinfarkt, Nierenversagen, Magen-Darm-Beschwerden, Kopfschmerz und andere Probleme können auftreten. Krankheiten können auch Flucht aus dem Alltag sein oder Selbstbestrafung. Gehen wir einfach mal tief in uns und versuchen es herauszufinden.

Durch ein unharmonisches Leben wird ein ungünstiger Energieverbrauch im Körper verursacht und dadurch werden körperliche Funktionen negativ beeinflusst.

Viele Menschen beschließen nach schweren Operationen oder einer schweren plötzlichen Krankheit, ein neues, anderes Leben zu beginnen. Sie haben gespürt, dass sie falsch leben, und die Härte ihrer körperlichen Schäden macht sie hellhörig für den Sinn des Lebens.

Wir alle können doch beobachten, dass in vielen Fällen das offiziell Normale eigentlich das Verrückteste ist, was alle Welt krank macht.

Was immer wir bei unseren positiven Wandlungen gegen die Erwartung der Gemeinschaft tun, wir werden es schwerhaben. Bleiben wir hart und unbeirrt.

Die Menschen sind sich im Allgemeinen der Folgen einer falschen Lebensführung, einer ungesunden Lebensart bewusst. Sie wissen um die lebensgefährlichen Auswirkungen einer falschen Denk- und Lebensweise, trotzdem können sie davon keinen Abstand nehmen. Allein das Wissen nützt ihnen nichts. Sie sind Gefangene und Geiseln ihrer falschen Gedanken, Vorstellungen und Gewohnheiten. Nur allzu gerne verdrängen wir die Wahrheit.

Nehmen wir doch mal ein Blatt Papier, ziehen darauf eine senkrechte Linie und notieren links davon alle lebensnotwendigen Bestrebungen, Ziele und Arbeiten, denen wir nachgehen, und rechts alle Tätigkeiten, die wir aus unserem reinen Streben nach Liebe unternehmen. Zum Schluss schätzen wir, was uns im Leben den größten Druck, Stress und Zeitaufwand verursacht.

Niemand hat das Recht, einen anderen Menschen auf sein eigenes negatives Niveau herabzuziehen. Schützen müssen wir uns dagegen, und meiden wir Gesprächskreise, wo nur über Krankheiten oder irgendwie mögliche negative Sachen gesprochen wird.

Psychische Schwächen sind oftmals mit körperlichen Beschwerden verbunden. Stress zieht meistens eine emotionale Depression nach sich. Diese wirkt sich wiederum auf unser körperliches Wohlbefinden aus, sie kann sogar körperliche Beschwerden verursachen. Auch das Immunsystem wird dadurch geschwächt und wir sind anfälliger gegenüber Krankheiten.

Wir sind im Allgemeinen nicht in der Lage, mehr als fünf Prozent unserer Hirnkapazität zu nutzen. Positives Denken, Entspannungsübungen und Suggestionstechniken aktivieren einen Teil unseres unbewussten Potenzials, auf das wir normalerweise im Alltag nicht zugreifen. Hier liegen die großen Reserven, die uns allen zur Verfügung stehen.

Die Geschichte, die das Leben schreibt, ist eine Geschichte, deren Ende nicht feststeht. Wir können jederzeit und in jeder Situation die Regie führen und den Fortgang in jeder Weise beeinflussen.

Nicht Mitleid und Anteilnahme sind dem Kranken zu schenken, sondern alle zusammen müssen ihn gesund und strahlend auf sich zukommen sehen.

Es gibt kein Leid und kein Problem, das nicht auch ein Geschenk in sich trägt.

Die Zeit, die verstreichen muss zwischen der Entstehung eines Problems und seiner Lösung, dient der Reifung eines Individuums.

Menschen geben oft Ratschläge, an die sie sich selbst nicht halten. Ärzte raten ihren Patienten, sie sollen das

Rauchen aufgeben. Oft kommt dann prompt die Reaktion: »Aber Herr Doktor, ich habe Sie doch des Öfteren schon mit einer Zigarette gesehen!« Haben wir schon mal einen Wegweiser gesehen, der dort hingeht, wo er hinweist? Verlassen können wir uns trotzdem auf ihn.

Es ist weniger wichtig, was wir in einen Menschen hineinlegen, sondern wichtig ist, was wir von ihm an Erfahrung gewinnen, was wir von ihm lernen können.

Unseren eigenen Weg können wir nur finden, wenn wir uns freimachen von den herkömmlichen Denkschablonen, in die uns unser Schulwissen gedrängt hat.

Unser persönliches Lebensglück ist das einzige Erfahrbare auf dieser Welt, das wir nicht von einem anderen Menschen erhalten können. Wir müssen es selbst herbeiführen, um es zu erleben.

Lässt unser Wohlbefinden zu wünschen übrig, dann tauchen wir doch als Erstes tief in unser Selbst hinein. Hier finden wir Antworten, und durch suggestive Arbeit finden wir wieder zu Harmonie und zu unserem Glück.

Der Mensch lebt weit unter seinen Möglichkeiten. Er verfügt über Kräfte und Fähigkeiten verschiedener Art, die er in den meisten Fällen nicht mobilisiert.

Der eigentliche Zweck des Lernens ist nicht das Wissen, sondern das Handeln. Lernen ist ein aktiver Prozess. Wir lernen, indem wir etwas tun.

Grundsätze werden nur dann zur Gewohnheit, wenn man sie sich unablässig in Erinnerung ruft und anwendet.

Wir könnten uns zur Gewohnheit machen, uns abends ein paar Minuten zu reservieren und uns den Tag durch den Kopf gehen zu lassen, Bilanz zu ziehen.

So unglaublich es auch klingen mag, unser Gedächtnis verliert keine Szene und keinen Vorgang, den wir in diesem Leben einmal durchlaufen haben. Unser Gedächtnis ist wie eine unzerstörbare Lebenskartei.

Die Wiederholung der gleichen Redewendungen und Gedanken in den Suggestionsformeln hat den Sinn, das Unterbewusstsein immer mehr zu prägen. Die geistige Energie dieser Ideen wird in das Unterbewusstsein eingeschmolzen wie ein Ton in ein Magnetband. Erst wenn sie tief eingeprägt sind und wie Reflexe funktionieren, ist das Ziel erreicht.

Was ich jemandem begreiflich machen oder gut verkaufen möchte, muss ich in eine suggestive, eindringliche Form verpacken. Überall im Alltag sind wir Suggestionen ausgesetzt, die wir häufiger akzeptieren als verwerfen.

Viele Suggestionen wollen etwas von uns. Die eine zeigt zu einer Zigarettenmarke, die andere zu einem bestimmten Parteikandidaten.

Suggestion ist eine ausgewertete Vorstellung, eine richtunggebende Kraft.

Erkennen wir doch, wie wir bisher falsch mit unserer Gedankenenergie umgegangen sind. Polen wir doch unser Suggestivgeschehen in uns selbst von negativ auf positiv um.

Bei der Arbeit an sich selbst sind folgende Punkte außerordentlich wichtig: die wilde Entschlossenheit, an sich zu arbeiten, um sich positiv zu verändern; und weiter die Bereitschaft, die bisherigen Vorstellungen vom Leben und von der Lebensbewältigung zu ändern, wenn sie unserem Glück im Wege stehen.

Was ist eine Suggestion? Es ist eine willkürliche Beeinflussung der Gefühle, der Vorstellungen und des Willens anderer. Die Autosuggestion ist eine Beeinflussung des eigenen Ichs.

Wir sind täglich Suggestionen ausgesetzt, mit jedem Plakat, mit jeder Werbesendung. Eine Idee kann aber nur dann zur Suggestion werden, wenn sie im Unterbewusstsein eines Menschen eine Fantasie und eine Gefühlseinstellung erzeugen kann.

Lassen wir uns ab sofort nicht mehr von äußeren Suggestionen manipulieren, die uns überhaupt nicht dienen, sondern bestimmen wir selbst mit positiven Suggestionen die Vorgänge in unserer Innenwelt.

Eine bildliche Vorstellung beeinflusst unser Unterbewusstsein viel stärker als Worte. Eine bildliche Vorstellung des Wunschbildes wirkt suggestiv durch die

Wiederholung und beauftragt so das Unterbewusstsein mit ihrer Verwirklichung.

Lächeln ist eine wunderbare und starke Suggestion. Machen wir doch einmal einen Versuch. Setzen wir uns, wenn wir einmal so richtig grantig sind, vor einen Spiegel und lächeln wir uns ganz einfach an. Wir werden feststellen, wie sich unsere Gefühle nach fünf bis zehn Minuten ändern. Vielleicht werden wir sogar den Grund für unseren Ärger absolut lächerlich und unwichtig finden.

Die vier größten Sehnsüchte

Unsere vier größten Sehnsüchte sind:
- Gesundheit
- Harmonie
- Erfolg und Anerkennung
- Liebe

Uns selbst zu lieben ist die Voraussetzung dafür, je einen anderen Menschen lieben zu können.

Die Liebe zu sich selbst zeigt sich auch im Umgang mit unserem Körper, ob wir ihn vernachlässigen, überlasten oder ob wir ihn pflegen und so behandeln, dass er nicht zu Schaden kommt.

Die Harmonie zwischen Geist, Leib und Seele ist ein Weg zur Selbstverwirklichung.

Der Intellekt ist das größte Hindernis auf dem Weg zum Selbst.

Wir wollen durchlässig werden für die Energie, die uns im Alltag glücklicher, vollkommener und sorgenfrei macht. Das größte Hindernis dabei ist unser Intellekt, unser logisches Denken.

In unserer Konsumgesellschaft sind das Haben, das Erreichen der verschiedenen Ziele viel wichtiger geworden als das Genießen des Erreichten. Wir sind nicht in der Lage, zu genießen, was wir haben, wenn wir stattdessen schon wieder andere Ziele ansteuern. Dieser Trend verstrickt uns in immer neue Probleme. Wir sollten nicht immer daran denken, was wir noch alles haben möchten, machen möchten oder erreichen möchten. Wir leben im Jetzt und sollten den Augenblick genießen.

Es gibt zwei Arten von Menschen: die HABEN-MEN-SCHEN und die SEIN-MENSCHEN.

Wenn wir etwas falsch gemacht haben, schieben wir die Schuld nicht einem anderen zu. Wenn wir beim Autofahren einen anderen Wagen beschädigt haben, klemmen wir doch dem anderen Fahrer einen Zettel hinter die Scheibe. Übernehmen wir Verantwortung und wir werden erleben, wie unser Selbstbewusstsein steigt. Mit dieser Haltung aktivieren wir unser unerschöpfliches Kraftpotenzial, für das es keine Probleme mehr gibt und das uns unabhängig und frei werden lässt. Die Ängstlichkeit verschwindet und die Sicherheit in uns wächst.

Die Hilfe, die wir fast alle ständig von außen erwarten, finden wir in uns selbst.

Neid, Missgunst und triebhafte Wünsche zerstören das Innere des Menschen.

Wir lassen nicht mehr zu, dass unsere Gedankenenergie vergeudet wird, indem wir uns um Dinge kümmern, die für uns überhaupt nicht wichtig sind, die uns sogar behindern und schwächen.

Lassen wir den Verstand die äußeren notwendigen Dinge erledigen, dazu ist er da. Er soll aber nicht auch noch unsere Gefühle, Sehnsüchte und Wünsche methodisch verwalten. Dafür schöpfen wir die Impulse besser aus unserem Unterbewusstsein, aus unserer inneren Stimme.

Die meisten Entscheidungen werden in unserem Alltag von unserem Intellekt getroffen. Er geht nach dem Nützlichkeitsprinzip vor. Darunter leiden am meisten unsere zwischenmenschlichen Beziehungen, die Liebe und die Harmonie.

Die Kollegen, die ständig einen Sündenbock suchen, auf den sie ihre Schuldgefühle abwälzen können, leben nicht leichter als ihre armen Opfer. Sie leben nur kurzfristig in der Einbildung, ihr Gewissen befreit zu haben. Schuldgefühl wird aber nicht durch Verdrängung beseitigt.

Die Willenskraft zur Erreichung eines Ziels stellt gleichzeitig den größten Widerstand gegen das Erreichen des Ziels dar.

Lassen wir uns nie mehr von einer fixen Idee, einer einseitigen Wunschvorstellung total außer Atem bringen. Nur ein Narr meint, wegen einer zerstörten Lieblingsvorstellung sterben zu müssen.

Zweifel ist immer Energieverschwendung und Kräfteverschleiß. Wenn wir uns nach einer gründlichen Überlegung zu etwas entschlossen haben, dürfen wir nicht mehr daran zweifeln. Diese Kraft setzen wir besser für die Verwirklichung unserer Pläne ein.

Wir wollen alle negative Gedankenenergie ausschalten und uns vollständig auf positives Erleben umstellen. Die Kraft zur Verwirklichung unserer Gedanken haben wir schon seit Jahren in uns.

In unserem Leben gibt es nur eine einzige Autorität, das sind wir selbst.

Wenn wir meditieren, benutzen wir grundsätzlich Formeln, die unsere größten Sehnsüchte ausdrücken: »Ich bin gesund. Ich lebe in Harmonie mit meiner geistigen unterbewussten Kraft. Ich bin erfolgreich, ich liebe mich und mein Leben. Ich fühle mich in Liebe mit allen meinen Mitmenschen verbunden. Ich bin erfolgreich als Mensch in allen meinen Umweltbeziehungen.«

Über Abgelegtes, Vergangenes nachzugrübeln ist negative Gedankenarbeit in Hochpotenz. Alles Alte noch mal aufzuwühlen, schafft jedes Mal erneut jene negativen Gefühle, von denen wir uns doch befreien wollen. Grübeln über Vergangenes ist Gift für unser Wohlbefinden. Wir leben jetzt. Lassen wir uns nicht von Gedanken in die Vergangenheit verschleppen.

»Ich steige im Geist in die Höhe, bis Vergangenheit, Gegenwart und Zukunft in einem großen Bild verschmelzen und mir eine neue Einsicht der Dinge zukommen lassen.« Mit dieser Meditation erreichen wir zwei Ziele. Während wir uns auf die Worte konzentrieren, sind wir von allen Gedanken, die uns bestürmen, getrennt. Zudem bringt uns der langsam wachsende Erfolg dieser Meditation in die Lage, unsere Handlungen viel besser zu beobachten, zu beurteilen und zu planen.

Wir selbst sind verantwortlich für unser Leben. Unsere Vorstellungen steuern unser Unterbewusstsein.

Gegen das Gesetz der Harmonie von Geist, Leib und Seele kann der Wille eines Menschen nicht ungestraft verstoßen.

Wir wollen uns von unseren negativen Vorstellungen und Hemmungen befreien.

Eifersucht gehört zusammen mit Hass, Neid und Missgunst zu den stärksten destruktiven Giften, die wir gegen unsere natürliche Lebenskraft entwickeln können.

Eifersucht ist nur eine Idee von der Liebe, nicht aber wahre, tiefe Zuneigung. Eifersüchtige suchen nur egoistisch den Liebesbeweis des anderen, sie können selten anderen reine Liebe schenken.

Neurotisch zu reagieren bedeutet, ungerechtfertigt stark und unverhältnismäßig zu reagieren. Ein Neurotiker verliert die objektive Einsicht und reagiert aus verdrängten Schuld- oder Angstkomplexen heraus unlogisch. Dadurch kommt es zu Zwangshandlungen.

Es ist meistens der Egoismus der Lieblosen, der junge Leute zu extremen Ausfällen verleitet. Die Jugend antwortet immer härter auf die oberflächliche Lebensauffassung der Erwachsenen, denen es nur um Geld und Gut geht.

Überforderte sehen oft keinen anderen Ausweg, als sich gegen den geforderten Leistungsdruck der Gesellschaft aufzulehnen. Sie gehen also in die Opposition.

Kritik und Verstehen von anderen

In einem Buch habe ich über einen Schwerverbrecher gelesen, der in seiner Zelle folgende Zeilen schrieb: »In meiner Brust schlägt ein müdes, aber gütiges Herz. Ein Herz, das niemandem Unrecht tun könnte.« Dieser Mann schoss einen Polizisten nieder, als dieser seinen Führerschein sehen wollte. Als der Polizist tödlich getroffen auf dem Boden lag, sprang er aus seinem Wagen, nahm ihm den Revolver ab und feuerte noch einen letzten Schuss in seinen Kopf. Als er verurteilt wurde, fühlte er sich nicht im Geringsten schuldig. Er meinte, er werde schlecht behandelt, weil er sich verteidigt habe. Von Einsicht keine Spur.

Nur wenige Verbrecher halten sich für schlecht. Sie betrachten sich als ganz normale Menschen, sie haben für alles Erklärungen und Begründungen. Sie versuchen sich mit fadenscheinigen Argumenten auch vor sich selbst zu rechtfertigen. Sie fühlen sich von der Welt nicht verstanden und schlecht behandelt.

Und wie steht es mit Leuten, mit denen wir täglich verkehren? Es sind wahrscheinlich keine Verbrecher, sie reagieren aber genauso. Ein großer Unternehmer soll mal gesagt haben: »Es ist dumm, andere Leute zu kritisieren. Ich habe genug Verdruss mit meiner eigenen Beschränktheit, um mich darüber aufzuregen, dass der liebe Gott es offensichtlich nicht für richtig hielt, alle Menschen mit gleich viel Intelligenz auszustatten.« In den allermeisten Fällen wird sich kein Mensch selbst beschuldigen, mag er auch noch so sehr im Unrecht sein. Und Kritik ist meistens nutzlos, denn sie drängt den anderen in die Defensive und gewöhnlich fängt er dann an, sich zu rechtfertigen. Kritik ist gefährlich, denn sie verletzt den Stolz des anderen, kränkt sein Selbstwertgefühl und weckt seinen Unmut.

Es ist bekannt, dass ein Tier, das für gutes Benehmen belohnt wird, viel schneller lernt und das Gelernte weitaus besser behält als ein Tier, das für schlechtes Benehmen bestraft wird. Das Gleiche gilt für Menschen. Durch Kritisieren erzielen wir keine nachhaltige Besserung und erregen oft Unmut.

Sosehr wir nach Anerkennung dursten, so sehr fürchten wir Kritik und Missbilligung. Die Verstimmung, die durch Kritik entsteht, entmutigt Angestellte, Familienangehörige und Freunde womöglich nur und ändert doch nichts an der Situation, die beanstandet wird. So ist die menschliche Natur. Jeder ist im Unrecht, nur nicht der Täter selbst.

Wenn wir Lust verspüren, jemanden zu kritisieren, vergessen wir nicht, dass Vorwürfe wie Brieftauben sind: Sie kehren immer wieder in den eigenen Schlag zurück. Seien wir uns darüber im Klaren, dass ein Mensch, den wir tadeln, sich womöglich rechtfertigen wird und uns seinerseits verurteilt.

Es gibt eine Geschichte über Abraham Lincoln. Als junger Mann hat er die Leute nicht nur kritisiert, sondern sich in Briefen und Gedichten über sie lustig gemacht. Einmal hätte er es allerdings besser unterlassen sollen, denn der kritisierte Mann forderte ihn zum Duell auf. In letzter Minute griffen die Sekundanten ein und brachen den Kampf ab. Das war eines der schlimmsten Erlebnisse in Lincolns Leben. Es hat ihm eine unschätzbare Lektion im Umgang mit Menschen erteilt. Nie wieder schrieb er einen beleidigenden Brief, nie wieder machte er andere lächerlich. Und von da an hat er auch fast nie mehr andere Menschen kritisiert, nicht einmal einen General, der einen entscheidenden Fehler gemacht hatte. Lincoln setzte zwar einen scharfen Brief auf, schickte ihn aber nie ab. Was dachte er sich wohl dabei? Vielleicht: »Wie dem auch sei, es ist nun mal geschehen. Schicke ich diesen Brief jetzt ab, so habe ich zwar meinen Gefühlen Luft gemacht, aber der General wird versuchen, sich zu rechtfertigen, es wird ihn erbittern, seine zukünftige Verwendbarkeit als Heeresführer beeinträchtigen und womöglich sogar zwingen, aus der Armee auszutreten.« Die Erfahrung hatte Lincoln gelehrt, dass scharfe Kritik und Rügen sich in den meisten Fällen als nutzlos erweisen.

Möchten wir nicht alle gelegentlich den einen oder anderen Menschen aus unserem Bekanntenkreis ein bisschen ändern oder umerziehen? Warum beginnen wir nicht bei uns selbst? Für uns schaut nämlich dabei mehr raus. Es ist auch viel weniger gefährlich. Falls wir es also darauf abgesehen haben, Leute derart zu verärgern, manchmal für Jahre oder für immer, brauchen wir nichts anderes zu tun, als die Menschen scharf zu kritisieren, wie berechtigt diese Kritik auch sein mag. Im Umgang mit Menschen dürfen wir nie vergessen, dass wir es nicht mit logisch handelnden Wesen zu tun haben, sondern mit Wesen voller Gefühle, Vorurteile, Stolz und Eitelkeit.

Man hatte einmal Benjamin Franklin gefragt, was das Geheimnis seines Erfolges sei. Er sagte: »Ich sage über niemanden etwas Schlechtes und über jeden alles Gute, was ich über ihn weiß.« Jeder Narr kann kritisieren, verurteilen und reklamieren und die meisten Narren tun es auch. Um zu verstehen und zu verzeihen, dazu braucht es Charakter und Selbstbeherrschung. Die Größe eines Mannes zeigt sich darin, wie er die kleinen Leute behandelt.

Ein berühmter Testpilot musste mal notlanden, weil beide Motoren aussetzten. Die Maschine wurde schwer beschädigt, aber der Pilot selbst blieb unverletzt. Die Untersuchung ergab, dass die Propellermaschine, die aus dem Zweiten Weltkrieg stammte, statt mit Benzin für Kolbenmotoren mit Treibstoff für Düsenflugzeuge aufgetankt worden war. Wieder auf dem Flugplatz, verlangte der Pilot den Mechaniker zu sehen. Der junge Mann war krank vor Verzweiflung über seinen Irrtum. Er erwartete ein großes Donnerwetter. Aber nichts dergleichen geschah. Der Pilot kanzelte den Mechaniker nicht ab, er tadelte ihn nicht einmal. Stattdessen legte er ihm den Arm auf die Schulter und sagte: »Damit Sie sehen, dass ich weiß, dass Ihnen so etwas nie wieder passieren wird, möchte ich Sie bitten, morgen meine Maschine aufzutanken.«

Anstatt die Menschen zu verurteilen, sollten wir besser versuchen, sie zu verstehen. Wir sollten herauszufinden versuchen, warum sie so und nicht anders handeln. Das ist vermutlich nützlicher und interessanter als Kritik. Dadurch schaffen wir eine Atmosphäre der Sympathie, Nachsicht und Güte. Alles verstehen heißt alles verzeihen.

Ein bekannter Stahlunternehmer ging eines Tages durch eines seiner Walzwerke und sah, wie die Arbeiter rauchten, obwohl unmittelbar über ihren Köpfen ein Schild mit der Aufschrift »RAUCHEN VERBOTEN« hing. Er ging zu den Männern, gab jedem eine Zigarette und sagte: »Es wäre mir aber lieber, wenn Sie außerhalb des Werkes rauchen würden.« Die Männer wussten genau, dass sie eine Regel missachtet hatten, und rechneten es dem Stahlkönig hoch an, dass er nicht darüber sprach, sondern ihnen sogar ein kleines Geschenk machte. Wer würde so einen Menschen nicht sympathisch finden?

Viele Menschen beginnen ihre Kritik mit einem aufrichtigen Lob, dann jedoch folgt ein »aber« und es hagelt Schelte. Der Kritisierte fühlt sich so lange ermutigt, bis er das Wort »aber« hört. Danach zweifelt er womöglich sogar an der Aufrichtigkeit des gespendeten Lobs. »Peter, wir sind stolz auf dich. Deine Noten sind besser geworden, *aber* wenn du dich in Algebra mehr angestrengt hättest, wäre das Ergebnis erfreulicher.« Dieses enttäuschende Gefühl kann man vermeiden, wenn wir das Wort ABER durch UND ersetzen: »Wir sind richtig stolz auf dich, Peter, *und* wenn du dich in den nächsten Wochen weiter so anstrengst, wirst du auch in Algebra eine gute Note bekommen.« Es wurde keine Bemerkung über seinen Misserfolg gemacht, er wurde nur indirekt darauf aufmerksam gemacht, was wir gerne anders hätten.

Einen empfindlichen Menschen indirekt auf seine Fehler aufmerksam zu machen, kann Wunder wirken, während offene Kritik ihn unter Umständen bitter kränkt. Eine gute Taktik kann sein, erst von eigenen Fehlern zu sprechen, bevor wir jemanden kritisieren. Wenn wir jemanden für seine Fehler kritisieren möchten, besonders wenn er jünger ist, sollten wir daran denken, dass wir auch einmal gelernt haben, jung waren und keine Erfahrung hatten. Wir haben jede Menge Fehler gemacht, die vielleicht sogar schlimmer waren. Es ist nicht halb so schlimm, einen Tadel entgegenzunehmen, wenn der Kritiker erst einmal bescheiden zugibt, dass auch er weit davon entfernt ist, unfehlbar zu sein. Seine eigenen Fehler zuzugeben, selbst wenn man sie noch nicht verbessert oder abgelegt hat, kann helfen, einen anderen Menschen zu ändern.

Der Wunsch, bedeutend zu sein, und das Verlangen nach Anerkennung

Es gibt nur einen einzigen Weg, um einen Menschen dazu zu bringen, etwas Bestimmtes zu tun. Man muss erreichen, dass er selbst es tun will.

Soll jemand machen, was wir wünschen, müssen wir ihm geben, was er sich wünscht. Und einer der stärksten Triebe in der menschlichen Natur ist der Wunsch, bedeutend zu sein, der Wunsch nach Geltung. Dieses Verlangen ist fast so stark wie das Verlangen nach Essen, Trinken und Schlaf, doch dieser Wunsch wird selten erfüllt.

Jeder Mensch liebt Komplimente und hat ein ausgeprägtes Verlangen nach Anerkennung. In den Händen jener wenigen, denen es gelingt, diesen seelischen Hunger anderer zu stillen, sind die Menschen wie Wachs. Der Wunsch nach Geltung ist eines der wichtigsten Merkmale, die den Menschen vom Tier unterscheiden. Hätten unsere Vorfahren nicht diesen brennenden Wunsch und das Verlangen nach Bedeutung gehabt, dann hätte es nie eine Zivilisation gegeben. Ohne Geltungsbedürfnis würden wir leben wie die Tiere. Es war auch das Verlangen nach Bedeutung, was Rockefeller dazu veranlasste, Millionen anzuhäufen, die er nie ausgeben konnte. Das Verlangen nach Bedeutung hat auch schon immer den reichsten Mann der Stadt veranlasst, ein Haus zu bauen, das für seine Bedürfnisse viel zu groß ist. Dieser Wunsch treibt aber auch viele junge Menschen dazu, sich Banden anzuschließen und kriminelle Handlungen zu begehen.

Das Erste, wonach ein Verbrecher nach seiner Verhaftung verlangt, sind meistens Zeitungsberichte, die aus ihm einen Helden machen. Er ist berühmt geworden. Es ist kaum zu glauben, was Menschen alles imstande sind zu machen, um berühmt zu werden und aus der Anonymität herauszukommen. Die eigene Gesundheit zu opfern ist oft das Geringste. Es hat Feuerwehrleute gegeben, die selbst Brände legten, um dann als Erste am Ort des Geschehens zu sein und als Helden gefeiert zu werden. Es gab Krankenpfleger, die auf Intensivstationen Menschen vergifteten, um sich dann als Retter hervorzuheben.

Menschen lieben das Gefühl, das ihnen die Möglichkeit bietet, sich selbst zu bestätigen, ihren Wert zu beweisen, sich auszuzeichnen, zu gewinnen. Genau aus diesem Grund werden auch Wettbewerbe dazu durchgeführt, wer am schnellsten laufen kann, am meisten Kraft hat, am besten kegelt oder etwas anderes am besten kann. Hier können wir den ausgeprägten Wunsch beobachten, Anerkennung zu bekommen, sich hervorzutun, bedeutend zu sein.

Machen wir uns einmal klar, was uns persönlich das Gefühl der Bedeutung gibt. Was sind wir für dieses Gefühl bereit zu opfern und zu riskieren? An welche Grenzen sind wir bereit zu gehen? Was dem Menschen das Gefühl von Bedeutung gibt und wie weit er bereit ist dafür zu gehen, um dieses Gefühl zu bekommen, sagt viel über seinen Charakter aus. Es sagt aus, wer er ist.

Rockefeller fühlte sich bedeutend, als er Geld gab,

um in China ein modernes Krankenhaus zu errichten, damit Millionen von armen Menschen geholfen werden konnte, die er nie gesehen hatte. Ein anderer befriedigt sein Geltungsbedürfnis als Bandit, Bankräuber und Mörder. Der Unterschied zwischen dem Verbrecher und Rockefeller liegt darin, auf welche Art und Weise sie ihr Verlangen nach Bedeutung stillen.

Mediziner wissen, dass Menschen buchstäblich geisteskrank werden können, um in der Traumwelt des Wahnsinns das Gefühl von Bedeutung zu finden, das man ihnen in der Wirklichkeit verweigert. Wenn es möglich ist, dass der Geltungstrieb Menschen in die Arme des Wahnsinns treibt, so kann man sich leicht vorstellen, was man mit ehrlicher Anerkennung beim normalen Menschen erreichen kann. Durch Anerkennung und Aufmunterung kann man in einem Menschen die besten Kräfte mobilisieren.

Ein Unternehmer soll mal gesagt haben: »Ich kritisiere nie jemanden. Ich glaube, dass man die Menschen zur Arbeit anspornen sollte.« Was aber macht der Durchschnittsmensch? Genau das Gegenteil. Wenn ihm etwas nicht gefällt, kritisiert er und kanzelt die Leute ab. Ist er jedoch zufrieden, sagt er kein Wort. Dabei arbeitet jeder Mensch nach einer Anerkennung besser und einsatzfreudiger als nach einem Tadel.

Es soll eine Studie geben über davongelaufene Ehefrauen, in der nachgewiesen wird, dass diese Frauen hauptsächlich wegen eines Mangels an Anerkennung davonliefen. Wir betrachten oft unseren Ehepartner als etwas so Selbstverständliches, dass wir gar nicht daran denken, ihm unsere Anerkennung zu zeigen.

Wir alle wissen, dass es als Verbrechen angesehen würde, wenn jemand seine Familie oder seine Angestellten sechs Tage lang ohne Nahrung ließe. Hingegen lässt man Menschen oft sechs Tage, sechs Wochen oder manchmal sogar sechzig Jahre lang ohne ein einziges Wort der Anerkennung, wonach die meisten ebenso hungern wie nach Brot. Aufrichtige Anerkennung kann das ganze Leben eines Menschen entscheidend ändern.

Es gibt aber einen Unterschied zwischen ehrlicher, aufrichtiger Anerkennung und Schmeichelei. Auf lange Sicht bringt Schmeichelei dem Schmeichler mehr Schaden als Nutzen. Schmeichelei ist falsch und wie Falschgeld kann auch Schmeichelei dem Menschen Schwierigkeiten bereiten, der versucht, sie bei anderen anzubringen. Der Unterschied zwischen Anerkennung und Schmeichelei besteht darin, dass die eine echt und die andere unecht ist. Die eine kommt aus dem Herzen, die andere aus dem Mund. Die eine ist selbstlos, die andere selbstsüchtig. Die eine wird allgemein geliebt, die andere allgemein verurteilt.

Fürchte dich nicht vor den Feinden, die dich angreifen. Hüte dich vor den Freunden, die dir schmeicheln. Man soll weder billiges Lob austeilen noch annehmen. Schmeichelei ist, wenn man einem anderen Menschen genau das sagt, was er von sich selbst denkt und was er hören möchte.

Wenn wir nicht gerade an eine bestimmte Sache denken, mit der wir gerade beschäftigt sind, verbringen wir die meiste Zeit damit, an uns selbst zu denken. Würden wir einmal eine Zeit lang aufhören, nur an uns zu denken, und stattdessen an die guten Eigenschaften der anderen, dann wären wir nicht darauf angewiesen, zu Schmeicheleien Zuflucht zu nehmen.

Anerkennung gehört in unserem täglichen Leben zu den am meisten vernachlässigten Tugenden. Jeder Politiker, Vortragende oder Redner hat schon mal das enttäuschende Gefühl erlebt, vor einer Zuhörerschaft zu stehen, die nicht einen einzigen Ton der Anerkennung äußert. Besonders in der Politik ist der gegenseitige Umgang weitgehend von Kritik dominiert. Man könnte den Eindruck gewinnen, dass einem Gegner gerechtfertigte Anerkennung auszusprechen einer Niederlage gleichgesetzt wird.

Im Umgang mit Freunden, Angestellten oder Mitarbeitern sollten wir nicht vergessen, dass sie menschliche Wesen sind, die nach Anerkennung hungern. Aufrichtige Anerkennung bringt mehr Erfolg als Spott und Kritik. Einen Menschen zu kränken ist weder angebracht, noch ändert es ihn.

Jeder Mensch, mit dem wir es zu tun haben, ist uns in irgendeiner Art, in irgendeiner Sache überlegen und wir können von ihm lernen. Hören wir damit auf, immer nur an unsere Vollkommenheit und unsere Wünsche zu denken. Versuchen wir doch die guten Seiten der anderen Menschen zu entdecken. Vergessen wir die Schmeichelei und spenden wir aufrichtige, ehrliche Anerkennung.

Wie wir Menschen beeinflussen können

Wollen wir einen Menschen beeinflussen, müssen wir in ihm lebhafte Wünsche wecken, eine bildhafte Vorstellung von dem, was er gerne möchte. Bricht ein Angler auf, um Fische zu fangen, packt er in seine Tasche nicht Kuchen mit Sahne, obwohl er diese Speise liebt, sondern Würmer oder eine Heuschrecke. Die Fische interessiert wenig, was der Angler mag. Natürlich sind wir in erster Linie und immer daran interessiert, was wir selbst haben möchten. Aber das kümmert außer uns keinen anderen Menschen. Es gibt nur eine einzige Methode auf der Welt, wie man andere Menschen beeinflussen kann. Wir müssen mit ihnen über das sprechen, was sie haben möchten, und ihnen zeigen, wie sie es bekommen.

Alles, was wir von Geburt an getan haben, taten wir aus einem bestimmten Grund. Jede Handlung geht auf einen ursprünglichen Wunsch zurück. Wir müssen deshalb immer zuerst bei dem anderen das Bedürfnis wecken, das zu tun, was wir von ihm wünschen. Lernen wir also, dass wir von dem sprechen müssen, was die anderen gerne haben möchten, wenn wir sie beeinflussen wollen.

Eine Frau beklagte sich, dass ihre zwei Neffen ihr nie schreiben. Ein alter Mann wettete mit ihr, dass er die beiden Jungen postwendend zum Schreiben bringen könne, ohne sie auch nur darum zu bitten. Der alte Mann schrieb den beiden Neffen einen freundlichen

Brief, in dem er so nebenbei erwähnte, er lege für jeden einen Geldschein in den Umschlag. Dann schickte er den Brief ab, aber ohne die versprochenen Scheine. Postwendend traf die Antwort ein. Man dankte dem Mann für sein Schreiben, aber leider …

Mein Nachbar Andreas versuchte seinem Hund die Befehle »Sitz!« und »Platz!« beizubringen. Der Hund wollte aber nicht gehorchen. Er schrie das Tier an, drohte ihm und packte ihn sogar am Nacken. Es führte zu keinem Erfolg. Seine Frau machte dagegen etwas ganz anderes. Ein Stück Blutwurst vollbrachte wahre Wunder. Der Hund machte alles, schon bei der geringsten Andeutung, damit er nur ein Stück davon bekam.

Möchten wir jemanden veranlassen, etwas Bestimmtes zu tun, überlegen wir doch erst einmal, was wir tun können, dass er es tun möchte. Ein Geheimnis des Erfolgs besteht darin, die Dinge von seiner Warte aus zu betrachten, nicht nur von unserer. Es gibt Tausende erfolglose Vertreter und Verkäufer. Sie denken immer nur an das, was sie selbst wollen. Wenn uns jemand demonstrieren kann, dass seine Dienste oder seine Ware helfen kann, unsere Probleme zu lösen, dann werden wir sie auch kaufen. Ein Kunde will nicht das Gefühl haben, dass ihm etwas verkauft wird, er will das Gefühl haben, dass er etwas kauft.

Die Welt ist voll von habgierigen, selbstsüchtigen Menschen, deshalb haben die wenigen, die selbstlos versuchen, anderen zu dienen, einen ungeheuren Vorteil. Sie stehen praktisch konkurrenzlos da. Ein Mensch, der sich in die Lage der anderen versetzen kann und Verständnis aufbringt für deren Überlegungen, braucht um seine Zukunft nicht zu bangen.

In einem Menschen den dringenden Wunsch zu wecken nach einer bestimmten Sache will nicht heißen, dass wir den anderen so lange bedrängen sollen, bis er tut, was nur zu unserem Vorteil ist. Jede Partei muss bei solchem Handeln gewinnen. So viele Leute besuchen höhere Schulen, lernen Latein, dringen in die Geheimnisse der Mathematik ein, aber nach welchem Gesetz der menschliche Denkapparat funktioniert, entdecken sie nie.

Ein Vater machte sich Sorgen, weil sein Sohn untergewichtig war. Der Junge hatte ein Dreirad, mit dem er leidenschaftlich gerne fuhr. In der Nachbarschaft wohnte ein größerer Junge, der ihn immer von seinem Dreirad herunterschubste, um selbst damit zu fahren. Der Vater sagte zu seinem Sohn: »Wenn du ordentlich isst, wirst du einmal so stark und kräftig sein, dass du den großen Jungen nach Strich und Faden verprügeln kannst.« Ab diesem Zeitpunkt gab es am Tisch kein Theater mehr. Der Vater hatte herausgefunden, was sich der kleine Junge wünschte.

Wenn wir eine großartige Idee haben, dann protzen wir damit, anstatt den anderen den Gedanken nur zu suggerieren und sie die Idee selbst verwirklichen zu lassen. Sie betrachten diese Idee nämlich dann als ihre eigene, sind stolz darauf und führen sie sofort aus. Wecken wir doch in Menschen lebhafte Wünsche und bildhafte Vorstellungen von dem, was sie gerne haben möchten. Der Durchschnittsmensch lässt sich bereitwillig lenken, wenn er Achtung vor seinem Vorgesetzten hat und dieser ihm zeigt, dass auch er Achtung vor den Fähigkeiten seines Untergebenen hat. Wenn wir möchten, dass sich jemand in irgendeiner Beziehung verbessert, dann behandeln wir ihn doch so, als würde er bereits im hohen Maße über die gewünschten Eigenschaften verfügen. Erklären wir ihm bei jeder passenden Gelegenheit, dass er diese oder jene Gabe besitzt, von der wir gerne möchten, er würde sie haben. Er wird sich dann jede erdenkliche Mühe geben, uns nicht zu enttäuschen und den guten Ruf zu rechtfertigen, den wir über ihn in Umlauf gebracht haben. Zeigen wir doch dem anderen, dass wir eine gute Meinung von ihm haben, und er wird sehr wahrscheinlich alles tun, um uns nicht zu enttäuschen.

Ein jeder Mensch ist eine Mischung aus den verschiedensten Eigenschaften, die wir als gut oder schlecht beurteilen können. Sobald wir jemanden auf seine sogenannten schlechten Eigenschaften ansprechen, werden wir ihn sehr wahrscheinlich entmutigen. Heben wir jedoch die guten Eigenschaften hervor, wird er sich angespornt fühlen, sich zu bessern. Dabei handelt es sich um eine positive Herangehensweise. Bei der Erziehung eines Vierbeiners, wenn wir von unserem Hund Fortschritte erwarten, kommen wir auch besser und schneller voran mit einer Blutwurst als mit Bestrafung. Das Hervorheben von Eigenschaften hingegen, die wir als schlecht ansehen, gleicht einer Bestrafung. Signalisieren wir doch unserem Gegenüber stattdessen, dass wir Vertrauen in seine Fähigkeiten haben, dass wir fest daran glauben, dass er die gestellte Aufgabe erfolgreich bewältigen kann. Er wird dann alles tun, um unser Vertrauen nicht zu enttäuschen.

Wollen wir das Verhalten oder die Einstellung eines Menschen ändern, sollten wir Folgendes berücksichtigen:

- Versprechen wir nichts, was wir womöglich nicht halten können.
- Vergessen wir erst einmal unsere Vorteile und konzentrieren uns auf die Vorteile des anderen.
- Machen wir uns zunächst einmal klar, was wir überhaupt von dem anderen wollen.
- Versetzen wir uns an seine Stelle und fragen wir uns, was denn wohl der andere in seinem tiefsten Inneren möchte.
- Überlegen wir, welche Vorteile der andere hat, wenn er tut, was wir möchten.
- Formulieren wir doch unser Anliegen so, dass der andere den Eindruck erhält, er ziehe persönlichen Nutzen daraus.

Diese Taktik geht natürlich nicht immer auf, sie erhöht aber enorm die Wahrscheinlichkeit, dass wir in unseren Bemühungen erfolgreich sein werden.

Wie wir beliebt werden und Freunde finden

Wer sich für andere interessiert, ist überall willkommen.

Wie schaffen es zum Beispiel Hunde, dass sie bei so vielen Menschen beliebt sind? Hunde zeigen spontan, dass sie sich freuen, wenn sie uns begegnen. Sie wedeln mit dem Schwanz und fahren beinahe aus der Haut, um uns zu zeigen, wie sehr sie uns mögen. Dabei wissen wir ganz genau, dass sich hinter ihrem Benehmen keine Nebenabsichten verbergen. Sie wollen uns kein Grundstück verkaufen und auch nicht heiraten. Der Hund muss sich seinen Lebensunterhalt nicht wie andere Tiere verdienen. Er legt keine Eier wie ein Huhn, er singt nicht wie ein Kanarienvogel, aber er hat uns gern und er zeigt dies auch.

Jemand, der sich für andere interessiert, gewinnt in kurzer Zeit viel mehr Freunde als einer, der immer nur von sich selbst erzählt und sich ständig in den Mittelpunkt stellt. Die Lebenserfahrung zeigt, dass sich Menschen zum größten Teil nur für sich selbst interessieren. Sie wollen nur von sich erzählen und hören un gern jemand anderem zu. Wenn wir diesen Menschen unser Ohr schenken, bieten wir ihnen etwas, was sie kaum von jemand anderem bekommen.

Vor vielen Jahren hat mal eine Telefongesellschaft herausgefunden, dass in Telefongesprächen am häufigsten das Wort »ich« vorkommt. Wenn wir ein Gruppenbild anschauen, auf dem auch wir abgebildet sind, nach wem suchen wir zuerst? Der Mensch, der sich für seine Mitmenschen nicht interessiert, hat im Leben oft große Schwierigkeiten und fügt anderen nicht selten Schaden zu. Er ist die Ursache der meisten zwischenmenschlichen Probleme. Wenn jemand einen bestimmten Menschen nicht mag, dann mag er auch seine Geschichten nicht. Er neigt dazu, alles abzulehnen, was aus dessen Mund kommt. Bei einem Schauspieler oder Fernsehmoderator läuft es so ähnlich. Die Leute mögen ihn, wenn er sich für sein Publikum aufrichtig interessiert.

Wir werden eine große Chance haben, Menschen für uns zu gewinnen, wenn wir ihnen unsere ungeteilte Aufmerksamkeit schenken, wenn wir ihnen unser ehrliches, aufrichtiges Interesse zeigen. Wenn wir Freunde gewinnen wollen, dann müssen wir für die anderen etwas tun. Etwas, das von uns Zeit, Mühe, Selbstlosigkeit und Aufmerksamkeit erfordert. Versuchen wir doch, die Geburtstage unserer Freunde herauszubekommen. Wenn der Tag gekommen ist und wir ihnen eine Karte schicken oder kurz anrufen, wirkt das ganz außerordentlich.

Wollen wir Freunde gewinnen, müssen wir die Leute mit Freude und Begeisterung begrüßen. Das gilt auch am Telefon. Legen wir doch in unseren Gruß einen Ton, der erkennen lässt, wie erfreut wir über diesen Anruf sind. Denken wir immer daran, dass sich andere Menschen nur dann für uns interessieren, wenn auch wir uns für sie interessieren. Dieses Interesse muss aber, wie jede andere menschliche Beziehung, aufrichtig sein. Es muss sich nicht nur für denjenigen bezahlt machen, der Interesse bekundet, sondern auch für den anderen, für den diese Aufmerksamkeit gedacht ist. Es ist ein Geben und Nehmen, bei dem beide Seiten gewinnen.

Wenn wir beliebt sein möchten, wenn wir echte Freundschaften finden, wenn wir anderen und uns gleichzeitig helfen wollen, dann müssen wir uns aufrichtig für die anderen interessieren.

Der erste Eindruck, Freundlichkeit und das Lächeln

Der erste Eindruck ist entscheidend. Unterbewusst achten wir dabei auf die Körperhaltung, auf die Stimme, auf den Gesichtsausdruck, die Kleidung und vieles andere.

Ein unbedacht ausgesprochenes Wort oder ein Satz kann oft zu großen Nachteilen führen. Ich kann mich an einen jungen Mann erinnern, der seine erste Stelle als Mediziner antrat und sagte, als ihn der angehende Chefarzt fragte, warum er gerade die Anästhesie gewählt habe: »Ich konnte auf die Schnelle nichts Besseres finden, ich wollte eigentlich in die Chirurgie. Irgendwo muss man halt anfangen.«

Bei einem Tierarzt war das Wartezimmer voll besetzt. Keiner sprach mit dem anderen. Da nahm eine Frau mit einem neun Monate alten Baby neben einem Herrn Platz, der über die lange Wartezeit verärgert war. Da blickte das kleine Kind plötzlich mit einem so offenen Lächeln zu dem älteren Mann hoch, wie eben nur kleine Kinder das können. Und was passierte? Der Mann lächelte zurück. Und schon war er mit der jungen Frau in einem Gespräch über ihr kleines Kind und die eigenen Enkelkinder verwickelt, an dem sich sehr bald das ganze Wartezimmer beteiligte. Statt Ärger und Langeweile herrschte auf einmal eine freundliche und angenehme Unterhaltung.

Ein Lächeln will sagen: Ich mag dich. Es möchte sagen: Du machst mich glücklich und ich freue mich, dich zu sehen.

Menschen, die lächeln, haben beruflich und privat mehr Erfolg.

Ein Lächeln wirkt Wunder, selbst wenn man es gar nicht sieht. Vor Jahren hat eine Telefongesellschaft ein Lehrprogramm entwickelt, in dem empfohlen wurde, immer zu lächeln, während man telefoniert. Denn das Lächeln klingt aus der Stimme. Der Direktor einer Firma fragte seinen neuen Angestellten, aus welchem Grund er sich für eben diese Firma entschieden habe. Er antwortete: »Weil die anderen Vorgesetzten am Telefon zu kühl und geschäftsmäßig klangen, dass ich den Eindruck bekam, ich sei für sie nichts anderes als nur ein Geschäft. Dagegen klang Ihre Stimme, als wären Sie froh, von mir zu hören.«

Ein Lächeln bringt zum Ausdruck, dass man sich freut, und die Erfahrung zeigt, dass ein Mensch selten eine Sache mit Erfolg durchführt, wenn er keine Freude daran hat. Es gibt Menschen, die Erfolg haben, weil ihnen die Arbeit einfach irrsinnig Spaß macht. Später kann man manchmal sehen, wie diese Menschen sich ändern, wenn sie den Spaß an der Arbeit verlieren und nur noch schuften. Sie haben ihre Freude an der Arbeit verloren und versagt. In erfolgreichen Zeiten gingen sie mit einem Lächeln durchs Leben, sie zogen mit einer positiven Ausstrahlung jeden an. Nach Jahren verschwand das Lächeln aus ihren Gesichtern, eine negative Stimmung breitete sich in ihren Seelen aus, Freundschaften zerbrachen und nicht selten auch die Ehe.

Es muss uns Vergnügen bereiten, Menschen zu begegnen, wenn wir möchten, dass diese Menschen gerne in unserer Gesellschaft sind. Ein gutes Trainingsprogramm kann sein, jede Stunde am Tag einmal jemanden anzulächeln.

Mit Freundlichkeit und einem Lächeln lassen sich Angelegenheiten leichter in Ordnung bringen. Menschen, die sich zur Gewohnheit machen, freundlich zu sein, zu lächeln, sind reicher, vor allem an Freundschaft und Zufriedenheit. Das sind auch die einzigen beiden Dinge, auf die es im Leben letztendlich ankommt.

Was sollen wir aber machen, wenn uns nicht nach Lächeln zumute ist? Dann tun wir einfach so, als wären wir glücklich. Singen wir, pfeifen wir oder summen wir, versuchen wir, so oft wie möglich zu lächeln. Weil Körper und Seele in einem engen Zusammenhang stehen, wird das bisschen Schauspielern auf unseren Gemütszustand abfärben. Wir werden uns mit der Zeit besser fühlen.

Jeder Mensch sucht nach dem Glück, und der einzige Weg, um es zu finden, ist, unsere Gedanken zu kontrollieren, sie in die richtige Richtung zu lenken. Glück hängt nur wenig von äußeren Umständen ab, sondern hauptsächlich von unserem inneren Zustand. Zwei Menschen können sich am selben Ort befinden und das Gleiche tun, beide mögen gleich viel Geld und Ansehen besitzen und doch kann der eine todunglücklich sein und der andere glücklich. Der Grund dafür liegt in ihrer verschiedenen geistigen Einstellung zu den äußeren Umständen. Ob etwas gut oder schlecht ist, liegt in der Betrachtung und Bewertung der Menschen.

An sich gibt es nichts Gutes, Schlechtes oder Böses, erst unser Denken und Bewerten macht es dazu. Das Verhalten und der Gesichtsausdruck sind ein Spiegelbild der geistigen Einstellung. Die so ausgestrahlten Signale werden von dem Unterbewussten des Menschen genau registriert. Mit welchen Leuten umgeben wir uns lieber: mit unglücklichen und frustrierten oder mit glücklichen?

Wir sollten den ganzen Tag an unser Wohlbefinden denken. Kopf hoch, Kinn zurück, tief einatmen, wir nehmen die Sonne in vollen Zügen in uns auf. Wir grüßen unsere Mitmenschen mit einem Lächeln. Wir legen Freundlichkeit und Zuwendung in unseren Händedruck. Wir verschwenden keine Sekunde mit Gedanken an unsere Feinde. Wir machen uns klar, was wir tun möchten, und gehen ohne Umwege auf unser Ziel los. Wir denken unablässig an unsere großen Pläne und im Laufe des Tages werden wir feststellen, dass wir unbewusst alle Gelegenheiten aufgreifen, die uns der Erfüllung unserer Wünsche näherbringen. Wir malen uns in Gedanken den tüchtigen, verantwortungsbewussten und bedeutenden Menschen aus, der wir sein möchten, und mit diesem Bild vor unserem geistigen Auge werden wir uns von Stunde zu Stunde immer deutlicher in diesen Menschen verwandeln. Gedanken sind mächtig.

Die richtige innere Einstellung, Mut, Offenheit und Freundlichkeit sind Grundpfeiler des Erfolgs. Das richtige Denken ist an sich schon eine kreative Tätigkeit. Der Wunsch ist der Ursprung aller Dinge und jeder aufrichtige Wunsch hat Aussicht auf Erfüllung.

Ein chinesisches Sprichwort sagt: Wer kein freundliches Gesicht hat, sollte keinen Laden aufmachen. An dem Gesicht eines Menschen kann man seine geistige Einstellung ablesen. Die jahrelang von ihm gehegten Vorstellungen und Gedanken haben sein Gesicht geprägt. Ein Lächeln kostet nichts und bringt doch viel ein. Es bereichert den Empfänger, ohne den Geber ärmer zu machen. Es ist kurz wie ein Blitz, aber die Erinnerung daran ist oft unvergänglich. Keiner ist so reich, dass er darauf verzichten könnte, und keiner ist so arm, dass er es sich nicht leisten könnte. Es bringt Glück ins Heim, schafft guten Willen im Geschäft und ist das Kennzeichen der Freundschaft. Es bedeutet für den Müden Erholung, für den Mutlosen Ermunterung, für den Traurigen Aufheiterung und es ist das beste Mittel gegen Ärger. Man kann es weder kaufen noch erbitten, noch leihen oder stehlen, denn es hat erst dann einen Wert, wenn es verschenkt wird. Niemand braucht so bitter nötig ein Lächeln wie derjenige, der für andere keins mehr übrig hat.

Harmonisch und erfolgreich unser soziales Leben gestalten

Ein Namensgedächtnis ist Gold wert

Um Menschen zu gewinnen, ist ein gutes Namensgedächtnis eine hervorragende Methode. Wir können uns auch Familienverhältnisse, Beruf, politische Einstellung und Hobbys merken. Selbst wenn man nach einem Jahr einem Menschen wiederbegegnet, kann man ihn so nebenbei nach der Familie fragen, nach seinem Hobby oder beruflichen Erfolgen. So etwas kommt immer gut an. Der Durchschnittsmensch ist an seinem eigenen Namen mehr interessiert als an allen anderen Namen der Welt zusammen. Wer den Namen eines anderen behält und ihn immer wieder ausspricht, macht dem Betreffenden ein diskretes, aber sehr wirkungsvolles Kompliment.

In einem Buch wird beschrieben, dass ein zehnjähriger Junge ein trächtiges Kaninchen kaufte. Er hatte aber kein Futter für die vielen neugeborenen Tiere. So versprach er den Kindern in der Nachbarschaft, die kleinen Kaninchen nach ihnen zu benennen, wenn sie ihm jeden Tag genügend Klee und Löwenzahn für die Tiere brächten. Es funktionierte hervorragend.

Werden wir mit unserem Namen angesprochen, haben wir das Gefühl, ganz persönlich behandelt zu werden, und das gefällt uns. Die Menschen sind dermaßen stolz auf ihren Namen, dass manche alles daransetzen, ihn zu verewigen. Ein reicher Mann, der selbst keine Söhne hatte, bot seinem Enkel fünfundzwanzigtausend Dollar dafür an, seinen Namen zu tragen.

Die meisten Leute, die behaupten, sie hätten ein schlechtes Namensgedächtnis, nehmen sich ganz einfach weder die Zeit, noch machen sie sich die Mühe, richtig zuzuhören, wenn ihnen jemand vorgestellt wird. Damit signalisieren sie nebenbei ein geringes Interesse an diesem Menschen. So etwas wird wenig geschätzt. Merken wir uns den Namen anderer Menschen. Wir bestärken sie so in ihrer Selbstachtung enorm. Das mag jeder. Wer die Namen anderer vergisst, gerät selber in Vergessenheit.

Wir sollten nie vergessen, dass ein Name etwas Wunderbares ist und ausschließlich jenem Menschen gehört, mit dem wir es gerade zu tun haben. Der Name zeichnet ihn aus, macht ihn einmalig. Die Mitteilung, die wir weitergeben, oder der Wunsch, den wir äußern, gewinnt eine besondere Bedeutung, wenn wir den Namen der Person, an die sie gerichtet sind, vorausschicken. Der Name wirkt bei den Menschen Wunder, von der Kellnerin bis zum Generaldirektor. Der Name ist für jeden das schönste und wichtigste Wort.

Ein guter Zuhörer ist in
jeder Gesellschaft beliebt

Menschen wünschen sich einen aufmerksamen Zuhörer, vor dem sie ihr eigenes Ich ausbreiten und dem sie etwas über sich erzählen können. So sind die meisten Menschen. Es gibt nur wenige, die sich nicht geschmeichelt fühlen, wenn man ihnen ungeteilte Aufmerksamkeit schenkt.

Die Kunst, eine geschäftliche Verhandlung mit Erfolg zu führen, liegt darin, dass man dem anderen mit ungeteilter Aufmerksamkeit zuhört. Nichts schmeichelt ihm mehr. Oft sind wir geneigt, Menschen zu unterbrechen, wenn sie reden. Das ist aber eine sehr ungeschickte Taktik, denn es ist besser, sie erst ausreden zu lassen. Viele Menschen hinterlassen nur deshalb einen unguten Eindruck, weil sie nicht aufmerksam zuhören. Sie sind so sehr damit beschäftigt, was sie als Nächstes sagen wollen, dass ihre Ohren taub sind. Ein guter Zuhörer wird allgemein mehr geschätzt als ein guter Redner. Viele Menschen rufen einen Arzt und dabei fehlt ihnen nichts anderes als ein Zuhörer.

Ein Mensch, der immer nur von sich spricht, denkt auch immer nur an sich. Der Mensch, der immer nur an sich denkt, ist absolut unerzogen, mag er auch noch so gebildet sein. Möchten wir ein guter Gesellschafter sein, dann lernen wir zunächst, ein aufmerksamer Zuhörer zu sein. Möchten wir, dass man sich für uns interessiert, dann sollten wir uns für andere interessieren. Stellen wir Fragen, auf die uns andere gerne antworten.

Fordern wir doch mal andere auf, von ihren Taten zu erzählen.

Wir sollten nie vergessen, dass unser Gesprächspartner hundertmal mehr an sich selbst, seinen Wünschen und Problemen interessiert ist als an uns und unseren Problemen. Seine Zahnschmerzen sind ihm wichtiger als die Hungersnot in Indien, an der Millionen von Menschen sterben. Ein Furunkel an seinem Nacken beschäftigt ihn mehr als die schlimmsten Erdbeben oder Naturkatastrophen.

Wir wollen also ein guter Zuhörer sein und andere ermuntern, von sich selbst zu sprechen.

Wie man bei anderen
Menschen gut ankommt

Der direkte Weg zum Herzen eines Menschen führt über jene Dinge, die dem Betreffenden besonders am Herzen liegen. Haben wir ein Anliegen, stürmen wir also nicht direkt auf unser Ziel los. Sprechen wir erst von etwas, das den anderen interessiert. Damit schaffen wir eine gute Ausgangsbasis.

Er gab mir das Gefühl, dass ich etwas für ihn getan hatte, ohne dass es ihm möglich war, mir dafür in irgendeiner Art einen Gegendienst zu erweisen. Dieses Gefühl wärmt einem das Herz und lebt in der Erinnerung weiter, auch wenn das Ereignis selbst schon längst vorüber ist.

Es gibt ein ganz wichtiges Gesetz im Umgang mit anderen Menschen: »Bestärke den anderen immer in seinem Selbstgefühl.« Werden wir dieses Gesetz beachten, werden wir kaum je in Schwierigkeiten geraten. Verletzen wir dieses Gesetz, müssen wir mit Ärger rechnen.

Es gibt wenig, nach dem die menschliche Natur mehr verlangt als nach dem Gefühl, bedeutend zu sein und Anerkennung zu bekommen.

Behandeln wir doch andere Menschen so, wie auch wir selbst gerne behandelt werden möchten. Das Leben zahlreicher Menschen könnte anders verlaufen, würde ihnen jemand das Gefühl von Bedeutung geben, ihnen Anerkennung aussprechen.

Wir können davon ausgehen, dass fast jeder sich für bedeutend hält, sogar für sehr bedeutend. Er möchte Aufmerksamkeit bekommen. Das könnte der Grund dafür sein, dass sich einige Menschen ihren Pkw mit einem ganz besonderen Kennzeichen ausstatten lassen (HB - XX 9999, oder DO – AA 1111). Jeder soll sehen, dass er etwas Besonderes ist, oder zumindest soll dies suggeriert werden. Deshalb sollten wir den Menschen, wann immer es nur geht, das Gefühl geben, sie seien bedeutend und etwas ganz Besonderes.

Fast alle Menschen, mit denen wir es zu tun haben, fühlen sich uns in irgendeiner Weise überlegen. Wenn wir den direkten Weg zu ihren Herzen einschlagen möchten, dann geben wir ihnen diskret zu verstehen, dass wir ihre Bedeutung und Überlegenheit aufrichtig anerkennen.

Jeder Mensch ist uns auf irgendeinem Gebiet überlegen und wir können von ihm lernen. Suchen wir doch an anderen nach Dingen, die wir aufrichtig bewundern können.

Jeder Mensch sehnt sich nach etwas menschlicher Wärme und Teilnahme. Sprechen wir doch mit Menschen über sie selbst und sie werden uns stundenlang zuhören. Bestärken wir doch den anderen in seinem Selbstwertgefühl und Selbstbewusstsein.

Über den Streit zwischen Menschen

Beim Streiten kann man nur verlieren. Was hat es denn für einen Sinn, jemandem zu beweisen, dass er im Unrecht ist? Lassen wir ihn doch sein Gesicht wahren. Er hat ja gar nicht um unsere Meinung gebeten. Sie interessiert ihn auch überhaupt nicht. Wozu sich also herumstreiten? Gehen wir doch lieber jedem Streit aus dem Weg.

Rechthaber sind nirgendwo beliebt.

Es gibt nur eine Möglichkeit, eine Auseinandersetzung zu einem glücklichen Ende zu bringen: indem man ihr aus dem Weg geht und sie meidet wie die Pest.

Man kann einen Streit nie gewinnen, denn wer ihn gewinnt, verliert ebenfalls. Er wird schuld daran sein, dass sich der Streitgegner unterlegen fühlt, er hat dessen Stolz verletzt und das wird der andere ihm übelnehmen.

Es gab vor einiger Zeit einen leidenschaftlichen Streithammel. Er legte sich andauernd mit den Leuten an, mit denen er ins Geschäft kommen wollte. Er gewann viele Auseinandersetzungen und sagte schon mal: »Dem hab ich's aber gegeben!« Natürlich hatte er es ihm gegeben, er hatte vielleicht auch recht, aber gekauft hat von den Streitgegnern bei ihm keiner etwas. Man kann Jahre mit Streiten und Argumentieren verlieren. Wir können aber auch den Mund halten – es macht sich bezahlt.

Mit Widerspruch und Besserwissen kann man manchmal einen Menschen besiegen, aber es bleibt ein zweifelhafter Sieg, denn für sich gewinnen kann man diesen Menschen damit nie.

Wir müssen oft entscheiden, was uns lieber ist: der Sieg oder das Wohlwollen unseres Gegners. Beides zugleich können wir selten haben.

Wir sollten uns auch mal bemühen, die Sache von dem Standpunkt des anderen aus zu betrachten.

Überlegen wir, ob wir es uns leisten können und wollen, unsere Zeit mit persönlichen Auseinandersetzungen zu vergeuden.

Man sollte in wichtigen Dingen nachgeben, selbst wenn man vielleicht ebenso im Recht ist wie der andere, und in unwichtigen Dingen auch dann, wenn man absolut im Recht ist.

Es ist besser, dem Hund auszuweichen, als sich von ihm beißen zu lassen. Auch wenn man den Hund tötet, heilt man damit noch lange nicht die Bisswunde.

Freuen wir uns doch über Widerspruch. Vielleicht hat uns der andere auf etwas aufmerksam gemacht, woran wir selbst nicht gedacht haben.

Wir sollten unseren spontanen Reaktionen misstrauen. Bleiben wir ruhig und überlegen uns gründlich unsere erste Reaktion. Es könnte sonst schnell passieren, dass wir unsere schlechteste Seite hervorkehren und nicht die beste.

Lernen wir uns zu beherrschen. Denken wir daran, dass sich die Größe eines Menschen darin zeigt, worüber er sich ärgert.

Hören wir zunächst zu. Wir geben damit unserem Opponenten Gelegenheit zu sprechen. Wir lassen ihn ausreden. Suchen wir nach möglichen Übereinstimmungen. Gehen wir zunächst auf jene Punkte ein, in denen wir mit ihm übereinstimmen. Wir wollen ehrlich sein. Wir überlegen, wo wir uns geirrt haben, und geben es zu. Wir entschuldigen uns für unsere Fehler. Das hilft, den Opponenten zu entwaffnen. Wir versprechen, über die Gegenvorschläge nachzudenken und sie sorgfältig zu prüfen. Wir können uns bei unserem Opponenten für sein Interesse bedanken. Betrachten wir doch mal unseren Gegner als Menschen, der uns ehrlich helfen möchte.

Hilfreich kann auch sein, die Entscheidung zu verschieben. Wir geben so beiden Seiten die Gelegenheit, sich die Dinge noch einmal zu überlegen. Wir schlagen zeitnah eine neue Besprechung vor.

Wir sollten auch überlegen, welchen Preis wir zahlen müssen, wenn wir gewinnen. Lässt sich diese

Meinungsverschiedenheit vielleicht auch durch Still-
schweigen aus der Welt schaffen?

Die einzige Möglichkeit, Gewinner zu sein, ist, Streit zu
vermeiden.

Wie man sich Feinde schafft und wie man es vermeidet

Theodore Roosevelt soll mal gesagt haben, wenn er nur in fünfundsiebzig von hundert Fällen recht behielte, dann wären seine höchsten Erwartungen erfüllt. Roosevelt war ein bedeutender Mann. Jetzt überlegen wir doch mal, wie es mit uns steht. Wenn wir sicher sein könnten, in auch nur etwas mehr als der Hälfte aller Fälle recht zu haben, dann könnten wir an der Börse jeden Tag ein Vermögen verdienen. Wenn wir uns aber nicht sicher sind, wie können wir dann behaupten, dass die anderen im Unrecht sind?

Wenn wir jemandem unmissverständlich zu verstehen geben, dass er sich irrt, wird er es dann auch zugeben? Nein, niemals. Denn wir greifen seinen Stolz und sein Selbstwertgefühl an. Erklären wir nie: »Passen Sie mal auf. Jetzt werde ich Ihnen mal was beweisen.« Es ist so, als würden wir sagen: »Ich bin gescheiter als Sie. Ich sage Ihnen jetzt mal was, dann werden wir sehen, wer recht hat.« Wenn wir etwas beweisen wollen, dann posaunen wir das um Gottes willen nicht in die Welt hinaus, sondern tun es so sanft und geschickt, dass gar niemand erst merkt, dass wir es tun. Wir sollten klüger sein als die anderen, wir sollten es ihnen aber nicht sagen.

Vielleicht sollten wir aufhören, den Leuten zu sagen, dass sie sich irren. Es könnte sich bezahlt machen. Auch eine beiläufige Bemerkung kann Wunder wirken: »Ich kann mich irren, das kommt häufig vor. Gehen wir doch gemeinsam der Sache mal nach.«

Hat unser Gegenüber seinen Gefühlen erst einmal Luft gemacht, ist er gewöhnlich viel vernünftiger, wenn es darum geht, die Angelegenheit zu regeln.

Wie schnell und leichtsinnig bilden wir uns oft eine Meinung, aber mit welcher Hartnäckigkeit treten wir für sie ein, wenn sie angegriffen wird. Es gefällt uns, weiter an unserer altvertrauten Meinung festzuhalten. Unsere Diskussionen enden dann damit, dass wir auf dem beharren, was wir schon immer geglaubt haben.

Wenn jemand eine Empfindung, eine Einstellung oder Meinung äußert, neigen wir fast unmittelbar zu einer gefühlsmäßigen Reaktion und sagen: »Das stimmt nicht!« »Das ist dumm!« »Das ist nicht normal!« »Das ist falsch!« Nur selten erlauben wir uns, erst einmal genau verstehen zu wollen, welche Bedeutung seine Äußerung für einen selbst hat.

Haben wir Unrecht, so geben wir es vor uns selber manchmal zu, manchmal sogar vor anderen, sofern sie sich freundlich und taktvoll benehmen. Dann sind wir stolz auf unsere Offenheit und Großzügigkeit. Entreißen aber lassen wir uns das Eingeständnis unseres Irrtums unter keinen Umständen.

Mit Spott und Beschimpfungen kann man einen Menschen niemals von seinem Irrtum überzeugen. Man kann viel Schaden anrichten, wenn man einem Menschen ins Gesicht sagt, dass er sich irrt. Man kränkt ihn dadurch in seinem Selbstwertgefühl und macht sich unbeliebt. Wir sollten ein wenig Takt entwickeln und darauf verzichten, dem anderen zu sagen, dass er im Unrecht ist.

Ein bedeutender Mann soll gesagt haben: »Ich beurteile die Menschen nach ihren eigenen Maßstäben und nicht nach den meinen.«

Seien wir doch diplomatisch, dann werden wir eher erreichen, was wir uns vorgenommen haben. Streiten wir uns nicht mit Kunden, dem Ehepartner oder einem Gegner herum. Sagen wir nie, der andere habe Unrecht. Wir sollten ihn nicht reizen und stattdessen ein wenig diplomatisch sein. Den Mut aufzubringen, seine Fehler zuzugeben, nicht nach Ausflüchten zu suchen, kann einem eine gewisse Befriedigung und auch die Anerkennung der Mitmenschen verschaffen.

Jeder Narr ist imstande, seine Fehler zu verteidigen. Die meisten Narren tun es auch. Es erhebt einen aber über die große Masse und verleiht einem ein stolzes Gefühl, wenn man seine Fehler zugibt.

Es mag sein, dass ich mein Gesicht verliere, wenn ich einen jüngeren Menschen um Verzeihung bitte, aber es war mein Fehler und es ist an mir, ihn zuzugeben.

Wenn wir im Recht sind, sollten wir versuchen, die anderen freundlich und taktvoll für unsere Überzeugung zu gewinnen. Falls wir uns aber irren - und das kommt erstaunlich häufig vor, wenn wir ehrlich sind -, dann sollten wir unseren Irrtum, ohne zu zögern, zugeben. Der Erfolg dieser Taktik ist verblüffend. Es ist viel besser, als sich mit allen Mitteln verteidigen und rechtfertigen zu wollen.

Denken wir daran, dass wir durch Streit nur ganz selten bekommen, was wir wollen. Durch Nachgiebigkeit aber erhalten wir meistens mehr, als wir erwartet haben.

Der Weg zur Vernunft führt über das Herz. Solange das Herz eines Menschen mit Feindschaft erfüllt ist, kann man es mit aller Logik der Welt nicht bekehren. Kein Mensch ändert gerne seine Meinung und man kann niemanden mit Gewalt zu einer Überzeugung bringen. Möglicherweise kann man ihn mit Sanftmut und Freundlichkeit in eine positive Richtung beeinflussen.

Es ist eine alte Weisheit, dass man mit einem Tropfen Honig mehr Fliegen fängt als mit einer ganzen Kanne voll Galle.

Güte und Freundlichkeit bringen einen Menschen eher dazu, seine Meinung zu ändern, als alle Predigten und Drohungen der Welt.

Geben wir den Menschen Gelegenheit, »Ja« zu sagen. Suchen wir nach Übereinstimmungen. Ein Gespräch sollten wir nie mit einem Thema beginnen, über welches wir und unser Gesprächspartner verschiedener Meinung sind. Wir fangen besser mit etwas an, über das wir uns einig sind. Es schafft eine positive Grundeinstellung aufseiten des Gesprächspartners. Das Unterbewusste des Gesprächspartners wird umso positiver geprägt, je öfter wir ihm die Gelegenheit geben, »Ja« zu sagen. Hat jemand einmal »Nein« gesagt, so verlangt sein persönlicher Stolz, dass er bei diesem »Nein« bleibt.

Es ist sehr wichtig, dass wir das Gespräch so lenken, dass wir von dem anderen zu Beginn eine Reihe positiver Antworten erhalten. Damit steuern wir sein Unterbewusstsein in eine bejahende Richtung. Es ist wie mit einer Billardkugel. Schickt man sie in eine bestimmte Richtung, ist es hinterher nicht so einfach, sie in eine andere Richtung umzulenken. Noch schwieriger wird es sein, diese Kugel in die entgegengesetzte Richtung zu bringen.

Sagt jemand »Nein«, passiert viel mehr, als dass er nur ein Wort ausspricht. Der ganze Körper, die Persönlichkeit und der Geist des Gesprächspartners nehmen eine zurückweisende Haltung an. Das Unterbewusstsein schaltet auf Ablehnung. Sagt aber jemand dagegen »Ja«, schaltet das Unterbewusste in eine aufgeschlossene und zustimmende Haltung. Je mehr bejahende Antworten wir am Anfang bekommen, umso größer ist die Wahrscheinlichkeit, dass wir auch bei der entscheidenden Frage eine positive Antwort bekommen und unser Vorschlag angenommen wird. Diese Taktik hat mit Erfolg schon Sokrates, der große Philosoph, angewendet. Er bemühte sich, auf seine Fragen niemals eine negative Antwort zu bekommen.

Er stellte die Fragen so, dass seine Gegner zwangsläufig mit »Ja« antworten mussten. Er fragte so lange, bis seine Gegner ganz von selbst, und fast ohne es zu merken, Schlüsse zogen, denen sie sich noch wenige Minuten zuvor hartnäckig widersetzt hätten. Geben wir also Menschen Gelegenheit, »Ja« zu sagen. Nachdem wir unsere Frage gestellt haben, sollten wir den anderen auch reden lassen, ihn nicht unterbrechen. Der Gegner wird nämlich nicht aufmerksam zuhören, solange er selbst noch eine Menge an Gedanken auf dem Herzen hat.

Ein jeder Mensch erzählt viel lieber von seinen eigenen Leistungen und Erfolgen, anstatt zuzuhören, wie wir mit unseren Taten angeben.

Wenn wir uns Feinde schaffen wollen, dann übertrumpfen wir unsere Freunde, wollen wir jedoch Freunde erhalten, dann lassen wir uns von ihnen übertrumpfen.

Es ist vorteilhaft, andere von sich selbst erzählen zu lassen. Von uns und unserer Arbeit sollten wir nur dann sprechen, wenn wir gefragt werden. Lassen wir also hauptsächlich den anderen sprechen.

Wie man die Mitarbeit der anderen gewinnt? Alle haben mehr Vertrauen in ihre eigenen Ideen als in solche, die man ihnen unterzuschieben versucht. Wäre es deshalb nicht klüger, lediglich Vorschläge zu machen, damit die anderen aus eigener Überlegung zu den von uns gewünschten Schlüssen kommen?

Wir alle wollen viel lieber glauben, dass wir etwas aus eigenem Antrieb gekauft oder gemacht haben. Wir wollen das Gefühl haben, dass wir nach unseren eigenen Ideen gehandelt haben.

Die Ströme und Meere sind die Könige aller Bäche. Das kommt daher, dass sie in Ruhe unten warten können, bis sie mit deren Wasser gefüllt werden. Also stellt sich auch der Berufene, wenn er über seinen Leuten stehen möchte, in seinen Reden besser unter sie. Wenn er seinen Leuten voran sein will, so stellt er sich mit seiner Person hinten an. Wir wollen ein Gespür, ein Verständnis für den Standpunkt des anderen entwickeln.

Es kommt vor, dass der andere völlig im Unrecht ist, aber er glaubt trotzdem, dass er recht hat. Wir sollten ihm keinen Vorwurf machen. Das kann jeder Trottel. Versuchen wir doch, den anderen zu verstehen. Dazu nämlich braucht es kluge, großzügige und überdurchschnittliche Menschen. Es gibt immer einen Grund, warum der andere so und nicht anders denkt und handelt. Finden wir doch diesen Grund heraus und haben damit den Schlüssel zu seinem Verhalten und vielleicht sogar zu seiner Persönlichkeit in der Hand.

Vergleichen wir doch mal unser brennendes Interesse an unseren eigenen Angelegenheiten mit unserer lauen Anteilnahme an den Angelegenheiten der anderen. Werden wir uns doch bewusst, dass jeder Mensch auf dieser Welt genauso empfindet wie wir.

Der Erfolg im Umgang mit Menschen beruht auf dem Verständnis für den Standpunkt des anderen.

Ein echtes Gespräch kann nur entstehen, wenn wir dem Gesprächspartner zeigen, dass wir seine Ideen und Gefühle für ebenso wichtig halten wie unsere eigenen. Bedenken wir bei allem, was wir sagen, ob wir selbst das auch gerne hören möchten, wenn wir der Zuhörer wären.

Stellen wir uns immer die Frage, aus welchem Grund er oder sie etwas tun will. Oder aus welchem Grund derjenige es nicht tun möchte.

Falls wir ein Gespräch führen müssen oder eine Besprechung, machen wir uns vorher eine genaue Vorstellung davon, was wir sagen wollen und was uns, aufgrund unserer bisherigen Kenntnis und Erfahrung, unser Partner vermutlich antworten wird.

Eine gute Taktik könnte sein, Folgendes zu sagen: »Ich mache Ihnen nicht den geringsten Vorwurf wegen Ihrer Ansichten. An Ihrer Stelle würde ich zweifellos genauso empfinden.«

Das, was wir sind, haben wir nur zu einem Teil unseren Bemühungen und Anstrengungen zu verdanken. Daran sollten wir immer denken, wenn wir anderen Menschen gegenüberstehen. Hätten wir in der gleichen Umwelt gelebt und die gleichen Erfahrungen gemacht wie sie, dann wären wir vielleicht genau wie sie geworden.

Die meisten Menschen, mit denen wir es zu tun haben, hungern nach Mitgefühl. Also schenken wir ihnen unser Mitgefühl und sie werden uns dafür mögen.

Der Appell an das bessere Ich und das Vorschieben edler Motive

Es ist eine Tatsache, dass die meisten Menschen, denen wir begegnen, eine sehr hohe Meinung von sich selber haben und sich für großmütig und selbstlos halten.

Menschen handeln aus zwei Gründen: aus einem wirklichen und aus einem idealistischen Grund. Ausschlaggebend ist der wirkliche Grund, das ist ganz klar. Da wir aber im Herzen alle Idealisten sind, schieben wir lieber edle Motive vor. Deshalb ist es eine gute Methode, an die edlen Motive in den Menschen zu appellieren, wenn man sie beeinflussen will.

Die Entscheidungen, die wir treffen, haben ihren Ursprung in den tiefsten Regionen unseres Unterbewusstseins und in unserer Gefühlswelt. Einer so getroffenen Entscheidung wird eine durch den Verstand begründete Erklärung nachgeschoben. Es mag dann vielleicht so aussehen, als hätten wir eine nüchterne, logische Entscheidung getroffen, aber tatsächlich haben unsere Gefühle entschieden.

Ein unzufriedener Mieter drohte mit Kündigung. Der Mietvertrag lief aber erst in vier Monaten aus. Der Vermieter sagte: »Ich habe Sie für einen Mann gehalten, der zu seinem Wort steht. Denken Sie darüber nach und in ein paar Tagen reden wir noch mal darüber.

Wenn Sie dann noch entschlossen sind auszuziehen, werde ich Ihre Entscheidung akzeptieren. Dann lasse ich Sie gehen und gebe zu, dass ich mich in meinem Urteil über Sie geirrt habe. Ich glaube aber weiterhin, dass Sie ein Mann von Wort sind und den Vertrag einhalten werden.« Am Monatsende kam der Mieter höchstpersönlich, um zu sagen, dass er bis zum Vertragsende bleiben werde. Er meinte, es sei nur anständig, den Vertrag einzuhalten.

Ein bekannter Mann wollte nicht, dass ein bestimmtes Bild von ihm veröffentlicht wird. Er sagte nicht: »Ich mag es nicht ...«, sondern er appellierte an die edlen Motive, an die Liebe und Verehrung, die wir alle unseren Müttern entgegenbringen, indem er sich folgendermaßen äußerte: »Bitte publizieren Sie dieses Bild nicht, meine Mutter mag es nicht.«

Ein anderer berühmter Mann wollte die Zeitungsreporter davon abhalten, seine Kinder zu fotografieren. Auch er sagte nicht: »Ich will das nicht«, sondern er appellierte an den in uns allen steckenden Wunsch, Kinder vor Schaden zu bewahren, und sagte: »Sie wissen ja, wie das so ist. Einige von Ihnen haben selber Kinder. Es ist einfach nicht gut für sie, wenn man zu viel Wirbel um sie macht.«

Eine berüchtigte Strafanstalt war ohne Direktor. Ein erfahrener Mann sollte diese Aufgabe übernehmen. Doch die Direktoren kamen und gingen, einer schon nach drei Wochen. Der Mann, der die Stelle jetzt antreten sollte, war am Überlegen und Zweifeln. Er wusste, es ging um seine Karriere, aber lohnte sich dieser Einsatz? Und welche Worte brachten ihn letztendlich dazu, die Stelle anzunehmen? »Ich verstehe Ihre Bedenken. Es ist ein harter Job und es braucht einen tüchtigen Mann dafür.« Das waren genau die Worte, die ihn bei seinem Ehrgeiz packten. Der Gedanke, einen Posten anzunehmen, der nach einem tüchtigen Mann verlangte, gefiel ihm.

Es gibt kein allgemein gültiges Rezept, mit dem man immer bei allen Leuten Erfolg hat. Wir brauchen auch nichts zu ändern, wenn wir mit unseren bisherigen Resultaten zufrieden sind. Sind wir es aber nicht, sollten wir es zumindest versuchen.

Es zeigt sich immer wieder, dass Menschen, die betrügerische Absichten haben, in den meisten Fällen positiv reagieren, wenn man ihnen vermittelt, dass man sie für ehrlich, aufrichtig und korrekt hält.

Wie gehen wir am besten vor, wenn wir etwas beanstanden müssen?

Es ist leichter, sich unerfreuliche Dinge anzuhören, wenn man vorher für seine guten Eigenschaften gelobt wurde.

Ein Barbier seift den Kunden erst ein, bevor er ihn rasiert.

Für einen Präsidentschaftskandidaten schrieb ein prominenter Mann eine Wahlrede. Seiner Meinung nach war es die beste Rede aller Zeiten. In Wirklichkeit gab es zwar ein paar treffende Sätze darin, doch davon abgesehen war die Rede unbrauchbar. Der Präsidentschaftskandidat musste sie ablehnen. Er zog sich aber sehr geschickt aus der Schlinge. »Lieber Freund«, begann er, »das ist eine glänzende und großartige Rede. Niemand könnte eine bessere schreiben. Für viele Gelegenheiten wäre sie goldrichtig. Die Frage ist nur, ob sie auch für diesen besonderen Anlass geeignet ist. Deshalb schlage ich vor, dass Sie jetzt nach Hause gehen, sich noch einmal Gedanken machen und dann eine neue Rede aufsetzen.«

Wir wollen zuerst loben, ehe wir auf verhängnisvolle Fehler zu sprechen kommen.

Der Chef einer Baufirma hatte sich vertraglich verpflichtet, bis zu einem bestimmten Termin ein großes

Geschäftshaus fertigzustellen. Plötzlich kam von der Gießerei, welche die Bronzeornamente für die Fassade in Auftrag hatte, die Mitteilung, diese Ornamente könnten leider nicht bis zum gewünschten Datum geliefert werden. Die Fertigstellung des Baus war infrage gestellt, Konventionalstrafen und finanzielle Verluste drohten. Das Bauunternehmen schickte einen erfahrenen Mitarbeiter, um dem Unternehmen gegenüberzutreten.

»Wissen Sie, dass Sie in weiter Umgebung der einzige Mann dieses Namens sind?«, sagte er, als er das Büro des Unternehmers betrat.

»Nein, das wusste ich nicht«, gab der Unternehmer erstaunt zurück.

»Als ich heute früh zum Zug kam und im Telefonbuch nach Ihrer Adresse schaute, stellte ich fest, dass Sie der einzige Mann sind, der so heißt.«

»Davon hatte ich keine Ahnung«, meinte der Unternehmer. »Es handelt sich um einen recht ungewöhnlichen Namen«, erklärte er stolz. »Meine Familie stammt aus Holland und ließ sich vor fast zweihundert Jahren hier nieder.« Er erzählte einige Minuten lang von seiner Familie und seinen Vorfahren.

Als er geendet hatte, beglückwünschte ihn der Bauunternehmer zur Größe seines Betriebs und zog vorteilhafte Vergleiche zu einer Anzahl ähnlicher Unternehmen, die er kannte. Er sagte: »Ihre Gießerei ist eine der saubersten und modernsten, die ich je gesehen habe.«

Der Inhaber der Gießerei sagte daraufhin: »Ich habe mein Leben lang am Aufbau dieser Firma gearbeitet und ich bin ziemlich stolz darauf. Hätten Sie Lust, einen Rundgang durch den Betrieb zu machen?«

Sie schauten sich die Einrichtung an. Der Bauunternehmer bewunderte die modernen Maschinen und der Unternehmer erklärte, dass er viele davon selber entwickelt habe, und nahm sich Zeit, ihm zu zeigen, wie sie arbeiteten und was sie leisteten. Danach bestand er darauf, seinen Auftraggeber zum Mittagessen einzuladen. Bis dahin war kein einziges Wort über den wirklichen Grund des Besuchs gefallen.

Nach dem Mittagessen sagte der Direktor der Gießerei zu seinem Gast: »Ich weiß natürlich ganz genau, was Sie zu mir geführt hat. Ich hatte aber nie erwartet, dass Ihr Besuch so angenehm verlaufen würde. Nehmen Sie meine Zusicherung mit nach Hause, dass die bestellten Ornamente termingerecht gegossen und geliefert werden, selbst wenn wir deshalb einige andere Aufträge zurückstellen müssen.«

Der Bauunternehmer bekam, was er wollte, ohne überhaupt darum zu bitten.

Lob und Anerkennung können Wunder vollbringen. Beginnen wir also mit dem Lob, wie der Zahnarzt mit dem Schmerzmittel. Zwar wird nachher trotzdem gebohrt, aber es tut nicht mehr weh.

Befehle nimmt keiner gerne an –
Das Gesicht wahren

Es ist wichtig, den richtigen Ton im Umgang mit Menschen zu finden. Anstatt Befehle zu geben, kann es vorteilhafter sein, Vorschläge zu machen: »Vielleicht versuchen Sie es einmal so, was meinen Sie? Könnte es vielleicht so gehen?«

Eine solche Haltung macht es dem anderen leichter, einen Fehler einzusehen und es besser zu machen. Sein Stolz bleibt unverletzt und er wird in seinem Selbstwertgefühl bestärkt.

Es kann passieren, dass uns jemand einen scharf erteilten Befehl, selbst wenn er berechtigt war, noch lange übelnimmt. Die Form der Frage macht eine Anweisung leichter verdaulich und regt die gefragte Person sogar oft zu eigenen Einfällen an. Man nimmt einen Befehl lieber entgegen, wenn man ein entscheidendes Wort mitzureden hat, ihn sich sozusagen selbst erteilt.

Eine große Firma stand vor einer heiklen Aufgabe. Ein Abteilungsleiter sollte seines Postens enthoben werden. Sie machten es geschickt, indem sie ihn zum beratenden Ingenieur ernannten und ihn auf diese Weise mit sanfter Hand und ohne Aufregung von der Bühne holten. So konnte er das Gesicht wahren. Aus diesem Grund werden manchmal Leute befördert. Wir haben nicht das Recht, etwas zu sagen oder zu tun, das andere erniedrigt. Wichtig ist nicht, was wir von ihnen denken, sondern was sie von sich selbst denken. Einen Menschen in seiner Würde zu verletzen ist ein Verbrechen.

Nützliches aus dem NLP (Neuro-Linguistisches Programmieren)

Wir wollen lernen, wie man erfolgreich mit anderen Menschen umgeht, sie verantwortungsvoll beeinflusst und wie man sich schöpferisch verändern kann.

Wir wollen lernen, was wir tun müssen, um mit uns selbst besser auszukommen, wie wir uns positiv entfalten und vor allem unsere persönlichen Fähigkeiten entwickeln können.

Wenn wir uns mit den dafür erforderlichen Gedanken, Techniken und Strategien intensiv beschäftigen und sie in die Realität umsetzen, wird sich in unserem Leben vieles verändern.

Wir wollen lernen, positiv auf Menschen einzuwirken, und in der Zukunft mit den Schwierigkeiten des Lebens besser zurechtkommen.

Wir wollen unsere Einstellungen so ändern, dass wir unser Leben aktiv gestalten und dadurch zufriedener, erfolgreicher, gesünder und glücklicher werden.

Wir wollen in uns Fähigkeiten entdecken und entwickeln, die wir zu unserem Vorteil nutzen können.

Wir wollen lernen, uns und andere Menschen besser

zu erkennen, uns ganz auf unsere Partner einzustellen,
um sie zu verstehen und mit ihnen zum Vorteil aller
wirkungsvoll zu kommunizieren.

Mithilfe einer optimalen Kommunikation können wir
auf das Verhalten anderer positiv einwirken.

Das Modell und das Vorbild

Von einem Vorbild kann man bestimmte Regeln und Modelle ableiten. Wenn wir uns so verhalten wie das Modell oder das Vorbild und uns nach deren Regeln richten, können wir die gleichen Erfolge erzielen. Wir können also davon ausgehen, dass jeder, der sich so verhält, wie es durch das Modell vorgegeben ist, davon profitieren kann, wenn er die gleichen Ergebnisse anstrebt. Wir haben es mit einer Art Gebrauchsanweisung oder Rezept zu tun. Dieses Rezept garantiert noch nicht, dass das Essen genauso gut wird, als wenn es der Meister selbst zubereitet hätte, aber es zeigt zumindest den Weg zur Meisterschaft.

Die Worte »Modell« oder »modellieren« sollen ausdrücken, dass von dem, was andere tun, ein möglichst getreues Modell hergestellt wird.

Es gibt einen Unterschied zwischen Modell und Theorie. Ein Modell ist die Beschreibung, wie etwas funktioniert, ohne zu erklären, warum es das tut. Eine Theorie hat die Aufgabe, eine Rechtfertigung dafür zu liefern, warum ein Modell so funktioniert und nicht anders. Wir werden uns hier nur mit Modellen befassen und nicht mit Theorien. Für uns ist nur wichtig, dass es funktioniert und dass wir damit zum Erfolg kommen. Wir gehen von der Annahme aus, dass der, der sich nach einem bestimmten Modell richtet, zum gleichen Ergebnis kommen wird wie die erfolgreiche Persönlichkeit, die als Vorbild für dieses Modell diente. Stellt sich kein Erfolg ein, dann wurde entweder etwas falsch gemacht oder ein unpassendes Modell verwendet.

Jeder Mensch hat sein Modell von der Welt, die er erlebt. Er erlebt sie durch seine sinnlichen Wahrnehmungen. Das, was er wahrnimmt, ist subjektiv. Er hat eine ganz bestimmte Einstellung zur Welt. Dieses Modell ist wie eine Landkarte von der Welt. Es ist nicht die Welt selbst. Alle Menschen lassen sich in ihrem Verhalten von ihrem ganz persönlichen Modell leiten. Wie sie jeweils reagieren, welche Wahl sie treffen, das wird von ihrem Modell bestimmt.

Das Gehirn eines Neugeborenen wird in den ersten Monaten, abhängig von den Umwelteinflüssen, unterschiedlich programmiert. Die Gehirnrinde wird so »verdrahtet«, dass sie möglichst gut mit derjenigen Umwelt zurechtkommt, die in den ersten Lebensmonaten wahrgenommen wird. Diese frühen Eindrücke führen zu unterschiedlicher Ausprägung der Wahrnehmungskanäle und damit zu einseitigen Erfahrungen. Die Folge ist, dass viele Dinge, die dem bevorzugten Wahrnehmungskanal nicht entsprechen, einfach nicht wahrgenommen werden und im Modell der Welt des betreffenden Menschen auch nicht vorkommen. So kann es passieren, dass ein bestimmter Mensch gefühlsmäßig stark beeinflusst wird bei einem Anblick eines alten Schlosses oder einer Burg, ein anderer dagegen mehr durch das Zwitschern der Vögel, für einen anderen Menschen kann ein bestimmter Duft eine große Bedeutung haben.

Bei jeder Kommunikation ist die Sprache von großer Bedeutung. Sie zeigt die subjektiven Erfahrungen, die das Modell der Welt von jemandem geschaffen haben. Die Sprache repräsentiert diese Erfahrungen, sie ist aber nicht die Erfahrung selbst. Aus der Sprache erfahren wir, nach welchem Modell sich ein Mensch verhält. Und kennen wir das Modell, so werden wir auch den Menschen besser verstehen.

Wir können herausfinden, wie sich Menschen ihre Modelle bilden und gestalten. Bei der Modellbildung kommen überwiegend drei Prozesse infrage:

- Generalisierung
- Tilgung
- Verzerrung

Generalisierung bedeutet, dass die Erfahrung, die in einem bestimmten Fall gültig war, verallgemeinert wird. Bis zu einem gewissen Maß sind Generalisierungen für unser Leben notwendig. Nur so werden Erfahrungen zu Regeln. Eine Schraube zum Beispiel wird durch Rechtsherum-Drehen angezogen, ebenso ein Wasserhahn, ein Ventil wird ebenfalls rechtsherum zugedreht, ein Korkenzieher funktioniert nach demselben Prinzip. Eine Generalisierung kann aber auch einschränkend wirken, besonders wenn es sich um gefühlsmäßiges Erleben handelt. Wenn eine Frau zum Beispiel von einem Mann sehr verletzt wurde und diese Erfahrung auf alle Männer überträgt, schränkt sich ihr zukünftiges Leben drastisch ein.

Bei dem zweiten Prozess, der Tilgung, lassen Menschen von der Vielzahl an Informationen nur einige in das Bewusstsein eindringen. Die Tilgung hat einerseits den großen Vorteil, aus der Flut der Informationen die unwichtigen von uns fernzuhalten, andererseits kann sie aber dazu führen, dass wir Teile unserer Erfahrungen ausklammern, die unbedingt zu unserem Modell der Welt gehören sollten. Bei Auseinandersetzungen zwischen Partnern ist bekannterweise immer der andere schuld. Die eigenen Fehler oder Handlungen, die zu der verfahrenen Situation geführt haben, werden in der Regel getilgt, häufig ohne dass man sich dessen bewusst wäre. Meister der Tilgung sind auch Kinder. Sie überhören ganz einfach das, was sie nicht hören wollen.

Verzerrungen verfälschen in vielen Fällen die Wirklichkeit, während wir diese mit unseren Sinnen erfassen. Verzerrungen erkennt man zum Beispiel an Nominalisierungen, wenn also aus Verben Nomina gemacht werden und damit aus einem Prozess, der verändert werden kann, ein Ding oder Ereignis wird, das der Kontrolle entzogen ist. Als Beispiel kann folgende Aussage dienen: »Ich bedauere meine Entscheidung.« Eine Entscheidung ist etwas Abgeschlossenes, entscheiden kann man sich dagegen immer wieder.

Neben Generalisierungen, Tilgungen und Verzerrungen gibt es noch andere Gestaltungsprozesse, zum Beispiel das »Gedankenlesen«, besonders tritt dies bei Partnerkonflikten auf. »Ich weiß genau, dass sie mich nicht liebt.« Woher kann man denn so etwas wissen? Können wir Gedanken lesen? Auch umgekehrt gehen manche Menschen davon aus, dass andere wissen müssen, was sie fühlen oder denken. Woher sollen sie es aber wissen, wenn es nicht ausgesprochen wird? Können sie Gedanken lesen?

Einschränkungen in der Wahrnehmung können hinterfragt werden, so dass sie dem betroffenen Menschen bewusst werden und dieser sein persönliches Modell anpassen kann. Was bedeutet die Aussage »Niemand mag mich«? »Niemand« ist eine Generalisierung. Eine ursprüngliche Erfahrung wird hier so generalisiert, dass sie den wirklichen Gegebenheiten nicht entspricht. Wer genau ist denn »Niemand«? So notwendig Generalisierungen auch sind, wenn sie nicht mehr in den jeweiligen Kontext passen, sind sie nicht nützlich.

Bei den Aussagen »Ich mache immer alles falsch« oder »Ich kann mir nie etwas merken« und ähnlich bei der Aussage »Ich fürchte mich« haben wir es hier mit unvollständigen Informationen zu tun. Es handelt sich um eine Tilgung. Erst wenn wir erfahren, vor wem oder wovor sich der Mensch fürchtet, können wir die getilgte Information wiederentdecken. Durch gezieltes Fragen kann man erreichen, dass Tilgungen aufgehoben werden. Auf die Aussage »Das gefällt mir nicht« lautet die passende Frage: »Was genau gefällt Ihnen nicht?«

Nützliche Annahmen

Es ist nützlich, von bestimmten Annahmen über den Menschen und seine Fähigkeiten auszugehen. Es geht dabei um ein durch viele Erfahrungen bestätigtes Wissen. Trotzdem sind diese Annahmen keine unumstößlichen Tatsachen. Wenn wir in der Kommunikation erfolgreich sein möchten, ist es wichtig, dass wir flexibel bleiben, uns also nicht in unseren Wahlmöglichkeiten einschränken. Sind bestimmte Überzeugungen nicht mehr nützlich, ersetzen wir sie, ohne zu zögern, durch passendere.

Wir wollen jetzt überprüfen, ob wir uns mit folgenden Aussagen anfreunden können:

Jeder Mensch hat eine bewusste und eine unbewusste Verhaltensebene. Das Unbewusste kann man sogar in viele einzelne Teile zerlegen, von denen jeder für ganz bestimmte Aufgaben zuständig ist.

Jeder Mensch hat die Fähigkeit, notwendige Veränderungen in sich selbst zu bewirken. Jeder Mensch verfügt über bestimmte Potenziale, Fähigkeiten, Kräfte, Energien und Kenntnisse, um sein Leben erfolgreich zu führen. Häufig werden diese Potenziale aber nicht genutzt, es ist daher notwendig, sie aufzudecken, um sie nutzbar zu machen. Hier kann ein Berater helfen. Er kann aber nur helfen, nicht mehr. Er kann sich dazu äußern, was zu tun ist, um bestimmte Probleme zu erkennen und loszuwerden, er kann Techniken vorschlagen, um ein besseres Ergebnis zu erreichen.

Veränderungen im Menschen können rasch erfolgen. Unser Gehirn lernt schnell. Voraussetzung dafür ist natürlich, dass wir das schnelle Lernen ermöglichen.

Jedes Verhalten hat in irgendeinem Kontext einen Sinn oder bringt einen Nutzen. Also ist es notwendig, diesen Sinn oder Nutzen zu erkennen und zu berücksichtigen, wenn man eine Veränderung im Verhalten anstrebt.

Eine Veränderung setzt voraus, dass das Ziel klar definiert ist.

Genauso wichtig ist es, die Folgen zu berücksichtigen und zu bedenken. Keinem wäre geholfen, wenn der neue Zustand weniger nützlich wäre als der alte.

Wichtig ist, eine Brücke in die Zukunft zu schlagen. Wurde bei der Besprechung mit einem Berater ein Weg zur positiven Veränderung entdeckt, muss noch ein Weg gefunden werden, wie der betroffene Mensch diese Veränderungen auch im normalen Leben vollzieht. Hier kommt wieder der bedeutsame Satz zu Geltung: »Wissen ist Macht, aber nur, wenn man es anwendet.«

Das alles sind nützliche Annahmen oder Glaubenssätze, die wir als Arbeitsgrundlage benutzen können. Falls es uns gelingt, daran zu glauben, wird unser Erfolg größer sein. Zum Erfolg führt die Kombination von Wissen und Glauben. Zweifel untergräbt den Erfolg.

Wir müssen nicht alles unbedingt verstehen. Wenn es aber funktioniert und sich in der Praxis wiederholt bewährt, kann es für uns sehr nützlich sein.

Die vielen Dimensionen des Geistes

Es gibt eine unbewusste und eine bewusste oder rationale Ebene des Menschen, die beide sein Verhalten bestimmen. Die linke Gehirnhälfte ist zuständig für die rationalen Fähigkeiten, während die rechte mehr intuitiv oder ganzheitlich orientiert ist. So ist es bei Rechtshändern.

Verschiedene Teile des Geistes können unabhängig voneinander aktiv werden, gelegentlich sogar gegeneinander. Betrachten wir unser Verhalten kritisch, können wir beobachten, dass wir viele Dinge nicht vernünftig entscheiden. Irgendein Teil in uns entscheidet und wir wissen manchmal überhaupt nicht, warum wir uns auf eine bestimmte Art und Weise verhalten. Der menschliche Geist besteht aus vielen Teilen, die manchmal zusammenarbeiten, ebenso häufig aber nicht so gut miteinander auskommen. Das Fantastische dabei ist: Wenn wir uns auf diese Betrachtung einlassen, können wir wunderbare Veränderungen in uns selbst erzielen.

Ein Klient, der vom Verstand her ganz genau wusste, wie er sich verhalten sollte, erlebte immer wieder, dass seine Emotionen ihn überwältigten. Der Berater schlug ihm vor, verschiedene Teile seines Geistes mithilfe seiner Vorstellungskraft zu einer Art Konferenz zusammenzurufen, damit sie zu einem Kompromiss kommen könnten, der allen Teilen gerecht würde. Der Klient schloss die Augen, entspannte sich und nach einer bestimmten Zeit sah er Bilder. Er sah das Bild eines Konferenzraumes und plötzlich nahm alles die

Gestalt eines Gerichtssaals an. Am Tisch saßen der Richter und außerdem ein großer kräftiger Mann, von dem er sofort wusste, dass er ein Sinnbild für seine starken Gefühle war. Und dann saß da noch ein Mickriger, der den Verstand vertrat. Der Kleine kam kaum zu Wort, während der Große mit allem Nachdruck betonte, wie wichtig es doch sei, dass man seine Gefühle auslebt. Der Richter machte dem Gefühl klar, dass sein Verhalten letzten Endes zur eigenen Zerstörung führen würde. Wenn sich das Gefühl und der Verstand aber verständigten, hätten sie auf Dauer eine Überlebenschance. Letztendlich wurden sich die beiden Parteien einig. Das Gefühl war bereit, sich etwas zurückzunehmen, um ein Gleichgewicht mit dem Verstand zu schaffen. Im gleichen Augenblick wurde die Gestalt des Verstandes kräftiger und größer. Beide, der Verstand und das Gefühl, waren jetzt gleichberechtigte Partner. Diese bildhafte Vorstellung spielte der Klient in seinem Geiste einige Male durch, auch in den nächsten Tagen, und dies veränderte allmählich sein Verhalten. Es kam zwar ihm immer noch vor, dass ihm seine Gefühle einen Streich spielten, die neue Situation war aber bedeutend besser als die alte.

Bildliche Vorstellungen haben eine besonders starke Auswirkung auf unser Unterbewusstsein.

Es ist fantastisch und erstaunlich, wozu unser Geist imstande ist. Er kann Menschen zerstören, sie aber ebenso seelisch und körperlich gesund machen und erhalten.

Die Wissenschaft hat nachgewiesen, dass bestimmte Fähigkeiten oder Talente ganz bestimmten

Teilen und Strukturen im Gehirn zugeordnet werden können. So gibt es zum Beispiel eine Struktur, die das Sprachzentrum ist. Diese Struktur ist bei jedem Menschen bei der Geburt vorhanden, egal, ob er sprechen lernt oder nicht. Die Fähigkeit des Menschen zu sprechen ist ihm also angeboren, genauso wie viele andere Fähigkeiten. Es kommt immer darauf an, ob er diese Fähigkeiten im Laufe des Lebens nutzt und ausbaut. Die Fähigkeiten können allerdings nicht alle zur gleichen Zeit wirksam werden. Das Bewusstsein kann sich immer nur auf einige wenige Punkte konzentrieren. Je nach Situation und Notwendigkeit setzen wir unterschiedliche Fähigkeiten ein und dementsprechend kann auch unser Verhalten sich von einem Augenblick zum anderen ändern.

Die primäre Aufgabe unseres Gehirns ist, in einer feindlichen Umwelt zu überleben. Diese Umwelt ist durch eine Vielfalt von Ereignissen und Informationen gekennzeichnet, mit denen sich das Gehirn auseinandersetzen muss. Das ist nur möglich, wenn sich der Mensch ökonomisch verhält, sonst wäre er völlig überfordert. Dieses ökonomische Verhalten wird vom menschlichen Geist regelrecht erzwungen.

Der Mensch ist empfindlich für ganz neue Informationen, alle anderen werden nicht wahrgenommen. Vielleicht erinnern sich noch einige an die ersten Starts von Satelliten ins Weltall. Damals war das eine Sensation, eine aufregende Neuigkeit. Heutzutage nehmen wir solche Ereignisse kaum noch zur Kenntnis. Auch auf extreme oder starke Veränderungen reagieren wir sehr intensiv, graduelle oder allmähliche Veränderungen nehmen wir dagegen weniger bewusst wahr. Eine Situation, die sich ständig ohne Veränderung wiederholt, wiegt uns in Sicherheit. So versetzt uns das Plätschern eines Baches in einen Ruhezustand, dagegen erzeugt das Geräusch quietschender Reifen in uns höchste Alarmbereitschaft.

Jede Information wird durch Vergleich mit früheren Erfahrungen beurteilt und entweder als gefährlich oder ungefährlich eingestuft. Unwichtige Informationen vernachlässigen wir und vereinfachen dadurch unsere Welt. Stattdessen konzentrieren wir uns auf die wichtigen Informationen. Wenn wir jemanden in einen entspannten Zustand versetzen wollen, lenken wir die Aufmerksamkeit zuerst auf seinen Körper. Er wird sich seines Atems erst bewusst werden, wenn wir diesen ansprechen. Auch das Gewicht der Hände auf den Oberschenkeln spürt er erst, wenn wir ihn darauf hinweisen. Nur das, was neu ist, wird vom Bewusstsein aufgenommen, sofort beurteilt, und wenn es sich als ungefährlich herausstellt, wird es sofort unwichtig. Auf diese Weise kann der so angesprochene Mensch immer weitere Teile seines Körpers loslassen und sich sorglos dem Gefühl der Ruhe hingeben.

Gefühle sind ein Faktor, der das menschliche Verhalten wesentlich beeinflusst. Sie sind ein eigenständiger Teil des Geistes. Sie sind nicht unserem Willen unterstellt. Wir können uns kaum dagegen wehren. Deshalb ist es wichtig, dass wir lernen, mit eigenen und fremden Gefühlen bewusst und liebevoll umzugehen. Wenn wir uns an das Gefühl erinnern, das wir in einem Augenblick unseres Lebens hatten, in dem wir besonders erfolgreich waren, dann können wir auch die Potenziale in unser Bewusstsein zurückholen, die zum Erfolg geführt haben. Das Gefühl ist mit einem sogenannten ANKER in unserer Erinnerung festgemacht. Jeder von uns kennt die Situation, wenn uns eine bestimmte Melodie oder ein Geruch an eine Situation in der Vergangenheit erinnert. Viele Menschen benutzen diese Anker im negativen Sinne. Irgendeine Kleinigkeit reicht meistens aus, um negative Gefühle aus der Vergangenheit hervorzuholen. Man fühlt sich dann genauso mies und schlecht wie damals. Wollen wir erfolgreich sein, müssen wir diese negativen Anker durch positive, aufbauende Anker ersetzen. Es langt nicht, dass wir es wollen, wir müssen es üben und trainieren.

Erst wenn die unterschiedlichen Teile des Geistes sich einigen, wenn sie sich einer übergeordneten Zielsetzung unterordnen, erst dann ist der Weg zum Erfolg frei.

Jeder von uns hat Potenziale, Kräfte, Energien, Fähigkeiten und Erfahrungen

Wir kennen die Tage, an denen wir uns bestens fühlen, jede Menge Energie haben und uns einfach alles gelingt, was wir uns vornehmen. In solchen Zeiten stehen uns alle Potenziale zur Verfügung.

Viele Menschen sind sich dieser Potenziale nicht bewusst, nur wenige schöpfen ihre Möglichkeiten immer voll aus. Das sind dann aber die ganz erfolgreichen.

Häufig sind zwar Potenziale vorhanden, diese sind aber blockiert. Die Blockierung kann zum Beispiel verursacht sein durch das Bild, das sich jemand von sich selbst macht, oder durch negative Gefühle sich selbst gegenüber. Wer blockiert ist, der kann seine Stärken nicht ausspielen.

Der überwiegende Teil der Menschen schöpft seine Potenziale nur zu einem Bruchteil aus. Dabei stehen allen Menschen ungeahnte Reserven zur Verfügung.

Besonders wenn es darum geht, Veränderungen durchzuführen, steigt der Bedarf an Energie und anderen Potenzialen. Jede Veränderung kostet Kraft. Diese Kraft müssen wir aktivieren oder sie uns besorgen.

Jeder von uns kennt die Situationen, in denen wir uns nicht im Vollbesitz unserer Kräfte fühlen. Häufig reicht die Energie gerade aus, um einigermaßen über die Runden zu kommen.

Geht es um seelische Veränderungen, dann ist es fast immer notwendig, die dafür erforderlichen Potenziale erst einmal freizumachen. Das Gleiche gilt, wenn man Erfolg im Leben haben will. Eine Voraussetzung dafür ist, dass man Kraftquellen hat, die sich immer wieder auffüllen, dass man sozusagen aus dem Vollen schöpfen kann.

Alles, was wir im Leben erfahren haben, hat in irgendeiner Form in uns Spuren hinterlassen. Bestimmte Gefühle sind damit verknüpft, auch wenn uns das häufig nicht bewusst ist. Gefühle können wir zurückholen und das werden wir natürlich nur bei den positiven Gefühlen tun. Es gibt Techniken, wie man Energiequellen anzapfen kann, um sicherzustellen, dass sie uns immer dann zur Verfügung stehen, wenn wir sie brauchen.

Die Methode der Visualisierung basiert auf der Erkenntnis, dass ein bestimmtes Wort, ein Bild, eine Melodie oder auch ein Geruch uns bildlich in die Zeit zurückversetzt, als uns alle notwendigen Potenziale zur Verfügung standen. Die Technik, mit der man sich die Potenziale verfügbar macht, heißt ANKERN. Der Geruch oder eine Melodie werden zum Anker, der uns gefühlsmäßig in die Situation zurückführt, als uns alle Potenziale zur Verfügung standen.

Wenn wir erfolgreiche Menschen genau beobachten und versuchen, das Gleiche zu tun wie sie, also sie zu modellieren, dann holen wir uns deren Potenziale. Wir brauchen keine Anführer, die uns beherrschen, wir können aber die Potenziale großer geistiger Führer übernehmen, um selbst ein Stück zu werden wie sie.

Die Potenziale nutzen natürlich nichts, wenn sie nicht eingesetzt werden. Wir müssen selbst aktiv werden, wir dürfen nicht erwarten, dass uns das von anderen abgenommen wird.

Die seelischen Probleme eines Menschen sind seine ureigene Angelegenheit. Ein Therapeut oder Berater kann nur Hilfestellung gegeben, unterstützen. Ändern muss der Mensch sich selbst. Man kann ein Pferd nur zur Tränke führen, saufen muss es selbst.

Sollten wir versuchen, einen Menschen mit Druck zu verändern, werden wir nichts erreichen. Jeder Druck erzeugt einen Gegendruck. Wir Menschen sind so.

Viele Menschen reden gerne und lange über ihre Probleme. Doch durch Reden wird ein Problem selten gelöst. Man muss aktiv werden und handeln. Man muss selbst an sich arbeiten, innerlich bereit zu Veränderungen sein und alles dafür tun, was möglich ist.

Unerwünschtes Verhalten ändern

Veränderung ist unter Umständen schnell und mühelos möglich. Wir alle kennen den Spruch »Gut Ding will Weile haben«. Also lass dir Zeit, mach langsam. Die harte Wirklichkeit des Lebens zeigt uns aber meist sehr schnell, dass an diesem Spruch etwas nicht stimmt. Wer in der Schule langsam arbeitet, kommt in der Regel mit der vorgegebenen Zeit nicht aus und erhält schlechte Noten. Der Akkordarbeiter in einer Fabrik muss ständig schneller arbeiten. In den meisten Berufen wird derjenige wenig geschätzt, der langsam arbeitet. Zeit ist ein Kostenfaktor. Wir sollen immer schneller und effektiver arbeiten und deshalb ist es kein Wunder, dass wir dieses gelernte Verhalten auch auf andere Bereiche unseres Lebens übertragen. Wir fahren schnell Auto, auch wenn es nicht notwendig ist. Wir packen unsere Freizeit voll mit unzähligen Aktivitäten, hetzen im Urlaub von Ort zu Ort.

In vielen Fällen sind Veränderungen in einem Menschen sehr schnell möglich. Das Gehirn lernt schnell. Als Beispiel kann eine Phobie dienen, eine irrationale Angst. Ein kleiner Junge begegnet als Fünfjähriger einer Schlange und erschreckt sich fürchterlich. Obwohl das Tier ungiftig ist, vollkommen harmlos, prägt sich dieses Erlebnis unauslöschlich in die kindliche Seele ein. Ein einmaliges Erlebnis genügt, um einen dauerhaften negativen Lernvorgang zu erzielen. Ein intensiver Reiz oder eine starke Motivation können also dazu führen, dass Lernen sehr schnell erfolgt. Worauf es ankommt, ist die Art und Weise, wie der Lernvorgang vor sich geht.

Jeder Lernprozess kann wesentlich schneller erfolgen, als es üblich ist, wenn man die richtige Methode kennt. Auch eine Veränderung des Verhaltens ist ein Lernprozess.

Jedes Verhalten hat seinen Sinn, es hat in einem bestimmten Kontext eine positive Funktion. Wenn wir ein unerwünschtes Verhalten ändern möchten, müssen wir zuerst den verborgenen Nutzen herausfinden, den dieses Verhalten für den betroffenen Menschen in der Vergangenheit hatte. Das Verhalten war zu einer früheren Zeit vermutlich die beste Lösung des Problems. Jetzt ist aber das gleiche Verhalten nicht mehr nützlich. Solange wir den verborgenen Nutzen nicht klar definieren, werden wir keinen Erfolg haben.

Wir wissen doch alle, wie Kinder ungern etwas abgeben, was sie einmal besitzen. Sie tauschen aber gern. Und genauso ist es mit dem Verhalten. Ein Tausch zu einem anderen Verhalten ist akzeptabel, sofern es den gleichen Nutzen wie das alte bringt. Denken wir also immer daran, den verborgenen Sinn oder den Nutzen eines Verhaltens aufzudecken. Danach suchen wir nach einem Verhalten, das die gleichen Bedürfnisse befriedigt und den gleichen Nutzen hat. Dann tauschen wir das unerwünschte Verhalten durch das neue aus.

Geben wir etwas ab oder geht uns etwas verloren, sollten wir uns eindeutig klarmachen, was wir dafür bekommen, und uns bildlich alle Vorteile vor Augen führen, die uns das Neue bietet. Denken wir immer daran, dass jeder Verlust, jede Katastrophe oder jedes Missgeschick auch immer ein Geschenk in ihrem Schoß tragen. Es ist so, es kann nicht anders sein, es war schon immer so. Wir müssen dieses Geschenk nur finden.

Wenn Menschen ihr Verhalten ändern wollen, setzt das voraus, dass sie ein genaues Ziel haben und dieses Ziel präzise festlegen. Wir müssen genau wissen, was wir wollen. Es zeigt sich immer wieder, dass die Menschen, die ein klares Ziel vor Augen haben, auch die notwendige Hilfe erhalten, um dieses Ziel zu erreichen.

Das Ziel muss absolut klar sein

Die Zeit, die wir aufwenden, um uns über unser Lebensziel klarzuwerden, ist nicht verloren. Wir können durch Nachdenken zu einer Antwort kommen. Schreiben wir doch auf einem Blatt Papier zehn Dinge auf, die für unser Leben wichtig sind. Danach legen wir eine Reihenfolge fest und dann fragen wir uns, wie wir jetzt leben würden, wenn wir wüssten, dass wir in einem Jahr tot sind. Sehr wahrscheinlich würden wir sagen, dass wir viele Dinge sofort ändern würden. Vielleicht leben wir in einem Jahr tatsächlich nicht mehr. Also legen wir los und leiten die Änderung der wichtigsten Anliegen sofort ein.

Das Leben ist nur sinnvoll, wenn wir entsprechend unserem Lebensziel handeln. Der erste Schritt besteht darin, dass wir unser Ziel klar und deutlich definieren. Wer seine Kräfte auf ein konkretes Ziel konzentriert, der kann seine Energie bündeln und sie mit einem hohen Wirkungsgrad einsetzen. Nur wenn das Ziel klar ist, kann man später feststellen, ob man es erreicht hat. Das Erreichen eines Zieles stärkt unser Selbstwertgefühl.

Wir kennen die Aussage »Der Weg ist das Ziel«. Das scheint richtig zu sein, aber auch nicht so ganz. Auf einem Weg voranzukommen bedeutet, nicht stillzustehen. Woran erkennen wir aber, dass wir vorankommen? Das erkennen wir nur, wenn wir uns Teilziele setzen. Nur dann wissen wir, dass wir uns unserem Ziel nähern. Sich Teilziele zu setzen ist sehr wichtig. Ein guter Gedanke ist: »In kleinen Schritten voran«. Das Erreichen der kleinen Teilziele stärkt unser Selbstvertrauen und auch den Glauben, dass wir unser großes Ziel erreichen werden, wodurch wiederum unsere Motivation gestärkt wird. Sich mit kleinen Schritten dem großen Ziel zu nähern ist so, als würden wir mit dem Auto im ersten Gang einen steilen Berg hinauffahren. Wir dürfen uns nicht durch die Vorstellung verführen lassen, dass wir mit dem vierten Gang viel schneller oben sein könnten. Wahrscheinlich würden wir den Motor abwürgen und stecken bleiben.

Es gibt bestimmte Kriterien für die Definition eines Zieles. Wir sollten nur Ziele für uns selbst setzen. Denn wir sind in erster Linie für unser Leben verantwortlich und jeder Mensch hat eine andere Vorstellung davon, welche Ziele für ihn erstrebenswert sind.

Das Ziel sollte situationsspezifisch und möglichst konkret sein. Wenn ich sage, ich möchte meine Fähigkeit, gut reden zu können, verbessern, muss ich bestimmen, wo ich besser reden können möchte. Habe ich den Wunsch, vor einer Gruppe besser reden zu können oder mit einer bestimmten Person? Und meine ich damit besser als gestern oder besser als mein Nachbar? Wir sollten womöglich keine Vergleiche verwenden. Wenn ich sage, dass ich besser reden lernen möchte, dient diese Aussage nicht unbedingt der Klarheit des Ziels. Eine sehr verräterische Aussage kann auch sein: »Mir geht es viel schlechter als anderen Menschen.« Wen meine ich mit den »anderen«? Obwohl solche Aussagen mit großer Wahrscheinlichkeit falsch sind, wirken sie gefühlsmäßig ebenso stark wie

Tatsachen, einfach deshalb, weil die Betroffenen fest daran glauben.

Das Ziel sollte auch sinnesspezifisch sein. Woran werde ich erkennen, dass ich das Ziel erreicht habe? Werde ich etwas sehen, hören, ein bestimmtes Gefühl haben, etwas schmecken oder riechen?

Wenn wir uns Ziele setzen, sollten wir deren Folgen bedenken. Wir wollen uns klar darüber werden, ob die gewünschte Veränderung harmonisch in unser zukünftiges Leben passen wird. Eine Menge menschlicher Probleme kommt daher, dass die vielfältigen Konsequenzen einer Handlung nicht genügend bedacht wurden. Die Belastung unserer Umwelt ist das beste Beispiel dafür, dass wirtschaftliche und politische Entscheidungen in ihren letzten Konsequenzen nicht überschaubar sind. Bei der Überprüfung eines Zieles muss deutlich werden, welche Auswirkungen sich daraus im Leben ergeben und ob der Betreffende bereit ist, die Konsequenzen zu tragen, oder ob er erst bestimmte Rahmenbedingungen ändern muss.

Nachdem wir uns zu einem neuen Verhalten entschlossen und ein Ziel definiert haben, muss eine Brücke in die Zukunft geschlagen werden. Es muss garantiert werden, dass unser Vorhaben auch umgesetzt wird. Die Werbung macht es uns vor. Das Bild oder der Name eines Produkts werden mehrmals wiederholt, dadurch wird beim Kunden eine Art Anker gesetzt. Eine bestimmte Suggestion wird im Unterbewusstsein der potenziellen Käufer verankert. Dahinter steht die Erwartung, dass der Kunde das Erzeugnis kaufen wird, wann immer er es im Geschäft sieht. Damit eine

Verhaltensänderung dauerhaft bleibt und wir unsere Ziele erreichen, ist es absolut notwendig, sie in irgendeiner Form in die Zukunft zu übertragen. Einen Anker zu setzen ist dafür eine geeignete Methode. Wir verknüpfen das neue Verhalten mit einem bestimmten sensorischen Reiz. Dieser Reiz muss später genau dort vorkommen, wo das neue Verhalten zum Einsatz kommen soll. Brücken schlagen in die Zukunft ist eine bekannte Methode bei der Hypnose. Die sogenannte posthypnotische Suggestion wird wirksam, sobald ein Schlüsselreiz eintritt.

Hilfreiches für erfolgreiche Kommunikation

Jede erfolgreiche Kommunikation setzt voraus, dass die entscheidenden Informationen verfügbar sind. Es fängt damit an, dass wir bei anderen oder bei uns selbst in der Vielzahl der Informationen die wesentlichen erkennen und sie herausfiltern.

Nicht was gesagt wird, ist wichtig, sondern wie es gesagt wird. Wenn jemand etwas sagt, heißt das noch lange nicht, dass gesagt wird, was wirklich geschehen ist. Im Inhalt des Gesagten drückt sich vorwiegend aus, wie der Betreffende etwas subjektiv erlebt hat und wovon er überzeugt ist.

Wir kommunizieren mit der Sprache, aber auch mit unserem Gesicht, mit der Mimik und mit unserem Körper. Die Atmung, die Körperhaltung und unbewusste Bewegungen verraten, was in uns abläuft.

Der Begriff INKONGRUENZ meint, dass das, was gesagt wird, mit der Körpersprache nicht übereinstimmt. Wir können uns also durch Beobachtung auf einen Menschen kalibrieren, eichen. Seine Körpersprache sagt uns dann mehr als die Worte.

Die Physiologie zeigt den Zustand eines Menschen, auf den man sich kalibriert hat. Er ist die Summe verschiedener Merkmale oder Auffälligkeiten. Beobachten wir einen Menschen, von dem wir ganz genau wissen, dass er nicht die Wahrheit sagt, können wir einen bestimmten Gesichtsausdruck wahrnehmen, bestimmte unbewusste Bewegungen oder eine bestimmte Körperhaltung. Das kann bei anderen Menschen ganz anders sein, aber bei demjenigen, auf den wir uns kalibrieren, wird es immer gleich sein. Wir merken uns also die Auffälligkeiten, die Physiognomie im Augenblick der Lüge und so können wir denjenigen Menschen nach seiner Physiognomie demnächst besser daraufhin einschätzen, ob er die Wahrheit sagt oder nicht. Haben wir uns gut und erfolgreich auf einen Menschen kalibriert, können wir mit großer Wahrscheinlichkeit an seiner Physiognomie, an seiner Körpersprache seinen seelischen Zustand ablesen. Wir können abschätzen, ob er glücklich oder unglücklich ist, ob er sich gerade mit einem Problem beschäftigt und vieles andere. Die Physiognomie ist wie ein Zeiger an einem Instrument. Wenn wir sie genau beobachten, können wir den Zustand eines Menschen genau ablesen.

Für eine erfolgreiche Kommunikation ist es wichtig, Zugang zum anderen zu finden, wir müssen einen »Rapport« herstellen. Es geht um den unmittelbaren Kontakt zwischen zwei Personen, um die gefühlsmäßige Beziehung, die harmonische Übereinstimmung mit dem anderen. Wenn eine Person sitzt und die andere steht, wird der Stehende erst dann einen guten Kontakt zum Sitzenden bekommen, wenn er sich gleichfalls setzt.

Rapport meint das Eingehen auf den anderen unter der vollen Wahrung seiner Persönlichkeit. Es ist die

Basis einer guten Kommunikation. Probleme entstehen häufig, wenn Menschen keinen Rapport zueinander haben. Ohne Rapport kann man einen Menschen nur schwer beeinflussen. Ohne einen guten Rapport werden wir nur wenig brauchbare Informationen von einem Menschen bekommen und wir werden nur schlecht auf ihn einwirken können.

Für einen guten Rapport gilt der Satz: »Gleich und Gleich gesellt sich gern.« In der Gegenwart von Menschen, die uns ähnlich sind, fühlen wir uns wohl und sicher. Im Kreise Gleichgesinnter besteht kein Anlass, voreinander Angst zu haben. Wenn jemand so ist wie ich, dann ist es viel leichter, ihn gern zu haben, als wenn er das genaue Gegenteil ist. In unserer Welt ist alles polar. Jedes Ding hat zwei Seiten. Gut und böse, hell und dunkel, Krieg und Frieden, Liebe und Hass. Die Grundlage für Rapport ist die Erkenntnis, dass Menschen lieben, was ihnen gleich oder zumindest ähnlich ist.

Rapport können wir auf der nonverbalen Ebene herstellen, körpersprachlich, oder auf der verbalen, der sprachlichen Ebene. Ein guter Rapport bedeutet, dass die zwischenmenschlichen Barrieren abgebaut werden und dass das Tor zum anderen weit offen steht.

Wahrnehmungssysteme und Zugangshinweise

Wenn es um die innere Vorstellung geht, haben Sinneskanäle eine große Bedeutung. Denken wir an eine bestimmte Speise, spüren wir deren Geschmack. Denken wir an ein Auto oder an eine Wiese, sehen wir Bilder davon. Wird von einem Unfall mit quietschenden Reifen gesprochen, stellen wir uns das entsprechende Geräusch vor, in unserer Vorstellung hören wir es. Jeder Mensch hat bestimmte Kanäle, die für ihn eine besondere Bedeutung haben. Worauf wir jeweils achten, ist sehr subjektiv. Der eine legt mehr Wert auf das, was er sieht, der andere achtet mehr auf das, was er hört, auf Geräusche, die Sprache, ein anderer wiederum auf einen Duft oder wie sich etwas anfühlt. Wenn wir uns an etwas erinnern, sind nicht immer alle Sinneswahrnehmungen gleich stark vertreten. Jeder Mensch hat einen oder zwei Sinneskanäle, die er bevorzugt.

Die Information, die wir von der Welt erhalten, ist nicht die reale Welt selbst. Sie wird gespeichert in einer Art Landkarte von der Welt. Eine Information kann in dem gleichen Wahrnehmungskanal gespeichert werden, in dem sie aufgenommen wurde, oder in einem anderen. Ein typisches Beispiel kann sein, wenn einem Menschen beim Anblick von Blut schlecht wird. Aufgenommen wird ein Bild, gespeichert wird aber mit dem kinästhetischen Kanal, mit dem Gefühl. Der Anblick von Blut ist dann so etwas wie ein Anker. Er löst die

Übelkeit aus. Gelingt es, das Blut wirklich nur als Bild zu speichern, dann wird auch das körperliche Unwohlsein nicht mehr auftreten. Das Quietschen von Autoreifen kann verursachen, dass wir ein Bild von zwei zerstörten Fahrzeugen sehen. Wir nehmen es mit einem Wahrnehmungssystem auf, indem wir etwas hören, aber gespeichert wird es visuell, als Bild. Es kommt zu einer Kreuzverbindung zwischen den Wahrnehmungssystemen.

Wie Menschen ihre Erfahrungen aufnehmen, verarbeiten, speichern und wieder abrufen, beeinflusst die Strategien, nach denen sie ihr Leben gestalten. Wollen wir also die Verhaltensstrategien von jemandem erkennen, müssen wir herausfinden, wie er seine Landkarte von der Welt gestaltet.

Aus der Schule wissen wir, dass es verschiedene Arten von Landkarten gibt. Topografische Karten (auch physische Karten genannt) zeigen landschaftliche Gegebenheiten, indem sie diese vereinfacht darstellen. Thematische Karten bilden Informationen eines Sachverhaltes auf einer Karte ab. Wir sehen also, dass so eine Karte kein einfaches Abbild der Realität ist, sie stellt nur einen gewissen Teil davon dar, abhängig davon, was man gerade beachten will. Welche Wichtigkeit wir den Informationen geben, ist bei jedem Menschen anders. Und so kommt es, dass jeder Mensch seine eigene, subjektive Landkarte der Realität ausbildet. Dazu kommt, dass die Informationen, die in dieser Landkarte abgespeichert werden, vorher noch durch unsere Gefühle geformt und so eventuell verfälscht werden.

Menschen zeigen durch die Sprache, welche Sinnessysteme sie bevorzugen. Wir können heraushören, ob sie in Bildern denken, ob sie dabei etwas hören oder riechen. Wir alle kennen Redewendungen wie »Wir hören voneinander«, »Wir sehen uns« oder »Wir müssen uns mal umhören« oder » … umsehen«. Jeder dieser Sätze gibt Hinweise auf bevorzugte Sinneskanäle. Wir bekommen Informationen darüber, ob unser Gegenüber mehr in Bildern denkt, in Worten, ob es akustische Wahrnehmungen oder andere bevorzugt.

Es gibt nichtverbale (nonverbale) Hinweise oder Signale, die sogenannten Zugangshinweise, welche zeigen, wie eine Person Zugang findet zu dem, womit sie sich im Augenblick innerlich beschäftigt. Sind es Bilder, Töne, Sprache oder Gefühle? In einer bestimmten Situation jeweils zuerst verwendete Zugangshinweise deuten auf den jeweils bevorzugten inneren Prozess hin und sind demzufolge die Leitsysteme.

Die Stellung der Augen zeigt in der Regel an, welche inneren Prozesse bevorzugt werden. Es gibt dabei allerdings einen Unterschied zwischen Linkshändern und Rechtshändern.

Starrt jemand vor sich hin, hat er sich in sich zurückgezogen, er befindet sich in einem tranceartigen Zustand.

Schaut er nach links oben, dann sieht er Bilder aus der Vergangenheit.

Schaut er nach rechts oben, konstruiert er in seinen Gedanken Bilder.

Schaut ein Mensch nach rechts oder links zur Seite, hört er innere Stimmen.

Schaut jemand nach links unten, führt er innerlich Selbstgespräche.

Schauen wir nach rechts unten, befassen wir uns mit bestimmten Körperempfindungen.

So ist es meistens, jedoch nicht immer. Wenn aber ein Mensch ein bestimmtes Verhaltensmuster entwickelt hat, dann bleibt er auch dabei. Deshalb müssen wir uns auf den konkreten Menschen kalibrieren, um zu verstehen, was gerade in ihm vorgeht. Man kann gezielte Fragen stellen und dann die Augenmuster beobachten.

Damit es zu einer Kommunikation kommen kann, muss der Wahrnehmungskanal bei unserem Gegenüber geöffnet sein. Hört uns der Gesprächspartner konzentriert zu, steht er mit uns in Blickkontakt, so ist das schon eine gute Voraussetzung. Dann ist er in diesem Augenblick für Informationen, die von uns kommen, offen.

Die Wahrnehmungsebenen zu beachten, um sich auf die »Wellenlänge« der Gesprächspartner einzustellen, ist in allen Lebensbereichen sehr hilfreich. Man sollte sozusagen die gleiche Sprache sprechen. Nur wenn wir die bevorzugten Wahrnehmungskanäle berücksichtigen, besteht eine große Wahrscheinlichkeit, dass unsere Botschaft in vollem Umfang ankommt. Möchte ein Verkäufer sein Produkt an den Kunden bringen, ist es für ihn sehr vorteilhaft, erst die bevorzugten Wahrnehmungskanäle ausfindig zu machen. Passt er seine Sprache dem Kunden an, dann sieht er die Welt mit dessen Augen, er fühlt so wie der Kunde. Hat jemand das Gefühl, dass er mit seinem Gesprächspartner auf »gleicher Wellenlänge« ist, wird er sich gefühlsmäßig in Richtung Vertrauen und Annäherung bewegen. Untersuchungen haben gezeigt, dass Entscheidungen sehr oft mehr durch das Gefühl beeinflusst werden als von einer logischen Überlegung. Hat das Gefühl eine Entscheidung getroffen, liefert der Intellekt oft erst hinterher eine passende Erklärung dafür.

Submodalitäten – Die kleinen Unterscheidungen

Ein Bild in unserer Vorstellung kann groß oder klein sein, mehr oder weniger farbig, intensiv oder weniger intensiv, hell oder dunkel, aus der Nähe oder aus der Ferne zu sehen sein. Anders gesagt, jede Sinnesmodalität hat eine Submodalität. Submodalitäten sind die feinen Unterscheidungen innerhalb der Sinnessysteme. Alle Menschen reagieren gefühlsmäßig auf solche Submodalitäten, wenn auch nicht alle gleich stark. Durch die Sprache der Menschen erfahren wir viel über ihre jeweiligen Submodalitäten. Das Wissen um die Submodalitäten ist deshalb so wertvoll, weil es gestattet, menschliche Gefühle und Stimmungen dramatisch zu verändern.

Die Möglichkeiten der feinen Unterscheidungen sind fast unerschöpflich. Ein Raucher kann sich die Zigarette, die er rauchen möchte, ganz verschieden bildlich vorstellen. Er kann das Bild einer riesigen Zigarette im Geiste sehen, die bedrohlich wirkt. Durch die Veränderung der Submodalitäten können psychische Veränderungen veranlasst werden. Es kann dazu kommen, dass wir Abwehr oder Ekel empfinden.

Falls wir auf eine Person negativ reagieren, können wir versuchen, unsere inneren Bilder zu verändern. Das Bild dieser Person können wir heller oder dunkler machen, größer oder kleiner, bis die Person in der Weite verschwindet. Wir können jede Sinnesempfindung im Geiste verändern und damit verändert sich auch unser Gefühl. Eine Respektsperson, vor der wir vielleicht Angst haben, können wir vor unserem geistigen Auge ganz anders aussehen lassen als in Wirklichkeit. Wir können diese Person klein machen, vielleicht auch dick und ihre Bewegungen in unserer Vorstellung unbeholfen und lustig werden lassen. Auf diese Art kann sich das Gefühl der Angst und des übermäßigen Respekts abmildern und letztendlich ganz verschwinden.

Wenn wir die Dinge in einem anderen Licht sehen, also die Submodalitäten ändern, werden auch die im Gehirn gespeicherten Programme verändert.

Angleichen und Führen

Hier geht es um die Techniken, wie man einen stabilen Rapport aufbauen kann. Wir wollen uns bemühen, uns dem anderen möglichst anzugleichen. Doch Angleichen ist mehr als Akzeptieren. Es bedeutet, dass sich der andere verstanden fühlt. Wir wollen den Partner dort abholen, wo er sich befindet. Angleichen kann auf körperlicher und auf sprachlicher Ebene erfolgen. Besser natürlich auf beiden Ebenen zugleich.

Das SPIEGELN ist eine sehr geeignete Methode, sich einem Menschen anzugleichen. Wir versuchen dabei so gut wie möglich mit unserem Körper Körperhaltung, Gestik, Atmung, Augenbewegungen und anderes unseres Partners zu spiegeln. Das Gleiche machen wir verbal, indem wir mit unseren Worten das widerspiegeln, was unser Gegenüber in seinen Wahrnehmungssystemen ausdrückt. Das Spiegeln darf aber keine plumpe Nachahmung sein. Es könnte sonst unserem Partner auffallen und eine negative Wirkung haben. Es geht darum, den anderen gut zu beobachten, jede Kleinigkeit, jede kleine Veränderung zu entdecken, aber den anderen nie zu kopieren, er würde es merken. Macht unser Gegenüber eine ständig wiederkehrende Bewegung mit den Händen, können wir eine ähnliche Bewegung im gleichen Rhythmus zum Beispiel mit unserem Fuß machen. Am besten mit einer kleinen Verzögerung. Ein Kopfnicken unseres Partners begleiten wir mit einer kleinen Handbewegung. Anstatt an der Krawatte zu spielen wie unser Gesprächspartner, können wir uns an unserem Kragen betätigen. Es wird unserem Partner nicht bewusst auffallen, er wird es aber unterbewusst genau registrieren und es wird eine gefühlsmäßige Reaktion bei ihm verursachen. Wir sind dann kein Fremder mehr, wir sind ihm ähnlich, vielleicht sogar ein Teil von ihm. Gegenüber fremden Menschen haben wir gewöhnlich eine vorsichtige Abwehrhaltung. Wer aber so ist wie wir oder mindestens so ähnlich, der ist ein Mitglied unserer Familie oder Sippe. Für so einen öffnen wir bereitwillig das Tor und lassen ihn herein.

Jeder kennt die Situation, wo zwei Menschen nebeneinander gehen. Hat der eine im Laufe der Zeit ein immer schnelleres Tempo drauf, wird der andere automatisch versuchen mitzuhalten. Es funktioniert auch umgekehrt. Gehen wir mit jemandem spazieren und gleichen uns erst mal so an, dass wir genau das gleiche Schritttempo haben wie unser Partner, und werden wir danach unauffällig immer langsamer, wird unser Partner uns sehr wahrscheinlich folgen und langsamer werden. Wir gleichen uns am Anfang an und danach können wir langsam zur Führung übergehen.

Mit dieser Technik kann man mit Erfolg einen verängstigten Menschen, der hyperventiliert und in Panik ist, zu seinem Normalzustand zurückführen. Die Hyperventilation ist ein Zustand, in dem jemand so heftig und schnell atmet, dass es zu gesundheitlichen Problemen führt. Er atmet zu viel Kohlenstoffdioxid aus, was dazu führt, dass dem Betroffenen schwindlig wird, er kann sogar Krämpfe bekommen und kollabieren. Wenn wir ihn am Anfang spiegeln, unsere Atmung und Sprechgeschwindigkeit an seine anpassen, können wir danach langsam das Tempo zurücknehmen und er wird sich mit großer Wahrscheinlichkeit anpassen, er wird uns folgen. Am Anfang benutzen wir also die Methode des Spiegelns, wir passen uns an. Danach übernehmen wir die Führung in die gewünschte Richtung.

Atmung und Stimme sind zwei Bereiche, in denen die Angleichung verhältnismäßig einfach ist. Voraussetzung sind aber immer eine gute Beobachtung, innere Ruhe und die Bereitschaft, sich auf den anderen einzustellen, sich selbst dagegen zurückzuhalten.

Genauso wirksam wie das körperliche Angleichen ist das verbale. Aus der Sprache können wir heraushören, welche Wahrnehmungssysteme unser Gesprächspartner bevorzugt. Sind es eher Bilder, die er vor seinem geistigen Auge sieht, beschäftigt er sich mehr mit Gerüchen oder mit akustischen Wahrnehmungen? Wir versuchen uns danach in den gleichen Wahrnehmungssystemen auszudrücken wie unser Gesprächspartner. Ein Autoverkäufer kann zum Beispiel seinen Kunden darauf aufmerksam machen, wie gut die Lederausstattung des neuen Wagens riecht, wenn er festgestellt hat, dass dies dessen bevorzugtes Wahrnehmungssystem ist, oder er kann die schöne und elegante Form und Farbe des Wagens ansprechen.

Das Spiegeln und Angleichen ist eine wirksame Methode, um guten Rapport aufzubauen und dann zum Führen überzugehen. Wir können unseren Partner so leichter in die gewünschte Richtung lenken.

Anker setzen

Es gibt Leute, die ständig ihre Schlüssel verlegen. Andere Menschen machen sich das Leben leichter. Worauf es dabei ankommt, ist, eine Systematik zu schaffen, bei der der Schlüssel immer an einem bestimmten Platz liegen oder hängen soll. Dieser Akt wird dann zu einer festen Gewohnheit. Der Vorgang ist konditioniert, wir können aber auch sagen, dass er verankert ist. Ein bestimmter Reiz oder auch nur die Erinnerung an diesen Reiz lässt die alte Erfahrung lebendig werden. Dieser Reiz ist unser Anker.

Der Gedanke an eine Zitrone kann verursachen, dass Speichel im Mund zusammenfließt. Das Gleiche kann passieren, wenn wir sehen, wie jemand in eine aufgeschnittene Zitrone beißt und sie aussaugt. Ähnlich geht es uns, wenn wir jemanden gähnen sehen. Streckt jemand die Hand aus zur Begrüßung, so ergreifen wir sie, ohne nachzudenken. In allen Fällen handelt es sich um Anker, die zu einer Reaktion führen.

Es geht um ganz unbewusste Vorgänge, die wir als konditionierte oder bedingte Reflexe bezeichnen. Beim Setzen eines Ankers geht es auch um innere Erfahrungen, Gefühle, Bilder oder Stimmen, die durch diesen Anker ausgelöst werden können. Ein gutes Beispiel sind Streitigkeiten zwischen Paaren. Sie laufen in der Regel nach einem bestimmten Muster ab. Eine Bemerkung löst zwangsläufig eine Reaktion aus, diese ist wiederum ein Anker für die nächste Reaktion.

Es gibt die Geschichte von einem Zirkuspferd, das an einen Schrotthändler verkauft wurde, weil der Zirkus kein Geld mehr hatte. Als es dem Zirkus wieder besser ging und er in die Stadt zurückkam, hörte das Pferd die Zirkusmusik. Es rannte los und reihte sich bei den anderen Pferden ein. Der Schrotthändler konnte noch so viel an der Leine zerren und die Peitsche gebrauchen. Dies ist ein schönes Beispiel für einen Anker.

Überall im Alltag und im Beruf finden wir Beispiele, wie Anker sich bemerkbar machen. Wir können uns die positive Wirkung von Ankern in der Kommunikation zu Nutze machen. Es ist ein sehr mächtiges Instrument.

Wir können ein positives Gefühl, einen Augenblick in unserem Leben, in dem wir glücklich waren und alles zu unserer Zufriedenheit lief, wir erfolgreich waren und uns alle Kräfte zur Verfügung standen, in uns verankern und mithilfe dieses Ankers später nötige Ressourcen freisetzen, um wieder genauso glücklich und erfolgreich zu werden wie damals.

Wenn wir gute Erinnerungen verankern wollen, müssen wir diese Erfolgsgefühle immer assoziiert erleben, wir müssen uns also gerade in diesem bestimmten Zustand befinden oder frühere Zustände gedanklich wiedererleben. Wichtig ist, dass wir die gleichen Bilder sehen, die gleichen Stimmen und Geräusche hören, das gleiche Körpergefühl haben wie damals. In diesem Zustand müssen wir unseren Anker setzen. Sind diese Gefühle erst einmal fest verankert, können wir sie jederzeit auf andere Ereignisse oder einen anderen Zusammenhang übertragen.

Was kann man als Anker verwenden? Wir können in allen Wahrnehmungssystemen ankern. Am wirkungsvollen ist, wenn man visuelle, auditive und kinästhetische Anker kombiniert. Wir können uns einen farbigen Kreis vorstellen, in den wir im Geiste hineintreten. Als auditiven Anker können wir ein bestimmtes Wort benutzen, einen Satz, ein Lied oder eine Melodie. Als kinästhetische Anker kommen vor allem Körperberührungen infrage. Wir können uns ans Ohrläppchen fassen, an die Schläfe, die Nasenwurzel oder die Fingerknöchel. Auch ein leichter Schlag mit der flachen Hand auf den Oberschenkel kann diesen Zweck erfüllen. Das Setzen des Ankers müssen wir einige Male wiederholen, wir müssen die ganze Prozedur einüben, damit sie zu einem Reflex wird. Wichtig ist, dass ein Anker immer in der genau gleichen Form angewendet wird, es darf keine Abweichungen geben. Wir müssen ihn in dem Augenblick setzen, in dem wir assoziativ das gewünschte Erlebnis im Geiste oder in Wirklichkeit erleben. Wir können auch über den gleichen Anker mehrere Erfolgserlebnisse verbinden. So etwas nennt man Ankerstapeln.

Ankern ist ein gutes Mittel, um jederzeit über Fähigkeiten zu verfügen, mit denen wir unser Leben optimal gestalten können. Wir können damit aber auch andere Menschen beeinflussen.

Ein Vertreter kommt zum Kunden. Dieser ist braun gebrannt vom Urlaub und erzählt begeistert von seinen schönen Erlebnissen. Ist der Kunde im Geiste in seine schönen Erinnerungen versunken, kann der Vertreter sein Erlebnis mit einer Geste oder mit einem Wort ankern. Wenn dann später über die Vorteile der angebotenen Ware gesprochen wird, wird die gleiche Geste, das gleiche Wort, das positive Gefühl der

Urlaubserinnerung auf das Kundengespräch und die Einstellung gegenüber der angebotenen Ware übertragen. Durch die so gewonnene positive Einstellung des Kunden steigt die Erfolgschance des Vertreters.

Wir sollten das Ankern nicht überbewerten. Es ist nur eine Technik und nichts mehr. Mit dieser Technik können wir aber sehr viel bewirken und uns gelegentlich große Vorteile verschaffen.

Der Trancezustand

Ein sehr effektives Mittel, um den eigenen Geist oder den anderer Menschen positiv zu beeinflussen, ist der Trancezustand. Es handelt sich um einen veränderten Bewusstseinszustand mit einem intensiven mentalen Erleben.

Befindet sich jemand in diesem Zustand, ist er hochfokussiert auf einen bestimmten Vorgang. Es kommt zu einer tiefen Entspannung und zum Ausschalten des logischen Denkens, und die geistigen Vorgänge verlagern sich stark in die unterbewusste Ebene. In diesem Augenblick erlebte Sinnesempfindungen und Gefühle spielen dabei eine große Rolle.

Jeder von uns kennt den Zustand, wenn wir vor einem Kaminfeuer sitzen, das Holz knistert, wir beobachten die Flammen, unsere Augen werden müde und die Gedanken schweifen in die Ferne. Wir sehen Bilder, erleben Träume, wir sind in diesem Augenblick in einer anderen Wirklichkeit. Unsere Aufmerksamkeit richtet sich immer mehr nach innen, während die äußeren Reize kaum noch wahrgenommen werden. In so einem Zustand haben wir unmittelbaren Zugang zu unseren unbewussten Regionen. Unser Unterbewusstes ist so stark mit einem Gedanken, mit einem Gefühl oder einer Vision beschäftigt, dass wir von der Außenwelt fast nichts mehr wahrnehmen. Ähnlich geht es uns im Theater, wenn wir vollständig in die Handlung versunken sind. Wenn wir aber wollen, können wir aus diesem Zustand in das Wachbewusstsein jederzeit zurückkommen.

Eine leichte Trance kann zu Beginn vertieft werden, aber nur, wenn der betreffende Mensch dazu wirklich bereit ist. Ob wir so eine Beeinflussung zulassen wollen oder wir jemand anderen positiv beeinflussen möchten, ist immer auch entscheidend eine Frage der Empathie. Wir werden kaum verträumt in angenehme Gedanken versinken, wenn uns gegenüber jemand steht oder sitzt, den wir nicht ausstehen können.

Im Allgemeinen genügt eine leichte Trance, damit das Unterbewusste ansprechbar ist und genutzt werden kann. Es gibt bestimmte Anzeichen, gewisse Merkmale dafür, ob sich ein Mensch in Trance befindet. Die Gesichtszüge werden weicher, verflachen. Die Atmung wird langsamer und tiefer. Wir sehen oft ein Flattern in den Augenlidern, leichte Zuckungen in Fingern, Händen und Füßen. Wir kennen das vom Einschlafen, wenn wir ein leichtes Zucken im ganzen Körper verspüren.

Eine gute Methode, um einen Menschen in Trance zu versetzen, besteht darin, ihn aus einem Wahrnehmungssystem in ein anderes zu führen. Wenn wir von einem Auto sprechen, können wir zunächst über dessen schöne Formen reden, das Design, danach verstricken wir unser Gegenüber in die Vorstellung, wie schön der Motor klingt, worauf wir davon sprechen, wie gut es sich anfühlt, in so einem Fahrzeug zu sitzen.

Wenn wir auf einen Menschen Einfluss nehmen möchten, können wir dabei den Trancezustand sehr gut zu Hilfe nehmen. Wir müssen dabei einiges beachten.

Direkte Befehle rufen in der Regel einen inneren Widerstand hervor. Wir sollten herausfinden, wofür unser Gegenüber offen ist oder was es zumindest nicht ablehnt. Danach können wir passende Suggestionen anbringen. Diese Suggestion muss in einer Form erfolgen, die ohne Weiteres akzeptiert wird. Wir müssen unserem Gesprächspartner das Gefühl geben, dass wir auf seiner Seite stehen, und müssen das auch tatsächlich tun.

Es gibt verschiedene Techniken, um eine Trance einzuleiten. Einige Faktoren sind dabei sehr wichtig: das Beobachtungsvermögen, die Fähigkeit, Rapport herzustellen, ein guter Umgang mit Sprache, Einfühlungsvermögen, Flexibilität und persönliche Ausstrahlung.

Hat jemand schon mal einen Trancezustand erlebt, lässt man ihn davon erzählen und schildern, wie es war und was passiert ist. Wir können dann die Erinnerung nutzen und verstärken.

Bei einem spontanen Trancezustand sprechen wir von Alltagssituationen, in denen häufig tranceähnliche Zustände von selbst entstehen. Es wird unserem Gesprächspartner leichter fallen, aus diesen Schilderungen in einen echten Transzustand hinüberzugleiten.

Bei einem nonverbalen Angleichen und Führen wird der Rapport hergestellt, indem wir unser Gegenüber spiegeln. Man gleicht sich also erst mal an. Wir spiegeln zum Beispiel seine Atmung. Man muss sich Zeit lassen, um in völligem Einklang mit der Atmung des Gegenübers zu sein. Passt sich unser Gesprächspartner den Veränderungen, die wir vorsichtig und behutsam vorgeben, problemlos an, ist er auch bereit, unsere Führung anzunehmen.

Es geht nicht um den Trancezustand an sich, sondern darum, in diesem Zustand Veränderungen zu erzielen.

Bei der Einleitung eines Trancezustands wollen wir die Aufmerksamkeit unseres Gesprächspartners von der Außenwelt nach innen lenken. Wir beginnen mit Aussagen, die er mit seinen Sinnen wahrnehmen kann. Fordern wir unser Gegenüber auf, seine Hände auf seine Oberschenkel zu legen, kann er einen leichten Druck spüren und das ist das Entscheidende. Er stellt fest, dass wir die Wahrheit sagen. Machen wir mehrere solcher Aussagen, wird sich sein Unterbewusstes immer stärker in einem Vertrauensmodus befinden, unser Gegenüber kann sich darauf verlassen, dass das, was wir sagen, auch so ist. Benutzen wir also mehrmals Aussagen, die von den Sinnen bestätigt werden, dann werden auch Aussagen, die sich auf das innere Leben beziehen und nicht nachprüfbar sind, glaubhaft. Das Lenken der Aufmerksamkeit in die Innenwelt führt früher oder später zu einem Trancezustand. Wir verknüpfen die überprüfbaren und die nicht überprüfbaren Aussagen durch die Worte »und« und »während«. Eine sehr wirkungsvolle Verknüpfung ergibt sich, wenn das eine das andere bewirkt, verursacht oder möglich macht (»Während Sie den Druck Ihrer Hände auf den Oberschenkeln spüren, empfinden Sie eine tiefe Ruhe und Entspannung.«). Mit den überprüfbaren Aussagen passt man sich an, mit den nach innen orientierten Aussagen führt man den anderen immer tiefer in den Trancezustand.

Eine gute Methode, um einen Trancezustand herbeizuführen, sind die Hebelinduktion und die Handlungsunterbrechung. Der Mensch wird dadurch in eine ungewöhnliche Situation gebracht und sein augenblicklicher Bewusstseinszustand unterbrochen. Beispiel: »Darf ich einmal Ihren Arm halten?« Ohne auf eine Antwort zu warten, erfasst man seine Hand unter dem Handgelenk und hilft mit der anderen Hand am Ellbogen nach. Dann hebt man den Arm, schüttelt ihn ganz leicht und sagt: »Dieser wunderbare Zustand, die Ruhe, die tiefe Geborgenheit. Ihr Arm ruht auf meiner Hand. Sie fühlen sich sicher und geborgen und der Arm schwebt wie von selbst in der Luft. Er kann auch weiter nach oben steigen oder sinken und auch Sie können sich leicht fühlen, so wie Ihr Arm, der jetzt ganz von selbst schwebt. Sie können sich Zeit lassen, irgendwohin zu schweben, wo es ruhig ist, an Ihren Ort der Ruhe und Geborgenheit. Dort werden Sie neue Kräfte schöpfen können.«

Das Prinzip der Hebelinduktion besteht darin, dass eine Handlung, die die Person nicht erwartet, sie in eine ungewöhnliche Situation bringt. Wir alle kennen stereotype Handlungsmuster. Der Händedruck bei der Begrüßung ist ein typisches Beispiel. Was aber passiert, wenn jemand die Hand im letzten Augenblick zurückzieht und stattdessen das Handgelenk des anderen erfasst und seine Hand sanft nach oben hebt? Dann wird der automatische stereotype Vorgang plötzlich unterbrochen, was zu Verwirrung führt, manchmal sogar zu Geistesabwesenheit und so zu einem Trancezustand. Dieser Zustand hält nicht lange an und der Betroffene wird sehr schnell unwillig reagieren, wenn wir ihm die Zeit dafür geben. Die bekommt er aber nicht. Wir geben ihm Instruktionen, die ihn aus dieser ungewöhnlichen Situation herausführen. Der vorgeschlagene Trancezustand ist einfach eine Möglichkeit, aus der unangenehmen Situation zu entkommen.

Die Induktion eines Trancezustandes funktioniert nicht bei allen Menschen und auch nicht in jeder Situation und zu jeder Zeit. Auch geht es nicht nur darum, andere Menschen zu beeinflussen. Ebenso gut können wir dadurch auf uns selbst einwirken. Mit positiven Suggestionen können wir in uns Veränderungen verursachen, die unser Leben erfolgreicher und zufriedener machen.

Was sind Probleme und wie gehen wir mit ihnen um?

Alle Dinge, mit denen wir in unserem Leben zu tun haben, sind erst mal ganz einfach so, wie sie sind. Sie sind nicht gut und sie sind auch nicht schlecht. Erst unsere Gedanken machen sie dazu. Die meisten Menschen haben ständig eine große Flut von Gedanken in ihrem Kopf, sie beschäftigen sich mit der Vergangenheit und mit der Zukunft. Die allermeisten denken an das, was in der Vergangenheit ihrer Meinung nach nicht gut gelaufen ist. Sie sind unglücklich über das, was ihnen widerfahren ist, was sie alles verloren haben und aufgeben mussten. Sie denken ständig an das Unrecht, das ihnen angetan wurde. Können wir das Rad der Geschichte zurückdrehen und etwas ändern? Nein!!! Zukunftsgedanken beschäftigen sich oft mit Ängsten und Sorgen. Wir sind nur ganz selten im Hier und Jetzt.

Die Dinge sind aber erst mal so, wie sie sind, und wenn unsere Gedanken uns sagen, wenn unser Intellekt meint, dass etwas falsch sei, dann haben wir ein Problem. Wir sollten uns dann überlegen, ob es die Möglichkeit gibt, etwas daran zu ändern, was wir als falsch oder ungut empfinden. Stellen wir fest, dass wir nichts ändern können, sollten wir die Tatsachen als gegeben annehmen und uns nicht mehr damit beschäftigen. Es ist so, wie es ist, und wir können es nicht ändern. Wir werden es früher oder später annehmen müssen oder lebenslang darunter leiden. Das meiste Leid auf der Welt wird dadurch verursacht, dass Menschen Tatsachen nicht annehmen oder nicht annehmen wollen. Doch solange wir uns mit diesen Tatsachen nicht abfinden, werden wir leiden. Sollten wir aber zu der Meinung kommen, dass wir etwas ändern können, sollten wir überlegen, ob wir etwas ändern wollen, ob sich das lohnt oder ob wir es besser sein lassen. Beschließen wir irgendwann, dass wir die Tatsachen ändern möchten, weil es möglich ist und weil wir es auch möchten, kommen wir zum nächsten Punkt. Dann müssen wir uns mit den Problemlösungsstrategien beschäftigen.

Die Problemlösungsstrategien

Wir müssen uns zunächst einmal für ein ganz bestimmtes Problem entscheiden, das wir lösen möchten. Uns muss absolut klar sein, worin das Problem besteht und warum es für uns ein Problem ist. Danach behandeln wir die drei wichtigsten Punkte der Problemlösung:

- Tatsachen sammeln,
- Tatsachen analysieren,
- eine Entscheidung treffen und handeln.

Wenn wir uns nicht die Zeit nehmen, erst einmal die Tatsachen zu sammeln, haben wir keine Aussicht auf eine positive und intelligente Lösung unseres Problems. Ohne klare Tatsachen gehen wir durchs Leben wie ein Wanderer im Nebel, wir irren umher und können unseren Weg nicht finden. Wir gehen nach links, dann wieder nach rechts, vielleicht laufen wir sogar im Kreis und kommen nicht voran. Verwirrung und Unsicherheit verursachen Angst und Sorgen, es kann auch zu einer totalen Erschöpfung führen. Menschen, die nicht wissen, wie sie ihre Probleme lösen sollen, landen nicht selten beim Arzt oder in einer Nervenheilanstalt. Viele versuchen eine Entscheidung zu treffen, ohne genug Wissen und genügend Tatsachen gesammelt zu haben, auf die sie eine Entscheidung stellen könnten.

Haben wir ein Problem, sollten wir uns einen festen Termin setzen, bis wann wir eine Entscheidung treffen möchten. Bis zu diesem Zeitpunkt versuchen wir mit aller Kraft und Konzentration, möglichst viele Tatsachen und Informationen zu bekommen, die wichtig für die Lösung unseres Problems sein könnten. Wir sollten das möglichst sachlich und ohne Emotionen tun. Wir könnten uns in unseren Gedanken in die Rolle eines unbeteiligten Beraters versetzen oder in die eines Anwalts, der uns berät. Wir könnten uns auch vorstellen, dass wir einen guten Freund beraten. Hilfreich kann auch die Vorstellung sein, dass wir ein Gegner sind, der alle Fakten sammelt, die wir eigentlich am liebsten gar nicht wissen möchten. So können wir eine gewisse Distanz zu unserem Problem bekommen. Denn wir Menschen neigen stark dazu, uns nur um Tatsachen zu kümmern, die unsere Meinung bestärken und unsere Handlungen rechtfertigen. Alles, was mit unseren persönlichen Wünschen übereinstimmt, erscheint uns als wahr, alles andere macht uns wütend. Ein sehr gutes Beispiel ist die Berichterstattung in manchen Medien, die nur die Tatsachen behandeln, die der herrschenden Ideologie dienen. Wir dürfen uns also nicht auf so einen Irrweg leiten lassen. Schon allein das Sammeln und Sortieren der Fakten beseitigt zum großen Teil die Unsicherheit, Ängste und Sorgen.

Alle Fakten der Welt nützen uns nicht viel, wenn wir sie nicht kritisch analysieren und interpretieren. Auch hier müssen wir die Gefühle rauslassen, denn es könnte sonst schnell passieren, dass wir einigen Tatsachen ein größeres Gewicht zukommen lassen, dagegen andere, wichtige Tatsachen kleinreden.

Sammeln und Analysieren von Fakten und Tatsachen bringen überhaupt nichts, wenn wir nicht ins Handeln kommen. Wenn wir eine Entscheidung getroffen haben und sie in die Tat umsetzen wollen, dürfen wir auf keinen Fall über das Ergebnis nachgrübeln. Nicht zweifeln, zögern und mit allem von vorn anfangen. Irgendwann ist der Augenblick gekommen, an dem wir uns entscheiden müssen und nicht mehr zurückblicken dürfen. Wir müssen das Ergebnis klar und in bildhafter Form vor unserem geistigen Auge sehen und zielbewusst darauf hinarbeiten. So besteht die größte Wahrscheinlichkeit, dass wir das Problem lösen und erfolgreich unser Ziel erreichen.

Begegnung mit der »Ewigkeit«

Ich habe wieder mal eine schlaflose Nacht. Mein Vegetativum arbeitet auf Hochtouren. Schweißgebadet liege ich im Bett, neben meinem Kopfkissen ist ein Handtuch, das ich mir irgendwann in der Nacht geholt habe, um mir den Schweiß von der Stirn zu wischen. Es ist schon ganz nass.

Was ist denn nur los mit mir? An Schlaflosigkeit habe ich mal vor vielen Jahren gelitten, in einer Zeit, als ich eine schwere Lebensphase überstehen musste. Damals brach in kurzer Zeit mein gesamtes Leben zusammen. Aber heute? Mein Leben läuft in geordneten Bahnen, alle Krisen habe ich erfolgreich bewältigt und bis auf kleine Probleme, die ein jeder Mensch mal hat, gibt es nichts, was mir schlaflose Nächte bereiten sollte. Was habe ich da nur geträumt? Ich weiß es nicht mehr. Kurz nach dem Aufwachen, vielleicht nur einige Minuten danach kann man sich oft noch an den Traum erinnern, aber meistens bleibt nur ein eigenartiges Gefühl zurück, das nicht selten den ganzen Tag anhält.

Ein kurzer Blick auf den Wecker sagt mir, dass es fünf Uhr morgens ist. Ich drehe mich also um und versuche noch ein bisschen Schlaf zu bekommen.

»Hallo! Kannst du mich hören? Kannst du mich verstehen?«

Schon wieder träume ich irgendeinen Unsinn. Ich greife zum Handtuch, wische mir erneut den Schweiß von der Stirn, drehe mich zur anderen Seite und versuche einzuschlafen. Der Traum lässt mich nicht los.

»Hallo! Ich weiß, dass du mich diesmal verstehst. Möchtest du mir nicht antworten? Ich würde mich sehr darüber freuen.«

Bin ich denn jetzt total durchgedreht? Vielleicht sollte ich zum Arzt gehen oder Tabletten schlucken.

»Ich glaube, es ist eine sehr günstige Zeit, um uns zu unterhalten. Wir sollten die Chance nutzen. Was meinst du?«

»Habe ich den Verstand verloren? Ich höre Stimmen. Bin ich krank? Wer bist du?«

»Wir kennen uns schon lange, du hast mich nur vergessen oder vielleicht auch nie so richtig wahrgenommen. Wir haben eine Zeit lang den Kontakt zueinander verloren. Vielleicht können wir das jetzt nachholen.«

»Haben wir uns irgendwo gesehen? Sind wir uns irgendwo begegnet? Haben wir miteinander gesprochen? Woher kennen wir uns? Wieso höre ich dich, kann dich aber nicht sehen? Wer bist du? Sag es mir!«

»Es ist nicht leicht, das zu erklären. Ich möchte dich auch nicht wieder erschrecken, so wie damals.«

»Ich kann mich an keine Begegnung mit dir erinnern.«

»Es war für dich bei unserer letzten Begegnung ein so starkes Erlebnis, dass du es aus Selbstschutz vergessen hast.«

»Wer bist du?«

»Ich versuche dir zu erklären, wer ich bin. Ich bestehe nicht aus Materie. Meine Existenz basiert auf so etwas wie Interferenz und Phasenverschiebung, Resonanz und Interaktion. Ich bin auch kein Wesen in dem Sinne, wie ihr Menschen das kennt. Ich bin ein Geschehen. Ich durchdringe jede Art von Materie, Raum und Zeit, ich bin gleichzeitig nirgendwo und überall, mich gibt es im ganzen Universum, schon immer. Ich bin das PRINZIP DER EWIGKEIT. Durch Interaktion verschiedener Strukturen und Schwingungen im Universum ist es mir möglich, zu denken, ich kann mir ein Urteil bilden und mit allen Strukturen und Geschehnissen im Universum Kontakt aufnehmen. Ich kann nur keine Materie bewegen. Im menschlichen Gehirn interagieren Millionen von Neuronen, sie beeinflussen sich gegenseitig und tauschen Informationen aus. Etwas Ähnliches gibt es auch im Universum, im PRINZIP DER EWIGKEIT. Das menschliche Gehirn ist im Vergleich mit dem Universum

nur ein Staubkorn. Man müsste es mit der Unendlichkeit multiplizieren, um nur annähernd einen Eindruck zu bekommen. So etwas ist sehr schwer zu erklären. Menschen denken und urteilen komplett anders als das PRINZIP DER EWIGKEIT.«

Erneut wische ich mir die Stirn mit meinem Handtuch ab. Bin ich wach oder ist das ein Traum? Ich weiß es nicht.

»Wieso hatten wir so lange Zeit keinen Kontakt zueinander?«, frage ich.

»Weißt du, es müssen von beiden Seiten bestimmte Bedingungen erfüllt sein, nur dann besteht eine gewisse Wahrscheinlichkeit der Kontaktaufnahme. Du kennst ja den Rummel in den Großstädten. Viele Menschen laufen in verschiedene Richtungen mit verschiedenen Geschwindigkeiten, sprechen verschiedene Sprachen, haben unterschiedliche Interessen, Ziele und Bedürfnisse. Manchmal kommt es dazu, dass zwei Menschen etwa im gleichen Tempo voranschreiten. Vielleicht gehen sie dann auch noch in die gleiche Richtung und sprechen obendrein die gleiche Sprache. Auch der Zeitpunkt muss stimmen, sie müssen sich zum gleichen Zeitpunkt am gleichen Ort befinden. Es gibt noch viele andere Bedingungen, die erfüllt sein müssen. Wenn dann alles stimmt, kann es dazu kommen, dass sich die beiden verstehen. Das ist aber nur der Anfang der Interaktion. Manchmal sprechen die Menschen zwar die gleiche Sprache, verstehen sich aber trotzdem nicht. Ein jeder beleuchtet das Thema aus einer anderen Sicht, einer anderen Perspektive. Die Vorstellungen und Ziele der beiden Menschen können vollständig anders sein, sie reden sozusagen aneinander vorbei. Bei uns beiden ist es heute zu einer ganz besonderen Konsonanz gekommen. Es besteht die große Chance, dass wir uns verstehen. Bei unserer letzten Begegnung habe ich das Prinzip der Phasenverschiebung benutzt und wir glitten durch die Ewigkeit, tauschten uns aus und erwarben jeder viele interessante Erkenntnisse. Wir betrachteten die unendlichen

Dimensionen des Daseins und versuchten den kleinen Ausschnitt des Hier und Jetzt zu verstehen. Du hast damals einen Eindruck von der Unendlichkeit und Ewigkeit bekommen, du hast verstanden, dass dein Dasein nur ein winziger Bruchteil, ein Wimpernschlag, ein kleiner Funke im Vergleich zum Ganzen ist. Wir haben eine unendliche Zeit miteinander verbracht und danach habe ich dich wieder in deine ursprüngliche Dimension entlassen. Diese unfassbaren Erlebnisse passten in die Struktur von Materie, die ihr Menschen als Gehirn bezeichnet, nicht hinein. Du hast es deshalb vergessen und es blieb nur als Abdruck in deinem Unterbewusstsein verankert. Deshalb kannst du dich daran nicht erinnern. Mir ist es gelungen, eine Methode zu entwickeln, mit der ich die Zeit anhalten kann, zumindest im kosmischen Sinne. So kann ich mir einen kleinen Bruchteil des kosmischen Daseins genauer ansehen. Ich sah, wie aus Staub und Dunst Klumpen entstanden, bestimmte Formationen, letztendlich Sonnen und Planeten. Da fiel mir eine ganz besondere blaue Formation auf, die einzigartig war, sie war ganz anders. Auf dieser Formation entwickelten sich durch Veränderung der Materie bestimmte Strukturen, die es nirgends anderswo im Universum gibt. Millionen von zufälligen Ereignissen ermöglichten es, dass etwas entstand, was ihr Menschen als Leben bezeichnet. Der Mensch ist eine sehr faszinierende Anordnung von Materie. Er ist zu Funktionen fähig, die ich sonst nirgendwo im Universum entdecken konnte. Er kann denken, er kann geistige Prozesse entwickeln. Im Vergleich zu dem PRINZIP DER EWIGKEIT handelt es sich natürlich um sehr primitive Prozesse.

Es war vor vielen Jahren. Unsere Begegnung war für dich so etwas wie eine Erleuchtung. Neue Horizonte, neue Sichtweisen, wir haben lange über den Stellenwert verschiedener Dinge im Leben gesprochen, über Prioritäten, über das, was wirklich zählt. Du hattest damals eine Neuorientierung vorgenommen. Und heute, nach so langer

Zeit, erleben wir beide erneut diesen besonderen Augenblick, dass wir uns wieder nahestehen. In deinem Bewusstsein ist von unserer Begegnung keine Spur mehr vorhanden, sie ist aber in deinem Unterbewussten ganz fest verankert. Dir ist so vieles klargeworden und du hast so viel gelernt. Ich bin stolz auf dich. Was auch passiert ist, du hast dein Leben lebenswert gemacht. Du kannst zurückblicken und sagen: ,Was auch immer passiert ist, in meinem Leben ist alles richtig gelaufen, ich bin froh, dass alles so gewesen ist, wie es war, alles hatte seinen Sinn, es hat mich zu dem gemacht, was ich heute bin.

Ich bin das PRINZIP DER EWIGKEIT und da, wo ich mich befinde, da ist deine eigentliche Heimat, dein Zuhause. Du warst schon immer da, bist nur ganz kurz in eine andere Dimension gewechselt. Irgendwann wirst du nach Hause kommen. Es wird richtig schön sein, wenn wir uns wieder begegnen, wir werden uns dann wieder miteinander austauschen und glücklich sein.«

Quellen

Dale Carnegie: Sorge dich nicht – lebe. Fischer, 2011

Dale Carnegie: Wie man Freunde gewinnt. Fischer, 2023

Dale Carnegie: Umgang mit Menschen. Youtube, 2013

Helmut Krusche: Der Frosch auf der Butter. NLP – Die Grundlagen des Neuro-Linguistischen Programmierens. Econ, 1998

Joseph Murphy: Die Macht Ihres Unterbewusstseins. Ariston, 2016

Eckhart Tolle: Jetzt! Die Kraft der Gegenwart. Kamphausen, 2000

Vita

Ernst Böhm wurde 1953 in Deutsch Gabel, der ehemaligen Tschechoslowakei, geboren. Sein Vater war ein begnadeter Bastler und Tüftler. Jedes Problem sah er als eine Herausforderung, die er mit Begeisterung anging und sein Sohn durfte schon sehr früh an der Suche nach Problemlösungen teilnehmen. Nach dem Medizinstudium an der Prager Karlsuniversität fand er sein neues Zuhause in der Bundesrepublik Deutschland. Als Mediziner interessierten ihn nicht nur die Krankheiten und Behandlungsmethoden, sondern besonders, wie Menschen denken, handeln und wie sie ihre Probleme lösen. Eine dreijährige psychotherapeutische Ausbildung verhalf zu einem besseren Verständnis dieser Problematik.